न्यूज़ गर्ल

न्यूज़ गर्ल

ऋचा लखेड़ा

प्रभात
पेपरबैक्स
www.prabhatbooks.com

प्रकाशक

प्रभात पेपरबैक्स

प्रभात प्रकाशन प्रा. लि. का उपक्रम

4/19 आसफ अली रोड, नई दिल्ली–110002

फोन : 23289777 • हेल्पलाइन नं. : 7827007777

इ–मेल : prabhatbooks@gmail.com ❖ वेब ठिकाना : www.prabhatbooks.com

संस्करण

प्रथम, 2022

अनुवाद

ज्योति उनियाल थपलियाल

मूल्य

तीन सौ पचास रुपए

मुद्रक

आर–टेक ऑफसेट प्रिंटर्स, दिल्ली

———— ★ ————

NEWS GIRL
by Richa Lakhera
(Hindi translation of GARBAGE BEATS)

Published by **PRABHAT PAPERBACKS**
An imprint of Prabhat Prakashan Pvt. Ltd.
4/19 Asaf Ali Road, New Delhi-110002

ISBN 978-93-5521-026-5

₹ 350.00

अत्यधिक प्रतिस्पर्धी,
मनोरंजन बीट पर बेहद असाधारण,
शानदार टेलीविजन और
प्रिंट पत्रकारों के लिए।

आभार

यह पुस्तक संभव नहीं होती, यदि मुझे इतने वर्षों में दिल्ली और मुंबई के अत्यंत असाधारण और शानदार पत्रकारों को सबसे प्रतिस्पर्धी बीट यानी मनोरंजन में जानने का सौभाग्य प्राप्त नहीं होता।

मैं नीलिनी और बिदिशा को उनके अथक संपादन के लिए धन्यवाद देना चाहती हूँ; शुका को उनकी अविश्वसनीय रचनात्मकता के लिए। धन्यवाद मीता, मेरे शुरुआती मसौदे को पढ़ने और मुझे सही दिशा में आगे बढ़ाने के लिए। मैं कार्तिका को उनके अविश्वसनीय विश्वास, विलक्षण वाक्पटुता और असाधारण उदारता के लिए भी धन्यवाद देना चाहती हूँ, जिसके बिना यह पुस्तक लिखना संभव नहीं होता।

अनुक्रम

3…2…1 और क्यू

यह एड्रेनालाइन रश 200 टर्बो नॉट्स पर पैनिक स्ट्रीट को तेज करनेवाले दिल के लिए शक्तिशाली ईंधन है। हे भगवान्, हे गणपति, बचाओ! मेरी सहायता करो! वे देख रहे हैं…ऑन एयर खराबी की कामना कर रहे हैं। मेरी जीभ मेरे मुँह की छत से चिपकी हुई है, मेरे दाँत हठपूर्वक आपस में चिपके रहते हैं और मेरी हिम्मत काँपती हुई जेली के द्रव्यमान में सिमट जाती है।

जैसे ही मैंने अपने टी.वी. जीवन को अपने सामने चमकते देखा, मैंने खुद को याद दिलाया कि यही वह क्षण था, जिसका मैं इंतजार कर रही थी। मेरा अपना टी.वी. शो! मैंने अपने आप से कहा कि यह दोहरी पारी, अपराध-बोध यात्राएँ और सभी तरह की चापलूसी को सफल बना देगा।

कुछ ही मिनटों में मुझे एक नए मनोरंजन शो के साथ लाइव होने के लिए कहा। यह हफ्तों से बेहतरीन प्रोमो और क्रॉस-चैनल प्रचार से सम्मोहित था। अड़चन यह थी कि यह शो मृत नवजात की तरह का आँकड़ा बनने के कगार पर था। मैं सार्वजनिक रूप से नष्ट होनेवाली थी, टी.वी.-कचरा, एक ब्लूपर, एक सिफर, एक अशक्तता और भी बदतर, एक गैर-इकाई के लिए भेजा गया था।

हमारे टी.वी. फुटेज को स्टोर करनेवाले आभासी अनंत ब्रह्मांड 'यूनिटी' में कोई जगह नहीं थी। यह अभी टैंक किया था। एक छोटी सी तकनीकी

समस्या ने सिस्टम को क्रैश कर दिया था और कहानी पैकेजों के सुचारु रूप से प्रतिपादन को रोक दिया था। कुछ भी प्रकाशित और प्रसारित करने से पहले, बड़ी मात्रा में वीडियो सामग्री को तत्काल आधार पर सर्वर से हटाने की आवश्यकता थी।

"इंजीनियर इस पर काम कर रहे हैं।" मेरे ईयरपीस में एक उदासीन आवाज फुसफुसाई, ये रटे-रटाए चार शब्द मेरे पैनिक बटन को भड़काने के लिए काफी थे।

'लानत है। मैं सार्वजनिक रूप से नष्ट होने जा रही हूँ।' मेरी आवाज स्थिर-क्षेत्र में खोखली लग रही थी।

'कृपया अधिक प्रतिक्रिया न दें।' प्रोडक्शन कंट्रोल रूम (पी.सी.आर.) के लिए यह नियमित हंगामे का एक और दिन था। मेरे ऑनलाइन संपादक चिकी ने मेरे कॉल लेना बंद कर दिया था, शायद अच्छे के लिए। हम चार मिनट में ऑन एयर होंगे। मैं हर निर्माता के दुस्स्वप्न को जी रही थी—हमारे पास दिखाने के लिए कोई कहानी नहीं थी।

मुझे अपनी थकी हुई साँसों को शांत करना था।

"लैला, हमारे पास तुम्हारा पहला खंड नहीं है।"

'शिट।' हर तरह की बेकार की बातें, शो-पूर्व हंगामे की गड़गड़ाहट और खड़खड़ाहट का इस एक आखिरी मिनट के शोर में आ गया था! मैंने स्टूडियो के शीशे से मेरी ओर घूरते प्रतिबिंब पर एक त्वरित नजर डाली, जोकि बहुत मुश्किल से काम करनेवाले-डबल-शिफ्ट स्टूडियो सहायक को पकड़े था। फिर मैंने अपनी सर्वश्रेष्ठ ऑन एयर मुसकान डाली।

"अरे, 2जी मामले में क्या फैसला आया है ? अगर वकील प्रेस कॉन्फ्रेंस रखता है तो हम इसे कवर करने के लिए जाएँगे।" पी.सी.आर. में स्टैंडबाय पर खड़े एक समाचार निर्माता ने यह समाचार दिया।

"लैला, आज खबरों से भरा दिन है, तैयार रहना, अगर हम तुम्हारे शो से समाचारों पर जाते हैं।" मुझे आधिकारिक तौर पर यह पहले ही सूचित कर दिया गया था।

"क्या मोरानी को वकील फोनों के बाद सिमसेट करेंगे ?"

दूसरे ग्रह से एक कड़क आवाज उड़ती हुई मक्खी की तरह ईयरपीस में आई, एक छोटा धातु का गैजेट, जो आराम से मेरे दाहिने कान के अंदर घुसा था। "लैला, दाएँ हटो।" यह फ्लोर मैनेजर था। "कैमरे को थोड़ा सा बाईं ओर करें··थोड़ा दाएँ·· हाँ, हाँ। ठीक है, रुको!"

वहाँ मैं खड़ी थी, लकड़ी के एक छोटे से सिरे पर बैठी, मेरा चार फीट ग्यारह इंच का छोटा फ्रेम पाँच फीट एक इंच तक फैला हुआ था। धातु राक्षस चिल्लाया—

"अरे, मेरी नसों को झकझोरने के लिए धन्यवाद। वह मेरे कानों को फोड़नेवाली थी!" डरावना विचार मेरे दिमाग में आया, जब एक झंझरी आवाज ईयरपीस में घुस गई, जो अब धीरे-धीरे मेरे दाहिने कान की तहों में गहराई से डूब रही थी।

"कौटिल्य बेब, उसे स्तर जाँचने के लिए कुछ बोलने को कहो।"

"लैला, स्तर जाँचने के लिए कुछ बोलो।" कौटिल्य चिल्लाया।

"क्या मुझे अपना आउटपुट मिल सकता है?" मैंने पूछा।

"लैला को औक्स 3 पर उसका आउटपुट दो। लैला के शॉट को ठीक करें। जूम आउट। लैला, हम ओ.टी.एस. लाइव को मिक्स करेंगे।"

विशाल पी.जी.एम.-प्लाज्मा की स्क्रीन टिमटिमाई और मैंने खुद को अपने पसंदीदा सोने के धब्बेदार डिजाइनर फ्यूशिया बस्टियर में घूरते हुए पाया; एक बेहतरीन सिल्हूट के साथ आकार दो में बैकलेस टॉप की कीमत बहुत अधिक थी, लेकिन मुझे आवंटित बड़े एंकर की वॉर्डरोब रिइंबर्समेंट हिस्से के रूप में दी गई थी, जिसने इसे खरीदने योग्य बनाया, क्योंकि अब मेरा अपना शो था।

वह शो, जो मुझे सत्रह ऑडिशन और दस मॉक के बाद मिला था। लतिका, मेरे चैनल की सेक्स-बम रेजिडेंट और निस्संदेह टेलीविजन उद्योग की सबसे आकर्षक पत्रकारों में से एक, उसने भी इस हिस्से के लिए प्रयास किया था। अति उत्साही, सुपर-कर्मचारी और उत्सुक इंदु ने भी कोशिश की थी। ऐसा नहीं है कि मुझे उनसे ईर्ष्या थी। बात इतनी सी थी कि मैं अपने खुद के शो के लिए अति उत्साहित थी और उसे करने का पूरा आनंद लेना

चाहती थी। इसके लिए मैंने गधे की तरह हर दिन दो पारियों में काम किया है, कभी-कभी तीन शिफ्ट तक खींचती थी, ताकि मेरी सोच को जगह मिल सके। मनोरंजन संपादक और मेरे सर्वोच्च मालिक बन्नी ने उसे प्रभावित करने के लिए क्या कुछ नहीं किया। आखिर उसने मुझे शो क्यों दिया, यह अब भी एक रहस्य बना हुआ है, लेकिन मुझे लगता है कि अंत में वह मुझे उससे दूर करना चाहती थी।

"मुझे ग्राफिक्स दो। ओए बिन्नी, क्या तुम मुझे शाहरुख खान की ताजा तसवीर नहीं दिला सकती हो? यह तसवीर बहुत पुरानी है! यार, शाहरुख ने ये गुद्‍देदार गाल सौ साल पहले खो दिए हैं!"

मेरे दाहिने कान के अंदर एक गड़गड़ाहट के बाद एक चिल्लानेवाला मैच ग्राफिक्स डिजाइनर बिन्नी और स्टूडियो निर्देशक के बीच छिड़ गया।

"तुम्हारा क्या मतलब है, एंटरटेनमेंट एडिटर ने तुम्हें शाहरुख का फोटो नहीं दिया? क्या तुमने गूगल के बारे में सुना है, स्वीटी पाई? बस गूगल करें और शाहरुख की लेटेस्ट फोटो पाएँ, यार।" और उसी साँस में स्टूडियो के निर्देशक ने कहा, "लैला, स्तरों के लिए कुछ कहो···उसे फोल्डबैक दो।"

स्क्रीन पर टिमटिमाते हुए ओ.टी.एस. ने मेरा ध्यान खींचा। इसमें शाहरुख खान के लंबे बालोंवाले पोस्ट-डॉन अवतार में एक बहुत ही अहंकारी पकड़ थी, जो उनके 'बुड्ढा होगा तेरा बाप' के दिनों से एक मुसकराते और रंगीन अमिताभ बच्चन के साथ विभाजित था। शाहरुख और बच्चन के चेहरों पर एक नाटकीय नीले बिजली के बोल्ट पर एक पाठ 'किंग कौन' गहरे लाल रंग में चिल्लाया।

"रंग में सुधार करो। कृपया बच्चन का शॉट ठीक करें। यह सफेद दाढ़ी और काले बाल हैं, यार।" वह चिल्लाई।

जब पी.सी.आर. ने बच्चन की दाढ़ी के रंग को ठीक करने की कोशिश की तो मैंने नए शो की पृष्ठभूमि ली—एक तरफ भड़कीले कट-ग्लास हैंगिंग के साथ एक सुंदर सेट और दूसरी तरफ एक विशाल प्लाज्मा टी.वी.। मेरे शो का नाम 'फिल्मी मस्ती' था, जो सुनने में काफी अटपटा लग रहा था, लेकिन संपादक ने दिया था और मैं सिर्फ रिपोर्टर, एंकर, निर्माता, पटकथा

लेखक थी, मुझे क्या पता था?

"शाहरुख को ऊपर खींचो, बच्चन को थोड़ा नीचे ले जाओ!" स्टूडियो के निर्देशक, अपने काम की रानी, मंद रोशनी वाले पी.सी.आर. में आ गई।

"बैकअप के लिए एंकर पर एक और आर.एफ. माइक लगाएँ। मैं नहीं चाहती कि रिनी-वाला सीन फिर से हो जाए, अगर यह लटक गया तो! हे भगवान्, क्या कोई उस पर छोटा रेडियो फ्रीक्वेंसी माइक लगा सकता है, दोस्तो?"

"बड़ी निर्देशक बनी फिरती है—इस तरह का भद्दा रवैया इन स्टाइलिश पत्रकारिता स्कूलों की महिलाओं का है। भैया, मैंने काम पर सीख लिया है।" मुख्य स्टूडियो सहायक पांडेजी ने अपने गोल-मटोल फ्रेम को उचकाया और अपने सेकेंड-इन-लाइन सहायक, एक नए प्रशिक्षु को, जो स्टूडियो में रहस्यमय दिखनेवाले स्टेनलेस-स्टील के उपकरण से बहुत प्रभावित था, को निर्देशित किया। कैमरों की विशाल सेना, विशाल पोर्टेबल कैमरा, क्रेन या जे.आई.बी. अगल-बगल से लहराते हुए, एक ट्रांसफॉर्मर सेट से सीधे बाहर, बंद होने पर गहरे ब्लैक होल और स्विच ऑन होने पर साइकेडेलिक जीवन के साथ धड़कते हुए, यह निषिद्ध तकनीकी सेटअप था। जी.आई.बी. मूल रूप से कैमरे की तरह होता है, जो एक पचास-फीट निर्माण क्रेन की तरह दिखता है।

"लैला, तुम्हारा पहला वी.टी. पैकेज अभी भी यहाँ नहीं है। क्या हमें विवेक को सलमान से पहले ले जाना चाहिए?" निर्देशक ने निंदा की, यहाँ तक कि माँ सिम्मी छाबड़ा, रेजिडेंट चक्र हीलर, स्टूडियो को आशीर्वाद देने के लिए चली आईं।

"मैं विवेक ओबेरॉय के साथ अपना पहला शो शुरू नहीं कर सकती।" मैं रोनेवाली थी। मैं पहले से ही लट्टु और इंदु की शरारती हँसी देख सकती थी, "हमने तुम्हें बताया था।" और बन्नी चिल्लाई, "अपने शो को अलविदा कहो, बेवकूफ।"

"बेबी, कुछ भी नहीं है...तुम्हारे पास बस तीन मिनट हैं...हम दूसरा खंड पहले लेते हैं या कोई शो नहीं होगा!"

"चिकी, चिकी, क्या तुम सो रही हो या नशे में हो?"

"शिट। ओके। फिर शाहरुख खान की जगह विवेक ओबेरॉय से शुरू करते हैं।" मैंने दु:खी होकर कहा।

"स्टूडियो में किसका मोबाइल ऑन है? ये बच्चे कहाँ से आते हैं? कोई स्टूडियो शिष्टाचार नहीं।" इंटर्न ने अपराध-बोध से छलाँग लगाई, उसका मोबाइल पकड़ा और उसे बंद कर दिया।

"प्लाज्मा काम नहीं कर रहा है। क्या प्लाज्मा काम नहीं कर रहा है? इसे ठीक करो, इसे ठीक करो! बुलबुला तिरछा क्यों है? पांडेजी, कृपया क्रोमा एडजस्ट करें। प्रतिबिंब क्यों है? प्लाज्मा के सामने स्टूडियो में कौन घूम रहा है? जाँचें, क्या बच्चे चले गए हैं? नीले डिमर पर धीरे से प्रकाश डालें—केवल हलकी रोशनी, हम जिब, एम.सी.यू. और ओ.टी. पर अलग-अलग तरीके अजमा सकते हैं।" निर्देशक ने अंतिम सेकंड के निर्देशों को पूरा किया।

"ठीक है लैला! तुम्हारा शाहरुख बनाम अमिताभ पैकेज यहाँ है—जाने के लिए तैयार।"

जाहिर है कि चिकी ने सिर्फ एक चमत्कार किया था और पहली कहानी प्रकाशित की थी।

दो सौ प्रकाश वर्ष बाद...

"शाहरुख शादीशुदा है! दूसरा आनेवाला है...ठीक है, लैला! सलमान की शादी हो चुकी है। हमारे पास शाहरुख और सलमान दोनों के पैकेज हैं। दोनों वी.टी. ने शादी कर ली। दोस्तो, रन ऑर्डर में फिर से बदलाव करें। विवेक को नीचे ले जाओ, शाहरुख और सलमान के वी.टी. को सबसे ऊपर लाओ।"

मुझे जो राहत महसूस हुई, वह कामोन्माद थी। मैं चिकी छोटी बोस को गले लगाना चाहती थी।

मेरे ऊपर प्राकश डालें स्कॉटी! मुझे यकीन था कि रेहान मेरा पहला लाइव शो देख रहा होगा। वह जहाँ भी होगा, मुझे उम्मीद थी कि वह इस समय पर टी.वी. के पास पहुँच गया होगा। उसने मुझे अपनी पहली प्रतिक्रिया टेक्स्ट करने का वादा किया था।

"लैला, पाँच जिब पर तुम्हारे पास आ रहे हैं।"

"लैला, अगर हमें मुंबई मामले में फैसला मिलता है तो हम इससे बाहर जा सकते हैं।"

"लैला, पेट्रोल की कीमत वापस लेने पर कैबिनेट की बैठक है, अगर कोई ब्रेकिंग न्यूज हो तो हम उस पर जा सकते हैं।"

"स्टैंडबाय।"

"लैला, क्या हम रोल करने के लिए तैयार हैं?"

"हाँ!" मैंने कहा, यहाँ तक कि मेरा मोबाइल रेहान की शुभकामनाओं के साथ वाइब्रेट कर रहा था।

"रोल बंपर, रोल बंपर···तुम इसे जल्द-से-जल्द क्यों नहीं भेज देते हो?"

"बंपर फेड···ऑडियो अप···म्यूजिक अप।"

"जाओ विज।"

"ग्राफिक्स रोल।"

"स्टैंडबाय।"

'3-2-1।'

'और क्यू।'

टी.वी. पत्रकारिता कुछ जादू की तरह है। कोई भी, जो 'कोलंबस ढहने', 'सर्वर हैंग अप', 'आई.एस.आई.एस. शटडाउन', 'टेप पूरी तरह से शॉट', 'नॉन-अलाइनिंग ट्रैक्स', 'क्रैशिंग सिस्टम्स', 'यूनिटी टैंकिंग अप', के इस विशेष आघात से गुजरा है। 'रेंडरिंग एरर', 'करप्टिंग फाइल्स', 'जीरो-स्पीड एफ.टी.पी. ट्रॉमा', 'ग्लिटेड टेप्स' या 'सरस्टलिंग माइक्स' गिरते हुए कार्डों के पैकेट को एक साथ रखने की कोशिश की निरर्थकता को जानते हैं।

वैज्ञानिकता पर टी.वी. की निर्भरता पूर्ण है। और चूँकि मशीनरी की योजना बनाने या तकनीकी त्रुटियों से खुद को बचाने में मानवीय कारकों की उपेक्षा नहीं की जा सकती है। टी.वी. पत्रकारिता, गर्भाधान से लेकर डिलीवरी तक पूरी तरह से आस्था का मामला है।

□

यह एक कसकर छुपा हुआ बॉक्स था, जो एक छोटे बेलनाकार आकाश के लिए खुलता था। यह वर्णन करने का सबसे अच्छा तरीका है कि चिकी

और मैं कहाँ खड़े थे? हमारे पास इसका कारण था। चिकी ने ईएमटी.वी. में एकमात्र स्थान पर ठोकर खाई थी, जहाँ वह शांति से धूम्रपान कर सकती थी और मैं हमारा शीर्ष-गुप्त, धुएँ से भरा, स्थिर-मुक्त ठिकाना, जिसे चिकी पाँचवीं मंजिल के शौचालय के पीछे ढूँढ़ने में कामयाब रही थी। और हम इसे इस तरह बनाए रखने के लिए जो कुछ भी करना होगा, वह करेंगे। चिकी ईएमटी.वी. के सख्त आदेश का उल्लंघन कर रही थी—"तू यहाँ शांति से धूम्रपान नहीं कर सकेगी।" लेकिन मैंने इसे उसके खिलाफ नहीं रखा, अगर उसे एक उचित सुसंगत शो ऑन एयर भेजने के लिए ऐसा करना भी पड़ा। हाल ही में मैं उसके साथ तंग जगह में जाया करती थी, सेकेंड हैंड धुएँ में साँस लेती, धुएँ और गैस में होने में अजीब शांति मिल रही थी।

"लैला, मैंने सिगरेट का अपना स्टॉक खत्म कर लिया है। तुमने मेरी डनहिल रेहान से ली?" उसने पूछा।

"तुम्हें पता है कि उसने छोड़ दिया है, बेब।" मैंने गुस्से से रेहान के साथ एस.एम.एस. का आदान-प्रदान करते हुए कहा।

'ओ गॉड। मैं थक गई हूँ।' मैंने भेजा।

'तुमने बाजी मार ली।' उसने भेजा।

'मैं मात खाऊँगी।' मैंने भेज दिया।

'उन्हें तुम अच्छी लगी।' उसने भेजा।

'ओके, सी यू, ब्लैक स्वान टिकट लाया हूँ, एक्सट्रा चिली मोमोज के साथ।' मैंने भेजा।

"लाल और सफेद भी चलेगा···मैं यहाँ पीड़ित हूँ, महिला।" चिकी ने कहा। मैंने उसकी उपेक्षा की। मैं भी पीड़ित थी। मेरे पैर मुझे एक घंटे से अधिक समय तक लकड़ी के स्टूडियो मंच पर खड़े रहने से मार रहे थे, मेरा गला खराब था, मेरे कान टॉकबैक से चोटिल हो गए थे, मेरा सिर सुन्न हो गया था, लेकिन वह केवल अपनी सिगरेट चाहती थी।

"तुमने मुझे ऊँट मेन्थॉल दिलाने का भी वादा किया था।" उसने मुझे एक कोने में एक बुरी नजर से देख फुफकारते हुए कहा।

ठिकाने पर कोई और नहीं आया। मुझे कभी-कभी आने की अनुमति

दी गई थी, लेकिन वास्तव में मेरा स्वागत तभी हुआ, जब मैं डनहिल्स और मार्लबोरोस से लैस होकर आई। फर्श पर चिकी के महीनों तक के धूम्रपान के हिस्से, कबूतर की गंदगी और उसके पसंदीदा बॉलीवुड अभिनेता अमर कपूर के एक पोस्टर से अँटा पड़ा था। हमारे पास कंपनी के कुछ ऐसे कबूतर थे, जो शुरू में हमसे नफरत करते थे, लेकिन अंत में उन्होंने हमारी हठधर्मिता के सामने हमें स्वीकार कर लिया। थोड़ी देर बाद उन्होंने अमर कपूर के पोस्टर पर छींटाकशी करना भी बंद कर दिया।

समाचार-पत्र मशीनों ने उसे जिस दुविधा में डाल दिया था, उसके बाद चिकी अपने निकोटीन फिक्स को बेहद तरस रही थी। यदि कहानियाँ समय पर न आतीं तो बन्नी ने अपनी खाल उधेड़ दी होती। चिकी को यकीन था कि यह साफ-सुथरे स्कूली बच्चे थे, जिन्होंने बन्नी के सामने उसे इतना बुरा बना दिया था।

"चिकी, क्या तुम भी हमें प्रसारण मंत्रालय से नोटिस दिलाने की कोशिश कर रही हो? जब आप संपादन कर रही थीं तो क्या आप नशे में धुत थीं? आप उस एक्टर के अपशब्दों को ऑन एयर कैसे जाने दे सकती थीं?" बन्नी चिल्लाई।

"तीन कुतिया के बेटे, एक स्तन, दो बम, एक सिक्सटी नाइन, दो कुत्ते, दो साला और दो चुतिया हटा दें। उन्हें हिस्से से हटा दें, एच. रामी के गुस्साने से पहले। और इन नए बच्चों का शुक्रिया करो, नहीं तो तुम अपने घटिया पत्रकार जीवन को बाय कह रही होंती। यह ई.एम.टी.वी. न्यूज है, एम.टी. वी. रोडीज नहीं, यू इडियट! हम एक पारिवारिक चैनल हैं। हम ऑन एयर गाली नहीं देते हैं।"

बन्नी ने अभिनेता के साक्षात्कार में अपशब्दों को भी नहीं देखा था। यह स्वास्थ्य और नैतिक रूप से जागरूक, स्कूल से बाहर स्कूल ब्रिगेड में से एक था, जो आजकल ई.एम.टी.वी. को प्रभावित कर रहा था।

"आजकल वे इन दिखावा करनेवाले बच्चों को क्या सिखा रहे हैं? गाली मत दो। फक के लिए फिश कहो। रेड मीट को न कहें। शाकाहारी बनें। पॉलीबैग का प्रयोग न करें। तितलियों को बचाओ।" चिकी ने नाटकीय ढंग

से ठहाका लगाया। "ओह फिश चिकी, तुम 'सिटी फॉर सिटीजन' अभियान के लिए नहीं आना चाहती हो? तुम क्यों नहीं आ रही हो? मेरी एसी एसयूवी में छोटे प्लग-द-ओजोन-होल इवेंट में जाते समय मुझे शूट कर लेना। ओह फिश, मुझे सुगंधित लाल शिमला मिर्च की जड़ों से बने मेरे बिल्कुल नए विजिटिंग कार्ड की जाँच करने दें, यह मेरे असली लेदर पाउच में कहीं है। नहीं, मैं आज तुम्हारे पैड पर नहीं आ सकती, हाँ। मैं दुनिया को स्वस्थ बनाने में बहुत व्यस्त हूँ!"

"नागरिकों के लिए शहर बड़ा है, यार।" मैंने बिना सोचे-समझे कदम उठाया।

"क्या आप गंभीर हैं? क्या उनका जीवन नहीं है? शायद एक ही अधर्मी चीज जो उनके मुँह में चली जाती है, वह है बबलगम या कुछ और! अब वे क्या सोचेंगे, अगर उन्हें पता चल गया कि मेरे मुँह में कितनी अधर्मी बातें चली गई हैं?" चिकी दुष्टता से मुसकराई। मैंने टिप्पणी करने से परहेज किया।

"अच्छा, उन्हें छोड़ो। उनके टोफू और डेक्सड्राइन से लथपथ अजवाइन को छोड़ो। स्पिरुलिना और टूना और बीन्स और बीज। उनके जिनसेंग-भरवाँ स्वास्थ्य भोजन को छोड़ो। उनकी ऑर्गेनिक हॉट चॉकलेट को छोड़ो। और उनके घास-पात वाले गोमांस को डबल छोड़ो, वह क्या बकवास है?" सच तो यह था कि मुझे कोई परवाह नहीं थी, लेकिन चिकी को इस बात से चिढ़ थी कि चिट उसकी अजीब आदतों के लिए उस पर फुसफुसाती थी।

"कृपया! बहुत सारे अतिरिक्त लहसुन, मक्खन और फ्रेंच फ्राइज के साथ एक रसदार बटरी स्टेक और इसे एक बड़ा कोक बनाएँ।" चिकी उन्हें तंग करने के लिए कैफे में चिल्लाई। उसने वहाँ उनके प्रति कुछ हिंसक भावना महसूस की, जो उसके धूम्रपान और गायन को देख रही थी। बिल्कुल उसकी माँ की तरह। चिकी ने अपनी माँ के बारे में सोचा और एक लंबा, यातनापूर्ण कश लिया। उसकी माँ श्रीमती चित्रा बोस, तलाकशुदा और पूर्व ब्यूटी क्वीन, जो अपने बेटे के साथ बंगलुरु के एम.जी. रोड में रहती थीं, दिल्ली आने की धमकी दे रही थीं, क्योंकि उन्हें अपने आखिरी पड़ाव से कमोड में सिगरेट के ठूँठ मिले थे। ऐसे कभी नहीं हो पाएगा।

चिकी बोस ने फिर से गड़बड़ कर दी थी और इंटर्न के सामने अपना केस लेने के लिए बन्नी पर नाराज हो गई थी।

"यार, मुझे इस साइको प्लेस से बाहर निकलना है।" मेरे 'फिल्मी मस्ती' शो को छोटा करने के लिए एडिट बे में वापस जाने से पहले वह भड़क उठी।

□

भाग लैला भाग

इस तरह मैं यहाँ हूँ, वह करते हुए, जो मेरे सपनों के चैनल ई.एम.टी.वी. के साथ मेरी पसंद का काम होना चाहिए था। यह एक ऐसी जगह है, जहाँ मनोरंजन से जुड़े पत्रकार प्रारंभ से ही आने को सदैव उत्सुक रहते हैं। दिल्ली के झंडेवालान मार्ग में बत्तीस मंजिला पीले और हरे रंग की काँच की विशाल इमारत, इस इमारत ने दिन के अधिकांश समय के लिए यहाँ सूरज की किरणों को आने से रोक दिया था, यही वह जगह है, जिसका मैंने सबसे लंबे समय तक सपना देखा था। जब भी हम ई.एम.टी.वी. बिल्डिंग के पास से गुजरते थे तो मैं रेहान से कार को धीमा करने की विनती करती थी, ताकि मैं चमकते काँच के आगे के भाग को देख सकूँ। कई बार तो सड़क किनारे पान की दुकान से कोक लेने के लिए जब मैं उसे ई.एम.टी.वी. बिल्डिंग के सामने चौराहे पर कार रोकने के लिए कहती तो रेहान नाराज हो जाता। यह इमारत के सामने रुकने और उसे देखने का एक बहाना था और साथ ही स्मार्ट दिखनेवाले लड़के और लड़कियों को देखने का, जो स्टॉलवाले लड़के को 'मुन्ना, एक देना' चिल्लाते हुए गपशप लगाने के लिए निकलते थे।

मैं उस भीड़ का बड़ी बेसब्री से हिस्सा बनना चाहती थी—वे आंशिक रूप से सफल लोग, महत्त्वपूर्ण दिखनेवाली स्क्रिप्ट को लापरवाही से देखते हुए और अपने फोन पर बहुत ही महत्त्व की किसी बात पर चिल्लाते। बेशक वहाँ पहुँचना

आसान नहीं था। न ही पापा को मनाना आसान था, जिन्होंने इस बात को छुपाना बंद कर दिया था कि वे मेरे चुने हुए कॅरियर पर शर्म महसूस करते हैं। उनके सभी आई.ए.एस. सहयोगियों के बच्चे डॉक्टर और इंजीनियर बनने की राह पर थे। और यहाँ मैं थी, उनकी सबसे बड़ी संतान, कुछ ऐसा करने पर आमादा थी, जो अच्छे परिवारों की लड़कियाँ नहीं करती थीं। पापा हैरान हुए, जब मैंने एक स्थानीय टी.वी. चैनल के साथ इंटर्नशिप के लिए, जहाँ मुझे मात्र 3,000 रुपए प्रतिमाह मिलते, उसके लिए मैंने एक फार्मा कंपनी (जहाँ मैं 13,000 रुपए प्रतिमाह कमा रही थी!) की अच्छी-खासी नौकरी छोड़ दी थी। मम्मी भी हैरान और शर्मिंदा थीं।

लेकिन मम्मी और पापा को पसंद आए या नहीं, 2003 में दुनिया बहुत तेजी से बदलने लगी थी और इसी के साथ मेरी जिंदगी भी। भारतीय टेलीविजन उस विशाल व्यवसाय के रूप में बदलना शुरू हो गया था, जैसा वह आज है। निश्चित रूप से, मेरे पास यह जानने का कोई तरीका नहीं था कि टी.वी. उपासकों की विरासत के साथ देवताओं की एक पूरी नई नस्ल पैदा करना शुरू कर देगा। मेरे लिए बस यह मायने रखता था कि टेलीविजन ही एकमात्र ऐसी जगह थी, जहाँ दूर कहीं कुछ रोमांचक हो रहा था। बाहर के लोगों के लिए यह कोई बड़ी बात नहीं थी, जब मैं अपेक्षाकृत अज्ञात टी.वी. चैनल में एक कम वेतनवाले, अधिक काम करनेवाले, अति-उत्साही, अति-महत्त्वाकांक्षी, अति-सक्रिय, बड़ी आँखोंवाले इंटर्न के रूप में दिल्ली ब्यूरो में शामिल हुई। मैं बस उन पच्चीस प्रशिक्षुओं में से एक थी, जिन्हें टी.वी. इंडिया ने दैनिक समाचार और फीचर चैनल के लिए काम पर रखा था, ताकि लागत में कटौती की जा सके और अगला बुलेटिन ऑन एयर किया जा सके। मूल रूप से हम श्रमिक थे, लेकिन यह मेरे लिए बहुत बड़ी बात थी, एक बाईस वर्षीय लड़की, जिसकी आँखों में चमक थी।

चूँकि टेलीविजन के साथ मेरे काम के बारे में घर पर बताने जैसा कुछ नहीं था। इसके साथ ही यह भी सच था कि इसके भरोसे अपनी जीविका चलाना मुश्किल हो रहा था, इसलिए मैंने सुबह 7 बजे से दोपहर 2 बजे तक एक स्कूल में शिक्षक के रूप में नौकरी पकड़ ली। वह नौकरी करने के बाद मैं दोपहर

2 बजे से रात 11 बजे तक टी.वी. स्टेशन पर काम करने के लिए जाती। मैं टेलीविजन में अपने शुरुआती वर्षों में वास्तव में अपने शिक्षण कार्य के कारण टिकी रही। मेरा परिवार डरा हुआ था। लंबे समय तक पापा ने खुद को आश्वस्त किया कि यह एक जल्द समाप्त होनेवाली सनक थी।

जैसाकि मैं कह रही थी कि सम्मानीय पढ़े-लिखे मध्यमवर्गीय परिवार के लिए पत्रकारिता प्रतिबंधित थी। मेरे दृढ़ संकल्प को देखते हुए मेरे पापा ने शोक व्यक्त किया, "दिल्ली विश्वविद्यालय के हिंदू कॉलेज से एम.एस-सी. फिजिक्स में प्रथम श्रेणी में पास होने का क्या फायदा है?"

"पर पापा..."

"बी.एड. में तुम्हारे इतने अच्छे अंक और छात्रवृत्ति किस काम के हैं?"

"लेकिन पापा..."

शैतान को चुप कराने के लिए ऐसा नहीं है कि मैंने कोशिश नहीं की। मैंने बारहवीं कक्षा के बच्चों को भी फिजिक्स पढ़ाया। मैंने प्री-मेडिकल ट्यूशन (700 रुपए प्रति घंटा) भी लिये। लेकिन इससे मेरा दम घुटने लगा था। मैं भारतीय शिक्षा प्रणाली के जंगल में खोकर अपने उत्पादक दिन नहीं बिताना चाहती थी। मैं खेल-खेल में आई.एफ.एस. की तैयारी में जुट गई, क्योंकि यह काफी ग्लैमरस लग रहा था। मैंने सिविल के लिए पढ़ना शुरू किया, लेकिन मुझे जल्द ही इस बात का अहसास होने लगा कि मैं दुनिया के सबसे दुःखी इनसान में बदल रही थी। सम्मानजनक और सुरक्षित सभी चीजों के लिए मेरा तिरस्कार एक महत्त्वाकांक्षी पापा के लिए निराशाजनक था, जो खुद सिविल सर्विस में थे। उन्होंने अपनी बेटी के लिए एक आदर्श सिविल सर्विस जीवन की योजना बनाई थी, वह भी एक आदर्श सिविल सेवा पति के साथ!

लेकिन मैं अपना जीवन किसी गाँव में नाला बनाने या शहर में मैनहोल को ढकने के लिए फाइलों को पढ़ने या इससे भी बदतर, एक बाबू की पत्नी बनकर बिताना नहीं चाहती थी। यह बिल्कुल भी ग्लैमरस नहीं था।

न ही दूसरे लोगों की बीमारियों में झाँकने के विचार ने मुझे प्रेरित किया, इसलिए एम.बी.बी.एस. करने का विचार निश्चित रूप से मेरी सोच से परे था। मैं अपने रिश्तेदारों-निकट और दूर, दोनों की बड़बड़ाहट सुन सकती थी।

वे हमेशा कहते थे, 'तुम गड्ढे में गिरोगी।'

'अपने पापा के बारे में सोचो। उन्होंने तुम्हारे लिए कैसे बड़े सपने देखे हैं!'

मेरी मम्मी ने मेरे पापा पर मुझे बिगाड़ने का आरोप लगाया। "तुमने उसे कभी रसोई के अंदर भी नहीं जाने दिया," वह चिल्लाई। पापा ने बदले में बेचारी मम्मी पर मेरे स्कूल के शिक्षकों की लगातार शिकायतों की अनदेखी करने का आरोप लगाया कि मैं अपना भला सोचने में नासमझ थी। उन्होंने एक पुराना रिपोर्ट कार्ड भी निकाला, जिसमें मेरी सबसे कम पसंदीदा शिक्षिका श्रीमती बर्न्स ने मुझे एक ऐसा झूठा इनसान बताया, जिसे रहस्यों को फैलाने की प्रवृत्ति थी, विशेष रूप से सबसे पवित्र रहस्य।

पापा, जो स्वयं लंदन स्कूल ऑफ इकोनॉमिक्स से पी-एच.डी. हैं और भारतीय मंत्रालय में आर्थिक सलाहकार हैं, पत्रकारों को उच्च सम्मान नहीं देते थे। उन्होंने पत्रकारिता को मूर्खों का पहला विकल्प, लालची का अंतिम विकल्प और धूर्तों के लिए एकमात्र विकल्प कहा है। लेकिन इस तरह की प्रशंसा-पत्र इस केवल निषिद्ध डोमेन के आकर्षण को बढ़ाने का काम ही करते हैं।

जब मुझे एक नए लॉन्च किए गए राष्ट्रीय टी.वी. नेटवर्क, जिसे अभी-अभी एक व्यावसायिक समूह द्वारा स्थापित किया गया था, उसमें प्रशिक्षु रिपोर्टर के रूप में पहली नौकरी मिली तो मैं बहुत खुश थी। समूह का मुख्य व्यवसाय मेरे लिए एक रहस्य बना रहा, लेकिन रेहान एक प्यारा व्यक्ति था और साक्षात्कार में मेरी मदद करने के लिए उसने कंपनी के बारे में सबकुछ गूगल कर लिया। मैंने अपनी पहली बायलाइन, मेरा पहला पीस-टू-कैमरा, मेरा पहला लाइव ऑन एयर प्रसारण, मेरा पहला साक्षात्कार के दृश्य की कल्पना करना शुरू कर दिया था।

लेकिन मेरे पहले यादगार टी.वी. पल में इनमें से कोई भी शामिल नहीं था; इसका टेलीविजन से कोई लेना-देना नहीं था। यह अमिताभ बच्चन के साथ लगभग एक अलौकिक मुलाकात थी। मैंने अपने काम के पहले दिन अमिताभ बच्चन को पहली बार देखा—लंबा और दुबला, सफेद कुरता-पायजामा और उनकी ट्रेडमार्क सफेद दाढ़ी में—और मैं उत्साहित थी। मैंने वास्तव में उन्हें एक पल के लिए आदमकद कटआउट समझने की गलती की, लेकिन फिर कटआउट मुसकराया और मेरा सिर घूम गया।

"अमित सर यहाँ बहुत आते हैं। वह परिवार की तरह हैं। मालिक के बहुत करीब!" मेरे बगल में खड़े एक सज्जन फुसफुसाए। वे लंबे सुपरस्टार के सामने साष्टांग दंडवत् प्रणाम करने के लिए अपनी बारी का इंतजार कर रहे थे। जैसे ही अमिताभ सर ने उनका प्रणाम स्वीकार किया, समर्पित प्रशंसक और कर्मचारी अपनी बारी के लिए कतार में लग गए। मुझे लगा कि आगे जाने के लिए तैयार होने के लिए किसी ने मुझे पीछे से उकसाया। मैंने अपना हाथ आगे बढ़ाया, उम्मीद थी कि दंडवत् प्रणाम के लिए एक हाथ मिलाना एक स्वीकार्य विकल्प होगा। दुर्भाग्य से, एक विशाल दल बच्चन को अपने साथ ले गए और मुझे एसिड टेस्ट से नहीं गुजरना पड़ा। मुझे नहीं लगता कि अमिताभ बच्चन ने मेरा बढ़ा हुआ हाथ देखा भी होगा।

"मैडम, आप परिवार का हिस्सा हैं। आप और अमिताभ बच्चन अब एक ही परिवार के हैं।" उसने बड़ी उदारता से मुझे बताया।

अमिताभ बच्चन और मैं एक ही परिवार के थे! यह सुनकर अच्छा लगा।

श्रीमान प्रभु, मेरे पहले संपादक, डराने-धमकानेवाले एक तेज-तर्रार व्यक्ति थे। इंटरव्यू के दौरान उन्होंने मुझे परेशान करने में कोई कसर नहीं छोड़ी।

"तो आपके पास शून्य टी.वी. अनुभव है?" उन्होंने शून्य पर जोर दिया।

"मैंने टी.वी. इंडिया में न्यूज इंटर्नशिप की है।"

"लेकिन लाइव न्यूज का कोई व्यावहारिक ज्ञान नहीं है?" उन्होंने पूछा।

"मैंने फीचर रिपोर्ट की हैं। मैंने सहायक कॉपी एडिटर के रूप में काम किया है।"

"क्या आपने एंकरिंग की है? क्या आप मौसम की एंकरिंग करेंगी?"

"क्या? नहीं! मैं मनोरंजन करना चाहती हूँ।"

"टैब्लॉयड कर्मचारी भला कौन बनना चाहता है? मनोरंजन पत्रकारिता नहीं है। यह सिर्फ झलक दिखाता है! आप इंटर्न के रूप में समाचार में शामिल हो सकती हैं?"

"लेकिन सर, मैं सहायक निर्माता, मनोरंजन से कम में शामिल नहीं होऊँगी।" मैंने हताशा में कहा, इस उम्मीद से कि अजीब बात करने के भी अंक मिलते हैं।

“ठीक है, यह सब तुम्हारा है। यह अभी भी कचरा पेटी है, जो बदलने वाला नहीं है।” उसने बहुत जल्दी हार मान ली या शायद यह मेरा भाग्यशाली दिन था।

□

मैंने खुद को एक कम्युनिटी हॉल जैसे कार्यालय में पाया। ऐसा लग रहा था, जैसे कुछ सरकारी बाबुओं ने जल्दबाजी में जगह छोड़ दी हो और रातोंरात एक टी.वी. स्टेशन छिटक गया हो! एक विशाल छात्रावास जैसे हॉल में साफ-सुथरी पंक्तियों में ढेर सारे कंप्यूटर, सुस्त संपादक, थके हुए उप-संपादक, धमकाते विशेष संवाददाता, गंभीर समाचारों के लिए पुरुष एंकर, जैसेकि उन्हें तैयार किया गया हो और मनोरंजन, खेल और मौसम के लिए महिला एंकर, मुझे सिर से पाँव तक आकार देना। रूखे पत्रकार अपने खराब कंप्यूटर की-बोर्ड पर हाथ चला रहे थे, उनकी बेहतरीन कहानियाँ उनकी बायलाइन को बड़ा बनाने की उम्मीद में और ब्रांड की तुलना में अधिक पहचान प्राप्त करने की उम्मीद में जमकर ठहाके लगाए। फिर वहाँ उतावलेपन की साख के साथ ज्यादा ही दोस्ताना हो रहे जूनियर कर्मचारी भी थे, जो वास्तव में न्यूजरूम में थे, उससे कहीं अधिक महत्त्वपूर्ण दिखने की कोशिश कर रहे थे। कोई दिखावटी स्वैंकी सेटअप या तकनीकी युक्ति नहीं थी। एक विशाल हॉल में एडिट बे नामक छोटे आकार के क्यूब्स नियमित अंतराल पर लगाया गया था, जो समान रूप से मोटे (बहुत अधिक बैठने से, मुझे लगता है!) वीडियो संपादकों और उनकी विशाल पुराने जमाने की कट-टू-कट एडिट मशीनों का निवास था।

हर संगठन के अपने नियम होते हैं, जिन्हें तोड़ा नहीं जा सकता और जिन्हें तोड़ा नहीं जाना चाहिए। इस चैनल में सबसे महत्त्वपूर्ण नियम था कि प्रत्येक सहयोगी को निम्नलिखित इशारे से बधाई दी जाए—दाहिना हाथ छाती के बाईं ओर को थोड़ा सा दबाकर छूना। परिवार में पर्याप्त रूप से महत्त्वपूर्ण किसी के आने पर हर बार इस प्रदर्शन की उम्मीद की जाती थी। आप बड़े मालिकों को उनकी नश्वर उपस्थिति से बहुत पहले देख सकते थे, जिस तरह से दंडवत् प्रणाम करते हुए कुछ कर्मचारी जमीन पर गिरे थे।

लेकिन असली समस्या यह थी कि वह जगह एक वास्तविक न्यूजरूम के

करीब भी नहीं थी—या जिसकी मैंने कल्पना की थी कि एक वास्तविक न्यूज रूम ऐसा होगा!

चिड़चिड़े और बेईमान संपादकों की कोई आश्वस्त करनेवाली दृष्टि नहीं है।

कोई विक्षिप्त चेन-स्मोकर महिलाएँ नहीं, जो अपनी कहानियों को आगे बढ़ा रही हैं।

कोई भी आँसुओं की बाढ़ में नहीं गिर रहा।

कोई गंभीरता से गरजने, चिल्लाने और धमकानेवाले निर्माता पत्रकारों को फटकार नहीं रहे हैं। वहाँ वास्तव में एक समाचार लाया व्यक्ति था, जिसकी प्रसिद्धि का दावा केवल यह था कि उसने अपने हाथों से एक बाघ को मार डाला था। परिवार की अपनी प्राथमिकताएँ थीं।

लोक-प्रसिद्ध तिनका, जिसके कारण पत्रकारों का बड़े पैमाने पर पलायन हुआ, वह माहौल था, जो वास्तव में यौन समानता की निंदा नहीं करता था, लेकिन आक्रामक महिला कर्मचारियों पर चिल्लाता था। तो पुरुष छोटे-छोटे पुरुष-समूहों में बैठे और महिलाएँ छोटे-छोटे महिला-समूहों में बैठीं। महीनों के भीतर, मुझ सहित अधिकांश पत्रकारों ने बेहतर विकल्पों पर जाने का विचार किया। किसी भी मामले में, मैं एक वास्तविक चैनल में रिपोर्टिंग का असली काम शुरू करने की जल्दी में थी। अब यह मायने नहीं रखता था कि अमिताभ बच्चन और मैं एक ही परिवार में थे।

महत्त्वपूर्ण बात यह थी कि पत्रकारिता में मेरा सफर शुरू हो गया था। मैंने सीखा कि क्यों एक रिपोर्टर विशाल समाचार-चक्र में कैमरापर्सन, वीडियो संपादकों, इंजीनियरों, संपादकीय, ग्राफिक्स, निर्माता, मेकअप कलाकारों और तकनीशियनों की एक सेना के साथ केवल एक छोटा दल था! मैंने निरंतरता और विज्ञापन परिवाद और एक प्रकार के कैमरा शॉट के बारे में सीखा, जिसे नोडीज, पीस-टू-कैमरा या पी-टू-सी.एस., टू-वे सैटेलाइट डेटा ट्रांसीवर या सिमसैट, आर्काइविंग, डेडलाइन और क्रोमा के रूप में जाना जाता है।

शुरुआती वर्षों के परिश्रम ने जल्द ही मेरे सितारों के पीछे धकेलने का मार्ग प्रशस्त किया। मैंने सुपरस्टार्स के महँगे जीवन में विशेषाधिकार प्राप्त करने,

उनके वैनिटी में भोजन करने, उनके छल को बढ़ाने, उनके पूर्वग्रहों के साथ खेलने, भागने, याचना करने, झूठ बोलने, दिखावा करने के लिए अपने प्रेस कार्ड को चमकाने में कभी कोई संकोच नहीं किया। उसमें से दिलचस्प जानकारी की एक-एक बूँद निचोड़ लो और फिर छोड़ दो। मैंने स्वयं को एक अपरिवर्तनीय कर्मचारी में बदलना शुरू कर दिया था, जो उस कहानी को पाने के लिए, जो कुछ जरूरी होगा, वह करेगी। आखिरकार समाचारों की योजना में मेरी एक बड़ी जिम्मेदारी थी।

मुझे अभी भी यह सीखना था कि यह एक 'विशेषाधिकार प्राप्त' कर्मचारी था, जिसे वास्तव में व्यापार का अभ्यास करने की इजाजत थी—बाकी के पास रख-रखाव करनेवाले थे और प्रबंधन की नजर उनकी इज्जत पर मजबूती से टिकी हुई थी। मैं उन अनंत घंटों से अनभिज्ञ थी, जो मुझे एल डोराडो लीड्स का पीछा करने में खर्च करना होगा, बेकार सेलिब्रिटी से संबंधित कहानियों की प्रतीक्षा में विशाल संख्या में घंटे बरबाद करने होंगे। मुझे अभी भी अपनी कहानी को हटाए जाने की निराशा के बारे में जानना था। नॉन-स्टॉप समाचार प्रसारित करने की तकनीकी पर अंतहीन पीड़ा, समय-सीमा से ठीक पहले हड़ताल के लिए जानेवाले उपकरण, धीमे संपादक और असहयोगी कैमरापर्सन, एक बाइट के लिए धूप, बारिश और ठंड के मौसम में इंतजार, जो एक कहानी को बड़ा बना देगा। बेशक यह अंततः एक मिनट के लिए काट दिया जाएगा या इससे भी बदतर, पूरी तरह से हटा दिया जाएगा।

मुझे अभी यह सीखना बाकी था कि एक समाचार चैनल के लिए चीजों की योजना में मनोरंजन की बीट कितनी महत्त्वहीन थी? कलमाड़ी, मोदी, पवार, कानी, नीरा, कसाब और गद्दाफी, गडकरी और रामदेव जैसे गंभीर रूप से महत्त्वपूर्ण समाचार निर्माताओं और निश्चित रूप से अन्ना हजारे और केजरीवाल के बीच द्वंद्वयुद्ध।

वह सब, जो मैंने ई.एम.टी.वी. में सीखा। आँखें खुली हुई थीं, मैं एक मनोरंजन कर्मचारी के रूप में दैनिक समाचारों के युद्ध क्षेत्र में घुस गई थी। चैनल दिल्ली के झंडेवालान मार्ग में सबसे ऊँची, फैंसी बिल्डिंग में तेईस मंजिल पर स्थित था। यह मुंबई के एक गुटखा किंग के स्वामित्व में था, जिसने रसोई के

मसालों में विविधता लाने की अपनी योजना को छोड़ दिया और एक राष्ट्रीय समाचार चैनल खोला। यहाँ ऐसे ही लोग हैं, आप जानते हैं। जब तक वे टैक्स बचाने के लिए ऐसा नहीं करते हैं।

वैसे भी, एक बार जब मैं अंदर आ गई तो फिर पीछे मुड़ने का सवाल ही नहीं था। साथ ही, उस समय तक मुझे आश्वस्त किया गया था कि मेरे पास वह विशेष चीज है, जिसके कारण मुझे कोई प्रशिक्षण नहीं लेना पड़ेगा, आधी रात को तेल या नेटवर्क को दुश्मन की तरह जलाना होगा।

'तुम फोटोजेनिक हो!' और यह टी.वी. टाउन में किसी रहस्यमय तरीके से मेरी मदद करनेवाला था।

□

फोटोजेनिक

मिरर मिरर ऑन दि वॉल'' हू इज दि मोस्ट फोटोजेनिक ऑफ अस ऑल?

टी.वी. पत्रकार होना कोई बड़ी बात नहीं है। रोजमर्रा की थका देनेवाली दैनिक रिपोर्टिंग के साथ रोमांस सबसे पहले बाहर चला जाता है। टी.वी. पत्रकारिता ला-ला करनेवाली लड़कियों के लिए नहीं है—जो बिल्कुल भूखी नहीं रह सकतीं, महत्त्वाकांक्षी होने को व्यर्थ समझनेवाली, अपने हाथों के गंदा होने से घबरानेवाली हों। व्यर्थ, ऊटपटांग और अक्षम लोगों के लिए लड़ाई का सामना करने का मौका हो सकता है, लेकिन कमजोर लोगों को अब चले जाना चाहिए। जब तक कि वे फोटोजेनिक न हों।

इससे लतिका जैसे लोगों को बड़ा फायदा हो सकता है—फोटोजेनिक होना, बस यही।

जब भी वह कैफे में जाती थी, आमतौर पर लंच के समय बातचीत बीच में ही रुक जाती थी, लोग उसे देखने लगते थे और पुरुष सीटी बजाने लगते थे। उस दिन लतिका इतनी खूबसूरत लग रही थी कि सभी पुरुष उसे प्यार से और दो इंटर्न तीखी निगाहों से निहार रहे थे और अपनी पसंदीदा सीट के लिए एक रास्ता बनाया, जिसमें बड़ी फ्रांसीसी खिड़कियाँ थीं। चिकी और मैं रोल टाइम से पहले

मटन पैटी खा रहे थे, लेकिन लतिका ने हमें पूरी तरह से नजरअंदाज कर दिया। वह स्थिर खड़ी रही; उसकी पसंदीदा सीट ले ली गई थी। मुँह फुलाते हुए लतिका ने चारों ओर देखा, अपनी पलकें झपकाते हुए, पुरुषों को मूर्खों की टोली समझते हुए गुस्से से देख रही थी। एक झटके में सीटें खाली कर दी गईं। मूल रूप से लट्टू में विपरीत लिंग के लोगों से मूर्खों की तरह कार्य करने की क्षमता थी। उसे कई बार बताया गया था कि उसके पास यह कला है। उसे शायद जो समझ नहीं आया, वह था कि उसकी जगह मुझे 'फिल्मी मस्ती' की एंकरिंग क्यों मिली?

"हैलो, लैला! अच्छा चल रहा है, हाँ, बहुत स्क्रीन पर कितनी सुंदर लग रही थी। एक बार फिर से तैयार होकर?" लट्टू ने मेरी ओर हाथ हिलाया।

"धन्यवाद...मैं चिकी और संपादक का धन्यवाद करती हूँ, आप दोनों बहुत अच्छे थे।" मैंने खाना घूँटते हुए कहा।

"बेवकूफ, अपना धन्यवाद भाषण बंद करो। यह शर्मनाक है।" चिकी मेरी तरफ फुसफुसाते हुए बोली और लट्टू को 'सी यू, ब्यूटीफुल' बोलते हुए कैफे से निकल गई।

मुझे पता था कि लतिका मुझे शो सौंपने के बन्नी के फैसले से हैरान थी। एक ऐसा शो, जिसे पच्चीस वर्ष की उम्र से अधिक के दर्शकों को लक्षित करना था, ज्यादातर कामकाजी पुरुष।

"क्या प्रतिक्रिया थी?" लट्टू ने पूछा।

"संख्या के बारे में कहना जल्दबाजी होगी, है ना!" मैंने एक समर्थक की तरह बात करने की कोशिश की।

मुझे यकीन है कि लट्टू को मेरे द्वारा किए गए कमेंट का अहसास पसंद नहीं आया, लेकिन वह इससे चिंतित नहीं दिखी। शायद उसने स्वीकार करना शुरू कर दिया था कि वह बन्नी के पक्ष में नहीं थी।

"तुम्हारी स्क्रिप्ट बहुत उबाऊ है। तुम्हारी शैली बिल्कुल सपाट है, यह स्मार्ट बनने का एक घिसा-पिटा प्रयास है, बहुत योजनाबद्ध तरीके से," बन्नी ने पूरी मेज के सामने उसे रूखे ढंग से कहा था।

"मैं तुम्हें अभिनेताओं के इंटरव्यू के लिए नहीं भेज सकता। तुम्हें बॉलीवुड के बारे में कुछ नहीं पता है, पता है क्या? क्या तुमको पता है कि बिमल रॉय

कौन थे? नहीं, बिजनेसमैन नहीं। क्या तुम जानती हो कि गुरुदत्त कौन थे? तुम्हें बता दूँ कि संजय दत्त से उनका कोई रिश्ता नहीं था।" बन्नी रुक ही नहीं रहा था…

"तुम शादी कर लो। अपने ब्रिटिश प्रेमी को जाने न दो। उससे शादी कर लो। प्यारे अंग्रेजी बच्चे होंगे तुम्हारे। यह टी.वी.-शीवी तुम्हारे लिए नहीं है, मैडम।" बन्नी ने उसे उबाऊ निर्देशक-निर्माता शूट के लिए भेजना शुरू कर दिया था, जो वास्तव में कोई नहीं करना चाहता था। लेकिन लट्टू ने कभी शिकायत नहीं की। उसे फिर से श्यामू शर्मा का इंटरव्यू लेना था। यह फिल्म-निर्माता के साथ उसका पाँचवाँ इंटरव्यू था और उसने दावा किया था कि वे पहले से ही पहली पसंद हैं। बात यह थी, लतिका को पता था कि वह डेस्क की हारी हुई स्टार बन गई है, जब वह बन्नी की उम्मीदों पर खरा नहीं उतर पाई; या यों कहें कि जब उसने अपनी उम्मीदों पर खरा उतरने का फैसला करना बंद कर दिया और अपने दम पर कुछ करना शुरू कर दिया; क्योंकि लट्टू के अपने लिए बहुत अलग सपने थे।

□

बड़ी फिल्मी है

हर पत्रकार लोगों के घमंड··अज्ञानता··अकेलेपन··उनका विश्वास जीतने··बिना पछतावे के उन्हें धोखा देने का शिकार होता है।

—जेनेट मैल्कम

मेरी डेस्क ई.एम.टी.वी. बिल्डिंग की दसवीं मंजिल पर थी। तकनीकी रूप से ई.एम.टी.वी. दसवीं मंजिल से शुरू होकर ठीक बत्तीसवीं मंजिल तक फैली हुई है। हमारे नीचे की मंजिलों में मिश्रित बैंक, ट्रैवल एजेंसियाँ, नोटरी और एक प्ले स्कूल हैं। हर सुबह 4 बजे मेरी शिफ्ट शुरू होने से पहले, मैं अपने हरे और पीले काँच के दरवाजे से बाहर झाँकती और खुद को याद दिलाती कि यह मेरा ड्रीम जॉब था।

बेशक हर बॉलीवुड रिपोर्टर की तरह मेरे भी और कई सपने थे। मैंने सपना देखा था कि मैं सलमान के पीछे भाग रही हूँ, शाहरुख को रिझा रही हूँ, आमिर को समझ रही हूँ। मैंने भारत के चहेते कलाकारों कटरीना, रणबीर, दीपिका, प्रियंका की लव-लाइफ को फॉलो करने का सपना देखा था··और शायद बॉलीवुड के कुछ खलनायकों को डेट करना भी।

तो क्या यह शाहरुख खान के लिए मेरा प्यार था, जो मुझे इस काम को करते रहने की प्रेरणा दे रहा था? या क्या मैंने अपने आप को सत्य की खोज

करनेवालों में से एक के रूप में देखा, जो ऐसे प्रश्न पूछ रही थी, जो नहीं पूछे जाने चाहिए थे? या क्या मैंने इसे उस सेक्सी कहानी के लिए किया था, जो दर्शकों को रुकने और देखने के लिए मजबूर करती थी...जब संगीत, कहानी, ग्राफिक्स, टेक्स्ट, वॉयसओवर और दिन की बड़ी कहानी एक विशाल रूप में एक साथ आती थी?

या ऐसा मैंने सोचा।

“फाड़ने की क्या जल्दी है? तुम सिर्फ एंटरटेनमेंट कर रही हो, यार। माफ करना, लेकिन मैं आप एंटरटेनमेंट के लोगों के लिए एक संपादक को रात 10 बजे तक नहीं रोक सकता!” ऐसा इक्कीसवीं मंजिल पर अपने सिंहासन पर बैठी हिंदी प्रोडक्शन प्रोड्यूसर ने मुझे सूचित किया, जब मेरा शो समाप्त करने के बाद मैं एंटरटेनमेंट संपादन सूची के बारे में पूछताछ करने लगी।

मुझे हर दिन इस तरह के खबरी प्रकार के लोगों से सामना करना पड़ता था। उन्होंने उन्नीसवीं से इक्कीसवीं तक तीन महत्त्वपूर्ण मंजिलों को घेर रखा था। द बॉली टाइप्स, या बोलिज—यह मेरी डेस्क थी—जो दसवीं मंजिल पर थी, जो दो शौचालयों और किचन, अकाउंट्स, ट्रैवल और गेस्ट डेस्क के बीच बँटी हुई थी। इसके अलावा कर्मचारियों और मेहमानों के लिए ई.एम.टी.वी. के मुख्य रसोई से एक पत्थर के फेंकने जितनी दूरी पर थी, सिर्फ इसलिए कि मैंने इस बात का उल्लेख नहीं किया था। कम-से-कम हमें अपनी कॉफी तो गरम मिलती है, यही सोचकर हम बॉली टाइप्स ने खुद को सांत्वना दी हुई थी।

ई.एम.टी.वी. में ऐसा ही था। कौन किस मंजिल में रहता था, उससे आप उस विभाग के महत्त्व का अनुमान लगा सकते हैं।

तो गुटखा किंग ने इमारत के ऊपर की अट्ठाईसवें से बत्तीसवें तक पाँच मंजिलों पर कब्जा किया हुआ है। हमें नहीं पता था कि इन मंजिलों में क्या है, क्योंकि हम सत्ताईसवीं मंजिल से ऊपर कभी नहीं गए थे। सी.ई.ओ., वी.पी., सहायक वी.पी. और अन्य प्रबंधन सदस्य पच्चीस और सत्ताईस के बीच तीन मंजिलों में रहते थे और उनमें से एक में सम्मेलन कक्ष (कॉन्फ्रेंस हॉल) भी था। चौबीसवीं से बाइसवीं मंजिल में एक जिम, एक स्प्लैश पूल, एक बिलियर्ड्स रूम और एक लाउंज तथा साथ ही माँ सिम्मी छाबड़ा का रेकी रूम भी था।

समाचार डेस्क, समाचार निर्माता और शहर के समाचार संवाददाता उन्नीसवीं से इक्कीसवीं मंजिल तक तीन मंजिलों में फैले हुए थे। उन्नीसवीं मंजिल में सभी महत्त्वपूर्ण विदेशी संवाददाताओं और लाड़ले राजनीतिक पत्रकारों के लिए विशेष रूप से आरक्षित विशेष संपादन सूट भी थे। सोलहवीं, सत्रहवीं और अठारहवीं मंजिलों पर व्यापारवालों का व तेरहवीं, चौदहवीं और पंद्रहवीं मंजिलों पर खेलकूद विभाग का कब्जा था, जिनके अपने स्वयं के मेकअप रूम थे। ग्यारहवीं और बारहवीं मंजिलें फीचर, वृत्तचित्रों, किताबों और कला डेस्कों से आबाद थीं, जो थीं तो एंटरटेनमेंट ही, लेकिन वास्तव में बॉलीवुड नहीं थीं। उन्हें 'बॉली टाइप्स' से ज्यादा सम्मान मिला, इसलिए उन्हें अपने लिए दो मंजिलें मिलीं।

"अगर जरूरी हो तो फाइल करो, लैला! अरे, बस मुझे एक सेक्सी कहानी दो और एक मिनट तक बढ़ाने की चिंता मत करो।" एक गंभीर डेस्क निर्माता मुसकराया।

"अरे, मैडम लैलाजी, कैसी हैं मल्लिका? राखी सावंत पर आज कोई कहानी नहीं? बिपाशा के क्या हाल हैं?" हिंदी समाचार निर्माता ने मुझे झकझोरते हुए कहा।

"स्टार न्यूज कैटरीना के लिप-जॉब पर वी.टी. चला रहा है। क्या हमें अपने शो के लिए अभिनेताओं की प्लास्टिक सर्जरी पर कुछ नहीं मिल सकता है? हुह? बस एक छोटा दो मिनट का वी.टी.? हुह, हुह?" विरागो ने अपने बीसवें कप कॉफी की चुस्की लेते हुए चक्कर के साथ कहा।

"दिन में पार्टी, रात में पार्टी! मजा है। कल रात आप किससे मिली थीं?" यह अठारहवीं मंजिल से घिनौना मजाक था।

"हाय सुंदरी, चलो भाग चलें और कुछ डर्टी करते हैं!" बीसवीं मंजिल से एक इंटर्न ने कहा।

"अरे, मैंने सुना है कि जॉन अब्राहम के बाद मिनिषा लांबा भी अपने बट का बीमा करा रही हैं?" एक न्यूज एंकर ने सुझाव देते हुए कहा।

"एक चुलबुल, कई बुलबुल!" किसी और ने जवाब दिया।

भद्दी टिप्पणी, अंतहीन कटाक्ष और निंदा। हर टॉम और डिक को महसूस

हुआ, नहीं पूरा विश्वास था कि एंटरटेनमेंट पत्रकार उनके निजी मनोरंजन के लिए भी थे। एक घिसी-पिटी मानसिकता ने एंटरटेनमेंट पत्रकारों को बाकी समाचार पत्रकारों से अलग कर दिया था, यहाँ तक कि ई.एम.टी.वी. जैसे गंभीर चैनल में भी। एंटरटेनमेंट फास्ट फूड की तरह था—अच्छा और आसान—लेकिन कोई वास्तविक पोषण नहीं दे रहा था। एक शब्द में कचरा बीट!

मुझे अब आपको अब ई.एम.टी.वी. पर एंटरटेनमेंट डेस्क से मिलवाना चाहिए, जो कूड़ा-करकट पीट रहे हैं।

चिकी : पहले मोटी, फिर पतली, फिर मोटी। चिकी बोस हर महीने दो आकार में कभी फूली और कभी सिकुड़ी हुई लगती थी। बहुत अधिक धूम्रपान करनेवाली बॉलीवुड फैन। चिक्की का चेहरा बहुत सुंदर था। उसे इसका घमंड भी था। एक समय था, जब वह बन्नी की स्मोकिंग दोस्त और उसकी आँखों का तारा थी। ऐसा उसके महत्त्वपूर्ण ऑस्कर समारोह में पहुँचने से पहले था, लेकिन उसके बाद संपादक उसके प्रति पूरी तरह से निष्ठुर हो गया था। ऐसा उसके एक होटल के गार्ड को थप्पड़ मारने से पहले था, जो उसके बैग की नियमित सुरक्षा जाँच करना चाहता था। ऐसा एक पाँच सितारा होटल की लॉबी में एक सोफे पर सोने पर जोर देने और एक सितारों से भरे समारोह में उसे आमने-सामने साक्षात्कार करने को नहीं मिलने पर झगड़ा करने से पहले था। ऐसा उसके मनमाने ढंग से कहानियों को छोड़ना शुरू करने और बिना किसी को बताए रन ऑर्डर बदलना शुरू करने से पहले था। पिछली बार उसने अपना इस्तीफा दिया था तो संपादक ने इसे स्वीकार करने से इनकार कर दिया था। यह तब था।

लतिका या लट्टू, जैसाकि हम उसे बुलाना पसंद करते थे : स्पष्ट रूप से चैनल की सबसे खूबसूरत लड़की। एक नजर उसकी खूबसूरत हरी और बड़ी आँखों पर डालें और आप जान जाएँगे कि उसे नौकरी क्यों मिली? उसकी तारीफ के कसीदे तो अकसर एक्टर्स भी किया करते थे। लेकिन खराब बात थी—वह उतनी ही बुद्धू भी थी। एक समय था, जब संपादक ने उसे लगभग नया सुपरस्टार घोषित कर दिया था।

इंदु या इंदुमती : एक अति सक्रिय बहुत-कुछ पाने की चाह रखनेवाली और एलोवेरा एडिक्ट। उसने अपने जीवन के सर्वश्रेष्ठ अठारह वर्ष विभिन्न

चैनलों के लिए खेल, राजनीति, व्यवसाय और स्वास्थ्य से अलग-अलग बीट्स की आक्रामक रिपोर्टिंग करते हुए बिताए। वह आखिरकार एंटरटेनमेंट में कैसे पहुँची, यह एक रहस्य बना हुआ है। वह नोएडा में तीन बेडरूम के फ्लैट में रहती थी, जिसे उसने अपने पैसों से खरीदा था, जैसाकि वह हमें याद दिलाना पसंद करती थी। इंदु की पुरानी तसवीरें, जिन्हें मैंने चैनल की वार्षिकी से प्राप्त किया था, दरशाती हैं कि वह एक खुशदिल, मोटी और सुंदर लड़की थी—जो अब इससे बिल्कुल विपरीत, गंभीर, गुस्से में बुदबुदाती महिला बन गई थी, जो इस समय मेरे सामने अपने कंप्यूटर में एक स्क्रिप्ट लिख रही है और उसकी बायोलॉजिकल क्लॉक टिक-टॉक, टिक-टॉक कर आगे बढ़ रही है। उसकी मुख्य शिकायत यह थी कि चैनल में नौ साल बाद भी उसे अपना शो नहीं दिया गया। हाल ही में, इंदु ने पेज थ्री प्रकार का एंटरटेनमेंट करने से इनकार कर दिया था—उसने सोचा कि यह उसके दरजे से कमतर काम है। इसलिए संपादक ने जब भी वह चाहे, उसे कला प्रदर्शनियों, संगीत और नृत्य कार्यक्रमों और पुस्तक विमोचन के लिए भेजा।

अरिंदम गोपालकृष्णन, जिसे 'नंदू' के नाम से जाना जाता है : नंदू के बारे में बात यह थी कि वह अपने लिए लड़ता था और सिर्फ खुद के प्रति जवाबदेह था। चालीस की उम्र में वह अपनी तीखी जुबान से कई लोगों को अलग-थलग करने में कामयाब रहा है। लेकिन निश्चित रूप से वह कभी भी बड़े लोगों का विरोध न करने को लेकर सावधान रहता था। उसके बड़े लोगों से अच्छे संपर्क थे, जिसे वह लालच में अपने तक ही रखता था। हर रात जब हम शूटिंग पर और स्टूडियो या संपादित कमरे में कड़ी मेहनत करते तो नंदू पार्टियों में शराब पीने, मीट, कबाब खाने या सुबह तक फ्लाइंग किस करता रहता। वह दोपहर 3 बजे से पहले कभी ऑफिस नहीं आया और शाम 7 बजे तक चला भी जाता है। उसका एक हिट शो था और वह मालिकों के करीब था···संपादक के मालिक। वह एक बेहतरीन किताब भी लिख रहा था और एक प्रसिद्ध प्रकाशक के साथ बातचीत कर रहा था। मुझे नहीं लगता कि संपादक नंदू को लेकर बहुत-कुछ कर सकता है। कई लोगों ने महसूस किया कि वह एक धूर्त था, लेकिन मेरे मन में उसके लिए एक अजीब इज्जत थी, जिसका उसने मुझ पर

अपने उबाऊ शूट डालकर पूरा फायदा उठाया।

बन्नी : बन्नी चोपड़ा। सिर्फ इतना जान लीजिए कि उससे मिलने से पहले मुझे नहीं पता था कि एक व्यक्ति एक ही समय में इतने सारे लोगों में इतना तीव्र भय और पक्की घृणा पैदा कर सकता है! मुझे लगातार खुद को याद दिलाना पड़ता है कि वह सिर्फ इकतीस साल की थी।

जहाँ तक मेरी बात है, मुझे जानने के लिए पूरी किताब की जरूरत होगी। मुझे लगता है कि इसीलिए मैं इसे लिख रही हूँ।

□

न्यूज़ का चक्कर

"पत्रकारिता के लिए ऐसे पुरुष या महिला की आवश्यकता होती है, जो शारीरिक रूप से स्वस्थ और मानसिक रूप से सतर्क रहे। यह पेशा कमजोरों के लिए नहीं है। यह आपको अच्छी स्थिति में रखेगा, यदि आप इसके बारे में परेशान हुए बिना सभी प्रकार की मौखिक गालियाँ सुन सकते हैं।"

—अनाम

मैंने अपनी कार शहर के उच्च न्यायालय की तेजी से भर रही पार्किंग में खड़ी की। वहाँ पूर्वानुमान की लहर चल रही थी। बॉलीवुड स्टार उपेंद्र, बहस योग्य यौन उत्पीड़न, बलात्कार करने के जाल में फँसा था। उसने कथित तौर पर अपनी उन्नीस वर्षीय नौकरानी का नशे की हालत में बलात्कार किया था। इस घटना के दौरान उसकी पत्नी अपने माता-पिता से मिलने गई हुई थी।

अभी सुबह ही हुई थी, लेकिन बात तेजी से फैल गई थी। कोर्ट-परिसर में लोगों की भीड़ जमा होनी शुरू हो गई थी। एक के बाद एक कारें आ रही थीं, सबसे पहले मीडिया वैनों का बड़ा जमावड़ा पहुँचा। टी.वी. ट्रक और न्यूज क्रू ने कोर्ट-परिसर के बाहर भीड़ के साथ मारपीट शुरू कर दी। टेलीविजन चैनलों की ओ.बी. वैन प्राइम स्पॉट के लिए संघर्ष कर रही थी। जगह कैमरामैन और

ओ.बी. सहायकों तथा इंजीनियरों और राष्ट्रीय चैनलों एवं स्थानीय समाचार केबलों के पत्रकारों से भरी हुई थी, सभी बेहतरीन जगह के लिए झगड़ रहे थे। प्रोडक्शन सहायकों ने मोटी, मील-लंबी केबल बिछाना शुरू कर दिया था, जो लाइव फीड भेजती थी। यह कुछ नहीं, बस एक सुस्त दिन होनेवाला था।

"मैं दुनिया को तबाह करने के मूड में हूँ!" X चैनल से गौरव बुदबुदाया, जो अपनी जगह का पता लगाने की कोशिश कर रहा था और अपने केबल खोल रहा था। "यार, हमारा जीवन कितना ओवररेटेड है?"

"तुम जानती हो, वह अंबिका मून न्यूज से, जो लाइफस्टाइल पर काम करती है—शादी कर रही है? मैंने उससे पूछा कि उसका मंगेतर क्या करता है और उसने जवाब दिया, 'वह गोल्फ लिंक्स में रहता है।' कितना आसान है; मैं अंबिका बनना चाहता हूँ।" ऐसा गोगोल ने कहा। कोई भी यह कभी नहीं बता सकता था कि वह गंभीर था या नहीं, लेकिन मुझे उसकी बात बिल्कुल बेतुकी लगी।

"उसके लिए अच्छा है। उसने दुनिया देखी है।" मैंने कहा।

गौरव ने कहा, "मेरे पास एक बेहतर विचार है—तुम जानते हो, उत्तर और दक्षिण कोरिया लड़ रहे हैं। चलो यह सब छोड़ो और बस चलो, कुछ तो करेंगे, यार, यह बहुत रोमांचक है।"

"ये देखिए! ये एक ग्रेनेड फटा, ये बम फटा। सही में हर एजेंसी हमारे पीछे होगी। मैं निश्चित रूप से जी.बी.डी. से लाइव रिपोर्टिंग करूँगा!" गोगोल ने कहा।

"यह जी.एम.डी. है।" मैंने कहा।

"जी.एम.जेड., जी.बी.डी., जो भी हो! भोंसड़ी के, बहुत गरमी है, मैं तिलमिला रहा हूँ।"

यह शहर में नया सर्कस था। कुरकुरे कॉटन में रिपोर्टर थे, सभी अपने कैमरे, माइक, टेप रिकॉर्डर और उनकी तारों से लैस थे, अपनी कहानी कैमरे पर लिख रहे थे या अपने डिक्टाफोन पर बोल रहे थे। मीडियावालों को घूरनेवाले दर्शकों की बढ़ती भीड़ का जिक्र करने की जरूरत नहीं है। बस आम लोग ही सारी हरकतों में मग्न हैं, मानो नौटंकी के शुरू होने का इंतजार कर रहे हों! मैंने एक न्यूज-

रिपोर्टर की तरह—एक छोटा लाल कुरता और नीली जींस पहनी हुई थी। आँखों में काफी सारा काजल और होंठों पर लिप ग्लॉस—लगाया हुआ था, यह समाचार रिपोर्टिंग के लिए पर्याप्त साधारण, मनोरंजन के लिए पर्याप्त सेक्सी था। "लैला, क्या तुम एम्सटर्डम में आइफा को कवर करने जा रही हो ? क्या सेक्सी लाइनअप है—शाहरुख, सलमान, कैटरीना—मैं तो जा रहा हूँ।" गौरव मुसकराया।

"अरे, मैं भी जा रही हूँ!" टी.वी. चैनल की दुबली सरयू ने भव्य घोषणा की। "लेकिन तुम लोग हमेशा उस नंदू को भेज देते हो। वह कान्स के लिए भी गया था। तुम कैसे कभी नहीं जातीं ?" उसने चिढ़ाते हुए कहा।

साली बिच।

"जैसे भी हो, मैं इस बार जा रही हूँ! हो सकता है कि हम वहाँ तुम्हारे लिए कुछ अच्छे कपड़े खरीद सकें!" मैंने भी चुटकी भरा उत्तर दिया और अपने स्थान की दिशा में प्रवेश द्वार संख्या एक की ओर बढ़ गई। उसके बाद मेरे पीछे छह फीट एक इंच लंबा कैमरामैन विभीषण था। वह कोई साधारण कैमरामैन नहीं था। विभीषण के प्रभावशाली कंधे बिना किसी सहारे के एक हाथ में भारी-भारी इकेगामी कैमरे को पकड़ सकते हैं—और यह काफी बड़ी उपलब्धि है—फिर भी वह मुझे सबसे स्थिर शॉट देने में कामयाब रहा। मैं जल्दी से नजदीकी पुलिसकर्मी के पास गई और मुख्य रूप से उसे अपना प्रेस कार्ड दिखाया।

"सुनिए सर···"

"मैडम, उधर ही रुकिए।"

"अरे भाईसाहब, यही पूछना है···कब तक आएँगे ?"

"कृपया वहीं रुकिए, मैडम···हमें टोकिए मत। वहाँ रुको, रुकिए, रुकिए! हमें परेशान मत करिए।"

"हाँ मगर। मैं देख सकती हूँ कि आपको बहुत-कुछ करना है।"

फोन बजा। यह कोऑर्डिनेशन डेस्क से पार्थो था। "तुम्हें क्या मिला ? क्या वह वहाँ है ?"

"अभी तक कोई नहीं आया, पार्थो।" मैंने कहा।

"निश्चित रूप से तुम प्री-रिकॉर्डिंग दे सकती हो ? हमें कुछ मसाला दे दो, ना!"

बन्नी उतावली हो रही थी। मैंने सोचा कि कोई गॉसिप कुछ समय के लिए बन्नी को शांत रखेगा। वह भी तब तक, जब तक कि वह किसी अन्य चैनल में कुछ और मसालेदार सामग्री नहीं देख लेती।

मैंने अपना स्थान स्थापित करने के लिए एक शांत कोने पर चली गई, जहाँ पृष्ठभूमि में अदालत की विशिष्ट लाल ईंटवाली बिल्डिंग का एक उदार दृश्य था। और प्यारी रोशनी, जो तुम्हें दिल्ली में दिन के एक विशेष घंटे में ही मिलती है—पी-टू-सी के लिए बिल्कुल सही, केवल उस बच्चे से दिखनेवाले शख्स के, जो मेरे और मेरे स्थान के बीच खड़ा था।

"सर, क्षमा करें।"

बिना एक भी इंच हिले, वह आदमी मेरी तरफ खाली नजरों से देखने लगा।

"सर, क्या मैं यहाँ शूटिंग कर सकती हूँ?" मैंने पूछा। "मेरा मतलब है, यहाँ रोशनी अच्छी है, इसलिए..."

"सर, यहाँ रोशनी अच्छी है।" उस आदमी ने मेरे पीछे दोहराया।

"एक्सक्यूज मी, सर!" वह व्यक्ति निश्चित रूप से मेरी नकल कर रहा था! क्या मैंने उसे नाराज किया था?

"क्षमा करें, सर," उसने ऊँचे स्वर में दोहराया और मेरी ओर बढ़ा। मैं घबरा गई थी। मैं चौक्कनी हो गई। अरे, कैमरामैन कहाँ था, जब मुझे उसकी जरूरत थी?

अचानक से तीन लोगों ने उस मासूस चेहरेवाले सज्जन पर झपट्टा मारा।

"सरजी, तुम यहाँ हो?"

"सरजी, चलते हैं, सुनवाई स्थगित कर दी गई है।"

"क्षमा करें, मैडम डरिए मत! ये ऐसे ही हैं।" उन्होंने मेरे भयभीत भाव को देखकर कहा।

एक आदमी ने मुझे बताया, "बलात्कार के बाद उसकी बेटी के आत्महत्या करने के बाद से वे कुछ सोचने-समझने की हालत में नहीं हैं, मैडम।"

"ओह, मुझे माफ कर दीजिए।" मैंने स्तब्ध होकर कहा।

"इसके ड्राइवर ने उसका बलात्कार किया गया था।" मैंने सुना, मुझ पर

टिकी हुई खाली आँखें देखकर मैं भयभीत हो रही थी।

"मैडम, आप मीडिया से हैं? कौन सा चैनल?" वह मासूम दिखनेवाला आदमी एकटक मेरे गले से लटके मीडिया कार्ड को घूर रहा था। "ई.एम. टी.वी.! अरे, मेरा पसंदीदा चैनल! आप मैडम लैलाजी हैं। आपको देखा है। म्हारा बॉलीवुड शो—रात में मस्ती!"

"नहीं, मेरा शो है—'फिल्मी मस्ती'…"

पुरुष मेरे शो पर अपने विचार प्रकट करने लगे और ऐसा लगा कि वे उस आदमी को भूल गए हैं।

मैंने उचित प्रतिक्रिया देने की कोशिश की, लेकिन बन्नी फुटेज के बारे में लगातार एस.एम.एस. कर रही थी और मेरा कैमरामैन विभीषण गुस्से में था।

"मैडम, आपका बॉलीवुड स्टार जेल जाएगा।"

"मैडम, प्रेस कॉन्फ्रेंस में उसने क्या तमाशा किया, उसकी पत्नी ने अपने सिंदूर की कसम खाई!" तीनों आदमी उस बच्चे से चेहरेवाले आदमी को ले जाते हुए चिल्ला रहे थे, "साला, उसे फाँसी देना, मैडम।" मैं चौंक गई।

"अरे, चलो शुरू करते हैं लैला, जल्द ही भीड़ हो जाएगी।" विभीषण अचानक प्रकट हुए। उसका गाल उसके मोबाइल से चिपका हुआ था। "मेरे दोस्त फोन पर हैं, थोड़ा दोस्त का कॉल है।" उसने शरमाते हुए कहा।

"विभीषण, तुम कहाँ हो? तुमको मेरे साथ होना चाहिए। तुम्हारी व्यक्तिगत कॉल बाद में की जा सकती है, है ना?"

"अरे, मैंने सोचा था कि तुम बस प्रैक्टिस कर रही थी।" उसने उत्तर दिया। "मैं एक महत्त्वपूर्ण कॉल पर था। चलो बाबा, अगर तुम तैयार हो तो मैं भी तैयार हूँ!"

"आइए शुरू करें…3-2-1…क्य…"

मैंने शुरू किया, "अपने भयानक सपनों में भी बॉलीवुड स्टार उपेंद्र ने कभी नहीं सोचा होगा कि उनकी हरकतें…"।

"कट", कैमरामैन ने बीच में कहा।

"कृपया फ्रेम से बाहर निकलो।" विभीषण एक जिज्ञासु दर्शक की ओर

बढ़ा, जिसने उसके फ्रेम में कदम रखा था। "फिर से शुरू करो।" उसने आदेश दिया।

"अपने भयावह सपनों में उभरते बॉलीवुड स्टार और इस साल स्टारप्लानेट पुरस्कारों में सर्वश्रेष्ठ नवोदित अभिनेता के प्राप्तकर्ता, उपेंद्र ने कल्पना भी नहीं की होगी कि उनके कार्यों…" मैंने विराम दिया, "उन्हें अपने जीवन में इस तरह के एक अँधेरे क्षण में लाएगा!"

"तुम इसे दोहराना चाहती हो?" विभीषण ने कहा।

"क्यों? क्या बात है?" मैंने पूछा।

"तुम रुक गईं।"

"बाबा, वह विराम प्रभाव के लिए था!"

"ऐसा नहीं लगा, मुझे यह स्वाभाविक विराम की तरह नहीं लगा, बल्कि एक ठोकर की तरह लगा—यह समाचार में काम नहीं करेगा। यह बहुत फिल्मी है।" विभीषण ने टिप्पणी की।

"यार विभीषण, कृपया मुझे निर्णय लेने दें। सिर्फ इसलिए कि मैं एंटरटेनमेंट बीट से हूँ, हर कोई अचानक एक विशेषज्ञ बन जाता है, बॉलीवुड से बार्बी को गंभीर समाचार रिपोर्टिंग पर अपना ज्ञान देने लगता है!"

"मैं बस कह रहा हूँ, हम तो सिर्फ कैमरामैन हैं, भैया।' विभीषण ने उदास होकर कहा।

"ठीक है और क्या तुम कृपया वह कोर्ट बैनर को शूट कर सकते हो?"

"मुझे पता है, मेरे पास बारह साल का अनुभव है।" विभीषण ने बड़बड़ाते हुए कहा।

क्या दुःखी इनसान है! भारतीय पुरुष अभी भी महिलाओं से आदेश लेने के आदी नहीं हैं। ठीक है, मैंने बहुत पहले नादान बनना छोड़ दिया था और तुमको भी ऐसा ही करना चाहिए, काश, मैं चिल्ला पाती, लेकिन मैं नहीं चाहती थी कि हमारी छोटी सी लड़ाई किसी का ध्यान आकर्षित करे।

हैरानी की बात है कि एक शांति प्रस्ताव के रूप में, विभीषण ने फुटेज को अपलिंक करने के लिए मुझसे टेप को ओ.बी. वैन में ले जाने की पेशकश की। ओ.बी. वैन कोर्ट के दूसरी तरफ एक किलोमीटर दूर खड़ी थी और उमस भरे

मौसम में मैं इससे अधिक कुछ और नहीं माँग सकती थी।

"हाँ-हाँ, शुक्रिया। मेरी ओर से मयूरी को हेलो कहना।" विभीषण अपनी प्रेमिका, X चैनल की ओ.बी. इंजीनियर के नाम पर शरमा गए। आखिरकार मुझे यह सुनिश्चित करना था कि वह जान जाए कि मैं उसकी अचानक उदारता का कारण जानती हूँ।

□

उपेंद्र ने अपने नौकर, उन्नीस वर्षीय नाबालिग जूलियन का बलात्कार किया था। बॉलीवुड में हर कोई हैरान था कि उनके बीच का व्यक्ति इस तरह के कार्य में पकड़ा गया!

समलैंगिक कार्यकर्ता उसके खून के लिए तरस रहे थे। एन.जी.ओ. ने हस्ताक्षर अभियान शुरू किया। थिएटर ग्रैजुएट बेचारा उपसी, सही पुरस्कार भी मिल रहे थे। वह बुरा अभिनेता नहीं था—कुछ लोग तो उसे प्रतिभाशाली भी कहते हैं। लेकिन दुर्भाग्य से उसके लिए वह अच्छी तरह से जुड़ा नहीं था या शायद उसके पास वह नहीं था, जो एक स्टार बनने के लिए आवश्यक था। और फिर उसके लैंगिक पर अनगिनत सवाल थे। अब सब खुलकर बोल रहे थे। उपेंद्र ने इसे आपसी सहमति बताया। दिलचस्प बात यह थी कि उपसी ने बॉलीवुड के बड़े और नामचीन निर्माताओं और एजेंटों से परिचय का वादा करके लड़के के साथ यौन संबंध बनाए थे। परंतु जब वह अपनी बात से मुकर गया तो उसका नौकर उसके विरुद्ध हो गया। उसने 'सबूत' होने का दावा किया। बेचारा उपसी!

उसने आरोपों से इनकार करते हुए शुरुआत की, यहाँ तक कि अपनी पत्नी की भी शपथ ली। फिर उसने कहा कि वह नशे में था। इसके बाद यह आपसी सहमति बनी। मुझे उसकी बेचारी पत्नी के लिए बुरा लगा। किन मजबूरियों ने उसे उसके साथ खड़े होने पर मजबूर किया था?

नौकर जूलियन को इस बीच टी.वी. पर और समलैंगिक शो और अधिकतर पैनल पर आने की अनगिनत माँगों के बाद खुद के लिए एक पी.आर. एजेंट मिला था। उसे रियलिटी शो के ऑफर भी आ रहे थे। उपेंद्र ने आखिरकार जूलियन को वह दिया, जो उसने वादा किया था, केवल उस तरह

से नहीं, जिस तरह से दोनों में से किसी ने भी उम्मीद की थी।

लेकिन उपेंद्र के लिए यह प्रतिशोध का समय था। पहले तो मेरी उसे देखने की हिम्मत ही नहीं हुई। वह अपनी पत्नी के साथ था। मैंने उसके चिगोन को पहचान लिया। उसे इस अवसर के लिए तैयार किया गया था—सादे चिकन वर्क के साथ छोटा कुरता और जींस। उसकी आँखें बड़े काले चश्मे के पीछे छिपी हुई थीं। उपेंद्र की आँखों से खून बह रहा था। जब एक कैमरामैन, राजेश उसके बहुत करीब आ गया तो वह चकित हो गया और उस पर झपटा।

"सावधान, उपसी कमीने। तुम और परेशानी नहीं चाहते होगे। तुमने पहले ही अपने कॅरियर पर एक बड़ी गलती कर दी है!" राजेश बड़बड़ाया।

उपेंद्र अपने कॅरियर की सबसे बड़ी फिल्म साइन करने ही वाला था। उसने जो किया, वह क्यों किया? सहमति से सेक्स और षड्यंत्रकारी नौकर तथा साजिश जैसे शब्दों का इस्तेमाल किया जा रहा था। जूलियन अपनी पीठ पर खरोंच दिखाने के लिए शहर गया था—कुल मिलाकर बाईस, ऊपरी पीठ पर चौदह, पीठ के निचले हिस्से पर और कुछ कूल्हे पर और जो आप सोच सकते हैं। वह एक चैनल से दूसरे चैनल में जा रहा था। टी.वी. चैनलों ने इस बात पर तंज कसा कि कैसा लगता है कि अगर किसी जानवर ने बेचारे लड़के पर हमला कर दिया है? इस बात पर चर्चा हुई कि फिल्म उद्योग में पुरुष भी कैसे सुरक्षित नहीं हैं और क्या एक सेक्स के भूखे पागल को बरी कर दिया जाना चाहिए? जज के कहने से पहले ही फैसला आ चुका था। बेचारे उपसी को कभी मौका नहीं मिला। उनकी पत्नी हर प्रेस कॉन्फ्रेंस के दौरान उनका हाथ थामे उनके साथ खड़ी रहीं। एक छोटी सुनवाई के बाद एक छोटा फैसला आया।

"जेल हो गई," कोई चिल्लाया। "सात साल!"

सब एक साथ चिल्लाने लगे। अपने फोन पर बोलते हुए रिपोर्टर अपने-अपने स्थानों पर पहुँच गए और पी.सी.आर. को फोन करने लगे, ताकि वे पहले लाइव हो सकें, सारा विवरण देने लगें। विभीषण जाने के लिए तैयार था। मैंने पहले ही तार लगा दिए थे, मेरा ताररहित माइक लैपल तैयार था, टॉकबैक चेक किया गया था, लिप ग्लॉस लगाया गया था और पी.सी.आर. स्टैंडबाय पर था।

हंगामे में मैं बस अपना संकेत दे सकती थी।

"और हम लैला से जुड़ गए हैं, जो अभी कोर्ट-परिसर में हैं···" एंकर के कुछ शब्द खो गए थे।

हे भगवान्, क्या उसने क्यूँ कहा, मैंने क्यूँ नहीं सुना। क्या उसने क्यूँ कहा?

और मैं कुछ सेकंड में ऑन एयर थी।

"और बॉलीवुड स्टार उपेंद्र के लिए आखिरकार फैसले का दिन आ गया है।" न्यायाधीश ने कहा।

मुझे ओ.बी. में खुद को सुनाने के लिए शोर मचाना पड़ा। मुझे हर तरफ से धक्का लग रहा था। विभीषण अपना कैमरा बंद होने से घबरा गया था।

ओ.बी. जारी रहा।

"अरे, जल्दी करो।" कोई फुसफुसाया।

"इसे तोड़ दो, इसे तोड़ दो।" कोई चिल्लाया।

"मत रुको, मत रुको।" मेरे कान में पी.सी.आर. चिल्लाया।

"हमें भी करना होगा, हाँ।"

"अच्छा तमाशा लगा के रखा है।"

"लैला, बोलती जाओ-रुको मत-जारी रखो!" पी.सी.आर. चिल्लाया। "हमें इस पर बने रहना है! बात करते रहो, हम शॉट लगा रहे हैं।"

मैं परेशान थी, हर तरफ से धक्का-मुक्की से चोटिल हो गई थी।

अन्य चैनलों के रिपोर्टर और कैमरामैन उसी समय चिल्ला रहे थे।

अंग्रेजी समाचार संवाददाता—

"उपेंद्र की पत्नी रो रही थी।"

"उपेंद्र की पत्नी जोर-जोर से रो रही थी।"

"उपेंद्र की पत्नी बेसुध थी।"

हिंदी समाचार संवाददाता—

"उपसी, तुमने पाप किया है।"

"उसकी आँखें लाल थीं।"

"वो फूट-फूटकर रो रहा था।"

"उसका पति आज मुजरिम है।"

कोर्ट से बाहर निकलते ही कोर्ट-परिसर में हड़कंप मच गया। चकित भाव लिए उसने अपनी पत्नी को कसकर पकड़ रखा था। उसके चेहरे पर जो माइक लगाए जा रहे थे, उसे एक तरफ धकेल दिया गया। उपेंद्र का हौसला आखिरकार टूट गया और वह फूट-फूटकर रोने लगा। सबसे अच्छी तरह से दिखाने के लिए एक-दूसरे को कोहनी मारते कैमरामैन चिल्लाए—

"वह रो रहा है, रो रहा है—वो लो, वो लो।"

"मुझे उसके चेहरा नजदीक से चाहिए।"

"उसके हाव-भाव देखो, रोती हुई पत्नी को दिखाओ।"

"उसकी आँखों का, उसकी उँगलियों का क्लोज अप लो। क्या शॉट!"

सुरक्षा गार्ड कहीं से नहीं आए और कुछ ही सेकंड में उपेंद्र अपने सुरक्षाकर्मियों और दोस्तों के साथ इमारत से गायब हो गया था।

"अभिव्यक्ति पकड़ा?" मैंने विभीषण से पूछा।

"सिर्फ साइड शॉट मिला।"

"तुमने नहीं किया? तुम्हारा क्या मतलब है विभीषण, तुमने ठीक से नहीं लिया? अब मैं क्या दिखाऊँगी?" मैं चिल्लाई।

"वो बदमाश बहुत तेजी से आगे बढ़ा, कमीने ने मुझे धक्का दिया! मैं तुम्हारे लिए एक शॉट ले आऊँगा, ठीक है!" विभीषण ने पलटवार किया और मेरे मिनी-डीवीसी पर फुटेज डालने में व्यस्त हो गया।

"लेकिन मुझे समझ नहीं आ रहा है कि तुमको उसका फ्रंट शॉट क्यों नहीं मिला?"

"अरे, मैं तुम्हें किसी और चैनल से दिलवा दूँगा, शांत हो जाओ, ओके! ओए, मयूरी, नया टैटू है क्या? बहुत अच्छे, हाँ।" विभीषण के पास मयूरी के साथ चर्चा करने के लिए स्पष्ट रूप से कुछ अधिक महत्त्वपूर्ण था।

"हाँ, कल ही कराया है।" उसकी प्रेमिका मयूरी ने अपनी गरदन पर आग निकालते ड्रैगन टैटू को दिखाते हुए हड़कंप मचा दिया।

"ट्रैक और ऑडियो जाँचें!" मैंने विशेष रूप से किसी से नहीं कहा।

जितनी जल्दी शुरू हुई थी, उतनी ही जल्दी खत्म भी हो गई। तारें हटाई

गईं और मोड़कर ओ.बी. वैन में अँधेरे घेरे में रखा गया…सब खाली किया गया। फीड भेजा गया।

"आज रात आठ बजे मेरे कमरे में मुझसे मिलो।" बन्नी के रूखे फोन कॉल ने मुझे हैरान कर दिया कि मैंने इस बार क्या किया है? ऐसा लग रहा था कि वह गुस्सा हो रही थी।

□

बोल्ड बिकता है

"कितनी बार, लैला? आखिर कितनी बार मुझे तुम्हारी इज्जत बचानी होगी?" बन्नी चोपड़ा—तेज धार संपादक, शैतान के रूप में डेस्क—जिज्ञासु, सभी दुष्ट मालिकों के अल्फा बीटा ओमेगा, मेरे लम्हों की चोरनी—चिल्लाए जा रही थी। उसकी ठुड्डी पर लगा हुआ हीरा उसकी दाहिनी भौंह पर लगे बड़े हीरे के साथ चमक रहा था। बन्नी के शीशे के केबिन के बाहर इंदु और लट्टू ने अपना काम करने का नाटक किया।

"लेकिन बन्नी···" मैंने विनती की।

"बस चुप रहो और सुनो। यह पहली बार नहीं है। क्या तुम जानती हो कि तुम्हारे कैमरामैन ने अपने विभाग प्रमुख से शिकायत की है? यह तुम्हारे खिलाफ नौवें कैमरामैन की शिकायत है!"

"लेकिन बन्नी, क्या तुमने फुटेज देखा? ट्रैक पूरी तरह से शूट किए गए थे! यहाँ तक कि सर्वो भी उन्हें संरेखित नहीं करेंगे, बन्नी, मैंने वापस शूट किया है। भगवान् का शुक्र है कि मैं डंप के लिए एक अतिरिक्त टेप ले जा रही थी।"

"तो क्या हुआ? ऐसा तो किसी के भी साथ हो सकता है। भगवान् के लिए; ये मशीन हैं, यह आपको कैमरामैन के प्रति असभ्य होने का अधिकार नहीं देता है। तुम उनकी खुशी को खराब करना क्यों पसंद करती हो?" बन्नी ने अपनी मणि जड़ित तर्जनी उँगली मेरी ओर हिलाई। उसकी विशाल काजल भरी आँखें

बाहर निकलने के लिए तैयार थीं। लेकिन इसका संबंध थायराइड की चल रही समस्या से अधिक था।

"भगवान् के लिए, उसने मेरे खिलाफ शिकायत में वास्तव में क्या कहा?"

"तुमने विभीषण से क्या कहा?"

छि:, मैंने सोचा था कि जैसे इंदु और लतिका के साथ नंदू भी जुड़ गए थे, वे तीनों काँच के केबिन की दीवारों से झाँक रहे थे, यहाँ तक कि अब अपना काम करने का नाटक भी नहीं कर रहे थे।

"मैं, मैंने क्या कहा? हमारे बीच थोड़ा झगड़ा हुआ था, लेकिन वह छोटा था; वह व्यक्तिगत कॉल्स के लिए शूटिंग रोक रहा था—मयूरी के साथ उसका वह संबंध," मैंने कहा।

"तो इससे तुम्हारा कोई लेना-देना नहीं है। सिर्फ इसलिए कि तुम्हारा अपना कोई जीवन नहीं है। उसे तुम आपत्तिजनक लगी। कैमरा हेड ने शिकायत की है। वह लिखित शिकायत भेजने की धमकी दे रहा है।"

"क्या बकवास है।" मैंने कसम खाई।

"लैला, मैं हर बार ऐसा नहीं कर सकती, तुम्हारी वह चोट कहानी क्या थी? क्या तुम जानती हो कि सुपरस्टार राजा बाबू पर तुम्हारी कहानी को हटाना पड़ा—एच. रामी बहुत नाराज था।" बन्नी चिल्लाई।

ई.एम.टी.वी. के सी.ई.ओ. हरिंद्रनाथ रामी या एच. रामी, जिस नाम से वे लोकप्रिय थे, विकासशील अर्थव्यवस्थाओं में निवेश में काम करनेवाली एक बहुराष्ट्रीय कंपनी से लाए हुए थे। टी.वी. में उनके सीमित ज्ञान के बावजूद चीनी, लैटिनो और पूर्वी अफ्रीकियों से निपटने में उनकी योग्यता ने गुटखा राजा को एक राष्ट्रीय समाचार चैनल का सी.ई.ओ. नियुक्त करने के लिए पर्याप्त रूप से प्रभावित किया था। लेकिन यह हमारा काम नहीं था, है ना? एक बात स्पष्ट थी—जब एच. रामी गुस्से में होते थे तो सिर घूम जाता था।

"तो क्या यह विभीषण के साथ लड़ाई के बारे में है या राजा की कहानी के बारे में है?" मुझे संदेह था कि इस गुस्से का बाद वाले के साथ अधिक लेना-देना था। "मेरी कहानी में कुछ भी गलत नहीं था—अगर वह बॉलीवुड स्टार सैटेलाइट टी.वी. के एक विशेष ब्रांड का समर्थन करता है, लेकिन अपने

घर पर बेशरमी से प्रतिद्वंद्वी के ब्रांड को स्थापित करता है तो अगर मैं कहानी बनाऊँ तो क्या गलत है?"

"बकवास बंद करो, लैला। चैनल के सैटेलाइट प्रदाताओं ने हमारे चैनल को ब्लैकआउट करने की धमकी दी है। तुम्हारी कहानी गलत ढंग से पेश कर रही है—और मुझे इस तरह मत देखो—ऐसा है कि बॉस तुम्हारे शो के लिए प्रसारण मंत्रालय द्वारा भेजे जा रहे 'कारण बताओ' नोटिसों की संख्या पर क्रोधित हैं। इसमें बहुत अधिक ब्रेस्ट और बट शॉट हैं। तुम्हें अपने ऑनलाइन संपादक को चेतावनी देनी होगी।" बन्नी अब तक इतनी उत्तेजित हो चुकी थी कि उसका पल्लू गिर गया था, जिससे उसकी पर्याप्त छाती दिखाई दे रही थी।

"लेकिन तुमने कहा कि सेक्सी शॉट्स का इस्तेमाल करना ठीक है! तुमने कहा कि बेमतलब होना ठीक है।" मैंने कहा।

"हाँ, लेकिन किसी कमबख्त सुपरस्टार के साथ नहीं, जो ऐसे व्यक्ति को एक एस.एम.एस. भेज सकता है, जो हमें तेरी-मेरी सैलरी देता है और हमारी संयुक्त खुशी को बरबाद कर सकता है। जब तक तुम गुटखा किंग के कारखाने में अपने शेष दयनीय जीवन के लिए मसाला नहीं परोसना चाहती हो?"

बन्नी ने निम्न उत्पादन सहायक से काम शुरू किया था, जिसने टेप रोल किया था और कई 'बलिदान' के बाद संपादक बन गई थी। उनकी सबसे अधिक उद्धृत पंक्ति थी—'मूर्खों, तुम जानते हो कि मुझे अपनी दादी की मृत्यु के दिन भी काम करने के लिए बुलाया गया था। मैं एक शो रोल कर रही थी, जब मेरी मौसी को दिल का दौरा पड़ा। इसलिए मुझे अपने कुत्ते के मरने के बारे में बकवास खबर मत दो!' यह एक खुला रहस्य था कि बन्नी की नए मनोरंजन चैनल में एक महत्त्वपूर्ण पोर्टफोलियो प्राप्त करने पर नजर थी और इसलिए वह मालिकों के साथ मिलकर काम करने की कोशिश कर रही थी। ऐसे में उसकी तो शामत ही आएगी, जो उसे बेवकूफ साबित करेगा।

ई.एम.टी.वी. में लोगों ने बन्नी के बारे में बहुत-कुछ कहा। एक बात, जो मैं साबित कर सकती थी, वह यह थी कि उसने पत्रकारों को एक पल में रोमांटिक धारणाएँ छोड़ देने पर मजबूर कर दिया था। वह लोगों की उनके चेहरे पर बेइज्जती करने से अधिक कुछ पसंद नहीं करती थी। वह डराना पसंद करती

थी और उसे पालतू जानवरों से नफरत थी। किसी कारण से उसने मुझे डॉगहाउस में डाल दिया था। मैं यह सोचती थी कि वह मुझे और सख्त बनाना चाहती थी।

अभी और आना बाकी था।

"और मुझे कहना होगा, तुम्हारा फैशन सेंस बद-से-बदतर होता जा रहा है। मुझे यकीन है कि हम तुमको कुछ अच्छे कपड़े खरीदने के लिए पर्याप्त भुगतान करते हैं—नंदू, यार कृपया इस गरीब लड़की को अपने एक दोस्त के पास ले जाएँ।" बाहर से नंदू बिल्कुल नहीं हिला। अब बन्नी रुक ही नहीं रही थी।

"मैडम, मैं तुम्हारी फैशन वीक की स्क्रिप्ट पढ़ रही थी। हम इस चैनल में राय नहीं देते हैं, कृपया ज्ञानी रिपोर्ट से आगे निकलो। मुझ पर लाक्षणिक और अतिवादी मत बनो। यह मनोरंजन है। बहुत महत्त्वाकांक्षी मत बनो, धन्यवाद! सच कहूँ तो बेहतर होगा कि तुम खुद को सुधार लो, तुम्हारी नौकरी लेने के लिए पचास लड़कियाँ तैयार हैं, लड़की।"

"हुह।" मैंने मुँह टेढ़ा करके कहा।

लेकिन 'फिल्मी मस्ती' की मेजबानी के दौरान साउथ एक्सटेंशन के छिपकली लाउंज में मेरे साथ लगभग छेड़छाड़ की गई थी।

लेकिन मैं लगभग सुस्त प्रबंधक के साथ मारपीट करने लगी, जो हर बार मेरे लाइव होने पर फ्रेम में आने पर जोर देता था।

लेकिन 2 बजे काम समाप्त होने के बाद मैं उपेंद्र की सुनवाई के लिए अगली सुबह ग्यारह बजे अदालत में थी···

क्या मुझमें बन्नी से यह सब कहने की हिम्मत है? हा हा हा!

मैं आइफा के लिए एम्स्टर्डम जाने की अपनी संभावनाओं को खतरे में नहीं डालना चाहती थी; मुझे तीन साल से छोड़ा जा रहा था और अगर मैंने संपादक को खुश रखा तो उसने मुझे आश्वासन दिया था कि इस बार यात्रा मेरी थी।

"क्या तुमको लगता है कि तुम आज रात ओ-लाउंज में फरदीन की पार्टी को बिना किसी तमाशे के कवर कर सकती हो?" उसने जारी रखा। "स्वीटी," उसने हमारे इन-हाउस स्टार नंदू से विनती की, "कृपया मैडम की स्क्रिप्ट देखें और इसे कुछ प्रसारित करने योग्य बनाएँ···केवल तुम ही कर सकती हो!"

दम घुटे, घूँट लो, चिल्लाओ मत, निगल लो, यह सिर्फ एक अपमान है।

अच्छी बात है कि मैंने बेवकूफ बन अपमानित किए जाने की अभिव्यक्ति पैदा करना सीख लिया था। इसने सार्वजनिक अपमान के दंश को दूर किया। सबसे प्रतिष्ठित अंग्रेजी समाचार चैनल के प्रतिष्ठित मनोरंजन डेस्क पर बस यह एक अन्य रात थी।

अचानक से मैनहोल को ढकना और नाले लगाना इतना बुरा विचार नहीं था।

□

स्टेटस : स्टैंडबाय

"बस इतना ही! तुम इतने अन्यायी क्यों हो रहे हो? तुम सभी लोग सोचते हो कि मैं कुछ लेकर जा रही हूँ।" मैं रेहान पर चिल्लाई, जब मैं आखिरकार वसंत एन्क्लेव में हमारे दो कमरे वाले अपार्टमेंट में पहुँची। यह एक संयुक्त निवेश था, जिस पर हमारी संयुक्त बचत का 70 प्रतिशत हिस्सा लगा था, लेकिन दिन में अठारह घंटे खाली रहता। "तुम्हें नहीं पता कि मैं बहुत मेहनत करती हूँ?"

"इतना आक्रामक होना बंद करो···मैं चाहता था कि तुम पार्टी में रहो। पापा तुम्हारे बारे में पूछ रहे थे।" रेहान हकलाते हुए बोला। जैसाकि वह हमेशा करता था, जब हमारा झगड़ा होता था। रेहान, कॉलेज के दिनों से मेरा बॉयफ्रेंड था। लोगों का कहना है कि वह अपने मॉडल जैसे खूबसूरत लुक और स्थिर नौकरी के साथ काफी आकर्षक था। रेहान काफी मजाकिया स्वभाव का था और अपनी अतिसंवेदनशील आँखों और बचकाने मासूम चेहरे के साथ वह बहुत सेक्सी लग सकता था।

और इतने सालों बाद कुछ भी नहीं बदला था। या कम-से-कम ऐसा लगता है कि कुछ भी नहीं बदला है।

रेहान मुझे दुनिया के सबसे सेक्सी व्यक्ति की तरह महसूस कराता है। मुझे उसकी हिम्मत, उसकी तेज बुद्धि से प्यार था। वह जिसे मेरी अशांत ऊर्जा कहता

था, उससे प्यार करता था। उसने एक अंतरराष्ट्रीय बैंक में प्रबंधन प्रशिक्षु बनने के लिए अपने बसे-बसाए पारिवारिक व्यवसाय को छोड़ दिया था, फिर उसने वह नौकरी छोड़ दी और विकासशील अर्थव्यवस्थाओं पर ध्यान केंद्रित करते हुए वैश्विक उद्यमों के प्रबंधन में एक उन्नत मास्टर का अध्ययन करने के लिए अपनी सारी बचत को निवेश कर दिया।

जब मुझे ई.एम.टी.वी. की नौकरी मिली तो पापा और माँ को बताने से बहुत पहले रेहान वह पहला व्यक्ति था, जिसके पास मैं खुशी से चिल्लाते हुए दौड़कर गई थी। हम जल्द ही एक साथ रहने लगे।

और अब डेढ़ साल साथ रहने के बाद रेहान हमारे रिश्ते को अगले स्तर पर ले जाना चाहता था। मुझे खुश होना चाहिए था, है ना? लेकिन मैं बहुत डर गई थी। आज शादी-वादी? कल बच्चे-वच्चे? बचने का कोई तरीका नहीं।

"लेकिन मैं अभी सही स्थिति में नहीं हूँ...बन्नी...'

"नहीं, लैला! बस काफी हो गया! तुम्हारा जीवन बन्नी को खुश करने में बीत रहा है। वह तुम्हें जकड़े हुई है और वह भी बहुत नजदीक से! तुमको रिपोर्टिंग करना अच्छा लगता था, लेकिन अब मुझे लगता है कि तुम उसकी आँखों में गिरने के डर से ही प्रेरित हो!" रेहान की नरम आवाज सख्त हो गई। जब वह कुछ चाहता था तो वह मुखर हो जाता था—लेकिन मुझे लगा कि वह बेवजह मूर्ख बन रहा है।

"हर बार जब बन्नी कॉल करती है तो तुम स्वतः कूदने लगती हो। तुम उसकी गुलाम नहीं हो। पिछले दो महीनों से, हर दिन तुम सुबह 2 बजे के बाद घर पहुँची हो, तुम सुबह गायब हो जाती हो—मुझे ऐसा भी नहीं लगता कि हम अब साथ रह रहे हैं। सिर्फ इसलिए कि तुम पिछली बार आइफा नहीं जा पाई, तुम कई दिनों तक उदास रहीं; क्या तुमने हाल ही में खुद को देखा है? जब तुम काम पर जाती हो तो तुम अब मुसकराती भी नहीं हो!"

"तुम मेरे बरबाद जीवन का एक बरबाद दिन जीने की कोशिश करो, तुम एक शिफ्ट भी नहीं जी पाओगे!" मैं रोनेवाली थी। "यह मेरा ड्रीम जॉब है, रेहान! मेरी नौकरी लेने के लिए पचासों लड़कियाँ मर रही हैं। अगर मैं इसे छोड़ दूँ, अगर मैं नंबर नहीं लाई तो बन्नी मुझे छोड़ेगी नहीं।"

"लैला, अगर वह सोचती कि तुम उसे बरबाद कर दोगी तो वह तुम्हें शो नहीं देती?"

"मुझे लट्टू को यह शो करने देना चाहिए था। वह इतनी सुंदर है कि उसे स्क्रिप्ट की भी जरूरत नहीं पड़ती। पुरुष उसे मूर्ति की तरह खड़े देखने के लिए भी भुगतान करते।"

"पिछली बार मैंने देखा था कि यह समाचार था, फैशन टी.वी. नहीं, लैला।"

"तुम्हें टी.वी. के बारे में कोई जानकारी नहीं है।"

"लैला, मुझे पता है कि तुम कड़ी मेहनत कर रही हो, लेकिन मैं बस इतना कह रहा हूँ कि इस बार मैं चाहता था कि तुम मेरे परिवार से मिलो। हमारी भी जिंदगी है या कम-से-कम हमारी जिंदगी थी।"

"सुनो, मुझे खेद है—ठीक है, मैंने कुछ ज्यादा ही बोल दिया, लेकिन··· लेकिन मेरी वार्षिक मूल्यांकन समीक्षा रिपोर्ट से कुछ महीने पहले—मुझे लगता है कि मैं वहाँ पहुँच रही हूँ! बन्नी ई.एस.ओ.पी. और कंपनी की कार की ओर इशारा करती रही है, तुम जानते हो···यह हम दोनों की मदद करेगा।" मैंने कहा।

"यह तुम्हारी मदद करेगा! मैं अब भी तुम्हारे साथ ठीक हूँ।"

"कट कट। तो टुत्सी ने अब मेरे बारे में क्या कहा?" टुत्सी रेहान की माँ के लिए मेरा उपनाम था, क्योंकि उसके बड़े-बड़े हिरण से दाँत थे।

"मम्मी को तुम्हारे शो 'रात रानी' का नाम ही पसंद नहीं है। उन्हें लगता है कि यह कचरा लगता है।" रेहान ने चिढ़ाया।

"भगवान् के लिए 'रात रानी' मेरा शो नहीं है। मेरा है 'फिल्मी मस्ती'! वैसे भी टुत्सी की राय किसने माँगी?"

जब भी वह मुझे अपने बेटे के आसपास देखती तो रेहान की माँ अजीब-सा चेहरा बना लेती और उनकी आँखों में एक अजीब सा भाव आ जाता। मुझे लगा कि शायद ऐसा इसलिए है, क्योंकि उन्हें लगा कि मैं उसके लिए अच्छी नहीं हूँ। मुझे वह पसंद नहीं आई। लेकिन ऐसा इसलिए था, क्योंकि उन्होंने शायद ही कभी मेरा स्वागत किया हो। मैं सिर्फ अहसान वापस कर रही थी।

"तुम्हारे पिताजी के बारे में क्या?" उसने मेरी प्रतिक्रिया को अनदेखा करते हुए कहा।

ओह! उसे क्यों पूछना पड़ा? मुझे लगा कि मेरा पेट एकदम से भारी हो गया है।

"मुझे लगता है कि वे ठीक हैं।" मैं बुदबुदाई।

"अनुमान क्यों? तुम उन्हें कॉल क्यों नहीं करती हो?"

"और चिल्लाने का मैच खेलें?"

"बस उनसे बात करो!"

"किस बारे में बात करूँ, रेहान? क्योंकि वे मुझे बोलने नहीं देते हैं। मैं जानती हूँ कि जो मैं करती हूँ, उसे वह पसंद नहीं करते हैं, लेकिन वे मेरे लिए खुश क्यों नहीं हो सकते हैं? पिछली बार जब मैंने उनसे बात की थी तो उन्होंने मुझे अपना विषय (बीट) बदलने के लिए कहा था! उन्होंने कहा कि क्यों न मैं बिजनेस स्टोरीज करूँ! वे चाहते हैं कि मैं उस अच्छे सभ्य रिपोर्टर की तरह अच्छी सभ्य पर्यावरण की कहानियाँ करूँ, जो उन्होंने टी.वी. पर देखी थीं—यह बहुत परेशान करनेवाला है!"

"वे चिंतित हैं।"

"पापा चिंतित हैं कि मैंने अभी तक शादी नहीं की है। वे तुमको यह पुष्टि करने के लिए कॉल करते हैं कि तुम अब भी मेरे साथ हो, न कि मैं अभी भी तुम्हारे साथ हूँ!"

"क्या फर्क पड़ता है? तो हम शादी क्यों नहीं कर लेते?"

"यार, क्या सही में? मेरे पास…"

"हाँ-हाँ, तुमको अपने ई.एस.ओ.पी. और अपनी कंपनी की कार के बारे में चिंता करनी होगी और बन्नी को प्रसन्न करना होगा तथा निश्चित रूप से तुम्हारे सितारों से मिलना न भूलें, लेकिन सही मायने में, चलो तुम्हारे पापा को फोन करें—रुको, क्या तुमने उन्हें फोन किया था?"

"वे सारी मस्ती से क्यों चूके, हाँ?" मैंने कहा।

"चुप रहो।"

"उन्होंने क्या कहा?"

"चुप हो जाओ।"

"चलो, बाहर चलें।"

"मैंने कहा कि मेरे पास एक नया शो है। उसने कहा कि यह तमाशा बंद करो और अगर इस तरह का काम करना है तो शादी कर लो। फिर जो चाहे, करो। उसने मेरी बात भी नहीं सुननी चाही। यार, मैं अब बहुत हिंसक महसूस कर रही हूँ।"

हलके शब्दों में कहें तो पापा के साथ मेरा रिश्ता कहीं ज्यादा जटिल था। उन्होंने जीवन में मेरी पसंद, मेरे टी.वी. कॅरियर, मेरी रिपोर्टिंग बीट, रेहान के साथ मेरे लिव-इन की इतनी आलोचना की कि उन्होंने मुझे अलग-थलग कर दिया। और जैसाकि मैंने कहा कि मैं अहसान उतारने में अच्छी हूँ। रेहान ने मुझसे इस तथ्य को छिपाने की भी कोशिश की थी कि पापा ने उसकी पृष्ठभूमि की जाँच की थी और रेहान की आर्थिक पृष्ठभूमि से इतने खुश थे कि उन्होंने रेहान के पिता को सुझाव दिया था कि अब समय आ गया है कि अगर हम इस तरह से जारी रखना चाहते हैं तो हम शादी कर लें।

आज उस जगह में जाने का साहस मुझमें नहीं था। रेहान में भी नहीं था।

□

ग्लैमर शो

तो मुझे फिर से बताओ कि मैं टी.वी. से क्यों जुड़ी?

ई. एम.टी.वी. पर मुख्य राजनीतिक संवाददाता और सुपरस्टार एंकर रिनी चड्ढा ने ब्रेकिंग दी—

"आतंकवादियों ने अफगानिस्तान के सबसे बड़े सैन्य हवाई अड्डों में से एक, बगराम हवाई अड्डे पर हमला किया, जिसमें कम-से-कम दस लोग मारे गए हैं··· आतंकवादियों ने अमेरिका द्वारा आपूर्ति किए गए दो उन्नत सर्विलांस विमान, पी-3सी ओरियन विमानों को नष्ट करने में कामयाबी हासिल की···"

ठंडे मेकअप रूम में मैंने अपनी बारी आने का धैर्यपूर्वक इंतजार किया, क्योंकि प्राइम-टाइम समाचारों के कुछ बड़े लड़कों ने अपनी भौंहें ठीक कराईं। वहाँ केवल तीन कुरसियाँ थीं और तीनों भरी हुई थीं। लेकिन मैं इंतजार कर सकती थी। मेकअप के लिए भी खबरवाले पहले आए।

"आप जानते हैं कि उसने मुझे इस तथ्य को छिपाने के लिए कहा था कि मेरे वी.टी. में संयुक्त राष्ट्र के अधिकारी हैं—अभी प्राप्त रिपोर्टों के अनुसार—वह इसके बारे में खुद बताना चाहती है और हम इसे ई.एम.टी.वी. की बेकार स्टार-रिनी चड्ढा द्वारा सुन रहे हैं।" अंतिम एक चुटीले चेहरेवाला नौसिखिया

समाचार एंकर-सह-निर्माता, अपना चेहरा साफ कराते हुए एक महत्त्वपूर्ण प्राइम-टाइम न्यूज एंकर से बोला। रिनी मेकअप रूम टी.वी. पर ब्रेकिंग न्यूज में अपना लिंक पढ़ रही थी—

"उन्होंने काबुल में उच्च सुरक्षा वाले बगराम हवाई अड्डे में प्रवेश किया। उन्होंने तीस मिनट के अंतराल में आठ बड़े विस्फोट किए···आतंकवादियों का पहला लक्ष्य डामर पर खड़े विमान और पास के हैंगर में रखे उपकरण थे; हम जब यहाँ बोल रहे हैं तो घेराबंदी जारी है। अधिक जानकारी के लिए इस्लामाबाद टाइम्स के संवाददाता उमर नसीरुल्लाह बब्बर मेरे साथ हैं।"

"बकवास! भगवान्, क्या वे कुछ भी ठीक नहीं कर सकते? यह सहयोगी संपादक है, संवाददाता नहीं। मुझे पी.सी.आर. दिलवाओ।"

अंतिम पी.सी.आर. में वह किसी पर फोन पर चिल्लाया, "कृपया अधिकारी का नाम बदल दें, यह गलत है! सुबह 7 बजे ऑनएडिट पर प्रकाशित मेरे वी.टी. की जाँच करें!" उसने फोन पटक दिया। "आप जानते हैं, मैंने वह फोनो किया था। मैंने नसीरुल्लाह बब्बर को ट्रैक किया था—मुझे उस गूँगे को उसका नाम बोलना सिखाना पड़ा—मैंने उसका नंबर लिया, सवाल पूछे, वी.टी. लिखा और उसे मैडम सुपरस्टार रिनी चड्ढा को सौंप दिया; और इस हॉट-शॉट महिला ने इसकी जाँच करने की जहमत भी नहीं उठाई, वाह!"

बकवास, इससे मुझे याद आया कि मुझे अपने टैग को बदलना है—मैंने हेडर बदलने के लिए चिकी को बुलाया।

"नहीं। बस लिखें—'रणबीर का नया आइटम नंबर', दूसरा हेडर 'सलमान की मस्ती' है, तीसरा हो सकता है 'कैटरीना आइटम नंबर के लिए एक राष्ट्रीय पुरस्कार स्थापित करना चाहती है'।"

"वाह-वाह! सुबह जगमाती दुनिया के लिए इतना उत्साह।" अंतिम ने मेरी तरफ देखा और हँस पड़ा।

"हीरो की मस्ती, हीरोइन सस्ती—क्या मजा है! काश, हमारी जिंदगी इतनी मजेदार होती!" प्राइम-टाइम न्यूज एंकर ने कहा और फिर दोनों गाली-गलौज करने लगे।

मुझे इन लोगों पर विश्वास नहीं हो रहा था। उनके कूल्हों में आग लगी

हुई थी, लेकिन उन्होंने सोचा नहीं, विश्वास किया कि वे मुफ्त के मनोरंजन के हकदार हैं!

"मैं देख रही हूँ कि तुम्हारी भौंहें बन चुकी हैं, लेडीज। वे कितने सुंदर लग रहे हैं!" मैंने झुंझलाहट से कहा। "अब आप बगराम एयरबेस में नवीनतम मौत की संख्या को अपडेट कर सकते हैं। अब तक छत्तीस लोगों की मौत हो चुकी है। वैसे मार्टिना के यहाँ हेयर स्पा कैसा था?" और चली गई।

जैसाकि मैंने कहा, यह एकदम सही दिन के रूप में शुरू हुआ था। कुछ भी गलत नहीं हो सकता था। शो के रन ऑर्डर में मेरे पास एक शानदार लाइनअप था। शाहरुख की पार्टी के बाद सलमान अपनी लव लाइफ पर, अजमेर शरीफ दरगाह पर कैटरीना के शानदार शॉट्स और करीना के साथ एक एक्सक्लूसिव फोटोशूट। मेरे पास सनी लियोन से चैट भी थी। वह हार्डकोर पॉर्न छोड़ने की योजना बना रही थी और मुझे यकीन था कि दर्शकों को उसके छोड़ने के कारणों में पक्की दिलचस्पी होगी। मुझे ऐसे दिन पसंद थे। वी.टी. समय पर संपादित किए गए थे, टिकर ऑन एयर थे, खबरें तैयार थीं, टैग तैयार थे। यहाँ तक कि पी.सी.आर. भी शांत और खुश था।

□

यह दूसरी कहानी के बाद हुआ। मैं अपने तीसरे लिंक पर थी। आमतौर पर मैं अपने लिंक्स को याद करती हूँ, लेकिन आज, जैसाकि मैंने कहा, कुछ भी गलत नहीं होना चाहिए था। खैर, ऐसा हुआ। टेलीप्रॉम्प्टर तीसरी कड़ी के ठीक बीच में रुक गया। वहाँ मैं खड़ी थी, काले कैमरा लेंस को घूरते हुए, एकदत चुप। मुझे याद नहीं आ रहा था कि मैं क्या कहूँ? पूर्ण सार्वजनिक वैराग्य के उस भयानक क्षण में मैं उस काले लेंस के आकार को कभी नहीं भूल सकती, जो मुझे उस ब्लैक होल जैसा दिख रहा था, जिसमें मैं चाहती थी कि मैं समा जाऊँ। कोलंबस खराब हो गया था और चैनल 'ब्लैक' हिट करनेवाला था (ब्लैक हिट करना सबसे खराब प्रोडक्शन गलतियों की सूची में है, लेकिन यह मेरी गलती नहीं है)।

निर्माता मेरे कानों में एड-लिब (अनुवाद : तब तक बात करते रहो, जब तक हमारे पास प्रसारित करने के लिए कुछ न हो) करने के लिए चिल्ला रही थी।

"किस बारे में?" मैं वापस चिल्लाना चाहती थी। लेकिन मैं नहीं कर सकी। मैं ऑन एयर थी।

"लैला!" निर्माता ने पागलपन से मेरे कान में कहा। "बस किसी भी चीज के बारे में कहो, कुछ गपशप···कुछ तो बोलो, किसी अभिनेता के बारे में कोई मसाला, हाँ! भगवान् के लिए, तुम एक बॉली कर्मचारी हो, यार!"

लेकिन मैंने नहीं किया। मैं नहीं कर सकी। क्षण एक अनंत मिनट तक खिंच गए—वास्तव में, मेरे जीवन का सबसे लंबा छियालीस सेकंड। आखिरकार उन्होंने एक विज्ञापन चला दिया। तब तक मेरी तपस्या पूरी हो चुकी थी। एक छोटी सी तकनीकी समस्या ने मुझे एक सर्वज्ञ शो एंकर से एक पूर्ण बेवकूफ में ला दिया था।

जल्द सबको पता चल गया।

"अरे, आज तुम्हारे साथ पी.सी.आर. में एंकरिंग के दौरान क्या हुआ?" इंदु ने चिल्लाकर पूछा। "मैंने सुना है कि काफी तमाशा हुआ!" बकवास। इंदु से कुछ नहीं बचा, जो अभी भी इस तथ्य से उबर नहीं पाई थी कि मुझे उससे पहले अपना दैनिक शो मिल गया था और इस बात को बोलने के लिए उसने कोई मौका नहीं चूका। उसकी आवाज बन्नी के केबिन तक गई।

"लैला! क्या तुमने आज कुछ पंगा लिया?" बन्नी अपने केबिन से चिल्लाई।

"उम्म, हाँ, बन्नी। हालाँकि यह मेरी गलती नहीं थी।"

बकवास। सभी डेस्क पर थे। मैं अपने कक्ष में गायब होना चाहती थी। मैं अपनी कुरसी पर बैठ गई, इस उम्मीद में कि भारी स्क्रीन मेरे चेहरे को पर्याप्त रूप से छुपा देगी।

"प्लीज मुझे इन घिनौने ब्योरों से बख्श दो! कोलंबस विफल रहा। हालात से समझौता करो। तुमने किसी भी अभिनेता के बारे में गपशप क्यों नहीं की?" बन्नी ने कहा।

"बेब, तुम कभी टी.आर.पी. रिपोर्टर नहीं बनोगी," नंदू ने सिर हिलाया। उसने हमेशा मुझ पर एंगल को लेकर बहुत चिंतित होने का आरोप लगाया, न कि मनोरंजन से। नंदू ने कहा कि मेरा जनता से कोई जुड़ाव नहीं था, मेरी

कहानियों में कोई मसाला नहीं था, इसलिए उन्हें अकसर मेरे अपने मनोरंजन शो के अंतिम खंड में रखा जाता था।

"लोग तमाशा चाहते हैं, सत्य नहीं," नंदू ने मुझे नौवीं बार यह जानकारी दी। "अगर तुमने सोनम के कान फेस्टिवल में बट पैड पहने, या बिपाशा और जॉन के ब्रेकअप, या मिनीषा ने नाक पर काम कराया है, इन सबके बारे में बात करने लगती तो किसी ने इस पर ध्यान नहीं दिया होता। तुम्हें पता है, मैं कल रात एच. रामी के साथ था और यहाँ तक कि उन्होंने भी कहा कि हमें और अधिक बेपरवाह होने की जरूरत है!"

"लेकिन कैसे? क्या उनके साथ कोई मीटिंग थी? मुझे नहीं पता था!" मैंने उत्सुकता से कहा।

"उन्होंने मुझे अपने फार्महाउस पार्टी में बुलाया था। क्या पावर प्ले था—सभी बड़े नाम, संपादक, फिल्म स्टार···अरे, लतिका भी थी, उसने श्यामू शर्मा की फिल्म में उस अभिनेता के साथ शर्मनाक नृत्य किया है। अरे मैंने तुम्हें नहीं देखा, तुम कहाँ थीं? तुम नहीं आई?" नंदू ने पूछा।

"नहीं, मैं गुड़गाँव में फरदीन की पार्टी में थी। बन्नी ने इसे कवर करने के लिए मुझसे कहा।" मैंने निराशा को अपनी आवाज से दूर रखने की कोशिश की।

"कितनी गलत बात है! बेचारा बच्चा! तुम इतना काम करती हो, है ना?" इंदु ने कहा, उसकी ठंडी उँगलियाँ मेरे जलते गालों को सहला रही थीं।

"क्या बकवास पार्टी थी! सज्जनों और लड़कियों, मैं मर चुकी हूँ!" लतिका की कर्कश चीख की ओर सबका सिर घूम गया। वह हैंगओवर को सेक्सी बना सकती थी।

"गंदे नृत्य के बाद थक गई क्या? वह बहुत अच्छा शो था, जिसे तुमने कल रात दिखाया था, जानेमन!" इंदु ने कहा।

"तुम्हें पसंद आया? धन्यवाद। क्या मैं अच्छी लगी?"

लतिका पर व्यंग्य समाप्त हो गया।

"लेकिन अभिनेता के साथ गायब होने के बाद तुम कहाँ थी?"

"कौन सा अभिनेता? ओह, वह छोटा लड़का! क्या बकवास है, वह इतना चुलबुला था—मैं सिर्फ श्यामू से बात करना चाहती थी। वह वास्तव में आकर्षक

है, जिस फिल्म पर वह काम कर रहा है, वह बॉलीवुड की तरह की फिल्म करना चाहता है।" लतिका अजीब तरह से एनिमेटेड लग रही थी। "मैं धूम्रपान करने जा रही हूँ, तुम आना चाहते हो?" वह बुदबुदाई और हम पर दूसरी नजर डाले बिना बाहर चली गई।

"महान्! वह शाम 4:45 बजे उठती है और शाम 4:51 पर बाहर चली जाती है! मैडम लट्टू ने डेस्क पर सीधे सात मिनट तक टिके रहने का अपना ही रिकॉर्ड तोड़ दिया है।" इंदु ने काफी जोर से कहा, इस उम्मीद में कि बन्नी सुन लेगी।

"तुम रुको और देखना, तीन साल में हम उसकी घटनाओं को कवर करेंगे। क्या तुमने कभी देखा है कि निर्देशक उसे किस तरह देखते हैं? उसे किसी बॉलीवुड फिल्म में रोल मिलेगा, नायिका बनेगी और फिर आप उस पर कहानियाँ प्रकाशित कर सकते हैं!" चिकी ने इंदु पर पलटवार किया। ऐसा नहीं था कि चिकी चमकदार कवच या कुछ और के साथ लट्टू की योद्धा नहीं थी, लेकिन चिकी को इंदु से नफरत थी। और भावना परस्पर थी। चिकी ने एक बार अपने बारे में एक अपमानजनक इ-मेल को पकड़ा था, जिसे इंदु इधर-उधर दिखा रही थी। उनकी लड़ाई को दो मंजिल ऊपर तक सुना जा सकता था और बन्नी को हस्तक्षेप करने के लिए मालिकों के साथ एक महत्त्वपूर्ण बैठक को जल्दी समाप्त करना पड़ा। दोनों को सार्वजनिक रूप से माफी माँगनी पड़ी और उन्हें कड़ी चेतावनी देकर छोड़ दिया गया। तब से इंदु और चिकी एक ही जगह होने के कारण हमेशा परेशानी का कारण बनते थे।

"नंदू, तुम्हारा विदेशी मुद्रा यहाँ है!" प्रोडक्शन कंट्रोल से सनी सिंह चिल्लाया।

"तुम विदेश जा रहे हो? तुमने मुझे बताया नहीं? कहाँ?" मैंने पूछा।

"ठीक है, सनी!" नंदू ने पुकारा। वह मेरी ओर मुड़ा। "अरे, बस एक ऐसे ही काम है।"

"नंदू, इतना बातें छुपाना बंद करो। सोचो क्या! बन्नी ने वादा किया है कि मैं इस बार आइफा जाऊँगी।" मैंने कहा। "नंदू, मैं बहुत उत्साहित हूँ—तुम्हें मुझे बताना होगा कि तुम्हें वहाँ से क्या चाहिए?"

"लैला, मैं एम्सटर्डम जा रहा हूँ—आइफा के लिए, स्वीटी।"

"अच्छा प्रयास है, नंदू!" मैंने अविश्वास के साथ कहा।

"सॉरी, लैला। नंदू आइफा के लिए जा रहा है।" बन्नी ने कहा। "मुझे आशा है कि यह तुम्हें ठीक लगेगा, मैडम!"

"कोई दिक्कत नहीं है! लेकिन मुझे लगा कि आपने मुझसे वादा किया था," मैंने कहा, मैं पूरी कोशिश कर रही थी कि मैं कर्कश आवाज न करूँ।

"मैं यहाँ अहसान करने के लिए नहीं हूँ, बेब! नंदू को वहाँ से एक दिन में बीस मसाला कहानियाँ मिलेंगी और तुम?"

"लेकिन तुम जानती हो कि मुझे भी सामान मिल सकता है।"

"यह बातचीत खत्म हो गई है, स्वीटी।" बन्नी ने मुझे खारिज कर दिया। "बस वह बॉलीवुड मसाला लिखो और नंदू को दिखाओ—वह इसे मसालेदार बना देगा। लेकिन आप रोंशर खन्ना प्रेसर कर सकती हो। यदि तुम चाहती हो कि तुम्हें गंभीरता से लिया जाए तो कल के लिए मेरे लिए सेक्सी हेडर ले आओ। बन्नी के पास निश्चित रूप से अपना एक तरीका था। बेशक कोई भी उसे प्यारा नहीं कहेगा।"

एक टी.वी. समाचार संगठन में एक मोटी चमड़ीवाले मूर्ख जीवन में हमेशा बेहतर मौका पाते हैं। मैंने सोचा कि मैं दोनों हूँ। मुझे विश्वास था कि मेरे पास रिपोर्टर बनने का एक बेहतर मौका है। नंदू ने असहमति जताई। उसे लगा कि मुझे ज्यादा नौटंकीवाली की तरह होना चाहिए। उसने कहा कि मेरी समस्या यह थी कि मूल रूप से मैं अभी भी पत्रकारिता को एक सम्मानजनक पेशा मानती हूँ। लेकिन मुखौटा फिसल रहा था और रोमांटिक झूठ खत्म हो गए थे। मैं अपने कॅरियर की वास्तविकता से परिचित हो रही थी। मनोरंजन के सभी प्रकार के उपहार के लिए उपभोक्ता थे। चंचल दर्शकों ने अपनी वफादारी को एक झटके में बदल दिया। बेहतर होगा कि तमाशा ठोस हो या वे अपना पैसा वापस चाहते थे।

वानखेड़े स्टेडियम में शाहरुख के विवाद से लेकर 'दबंग' की गोल्डन गर्ल तक रैंप पर थिरकते हुए; बीमार कार्टूनिस्ट आर.के. लक्ष्मण के अस्पताल के बिस्तर के बगल में अक्षय कुमार के पोज से उनके अपनी पत्नी को सार्वजनिक

रूप से उनकी पतलून को जिप करने के लिए कहना; पापा बच्चन का संपादकों को अपना काम कैसे करें, इसका तरीका बताने और अपने बेटे के कॅरियर के साथ खिलवाड़ करना छोड़ देने की मीडिया को चेतावनी देना से सलमान खान के अहंकारी व्यवहार या दुर्भाग्यपूर्ण विवेक ओबेरॉय की बदनाम प्रेस कॉन्फ्रेंस, जिसमें उसने सलमान खान को निशाना बनाया था; जॉन के खुलासे से बिपाशा के जिस्म तक, शाहरुख के सिक्स पैक से कैटरीना के लिप जॉब तक; दीपिका के बदकिस्मत टैटू से शाहिद-करीना के ब्रेकअप तक; गोविंदा के एक प्रशंसक को थप्पड़ मारने से शोभा डे को 'मेनोपॉजल ओल्ड हग' कहा जा रहा था, जिसे उद्योग के छोटे लड़कों के एक समूह द्वारा किया गया था, जिनके पुरुष अहंकार को वह चोट पहुँचाती थी···सूची अंतहीन थी।

"बेबी, हम यहाँ कृषि दर्शन नहीं चला रहे हैं! हमें सेक्सी कहानियाँ चाहिए।" नंदू ने कहा।

"ये ग्लैमरस सितारे आपके दोस्त नहीं हैं। जहाँ तक उनका संबंध है, आप केवल सहायक हैं। तो आपको ज्यादातर समय उनमें से अधिकांश को परेशान करने की अनुमति है।" चिकी चिल्लाई। हे भगवान्, बेवकूफ लोग!

"उसके प्रभाव के बारे में क्या?" मैंने बेवकूफों की तरह पूछा।

"आसान है। पकड़े मत जाओ, मूर्ख।" नंदू ने कहा।

"स्वीटी, अव्यावहारिक गुणों की तलाश करने का कोई मतलब नहीं है या तीन-चौथाई टी.वी. समाचार तुरंत हटा दिए जाएँगे, जो चीनी फुसफुसाहट से अधिक कुछ नहीं हैं!" बन्नी ने पलटकर वार किया।

कृपया ध्यान दें—मनोरंजन में सेक्सी मानी जानेवाली कहानियों का सामान्य आधार किसी के घोर अपमान के इर्द-गिर्द घूमता प्रतीत होता था। बकवास सेक्सी है।

स्मार्ट रिपोर्टिंग में ऐसे लोगों की छिछोरी टिप्पणियाँ शामिल थीं, जो खुद की पहचान नहीं बताएँगे—स्टार के करीबी स्रोत/फिल्म के क्रू दल के सदस्य से—कृपया ध्यान दें, मेकअप कलाकार ने नहीं कहा, कोरियोग्राफर ने नहीं कहा, लेकिन कुछ अल्पकालिक स्रोत, जिसका नाम या कोई पता नहीं लगाया जा सकता है।

तो क्या है, जो बकवास को उन सूत्रों के हवाले से पूरी तरह से काल्पनिक कहानी गढ़ने से रोकता है, जिन्हें उसकी असत्यापित कहानी को सत्यापित करने के लिए नाम देने की आवश्यकता नहीं है? कुछ नहीं। और क्या वे सच्चाई के बारे में सोचते भी हैं? जैसाकि प्रसिद्ध अमेरिकी पत्रकार मार्था गेलहॉर्न ने कहा, "पत्रकारिता और सच्चाई···बकवास, बकवास, बकवास।"

□

नालायक

वह लेट था। घंटों लेट। लेकिन आप किससे शिकायत करेंगे? वह कोई छोटा-मोटा स्टार नहीं था, वह बॉलीवुड का सबसे अपमानजनक व्यवहार करनेवाला रोंशेर खन्ना था। रोंशेर कहाँ है, इसके बारे में घबराए हुए पी.आर. एजेंट भी अनजान लग रहे थे। बॉलीवुड सुपरस्टार ने नई दिल्ली के सबसे महँगे होटलों में से एक में अपने किंग साइज, सुपर-डीलक्स, बहुत ही महँगे सुइट को चार घंटे पहले छोड़ दिया था, इस वादे के साथ कि वह पैंतालीस मिनट में लौट आएगा। लेकिन रोनी छुपनछुपाई खेल रहा था। मिनट दर्दनाक घंटों में बदल गए थे और अभी भी उसका कोई अता-पता नहीं था। पी.आर. लोगों के हाथ में एक और समस्या थी—जुझारू मीडिया शांत होने के मूड में नहीं थी।

"आप लोग हमारे साथ इस तरह कैसे व्यवहार कर सकते हैं?" सरयू पूरी तरह से काल्पनिक कहानियों और घोर व्यंग्यपूर्ण तथ्यों के एक प्रशंसित लेखक की एक बाइट को पाने के लिए कुछ भी कर सकती थी। वह अपने चैनल के लिए अत्यधिक मूल्यवान् थीं और एक वर्ष के भीतर रिपोर्टर से विशेष संवाददाता तक बन गई थीं।

"यह बहुत गैर-पेशेवर व्यवहार है।" मृदुल, जो अपने भावुक लेखन के लिए जानी जाती है, रो पड़ी।

"लेकिन रोनी कहाँ है? हम कब तक प्रतीक्षा करें?" किसी ने पूछा।

"आप जानते हैं, हमें वॉकआउट करना चाहिए।" सरयू तीसरी बार चिल्लाई। सरयू की जहाँ लंबाई कम थी, उससे कहीं अधिक स्वर विभाग में हासिल कर लिया था। छोटे आकार की सरयू की चिड़चिड़ी ऊँची आवाज हमेशा हर चैनल के माइक्रोफोन में रिकॉर्ड हो जाती थी।

"साला··· मैं और इंतजार नहीं कर सकती!"

"तो जाओ, ना। सिर्फ गड़गड़ाहट, कोई बारिश नहीं, ऐ सरयू।" एक राष्ट्रीय दैनिक के साथ वरिष्ठ प्रिंट फोटोग्राफर मनोज ने चिढ़ाया।

"भाड़ में जाओ।" सरयू ने कहा।

"खुशी से।" मनोज ने कहा।

"दोस्तो, कृपया इसे कहीं और ले जाओ।" गोगोल, जो अभी भी शूटिंग के दौरान अपनी किताब पर काम कर रहा था, उसने अपने लैपटॉप से सामने देखा, अपने विचारों की श्रृंखला बाधित होने पर काफी नाराज हो गया था। गोगोल माचिस की तीली की तरह पतला और उस्तरे की तरह तेज, केवल वही था, जो रोनी के देर से आने पर नाराज नहीं था—लेकिन शोर-शराबे ने उसे पागल बना दिया था। "क्या हम सभ्य नहीं हो सकते, हाँ? आप जंगलियों की तरह व्यवहार क्यों कर रहे हैं? बस अपने मुद्दों को कहीं और ले जाओ।"

"और तुम क्या करने में व्यस्त हो?" सरयू ने भौंहें उठाईं।

"मैं वादा करता हूँ कि किसी दिन मैं तुम्हें बताऊँगा, प्रिय," गोगोल ने पलटकर कहा, "जब तुम बड़ी हो जाओगी!"

किसी ने सीटी बजाई।

मैं निमंत्रण पर छपे समय के कुछ घंटे बाद आई। मैं पसीने से तर-ब-तर और नाराज टी.वी. पत्रकारों, जो तीन घंटे से होटल के प्रेस रूम में इंतजार कर रहे थे, उनकी भीड़ में शामिल हो गई।

"हमें उन्हें सबक सिखाना चाहिए!" सरयू ने अपनी कर्कश आवाज में चिल्लाया।

"हम इन अभिनेताओं को इतना भाव क्यों देते हैं?"

"माफ कीजिए! कौन···किसने उसे अभिनेता कहा?"

"ठीक है," घबराई हुई रितिका ने हमें आश्वस्त करने की कोशिश की, "उसने एक बहुत सुपरहिट फिल्म दी है।"

"इनके पीछे मरते हो, तभी दौड़ाते हैं।" सरयू ने कहा।

मीनल ने चिढ़कर कहा, "लेकिन रोंशेर कहाँ है···चार घंटे हो गए हैं।"

"क्या वह कल रात 'किंगडम ऑफ ड्रीम्स' में नहीं था? वहीं कहीं सो गया होगा।" किसी ने ठहाका लगाया।

"अरे, ये तो बहुत हो गया···हद हो गई, यार!"

"रोंशेर ने दी गुगली! मुझे लगता है कि मैं इस पर कहानी बनाऊँगा।"

"हमें अभी बाहर चलना चाहिए। उसके बेवकूफ पी.आर. लोग अनजान हैं। वे इस बात की पुष्टि नहीं कर सकते कि वह आ रहा है या नहीं?"

"हाँ-हाँ-हाँ, अब चलते हैं, यार···उसे सबक सिखाते हैं!"

बेशक किसी ने भी हिलने-डुलने का कोई प्रयास नहीं किया। प्रत्येक रिपोर्टर दूसरे के पहले कदम उठाने की प्रतीक्षा कर रहा था। वे सब झाँसा दे रहे थे। सच्चाई यह थी कि उनमें से ज्यादातर इस विशेष स्टार स्रोत को छोड़ने के बजाय धमकाते, चापलूसी करते, झूठ बोलते, छाती ठोकते, पैर पटकते। नशे में गाड़ी चलाने पर कई गिरफ्तारियाँ, नुकसान पहुँचाने के इरादे से हमला साबित नहीं हुआ, बिना कारण अपमानजनक होना और कभी-कभी फोटोग्राफरों पर जानबूझकर हमला करना, सह-कलाकारों के साथ सार्वजनिक और निजी झगड़े तथा बंदूर के अवैध कब्जे के लिए कई गिरफ्तारियाँ—उनके दुष्कर्मों की विशाल सूची ने केवल रोंशेर के ग्लैमर को बढ़ाया था। रोंशेर खन्ना के साथ हमेशा एक बड़ी भारी खबर भरा दिन होता है।

सरल अंकगणित : एक रोंशेर तीन सुर्खियों, चार वी.टी. और पाँच विचित्र उद्धरणों के बराबर था।

"इस तरह से यह आदमी जुड़ा हुआ था।"

"देखो, वह कैसे चलता और देखता है!"

"वह कहानियों का भंडार है।"

"मुझे अपना तीन दिन का कोटा मिल जाएगा!"

□

वह आ गया है। किसी ने रोंशेर के आगमन की घोषणा की और कहर टूट पड़ा।

"बेवकूफ, नीच चला गया है।"

"अरे, पागल, तुमने मुझे मारा।"

"अरे, लिफ्ट के पास बेस्ट बेट।"

"क्या तुमने देखा कि कैसे उस बेवकूफ ने मुझे धक्का दिया!"

"मैडम, आप सामने से हटिए।"

"तुम बेवकूफ हो, तुमने मेरा पट्टा तोड़ दिया।"

"मोटी ने मेरा रास्ता रोक दिया है।"

"क्या शोर है।"

"क्या झटका है।"

"क्या चल रहा है!"

बेकाबू मीडिया को सँभालने के लिए अचानक सुरक्षाकर्मी कम पड़ गए। सेलिब्रिटी दंगा होटल की लॉबी में पहुँच गया। प्रेस के मूड को देखते हुए, रोंशेर को उसके बाउंसरों द्वारा आलीशान होटल के आंतरिक भाग में ले जाया गया, जो अब एक अभेद्य किले में परिवर्तित हो गया था।

"अरे, वह मीडिया रूम में क्यों नहीं आ रहा है?" प्रेस भड़क उठा। "हम अब और इंतजार नहीं कर सकते।"

पी.आर. महिला अचानक आत्मविश्वास से चिल्लाई, "उसे बस तरोताजा होने की जरूरत है।" वह जानती थी कि प्रेस कहीं नहीं जा रहा है।

"चलो, कम-से-कम वह यहाँ आ गया है, अब जाएगा कहाँ?"

एक घंटे बाद ही रोंशेर की आँखें सूजी हुई और लाल हो गईं, जो अंत में टाइट जींस और टाइट टी-शर्ट पहनकर झूम उठा।

"मैं तुमसे बात नहीं करना चाहता···और तुम!" रोनी ने दो पत्रकारों पर अपनी उँगलियों की ओर इशारा करते हुए और उनके माइक को घूरते हुए, अपनी आँखें घुमाते हुए धीरे से कहा।

यह अप्रत्याशित था, लेकिन वास्तव में किसी को आश्चर्य नहीं हुआ था।

जब आप रोंशेर का साक्षात्कार कर रहे थे तो आपको इस तरह की चीजों की उम्मीद करनी चाहिए।

रोनी को किस बात से चिढ़ हो गई थी? शायद कोई कहानी उसने उनके चैनलों पर देखी होगी। उसके गुस्सैल मिजाज को देखते हुए, उसकी तारीफ नहीं की जा सकती थी।

"ठीक है, शुरू करो, पहले कौन है?" सुपरस्टार चिल्लाया।

'न्यूज टुडे' के राहुल ने सीधे सवालों से शुरुआत की। मैं दूसरे नंबर पर था।

मेरे पास मेरे प्रश्न स्पष्ट थे—

ए. उसे बोलने दो।

बी. कल के लिए एक 'सेक्सी' शीर्षक प्राप्त करें।

बेचारे राहुल ने वो सब किया, जो वो कर सकता था। लेकिन रोंशेर ने एक शब्द में जवाब दिया।

वह अचानक मुझ पर हावी हो गया, क्योंकि मामला जल्द ही खराब हो जाएगा।

रोंशेर जिस टेलीविजन सेट को गौर से देख रहा था, वह मेरे शो से जुड़ा था, जो कुछ ही मिनटों में शुरू होनेवाला था। वह 'आज रात 8:30 बजे 'फिल्मी मस्ती' पर 'रोंशेर के राज को मिस न करें' को मिस नहीं कर सकता था, जो बार-बार चलाया जा रहा था। रात के 8:27 बजे थे और चैनल पर एड बग्रक चल रहा था।

बिग बैंग के लिए तीन मिनट। क्योंकि···

क्योंकि समस्या यह थी कि मेरे शो की पहली तीन कहानियाँ एक भद्दे अभिनेता रोंशेर के बारे में थीं। कहानियों में स्पष्ट रूप से सामने लाया गया कि रोंशेर बॉलीवुड में सबसे अधिक नफरत किए जानेवाला अभिनेता क्यों था—अभिनेत्रियों और मॉडलों के साथ उनका प्रेम जीवन, मीडिया के साथ उनकी बेवजह लड़ाई, अपने निर्माताओं के हाथ मरोड़ना। और फिर चालीस से ऊपर के बॉलीवुड अभिनेताओं की कहानी, जिन्होंने बड़े होने से इनकार कर दिया, अनुमान लगाएँ कौन पर ध्यान केंद्रित किया! और चौथी कहानी

रोंशेर की थी, जिसने न केवल अपनी प्रेमिका को खोया था, बल्कि अपने बाल और कमर भी खोई थी, जिसमें स्टार के बहुत सारे शॉट्स में उसका पेट और बोझिल आँखें दिख रही थीं!

नजदीक आती आपदा और पूर्ण अपमान को भाँपते हुए मैं घबरा गई। मैं इधर-उधर देखने लगी, सोच रही थी कि उसे कैसे रोका जाए? लेकिन तब तक राहुल ने अपना साक्षात्कार पूरा कर लिया था।

बिग बैंग के लिए तीन सेकंड और।

मरती क्या न करती! मैं उठी और कुछ ऐसा किया, जो मैंने पहले कभी नहीं किया था।

"अरे, रोंशेर।" मैं उसके चरणों में थी, शर्मिंदगी में तारीफ करने लगी— "आज तुमने मेरा सपना पूरा कर दिया यार। बस यहाँ आकर। मैं ग्रह पर आपकी सबसे बड़ी प्रशंसक हूँ और मेरा परिवार आपसे प्यार करता है। इंटरव्यू शुरू करने से पहले क्या मैं आपके साथ एक फोटो खिंचा सकती हूँ?" यह मेरा सबसे नटखट प्रदर्शन था, लेकिन उस समय मुझे परवाह नहीं थी।

रोंशेर मुड़ा और मुझे घूरकर रोक दिया। एक चमकती मुसकान उसके चेहरे पर बिखर गई। उसके सिर के पीछे मेरा शो शुरू हो गया था और पहली कहानी पढ़ी—बॉलीवुड का सबसे बुरा लड़का¨

"कोई पसीना नहीं, जानेमन।" रोंशेर ने उदारता से घोषणा की।

"ओ.एम.जी., देखो कौन उसके समताप मंडल से उतरा है!" कोई जोर से मुसकराया।

"कहती है मैं-इस-ऑटोग्राफ व्यवसाय के लिए बहुत अच्छी हूँ? अब तो फोटो चाहिए, भैया!"

"अरे, मोटू। ओए, गोल-मटोल। अरे, हैंडसम।" रॉनी ने सीटी बजाई और पास में खड़े एक मोटे रिपोर्टर को बुलवाया।

"अबे मोटू, देखते हैं कि तुम कैमरे के पीछे कितने अच्छे हो!" रोंशेर ने पूर्वी लंदन लहजे में कहा, जिसका इस्तेमाल वह अंग्रेजी चैनल के पत्रकारों से बात करते समय करता था।

रॉनी के सिर के पीछे, उसके झगड़ों और सनकी व्यवहार पर एक

कहानी प्रसारित की जा रही थी; वीडियो एडिटर ने सह-कलाकारों और मीडिया के साथ रॉनी के झगड़ों को बढ़ा-चढ़ाकर दिखाने के लिए बिजली और गड़गड़ाहट की तेज चमक का इस्तेमाल किया था। और लाल चीख में बोल्ड टेक्स्ट : 'रोंशेर का नवीनतम तमाशा...'

इसी बीच मोटू काम करने के लिए आगे बढ़ा। रोंशेर ने मेरे 'मी-विद-स्टार पिक्स' के लिए पोज दिया। मेरा कैमरापर्सन अचानक स्टार-सिकनेस के मेरे दौरे पर स्तब्ध रह गया। इवेंट मैनेजर नीरज ने पैनी नजरों से देखा, बहुत अच्छी तरह से याद करते हुए जब मैंने बॉलीवुड सितारों की वेदी पर गैर-पेशेवर पत्रकारों को खुरचते और झूमते हुए ब्लू मर्डर चिल्लाया था।

मनोज बुदबुदाया, "कितना शर्मनाक है!"

गोगोल ने फुसफुसाया, "इतना विशिष्ट।"

अब परदे पर कहानी थी—'रोंशेर—प्यार में बदकिस्मत...'

मैंने कुछ और ऑटोग्राफ लिये, अब अपने भतीजे और भतीजी के लिए।

और लोग भी बुदबुदाने लगे।

"अरे, हमें वास्तव में यहाँ आने की जरूरत है।" गोगोल ने कहा।

"अरे, यह क्या है?" सरयू ने नाराज होकर पूछा।

जो भी हो, मैंने सोचा।

एक खुश रोंशेर एक गुस्सेवाले से कहीं बेहतर है। मेरा शो बैकग्राउंड में चल रहा था। मुझे न तो सवाल याद हैं और न ही जवाब। लेकिन वह बात नहीं थी। मैं रोंशेर से बच गई थी।

□

मुझे बन्नी से एक एस.एम.एस. मिला। मनाली की शूटिंग बॉलीवुड अभिनेता अमर कपूर के साथ चल रही थी। इसके अलावा, इंदु ने अपनी फीचर कहानी के लिए कुछ प्रसारण पुरस्कार जीते थे। वह सभी को चाइनीज खिला रही थी। बहुत अच्छे।

मुझे दोपहर का भोजन छोड़ना चाहिए था। लट्टू पागलों की तरह बड़बड़ा रही थी। उसे अभी भी एंकरिंग का प्रोग्राम नहीं करने दिया गया था और वह नौकरी छोड़कर अपने ब्रिटिश प्रेमी से शादी करना चाहती थी।

इंदु ने लट्टू से कहा कि वह रंडी रोना छोड़ दे। लतिका ने बाकी की शाम उदास होकर बिताई। लेकिन नंदू को प्राइम शूट सौंपने पर इंदु वास्तव में बन्नी से ज्यादा नाराज थी। इस बीच चिकी बड़ी मुश्किल में थी, क्योंकि वह एक शूट के बीच में ही सो गई थी और जब वह उठी तो उसने हंगामा किया। इवेंट मैनेजर ने चिकी के बारे में बन्नी और एच. रामी को लिखित शिकायत भेजी।

□

खुल्लम-खुल्ला

"तो तुम शादियाँ करते हो?"

"वह शादियों को कवर करती है।"

"वह एक पेज थ्री रिपोर्टर हैं।"

"बॉलीवुड, फैशन, पेज थ्री···आजकल सबकुछ वही है!"

"हाँ, जरूर आंटी। जो तुम कहो। किटी पार्टियाँ। गोद भराई। मुझे सबकुछ करना पड़ता है। आपके मन में कोई है?"

रेहान के परिवार के साथ लंच संभावित रूप से विस्फोटक था। एक समय था, जब मैं रेहान के विस्तारित परिवार के हर जैक और जिल पर अपनी नौकरी का मजाक उड़ाते हुए जमकर मुसकराया करता था। अब नहीं है।

मैंने कुछ स्टोन-कोल्ड स्पेगेटी और चिप्स को गुनगुने वाइन के साथ नीचे गिराने की कोशिश की। मुझे स्पेगेटी से नफरत है, क्योंकि (ए) यह आँतों से चिपक जाता है और (बी) यह पिघलने के लिए सबसे कठिन कार्ब है। लेकिन खट्टा सूअर का मांस, चिपचिपा चावल, कच्ची मछली की करी और गहरे तले हुए हलवे के भव्य मामले ने मुझे गद्गद कर दिया। सैनिक फार्म हवेली के आलीशान हॉल में मैंने देखा कि रेहान मेरी ओर अपना रास्ता बनाने की कोशिश कर रहा है।

"क्या वह मलाइका को शादी में डांस करवा सकती है? या जॉन अब्राहम, वो तो आ ही जाएगा।"

"शाहरुख बहुत महँगे होंगे, नहीं?"

"वेरी।" मैंने कहा।

"कैटरीना के बारे में क्या?"

"प्रिसी।" मैंने कहा।

"प्रियंका?"

"अति व्यस्त। आप जानते हैं, मैं आमतौर पर इन परामर्शों के लिए शुल्क लेता हूँ।"

"लैला, तुम हो।" रेहान आंटी की आँखों से बाहर निकलते ही झुक गया।

"तुम कैसे हो?" रेहान फुसफुसाया और मुझे खींचकर ले गया।

"आप क्या उम्मीद करते हैं? तुम्हारी नादान मौसी शायद मुझसे अपनी अनमोल बेटी की शादी की शूटिंग करने के लिए कहेगी। मुझे यकीन है कि तुम्हारी माँ ने सभी से कहा है कि मैं शादी वीडियो करता हूँ।" मैं पीछे हट गया।

"स्वीटी, क्या तुम मजे कर रही हो?" हमारे पीछे से रेहान की माँ की आवाज आई।

"हाँ-हाँ! आंटी, नमस्ते!"

"रात की पाली?" रेहान की माँ ने पूछा कि उसने रात के लिए मेरी पसंद के परिधान, एक सीक्विनवाली टी-शर्ट और जींस को देखा, जो मुझे लगा कि बिना टॉप के ग्लैम लग रहा है।

"नहीं, नहीं, बस कपड़े पहनो। खरीदारी करने का समय नहीं था!"

"आप कुछ नहीं खा रहे हैं? सभी लाठी और हड्डियाँ।" मुझे एक अनाथ जैसा महसूस हुआ। "खट्टे सूअर का मांस खाओ।" और रेहान को एक लंबी नजर के साथ, जिसका मतलब कई चीजें हो सकता था, वह दूर चली गई।

लानत है!

"उसका मतलब कोई नुकसान नहीं है। बस मेरे लिए देख रहे हैं।" रेहान ने चिढ़ाया।

"ठीक है, क्षमा करें, रेहान। वैसे भी मुझे बीस में जाना है।"

"क्यों? समारोह अभी शुरू होना बाकी है। उनके साथ कुछ समय बिताने की कोशिश करें। वैसे भी आप शादी को याद कर रहे हैं। अमर कपूर को कवर

करने के लिए आप मनाली जरूर जा रहे हैं?"

"पक्का।"

"और नंदू भी जा रहे हैं?"

"हाय भगवान्। यदि यह आपको परेशान कर रहा है तो यह कोई आनंद यात्रा नहीं है।"

"लेकिन नंदू क्यों? एक महिला रिपोर्टर क्यों नहीं?"

"क्योंकि उसने इसे आयोजित किया, रेहान। वे और अमर कपूर एक ही स्कूल में गए थे! भगवान् के लिए!"

"कम-से-कम एक महिला कैमरापर्सन को ही लीजिए। आपको अहसास है कि आप नंदू और कैब ड्राइवर सहित तीन आदमियों के साथ यात्रा कर रहे होंगे?"

"चेतावनी के लिए धन्यवाद! मैं किसी रेव पार्टी में नहीं जा रहा हूँ! किसी भी मामले में, इस भीड़ की तुलना में मुझ पर विश्वास करें।" मैंने चारों ओर देखा, "मैं कहीं अधिक सुरक्षित कंपनी में रहूँगा!"

□

गो न्यूज़ गोन

"मुझे लगता है कि अगर कभी कोई कहानी बताने लायक होती तो वह होती कि क्या लोग अपने बचपन से उबरे हैं या नहीं?"

—अनाम

मैंने सुपरस्टार अमर कपूर को इतना खुश कभी नहीं देखा था। इतना उत्साहित! इतना युवा! जैसे ही मैं मनाली की लंबी-चौड़ी सड़कों पर उनके साथ पकड़ने के लिए दौड़ा, मुझे पता था कि यह युवा सुपरस्टार के लिए एक बहुत ही खास शूट है, जिसने हाल ही में अपने कॅरियर की सबसे बड़ी हिट दी है। दस सालों बाद वह अपने स्कूल में अपने नाम पर बने एक नए हाई-फाई व्यायामशाला और बॉक्सिंग रिंग का उद्घाटन करने के लिए आया था। वह अपने अल्मा मेटर रेंजर्स के विशेष स्मरणोत्सव दिवस पर सम्मानित अतिथि था।

नंदू, रेंजर्स का पूर्व छात्र, जिसने वास्तव में बन्नी को इस पार्टी में आने के लिए जोर दिया था, वह पूरी तरह से पुरानी यादों में खो गया था। लेकिन असल बात यह है कि मुझे पहाड़ों के ट्रिप से नफरत है। यहाँ तक कि छोटी पहाड़ियों की यात्राएँ भी मुझे डराती हैं। मेरा मतलब है कि मुझे पहाड़ पसंद हैं, लेकिन मैं पहाड़ियों पर लंबी कार यात्रा के लिए नहीं बनी हूँ। मुझे हमेशा अपने हिलफोबिया के बारे में बुरा महसूस कराया गया है। जिन दिनों मुझे लंबी

कार यात्राएँ करनी पड़ती हैं, मेरा दिमाग थरथराने लगता है, मेरे अंग सामूहिक अवकाश पर चले जाते हैं, इंद्रियाँ बंद हो जाती हैं और मेरा पेट बुरी तरह विद्रोह करने लगता है।

एनर्जी फूड पैक करना पहली प्राथमिकता थी। मैं अतिरिक्त मसालेदार मोनाको कुरकुरी, ब्रूट के एनर्जी ड्रिंक के गैलन, अपनी इंद्रियों को सुलाने के लिए रम-वाली चॉकलेट और उलटी की इच्छा को रोकने के लिए बहुत खट्टी नींबू वाली टॉफियाँ। उलटी वाले बैग, जल्द बदली जानेवाली टी-शर्ट्स और कुछ नींबू आधारित एयर फ्रेशनर, जो उलटी की गंध को खत्म करने में बेहतर हो, भी पैकेज का हिस्सा थे।

दिल्ली में सर्दी की धुंध भरी सुबह थी। मैं अपने भारी उपकरण और टेप के साथ कार की ओर बढ़ी। नंदू धूम्रपान के लिए रुका। हमारे साथ एक अप्रत्याशित सह-यात्री थी। चिकी अपनी 'आइडल' अमर कपूर से मिलने के लिए मुफ्त सवारी के लिए आ गई। हालाँकि मुझे उस महिला की कपूर से मिलने की अचानक हुई इच्छा पर कोई आपत्ति नहीं थी, लेकिन इसने एक आरामदायक यात्रा की मेरी योजना को विफल कर दिया। बेशक चिकी के आने की खबर से रेहान बहुत खुश था। कम-से-कम अब तो मैं दो आदमियों के साथ अकेले यात्रा नहीं कर रही थी।

"हाय चिकी, तुम हमारे साथ आ रही हो?" मैंने पूछा।

"हाँ भई, जब तक कि मौत हमें जुदा नहीं करती है, जानेमन। (कृपया ध्यान दें—कोई क्या मैं नहीं, बस सीधा, इससे निपटो।) मुझे नहीं लगता कि लैला खुश है कि मैं आ रही हूँ।" चिकी ने नंदू से जोर से शिकायत की। मुखर और बेशर्म, चिकी ने मुझे मेरी ही यात्रा पर एक घुसपैठिए सा महसूस कराया। लेकिन जब उसने नंदू के साथ साझा करने के लिए सिगरेट निकाली तो मुझे पता था कि मेरा चुप रहना बेहतर होगा। धूम्रपान करनेवाले गूढ़ स्तर पर किसी भी रिश्ते से कहीं अधिक गहरा रिश्ता बनाते हैं। मेरा वहाँ कोई लेना-देना नहीं था।

तीन पत्रकारों को इनोवा गाड़ी की पिछली सीट पर बैठा दिया गया। मैंने खिड़की की तरफ वाली सीट लपक ली, यह निश्चय करते हुए कि स्मोकिंग धुएँ से परेशान नहीं होऊँगी। यह एक लंबी यात्रा होनेवाली थी। कपूर को हमारे

अंतिम गंतव्य, मनाली की सुंदर कन्याल पहाड़ियों, जिसमें रेंजर्स रहते थे, उससे चार किलोमीटर दूर सिमसा गाँव के पास किसी मध्य बिंदु पर मिलना था। नंदू और मैं कपूर की कार में सवार हो जाएँगे, जिसके बाद मुझे पीछे अभिनेता के साथ हिंदी में बातचीत करनी थी। पूरे शूट के बारे में मुझे संदेह था, क्योंकि बॉलीवुड अभिनेताओं से हिंदी में बोलने को कहना, वह भी लंबी बातचीत करना, एक कठिन काम था। अधिकांश बॉलीवुड अभिनेताओं में अपनी मातृभाषा में मीडिया से बात करने की बड़ी झिझक थी। यह सोचना कि मुझे कपूर को, जो अपने गुस्से के लिए जाने जाते थे, वह कराऊँगी, जो वे नहीं करना चाहते, मैं इससे परेशान हो गई।

यह एक भीषण यात्रा थी और मैं थक गई थी। मैं खुद को बेकार और गंदा महसूस कर रही थी। मैं किसी भी हालत में बॉलीवुड स्टार के साथ इंटरव्यू करने की स्थिति में नहीं थी। यहाँ तक कि रहस्यमयी कन्याल पहाड़ियों में फैल रही तेज धूप भी मेरी शिथिल स्थिति को उभारने में विफल रही। मजे की बात यह है कि नंदू और चिकी, दोनों दिल्लीवासी, इस यात्रा से प्रभावित नहीं लग रहे थे, जिससे मुझे और भी बुरा लग रहा था।

"ओह! बॉल्स।" मैंने अपने चेहरे को अपने रेशमी दुपट्टे से ढक लिया, जो पूरी तरह से मन को खराब करनेवाली गंध से भरा हुआ था।

चिकी चिल्लाई, "अरे, उसे देखो···लैला अपना दुपट्टा खा रही है!"

"हा, हा और हा, चिकी।" मैंने गुस्से से जवाब दिया।

"अरे यार! इतना गुस्सा करना बंद करो।" नंदू ने मुझे प्यार से मुक्का मारा।

"ना बाबा, मैं बस कोशिश कर रही हूँ कि उलटी न हो।" मैंने जवाब दिया।

चिकी ने कहा, "वह पर्याप्त नींद ले रही है।" लैला कपूर को अपनी खूबसूरती से रिझाना चाहती है!

मुझे बहुत खराब लगता है, जब मुझे कोई मजेदार जवाब नहीं समझ आता, लेकिन मैं थक गई थी, इसलिए मैंने इसे रहने दिया।

□

ढाबों की झड़ी लग गई, लेकिन हमने अपनी भूख को नजरअंदाज करने का फैसला किया। मैंने कुछ चीजें चबाने के लिए निकालीं और सबको खाने के

लिए दीं, लेकिन ऐसा लग रहा था कि धुआँ और गपशप ही वह सब ईंधन है, जिसकी उन दोनों को जरूरत थी। काश, कि मैं भी इतनी कूल होती! मैं पूरी तरह से उपेक्षित महसूस कर रही थी। मैंने छोटी-छोटी बातें करने के कुछ आधे-अधूरे प्रयास किए, लेकिन किसी की रुचि नहीं जगा सकी, इसलिए मैंने हार मान ली और अपनी उदासीनता की स्थिति को जारी रखा।

जैसे ही मैंने अपना आईना निकाला, एक चिपचिपा सा चेहरा मेरी तरफ देखने लगा। ऐसा कुछ भी नहीं है, जो मैक पाउडर बेस और स्ट्रॉबेरी लिप ग्लॉस की एक थपकी ठीक नहीं कर सकती, लेकिन ऐसा तभी संभव था, अगर पहाड़ी सड़कें हमारी कार को हिलाना बंद कर दें।

चिकी चुपके से मुसकराई, जब उसने किसी को बहुत महत्त्वपूर्ण बात लिखी। जैसे ही उसका स्कूल पास आने लगा, नंदू अपनी आँखों से दूर-दूर देखने लगा। अंत में हम एक शांतिपूर्ण जगह पर रुक गए, जहाँ रोशनी हमारे पी-टू-सीएस के लिए एकदम सही लग रही थी।

"अपने स्कूल के नए बॉक्सिंग रिंग और हाई-टेक व्यायामशाला का उद्घाटन करने के लिए मुख्य अतिथि के रूप में स्कूल लौटनेवाले अमर कपूर के लिए यह एक बहुत ही अलग यात्रा है।"

मैंने इसे हिंदी में कहने का अभ्यास किया।

सिमसा गाँव में हमें अमर कपूर की कार ने रोका।

ऐसा लग रहा था कि ये जंबो एसयूवी कपूर के आलीशान फ्रेम को ढकने के लिए तैयार की गई थी। उसके साथ उसकी उन्नीस वर्षीय प्रेमिका, प्रतिभाशाली और लंबी युवा बैडमिंटन-खिलाड़ी से अभिनेत्री बनी पूर्वा बाबी थी। बाहर बारिश शुरू हो गई थी।

नंदू ने कपूर से बातचीत शुरू की। हालाँकि दोनों पीढ़ियों से अलग थे, लेकिन उनमें अपनी स्कूल की एक दुनिया बसी हुई थी। एक बाहरी व्यक्ति, मेरे पास उनके स्कूल की मस्ती भरी बातचीत में योगदान करने के लिए बहुत कम कीमती था। मेरा अपना स्कूली जीवन, दिल्ली में एक एंग्लो-इंडियन संस्थान में बीता, जिसमें सख्त शिक्षक अंधाधुंध शारीरिक दंड देते थे, वह भयानक था। गुलाबी रंग की स्कूली यादों का दावा मेरे साथ कभी फिट नहीं बैठा।

नंदू ने पूछा, "आप जिस रास्ते से गए थे, उसी रास्ते पर लौटना कैसा लग रहा है?"

"वास्तव में, यह बहुत अलग है, लेकिन अच्छा लग रहा है। मैं रेंजर्स में वापस आकर खुश हूँ। मुझे यह जगह, माहौल, कैंपस बहुत पसंद हैं...पूरी दुनिया में ऐसा कुछ नहीं है।" अमर ने कहा।

मेरे लिए कुछ हिंदी बाइट लेने का समय आ गया है।

"कैसा लग रहा है, इतने सालों बाद वापस आकर?" मैंने कपूर से पूछा।

"मैंने अभी नंदू को बताया।" अमर ने मुझे चिढ़ाया।

मैं फुसफुसाई, "हाँ। लेकिन क्या आप वही बात हिंदी में कह सकते हैं?"

"अच्छा लग रहा है!" वह जोर से हँस पड़ा।

"स्कूल की यादें?"

"गिडनी हॉल, कैफेटेरिया, बटेर..." उन्होंने कहा।

"तुम्हें बटेर याद है?" नंदू और अमर एक-दूसरे से खुशियाँ बाँटने लगे।

"हाँ-हाँ, बिल्कुल, उसके जैसा कोई नहीं था। वो उभरी हुई आँखें! तुम्हें पता है, उसने मुझे बेंत मारी थी।" अमर कपूर ने उस स्कूल की याद ताजा की, जहाँ उसने अपना बचपन बिताया था। "मैं लाड़-प्यार में रहनेवाला बच्चा था और यह जगह शुरुआत में इतनी शत्रुतापूर्ण और रूखी थी कि मैं भागना चाहता था। कल्पना करो, मैं वापस आ गया हूँ! और एक स्टार के रूप में!" अमर कपूर बच्चे की तरह प्रसन्न लग रहे थे।

"सुपरस्टार! रॉकस्टार!" पूर्वा बाबी प्रसन्नतापूर्वक मुसकराई।

"मैं स्कूल में ऐसा फेलियर, बहुत बड़ा लूजर था। सोचो, अब मैं मुख्य अतिथि हूँ!"

"हम्म...सोचो!" मैंने आह भरी।

"मैं अपने माता-पिता, विशेष रूप से अपनी माँ, जो काफी उदास हो गई थीं, उनसे बिछड़ने पर काफी दुःखी था। लेकिन उन्होंने मुझे बोर्डिंग स्कूल भेज दिया, ताकि मैं कुछ अनुशासन सीख सकूँ, हालाँकि मुझे इतनी दूर भेजने के लिए उन्होंने अपने दिल पर पत्थर रख लिया था।"

"अब आपको किसका इंतजार है?"

"लड़कियों से मिलना। मेरी क्लास की हॉटीज! वे अब तक मम्मी और आंटी बन चुकी होंगी। हॉट मम्मी और आंटी!" कपूर हँसा।

"हा-हा। अमर कपूर, तुम बहुत मजाकिया हो। हा-हा। क्या वह इतना बड़ा रॉकस्टार नहीं है?" पूर्वा हँस पड़ी।

"मुझे यकीन है कि आपके दोस्त आपसे मिलने के लिए उत्सुक होंगे!" मैंने कहा।

"तो तुम लैला हो···क्या तुम शादी-शुदा हो?" अमर ने पूछा और इससे पहले कि मैं जवाब दे पाती, उसने आगे कहा, "अगर नहीं, तो मैं तुम्हें पांडे के साथ यहाँ फिक्स कर सकता हूँ!"

पाँचवीं कक्षा से अमर कपूर का सहपाठी पांडे ने हमारे लिए गाड़ी का इंतजाम किया था। वह और अमर एक-दूसरे से कुछ बोले और हँसने लगे।

मैं एक घुसपैठिए की तरह महसूस कर रही थी और मुझे समझ नहीं आ रहा था कि कैसे प्रतिक्रिया दूँ? जिस बात ने मुझे और चिंतित किया, वह यह थी कि कपूर हिंदी में एक भी बाइट देने की जहमत नहीं उठा रहे थे। लेकिन उसे बीच में रोकना एक व्यवहार्य विकल्प प्रतीत नहीं होता था।

फिर मैंने देखा कि कार में खिड़की के माध्यम से चिकी हमें पीछे देख रही है और मैं तुरंत बेहतर महसूस करने लगी।

□

अंत में हम भव्य रेंजर्स स्कूल में पहुँचे, जो अपने सुपरस्टार पूर्व छात्र का बेसब्री से इंतजार कर रहा था। कपूर कार से बाहर कूदे और जैसे ही उसने स्कूल में प्रवेश किया, वह बदल गया। एक आदमी का दंभ अचानक एक दुबले-पतले किशोर में बदल गया। विट्टल, हमारा कैमरापर्सन, जो खुद छह फीट छह इंच लंबा था, कपूर के इर्द-गिर्द मौजूद विशाल भीड़ से परेशान होने लगा। सभी उम्र के बच्चे पागल हुए जा रहे थे, उनके माता-पिता भी कुछ पीछे नहीं थे। लेकिन कपूर हर पल का आनंद ले रहे थे। अमर कपूर के स्कूल के पुराने ठिकाने के यात्रा कार्यक्रम में पहला पड़ाव बॉक्सिंग रिंग था।

"यह बैरो बॉयज का बॉक्सिंग रिंग है—अरे, वह मेरा लॉकर था—तुम्हें पता है, मैं रिंग का राजा था, एक गोलियत। लेकिन मुझे अभी भी एक क्यूबिकल

नहीं मिला है, क्योंकि मैं कभी प्रीफेक्ट नहीं था! इसका बहुत दुःख है। मुझे कभी भी इतना अच्छा नहीं समझा गया कि मैं प्रीफेक्ट बनूँ। हालाँकि आज इसके बहुत मायने नहीं हैं, क्यों पांडे?" अमर ने कहा, जब पुराने दोस्त और अजनबी फैन उसके पास आए और उसे गले लगा लिया। "लैला, क्या तुम्हें यहाँ एक बाइट चाहिए?"

"हाँ, जरूर।" मैं एकदम खुश हो गई।

"तुम्हें पता है, मैं यहाँ पेंसिल गिराता था!"

"एक्सक्यूज मी?" उसका हर एक दोस्त गाली-गलौज करने लगा।

"क्या तुम जानती हो, क्यों?" अमर ने मुझसे पूछा।

"नहीं।" मैंने कहा, प्रबुद्ध होने की प्रतीक्षा में।

"छोटी स्कर्ट पहनी लड़कियाँ पेंसिल उठाने के लिए नीचे झुक जाती थीं। हा, हा!" कपूर के हास्य को कई लोगों ने पसंद किया।

"हम्मफ, हा हा। हे भगवान्, तुम कितने बड़े मस्तीबाज हो! मैं इस तरह के मजाकिया स्वभाव के साथ किसी और की कल्पना नहीं कर सकती। कपूर, काश, मैं आपके स्कूल में होती! मेरे पास बहुत सी छोटी स्कर्ट हैं, तुम्हें पता है-हा हा!" पूर्वा की ऊँची-ऊँची हँसी संक्रामक थी। उपयुक्त था या नहीं, लेकिन मैं इसमें शामिल हुए बिना नहीं रह सकी।

जैसे ही सूरज पहाड़ों के पीछे डूबा, हवा बर्फीली हो गई और धुँधला कोहरा कान्याल के घने जंगलों वाले ढलानों पर गिरा, स्कूल ने अचानक एक दूरस्थ, एकांत हवा, एक बड़े परिवार के कब्जे वाली एक शांत जगह हासिल कर ली। हम एक प्यारे से कॉटेज में ठहरे थे। पूर्वा बाबी ठीक बगल में थी और मैं उसे किसी मजाक पर जोर से हँसते हुए सुन सकती थी। अमर कपूर दो कॉटेज आगे छुपकर पुराने दोस्तों और शिक्षकों के साथ बातचीत कर रहे थे। कपूर के पीछे घंटों चलने और ऊँची एड़ी के जूतों में उनके फैंस द्वारा धक्के खाने के बाद, मैं कुछ आराम की उम्मीद कर रही थी।

कॉटेज के अंदर उदास चिकी ने पहले ही अपना घर बना लिया था। उसने अलमारी की आधी जगह घेर ली थी, उसकी मेकअप किट कमरे में बिखरी हुई थी, गीले तौलिए चारों ओर बिखरे हुए थे और बिस्तर पूरी तरह से अस्त-व्यस्त

था। एक ओर मैं उपकरण के साथ संघर्ष कर रही थी, लेकिन उसने हिलने-डुलने का कोई प्रयास नहीं किया।

"तो मैडम लैला, मजा आया? कपूर के साथ आपको पंद्रह मिनट मिल गए?"

"मजा एक ऐसी चीज है, जिसके बारे में तुम्हें पता होना चाहिए, डार्लिंग। मैं यहाँ अपना काम कर रही हूँ।" मैंने चिढ़कर कहा।

"ओह प्लीज, हमें मत बताओ, हर कोई काम कर रहा है!" चिकी की बचकानी झल्लाहट हैरान करनेवाली थी। यह उसका शूट भी नहीं था। उसने खुद को हमारे ऊपर थोप दिया था, लेकिन पर्याप्त ध्यान न मिलने से नाराज थी। और अब उसका 'हम' वाली टिप्पणी ने उनके और मेरे जैसी स्थिति पैदा कर दी थी!

"सुनो, मुझे आधे घंटे में फाइल करना है तो प्लीज।" मैंने कहा।

"जो तुम्हें नंदू की वजह से मिला है!"

"जिसका मैं खंडन नहीं कर रही हूँ! लेकिन अभी भी यह मेरा आधा घंटा है।" मैंने उस पर तंज कसा।

चिकी पीछे हट गई, लेकिन मुझे संदेह था कि आगे और भी बहुत-कुछ होना है।

"चॉप चॉप! लड़कियो, कृपया हम यहाँ मेहमान हैं!" यह नंदू की ओर से आया था, जो अभी-अभी हमारे कमरे में आई थी।

मैं शाम के कपड़े बदल चुकी थी, लेकिन गुस्से ने एक तनावपूर्ण माहौल बना दिया था। मैंने बाहर कदम रखा और ड्रिल के लिए आगे बढ़ी, छात्रों द्वारा शारीरिक कौशल का एक विशिष्ट रेंजर्स प्रदर्शन, एक पुरानी परंपरा, जिसमें दूर खड़े लोगों से उत्साहजनक जयकारे की माँग की गई थी। अमर कपूर ने बैंड मेंबर के रूप में अपने दिनों को याद किया।

"मैंने लड़कियों की वजह से ऐसा किया। तुम्हें पता है, मेरे बैच में बहुत सी खूबसूरत लड़कियाँ थीं?" उसने मदहोशी में कहा। "वैसे तुम्हारा मोटा प्रोड्यूसर कहाँ है?"

"मोटा प्रोड्यूसर? तुम्हारा मतलब किससे है?"

"वह लड़की बर्फी या जलेबी या चीनी या जो भी हो? वह मोटी।" उसने

अपने हाथ से शारीरिक इशारे किए।

"तुम्हारा मतलब चिकी है। वह इस शो की निर्माता नहीं है।" मैंने उसे सही किया। "वह मेरी सहयोगी है और आपकी बहुत बड़ी प्रशंसक है।"

"वो कहाँ है? उसे बुलाओ। मैं उससे मिलना चाहता हूँ।" अमर ने माँग की और पांडे के आगे बढ़ने पर आँख मारी।

मैंने संदेश देने की जहमत नहीं उठाई। मुझे पुराने चुटकुले और लंबे किस्से सुनने में ज्यादा दिलचस्पी थी। मैं अमर के एक मामूली सज्जन सहपाठी से मिली।

"क्या आप जानती हैं कि कपूर को हर दिन सजा दी जाती थी? सबसे भयानक सजा उसके लिए हॉस्टल वार्डन बटेयर ने सुरक्षित रखी थी।"

"अच्छा? उसे कैसे सजा दी गई? मैं सब सुनना चाहती हूँ।"

"क्या आप उस पहाड़ी को देख सकती हैं? कपूर को हर दिन घुटनों के बल ऊपर-नीचे जाने के लिए कहा जाता था!" उसने आनंद के साथ जोड़ा।

आगे मैंने एक स्थानीय चैनल को बाइट देते हुए अमर को भावुक होते हुए सुना।

"यह स्कूल वास्तव में मेरे पिता, मेरी माँ, मेरा परिवार था। इतने सालों से घर था। मैं भावना से अभिभूत हूँ।" उसने एक आँसू बहाया। आप उसके प्रति सहानुभूति महसूस कर सकते थे।

पूर्वा बाबी की एंट्री ने धूम मचा दी और जूनियर और सीनियर स्कूल के लड़कों की भीड़ उनके आसपास हो गई, जबकि लड़कियों के छोटे समूह दूर से खड़े होकर फुसफुसाते हुए बॉलीवुड अभिनेत्री को घूर रहे थे।

"क्या छिछोरापंती है! सौ क्रेडिट कार्ड वाली छिछोरापंती!"

पूर्वा के हाई-पिच स्क्वील्स के साथ अपने पुराने बैचमेट्स और पूर्व शिक्षकों से मिलने की एक उत्साहित ऑटोग्राफ और फोटोग्राफी सेशन था। सेंट्रल डाइनिंग हॉल में डिनर हुआ, जो अमर कपूर के प्रवेश पर तितर-बितर हो गया। डाइनिंग हॉल का नीरस माहौल गायब हो गया, लड़कियाँ एक-दूसरे को धक्का मारती हुईं अमर को छूने पहुँचने लगीं, जो इस आकर्षण से प्रसन्न था। उसने पुराने भूले-बिसरे स्वादों के त्वरित टुकड़े का आनंद लेते हुए, प्रसन्नचित्त

लड़कियों की प्लेटों से भोजन निकाला।

जब तक मैं अपने कमरे में लौटी, तब तक काफी देर हो चुकी थी। मैं नंदू के साथ अपना टेप चेक कर रही थी कि चिकी ने आकर घोषणा की, "मैं अमर से मिली, वह एक राजा है। मैं उससे प्यार करती हूँ। मैंने उससे कहा कि अगर वह मुझे अनुमति दे तो मैं उसके लिए फर्श पर झाड़ू लगा दूँगी!"

इससे पहले कि मैं या नंदू प्रतिक्रिया कर पाते, चिकी ने कहा, "उसने मुझे रात के खाने पर आमंत्रित किया है। तुम लोग चाहो तो शामिल हो सकते हो!"

नंदू और मैंने एक-दूसरे को देखा तथा हमारे माइक और कैमरापर्सन के साथ चलने का फैसला किया। आप नहीं जानते थे कि वह क्या बाइट देगा और शायद अंत में, मुझे अपना साक्षात्कार हिंदी में मिल जाएगा।

जब हम उसके कॉटेज में पहुँचे तो हमने पाया कि अमर उसके गिरोह से घिरा हुआ है और स्कूल का गीत 'साहस ही नियति' गा रहे हैं।

"अमर, क्या आप इस बार अपने अनुभव के बारे में बात कर सकते हैं, एक बाइट हिंदी में, कृपया?"

"लैला, तुम चाहती हो कि मैं तुम्हें एक बाइट दूँ, ना? मुझे पहले एक किस दो।"

"क्या?"

"मुझे एक किस दे दो और मैं तुम्हें एक बाइट दे दूँगा।" उन्होंने दोहराया।

यह मेरे वहाँ से जाने का इशारा था।

पीटर पैन कभी बड़ा नहीं हुआ। अमर कपूर भी नहीं। अगली सुबह, मैंने लड़कों और लड़कियों को अमर से पप्पी-झप्पी लेने के लिए लाइन में खड़ा देखा, जब उन्होंने बॉक्सिंग रिंग और व्यायामशाला का उद्घाटन किया। इस विशेष अवसर को रंग, संगीत और तमाशे के जोरदार प्रदर्शन के साथ मनाया गया, क्योंकि लड़के और लड़कियों ने चिलचिलाती धूप में मार्च किया।

समारोह का समापन अमर कपूर के ज्ञान के मोती-उनकी ब्लॉकबस्टर फिल्म के संवादों के साथ हुआ, जिसे पूरे स्कूल ने उनके बाद खुशी से दोहराया। पहला अमर कपूर : "हम कह के नहीं लाते! बस ले लेते हैं! क्योंकि नालायक हूँ मैं!"

और फिर बच्चे, "नालायक हूँ मैं! नालायक हूँ मैं!"

बार-बार ये तीन शब्द कन्याल की पहाड़ियों में गूँजते रहे, जब तक कि नालायक सेना पर्याप्त रूप से प्रभावित नहीं हुई।

वापसी यात्रा में चिकी हमारे साथ शामिल नहीं हुई। उसने कहा कि अमर उसे छोड़ देगा। नंदू को यकीन था कि चिकी जल्द ही मुंबई चली जाएगी। शुक्र है कि वह हमारे कुछ घंटे बाद घर पहुँची, इसलिए हम उसकी माँ की घबराहट भरी कॉल से बच गए।

एक बड़े काले हमर में! चिकी ने हमें जानबूझकर टेक्स्ट किया—'बेब, मेरी जिंदगी बदल रही है। बेकार की शूट, काम और फिर बन्नी से मिलती गालियाँ। यह हारे हुओं के लिए एक काम है।'

मुझे लगभग जलन हो रही थी कि चिकी जो चाहती थी, उस पर इतना ध्यान केंद्रित कर रही थी। मुझे एक ऐसे बॉयफ्रेंड के साथ डील करना पड़ रहा था, जिसने मुझे अनदेखा किया और एक पिता, जो मुझ पर शर्मिंदा था। उस पल मैंने चाहा कि काश, मेरी जिंदगी उसके जैसी होती!

□

अचानक··क्रैश

विद्या बालन की 'डर्टी पिक्चर' का एक पोस्टर एक ओर और दूसरी ओर 'केलेवाली' फिल्म का पोस्टर लगा हुआ था। लेकिन मेरी नजर उस मीटर पर टिकी थी, जो गंदे ऑटो से भी तेज चल रहा था। मुझे अपने शूट के लिए लेट हो गया था और ऑटो भी तेजी से नहीं चल रहा था।

"भैया, आपका मीटर तेज चल रहा है। कनॉट प्लेस के शनि मंदिर के पास यह हमेशा सत्तावन रुपए दिखाता है और आपका ऑटो अभी से ही इक्यासी रुपए दिखा रहा है!"

"मैडम, पेट्रोल बढ़ गया! दिक्कत है तो दूसरा ऑटो ले लो।" ऑटोवाले ने धीमे होते हुए कहा।

बदमाश! मैंने अपनी आँखें घुमाईं और ऑटो की छत पर सलमान और कैटरीना को एक-दूसरे को गले लगाते हुए देखा।

"अरे भैया, मुझे देर हो रही है। अभी चलो।"

जब मैंने सुबह जल्दी छोड़ने को कहा तो रेहान चिढ़ गया था। "तुमने मुझे पहले क्यों नहीं बताया? तुम्हारा शूट बाद में था, ना?" उसने मुझसे कहा।

"लट्टू ने भीख माँगी और बहुत मिन्नत की। वह शूटिंग का आदान-प्रदान करना चाहती थी। इसलिए मैं मंडी हाउस फिल्म पूर्वावलोकन के लिए जा रही हूँ और वह मेरे श्यामू साक्षात्कार के लिए जा रही है।"

"लेकिन तुम हमेशा सरप्राइज नहीं कर सकती हो, बेबी। मेरे पास अभी एक बहुत ही डिमांडिंग ग्राहक है और एक महत्त्वपूर्ण···"

"सुनो, इतना मत फेंको। मैं तुम्हारे रास्ते में नहीं आना चाहती। ठीक है, मैं एक ऑटो पकड़ रही हूँ।" रेहान एक बुरी आदत थी। यह सही समय था, जब मुझे उस पर इतना निर्भर रहना बंद कर देना चाहिए।

जब मैं ऑफिस पहुँची तो लट्टू प्रश्नों की सूची, जो मैंने उसके लिए तैयार किए थे, उनके बिना श्यामू वाले काम के लिए पहले ही निकल चुकी थी और मैं उसके शूट विवरण तक पहुँचने की कोशिश कर ही रही थी, जब इंदु की जोरदार चीख ने सारी गतिविधि को रोक दिया।

"हे भगवान्! कोई छत से कूदने की कोशिश कर रहा है!"

आशेन की ओर मुख किए इंदु गुस्से से खिड़की की ओर इशारा कर रही थी। नंदू उछल पड़ा। बेहतर ढंग से देखने के लिए चिकी खिड़की से चिपक गई। कुछ ही सेकंड में, पत्रकारों की भीड़ हमारी मंजिल पर बड़ी फ्रांसीसी खिड़कियों के आसपास जमा हो गई, ऊपर देखने की कोशिश कर रही थी। हम में से कुछ लोग नीचे भूतल पर पहुँचे।

तीसवीं मंजिल की कगार पर चक्र हीलर और रेकी मास्टर माँ सिम्मी छाबड़ा थी।

"अरे, यह तो माँ सिम्मी हैं!" इंदु ने कहा।

"माँ सिम्मी? उसे क्या हुआ? किसी को उसे नीचे उतारना चाहिए!" मैंने कहा।

"अरे! कल मेरा उससे झगड़ा हुआ था। उसने मेरी चक्र शीट खो दी थी। मैंने उसे बहुत डाँटा था। क्या तुम्हें लगता है कि···?" चिकी उन्मादी थी।

"तुम्हारा उससे झगड़ा हुआ था, ऐसे ही चैनल के आधे लोगों का हुआ होगा।" मैंने कहा। "मुझे नहीं लगता कि तुम इसके लिए जिम्मेदार हो।"

चिकी दु:खी लग रही थी।

सिम्मी छाबड़ा की जिंदगी से किसी को ईर्ष्या नहीं थी। वो हमारे चक्र खोलती, हमारी आभा को साफ किया और कफ, पित्त, नाड़ी और वात दोष को दूर करने में विशेषज्ञता हासिल थी। हम में से अधिकांश ने उससे तभी बात की,

जब हम पर कुछ दोष था, जिसे दूर करना था, या कुछ बुरी ऊर्जा। वह रेकी रूम में एक स्थायी व्यक्ति थी, पूरी इमारत के सबसे ठंडे कमरों में से एक, क्योंकि यह मुख्य सर्वर रूम के ठीक बगल में था। उसकी फ्रोजन विशेषताएँ और चेहरे के भावों ने कभी यह नहीं बताया कि उसके सिर के अंदर क्या चल रहा था? वह अकसर बैच में कक्षाएँ आयोजित करती थी, जहाँ वह कल्याण के लिए एक समग्र दृष्टिकोण का प्रस्ताव देती थी। आज का दिन छोड़कर। वहाँ वह थी, उसका भारी फ्रेम इकतीसवीं मंजिल के पतले लाल किनारे पर संतुलित था, पैर लटक रहे थे।

"अरे, सिम्मी क्या कर रही है?" यह बन्नी थी। "लानत है! क्या कोई ऊपर है?"

"देविका उससे बात करने की कोशिश कर रही है।"

"लेकिन उसे पहले किसने देखा?"

"सिम्मी ने अपनी माँ को एक एस.एम.एस. भेजा," ऑफिस रिसेप्शन से शेफाली ने बीच में कहा। "उसकी माँ ने रिसेप्शन पर फोन किया और मुझे बताया कि सिम्मी ने उसे एस.एम.एस. किया था कि वह इमारत से कूदने पर विचार कर रही है तो मैं…"

पुलिस का सायरन और एंबुलेंस वैन की आवाज ने शेफाली की बात को काट दिया। पुलिस वैन के पीछे सी.ई.ओ. की बड़ी काली मर्सिडीज आई। एच. रामी ने छलाँग लगाई और अपनी प्यारी इमारत के चमकदार काँच के आगे के भाग पर थोड़ा सा घबराते हुए देखा।

दो नोबेल पुरस्कार विजेताओं सहित विश्व जल निकायों के पैनल के प्रख्यात सदस्यों को नए स्थापित स्वैंकी स्टूडियो जेड में एक चर्चा में भाग लेने के लिए आना था। इससे भी बदतर यह कि गुटखा किंग किसी भी समय आ सकते थे। इस तरह का हंगामा एच. रामी बिल्कुल नहीं चाहते थे। उसने बन्नी को निर्देश दिए—

"नौ साल। एक ही कार्यालय में नौ साल का लंबा समय और मुझे नहीं पता कि वह कौन है? तुम कुत्ते की तरह काम करते हो और यही परिणाम है। मैं जितनी जल्दी हो सके, इस सर्कस से बाहर निकलना चाहती हूँ।" चिकी ने गुस्से

में कहा। अब तक सभी को अंदाजा हो गया था कि उसका गुस्सा कहाँ से उपजा है! किसी ने भी जवाब देने की जहमत नहीं उठाई।

"लैला, तुम कल राजा थिंगे के लिए जा रही हो?" बन्नी ने मुझसे पूछा।

"बन्नी! मैंने शूट फिक्स कर दिया है।" इंदु ने कहा। "मेरे पास प्रश्न सूची तैयार है। मुझे ये करना है।"

"इंदु, शायद तुम्हें अपनी जरूरतों से परे देखने और चैनल की जरूरतों पर विचार करके तैयार करने की कोशिश करनी चाहिए।" बन्नी अपने व्यंग्य में सर्वश्रेष्ठ पर थी। "अगर लैला शो की एंकर हैं तो तुम्हें अपने कुछ सितारों को जाने देना होगा। बच्चों के लिए कुछ छोड़ दो। मेरा सुझाव है कि तुम लैला को राजा पर अपनी प्रश्न सूची सौंप दो।"

बन्नी और इंदु लगभग एक ही उम्र की थी और ऐसे क्षण भी थे, जब बन्नी को चिढ़ाना पसंद था। ऐसा नहीं था कि बन्नी मेरी तरफ थी या कुछ और, लेकिन मुझे संदेह था कि वह बुनियादी स्तर पर इंदु को नापसंद करती है।

"लेकिन लैला ने इसे ठीक नहीं किया। मैं इस पर बहुत मेहनत कर रही हूँ।" इंदु नाराज हो गई।

"इंदु, यह आधे घंटे का प्रायोजित स्लॉट है। तुम इतनी परेशान क्यों हो रही हो?" बन्नी ने चिढ़कर कहा।

"लेकिन तुमने नंदू को आइफा के लिए भेजा। वह पिछले तीन साल से जा रहा है।"

"और उससे पहले तुम लगातार पाँच साल के लिए गई थी!" बन्नी ने कहा। "मैंने तुम्हें सिंगापुर, मलेशिया, मकाऊ भी भेजा, तब कोई सवाल नहीं पूछा!"

"लेकिन मैंने शूटिंग फिक्स कर दी।" इंदु हिली नहीं।

"क्या मतलब है कि फिक्स कर दी है? डार्लिंग, तुमको शूटिंग इसलिए मिलती है, क्योंकि तुम ई.एम.टी.वी. में काम करती हो। कोई भी कमबख्त प्रशिक्षु इसे प्राप्त कर सकता है।"

चिकी हँसने लगी।

"तुम किस बात पर हँस रही हो?" शर्मिंदगी के साथ गुलाबी हुई इंदु ने पलटवार किया।

इससे पहले कि चीजें हाथ से निकल पातीं, सिम्मी को दो भारी पुलिसवालों द्वारा नीचे ले जाने से हमारा ध्यान भटक गया। घेरे के बाद राहत महसूस हुई, हालाँकि एच. रामी बहुत नाराज दिख रहे थे। सिम्मी को बिना किसी दुर्घटना के कगार से हटा दिया गया था। उसने जो किया, वह क्यों किया, यह बहुत स्पष्ट नहीं था, लेकिन किसी ने कहा कि उसकी माँ चाहती थी कि वह किसी ऐसे व्यक्ति से शादी करे, जिसकी आभा और चक्र उससे मेल नहीं खाता हो। इसके अलावा, वह नहीं चाहती थी कि वह एक टी.वी. चैनल में काम करना जारी रखे, उसे उसके काम करने के घंटों से समस्या थी।

सिम्मी की माँ, जो कम उम्र में विधवा हो गई थी। उसने सिम्मी को अकेले पाला था, वह अपनी इकलौती संतान, को सुखी देखना चाहती थी। सिम्मी वास्तव में उस जगह से कूद जाती या नहीं, यह किसी को नहीं पता था—लेकिन यह तथ्य कि यहाँ वह एक कर्मचारी थी, जो अपनी नौकरी के लिए मरने के लिए तैयार थी, उसे कुछ करना चाहिए था। सही में? लेकिन जैसाकि निष्कर्ष निकला, सिम्मी को तत्काल प्रभाव से अपनी जिम्मेदारियों से मुक्त कर दिया गया और जब तक वह बेहतर नहीं हो जाती, तब तक उसे अनिश्चितकालीन छुट्टी पर भेज दिया गया। संक्षेप में, एच. रामी ने उसे निकाल दिया था।

इंदु अभी भी चिकी पर गुस्सा थी, लेकिन बहुत देर हो चुकी थी और बन्नी ने इसकी कोई परवाह नहीं की। तो वह मुझ पर भी गुस्सा थी। उसने मुझे गुस्से से देखा और अपनी प्रश्न सूची सौंपे बिना ही चल दी। मुझे जरा भी ऐतराज नहीं था। इसके अलावा, नंदू सवालों में मेरी मदद करेगा। मैं राजा पर कुछ शोध के लिए देर तक रुकी और रेहान के परिवार के साथ डिनर डेट पर जाने से चूक गई। रेहान नाराज था, लेकिन मुझे यकीन था कि मैं इसकी माफी माँग लूँगी। मैं बहुत उत्साहित थी।

मैं सुपरस्टार राजा बाबू से मिल रही थी।

□

हेडलाइन

"हम जितना महसूस करते हैं, उससे कहीं अधिक संभावनाएँ हमारे पास हर पल उपलब्ध होती हैं।"

—थिच नहत हान, जेन मोन्क

वह अंदर गया और संकेत पर भीड़ की ओर हाथ लहराया। उनके लचीले शरीर में एक चपलता थी, जो उनकी उम्र को झुठला रही थी। उनके हर कदम का पीछा मंत्रमुग्ध भीड़ कर रही थी। वे अपने पैरों को खोलकर खड़े थे, अपनी बाँहों को फैलाए, अपना सिर पीछे की ओर करके, अपने कूल्हों को आगे-पीछे करते हुए—पहले तो धीमी गति से और फिर एक विशाल भार के साथ, अपने ट्रेडमार्क पेल्विक मुक्के के साथ। भीड़ खुशी से दहाड़ उठी।

उनके अब प्रसिद्ध मुक्के पर सौ निगाहें टिकी हुई थीं, जहाँ हम उन करोड़ों लोगों की गिनती नहीं कर रहे हैं, जो उन्हें टी.वी. पर देख रहे होंगे, उन्होंने वह काम—एक बड़े पैमाने पर पैल्विक मुक्का बार-बार उठाया, जब भीड़ अनुमोदन में भड़क उठी—

आर-ए-ए-जे-ए!

आर-ए-ए-जे-ए!

'वैभव' और 'धूमधाम' के मालिक, बॉलीवुड के सुपरस्टार राजा बाबू

मनोरंजन और मनोरंजन समाचारों के सामूहिक विवेक पर किसी अन्य स्टार की तरह राज करते थे। उनके स्वैग से लेकर उनके हकलाने तक, उनके हेयरस्टाइल, डायलॉग डिलीवरी, यहाँ तक कि उनके रोमांस करने के तरीके तक, उनका हर अंदाज बिकता था। जब मीडिया को लुभाने की बात आती तो राजा बाबू खेल के उस्ताद थे।

"देखिए, मेरे रोंगटे खड़े हो रहे हैं।" राजा के कट्टर प्रशंसक गोगोल ने कहा। उसके पास 'मैं राजा के ग्रह से हूँ' ऑटोग्राफ की एक टी-शर्ट भी है, जिसके बारे में अफवाह थी, वह उसे अपने तकिए के नीचे रखता था।

"मुझे नहीं पता कि तुम राजा अंकल में क्या देखते हो?" सरयू ने अप्रभावित होकर कहा।

"हे भगवान्! ऐसा गोगोल के सामने मत कहना—तुम्हें चेतावनी दी जा रही है—लेकिन तुम सही हो। शायद वह थोड़ा मोटा और बूढ़ा लग रहा है।" मैंने कहा।

आज, अट्ठावन साल की उम्र में, राजा बाबू अपनी सबसे बड़ी दुश्मनी का सामना कर रहे थे—तेजी से बिगड़ती सेहत। शुद्ध एड्रेनालाइन केवल इतनी दूर तक जाता है। एक चेन स्मोकर, उत्तेजक पदार्थों में लिप्त और गरदन की चोट के बाद दर्द निवारक दवाइयों का आदी स्टार धीरे-धीरे अपने पूर्व 'स्व' की छाया बन रहा था। बड़े परदे से लंबी अनुपस्थिति ने सुपरस्टार के पतन की शुरुआत की अटकलों को जन्म दिया था।

"उसकी उम्र से आधी उम्र के भूखे अभिनेताओं का एक पूरा झुंड उसके पाँव छू रहा था। यह बहुत अच्छा अहसास नहीं हो सकता!" सरयू ने कहा।

"प्लीज! उसके नाम पर मंदिर बने हैं, वह मालिक है।" गोगोल ने कहा।

यह एक प्रसिद्ध अंतरराष्ट्रीय कार ब्रांड का शुभारंभ था। अस्वस्थ और गरदन के दर्द से पीड़ित होने के बावजूद राजा ने अपने उदार प्रायोजकों के लिए समय निकाला था।

पी चैनल से शिवानी ने बताया, "उसे आठ करोड़ रुपए मिल रहे हैं।"

"नहीं, यार! दिल्ली के उस बिजनेसमैन की बेटी के संगीत पर पंद्रह मिनट तक डांस करने के लिए उन्होंने पाँच करोड़ रुपए लिये। यहाँ वह और भी बहुत-

कुछ ले रहे होंगे।" गोगोल ने अधिकार के साथ घोषणा की।

"देखो, वह यहाँ है।"

जैसे ही राजा बाबू मंच से नीचे उतरे, मुझे अहसास हुआ कि पिछली बार जब मैंने उनका साक्षात्कार लिया था, तब से वे निश्चित रूप से पतले हो गए थे। उसके चेहरे की हड्डियाँ लगभग कागज की सी पतली त्वचा के बाहर निकल रही थीं, उसकी आँखें बर्फीली आग से जल रही थीं। उत्सुकता से उन्होंने मुझे एक झेन भिक्षु की याद दिला दी, जिनसे मैं लद्दाख में मिली थी। शांत और संतुष्ट, उल्लासपूर्वक उस प्रचंड तूफान का आनंद ले रहे थे, जिसमें हम फँस गए थे। उन आँखों ने, मैंने खुद को याद दिलाया, लाखों पुरुषों और महिलाओं को पागल कर दिया था। मैं जल्दी से उन सवालों को एक बार पढ़ने लगी, जो मुझे बॉलीवुड स्टार से पूछने थे।

बन्नी का संक्षिप्त विवरण स्पष्ट था—'उसे सोलह मिनट के लिए बात करने के लिए कहें और आपके पास अपना आधा घंटा है।'

लंबे-चौड़े बॉडी गार्ड की श्रृंखला सुरक्षा का ध्यान रखते हुए उनके आसपास चक्कर लगा रहे थे, ऐसे में एक बाइट प्राप्त करना मुश्किल लग रहा था, ऐसे में साक्षात्कार की बात तो असंभव ही समझो। फोटोग्राफर और कैमरामैन पागल उन्माद में धकेल दिए गए। एक अति उत्साही प्रिंट कैमरामैन ने अपना आपा खो दिया और वह लगभग राजा बाबू पर गिर ही गया था। एक सेकंड में राक्षसी बाउंसरों ने असहाय आदमी को नीचे गिरा दिया। लेकिन यह वह सितारा था, जिसने निराश कैमरामैन को उठने में मदद की। एक लाख फ्लैश और वह क्षण शाश्वत हो गया।

"तू बाद में आना। मेरी जितनी फोटो खींचनी है, तू खींच लेना! तू जैसा पोज बोलेगा, मैं दूँगा! बाद में आओ, मैं वैसे ही पोज दूँगा, जैसा आप चाहते हैं, ठीक है? अब, क्या मैं जाऊँ?" महान् राजा बाबू एक कैमरामैन से बात कर रहे हैं!

"चुप...चुप...चुप, वह कुछ कह रहे हैं...प्लीज सर, क्या आप अपनी बात दोहरा सकते हैं?"

उन्होंने दोहराया, "तू बाद में आना। मेरी जितनी फोटो खींचनी है, तू खींच

लेना! मैं तुम्हारे लिए विशेष रूप से पोज दूँगा! अब, क्या मैं जाऊँ?"

"रिकॉर्ड किया। अबे, ऑडियो लिया?"

"लिया…लिया। हो गया।"

"सर, एक बार फिर। सर, एक बार और!"

और उन्होंने एक बार फिर से कहा। सुपरस्टार की दरियादिली को फिर से क्लिक किया गया, फिर से कैद किया गया, हर कोण से फिर से रिकॉर्ड किया गया। मीडिया ने जय-जयकार की और राजा बाबू आगे बढ़ गए।

"वह जीतने के लिए रुकता है। ऐसे ही मेरे शो को भी चलाएँगे।" मैंने कहा।

जैसे ही वह मेरे पास से गुजरे, मैंने कहा, "राजा, पाँच मिनट प्लीज।"

कॉफी के आदी-चेन स्मोकी बाउंसरों के मांसल पिंजरे के माध्यम से मुसकराते हुए मुड़े। यह किसी को भी शांत करने के लिए काफी है। लेकिन उनकी आँखें चुंबकीय थीं।

"हाँ जानेमन, जरूर! बस मुझे इसे खत्म करने दो, लेकिन तुम वहाँ अलका से बात क्यों नहीं करती हो?" कॉन्यैक और कॉफी और महँगी सिगरेट की महक वाली एक शानदार आवाज सुनाई दी।

खतरनाक चेहरेवाली अलका, जो अब तक कैमरे के लेंस पर एक चिड़चिड़ी छाया थी, अचानक सामने आ गई। वह अपने विशाल सींगवाले चश्मे के पीछे शरमा गई।

"अरे, अलका! तू कितनी पतली हो गई है! स्लिम और सेक्सी। मुझे तुम्हारे पति से बात करनी होगी।" राजा ने ठट्ठों में अपनी उँगली हिलाई और अलका अपने नए सूट में खुशी से चिल्ला उठी। राजा बाबू के बारे में यही बात खास थी—उन्हें आपका नाम और आपने क्या किया, जैसी छोटी-छोटी बातें याद रहती थीं और आपकी तारीफ की, जो कुछ भी उन्होंने कहा, उसमें एक व्यक्तिगत स्पर्श जोड़ दिया। उनकी बातचीत सुनकर आँख मूँदकर मीडिया ने अलका की तरफ दिलचस्पी से देखा।

अलका ने हम मीडियावालों को कमरे से बाहर मंद रोशनी वाले गलियारे में धकेल दिया, जहाँ हमारे पास स्टार के साथ अपनी बारी का इंतजार करने के

अलावा कोई विकल्प नहीं था। केवल पसंद के चैनल ही इस स्टार के गर्भगृह के अंदर आएँगे, इसकी घोषणा की गई थी।

"लाइन में खड़े हो जाएँ, प्लीज।" अलका ने आज्ञा दी। राजा बाबू के सांसारिक मामलों की पी.आर. महिला-देवी को नाराज नहीं करना चाहते, हमने रोल कॉल के लिए अपने नामों को पुकारा। ई.एम.टी.वी. के लिए टी.आर.पी. में कमी का मतलब था साक्षात्कार के क्रम में कम रखा जाना, लेकिन मुझे कोई जल्दी नहीं थी। मेरे बैग में बड़ा सितारा था···यह बन्नी को कुछ दिनों तक बैठाए रखेगा। मैं एंटे-रूम की ओर चल पड़ी।

पहली चीज पहले : मेकअप। मैं अपना चेहरा ठीक करने के लिए एक कोने की कुरसी पर बैठ गई। अपने पैरों के बीच मेरे बड़े दर्पण को संतुलित किया—सबसे पहले मेरे चेहरे के लिए मैक स्टूडियो फिक्स एनसी40 आया। इसने मेरे साँवले रंग के लिए चमत्कार किया, एक मेकअप विशेषज्ञ ने मुझे आश्वासन दिया था। इसके बाद बॉडी शॉप शिमर क्यूब्स लुमियर आया। मैंने अपने सूट पर सोने के पैटर्न से मेल खाने के लिए अपनी आँखों पर डस्टी गोल्ड लगाया। मैंने अपना मस्कुलर रीका अजमल परफ्यूम छिड़का। अंत में स्ट्रॉबेरी ब्लांड ए-98 मजेदार लिप ग्लॉस, जो मैंने पिछले दुबई फिल्म समारोह में मेरे डी.ए. पैसे से खरीदा था। वे दिन गए, जब मैं सार्वजनिक रूप से अपने बालों में कंघी करने से कतराती थी—इन दिनों मैं ज्यादा नहीं सोचती हूँ। मैंने अपने आईने में मुसकराने की कोशिश की···पेशेवर चलो-नौकरी-पर वाली मुसकराहट, या मैं आपकी शानदार मुसकान की कायल हूँ वाली थोड़ी घबराई हुई मुसकान? इससे ज्यादातर पुरुषों में शिष्टता सामने आ जाती है।

जब मेरी बारी आई और मैंने राजा गृह में प्रवेश किया तो एक मौन में उनकी जबरदस्त सफलता और उनके आसपास फैले अपार धन की फुसफुसाहट सुनाई दी। राजा बाबू एक शानदार काले सोफे पर मुसकराते हुए बैठे थे और उनकी पसंदीदा काली अरमानी रेशम की शर्ट और गहरे भूरे रंग की पतलून, एक गहरे लाल रंग की टाई, मोनोक्रोमैटिक पैलेट को तोड़ रही थी। उन्होंने मुझे देखा और मुसकरा दिए।

सुपरस्टार के गर्भगृह में प्रवेश करते ही कोई व्याकुलता नहीं थी। उनका

ध्यान पूरा आप पर था। उनकी स्पष्ट निगाहों के सामने मैं अपनी शुरुआती लाइन भूल गई।

"हेलो, राजा।" मैंने अंत में कहा।

यह क्या था? शुरुआती लाइन क्या थी? मेरे साथ वह आदमी है, जो... नहीं, नहीं, बकवास।

"हेलो, लैला डियर। कृपया बैठ जाइए।" राजा बाबू ने मुझे अपनी विशिष्ट मुसकान के साथ कहा।

भगवान्! वह सेक्सी चोर!

पी.आर. गर्ल फुसफुसाई, "बस पंद्रह मिनट, याद रखना।" शिवम ने राजा बाबू पर माइक का लैपल खिसका दिया और अंतिम ऑडियो चेक किया।

मैं अपनी शुरुआती पंक्ति में क्या कहूँ? प्रोफाइलवाला आदमी...भगवान्!

"क्या तुमने ठान लिया है कि तुमसे नफरत की जाए?" मैं ठिठक गई।

"मेरे प्रशंसक मुझे प्यार करते हैं, लैला। क्या तुम नहीं करती?" यह कोई सवाल नहीं था।

"आपके सह-कलाकार मुंजाल के साथ आपके चल रहे वाक्युद्ध के बारे में बहुत-कुछ कहा गया है। उन्होंने आप पर अपनी नई फिल्म में उनकी भूमिका को काटने का आरोप लगाया है, क्योंकि आप निर्माता भी हैं। आप उस आरोप का क्या जवाब देंगे?"

राजा को पसीना आ रहा था, उसकी आँखों से पानी आने लगा और उसके हाथ चिपचिपे हो गए। लेकिन इसका मुझसे या मेरे सवाल से कोई लेना-देना नहीं था। दो लोगों ने अचानक बीच-बचाव किया और कार्य सँभाला। मुझे और मेरे कैमरामैन को कुछ मिनट के लिए बाहर जाने के लिए कहा गया, क्योंकि राजा को दवा देनी थी। जब मैं अंत में लौटी तो राजा अधिक सतर्क दिख रहे थे। उसके ऊपरी होंठ के पास सफेद रंग का हलका सा निशान बता रहा था कि उसने जल्दबाजी में दवा ली थी। मुझे पी.आर. व्यक्ति ने चेतावनी दी थी कि राजा से उसके स्वास्थ्य के बारे में सवाल पूछकर उसे परेशान करने का जोखिम न लूँ।

"जैसा आपने कहा, काफी कहा जा चुका है। आधारहीन बातें! ऐसा कोई

युद्ध नहीं है, जैसाकि मीडिया इसे बताता है। वह अपना काम कर रही है, मैं अपना काम कर रहा हूँ। मुंजाल एक अच्छे दोस्त हैं।"

आँखों में अभी भी पानी था, लेकिन भगवान्, उसकी ठुड्डी पर जो फाँक था, वह लहूलुहान था।

"आप समझिए, मीडिया को सकारात्मक पहलू पर ध्यान देना चाहिए, जो अच्छा काम मैं करता हूँ।" उसकी आँखें मेरी आँखों से टकरा गईं। "राजा और मुंजाल की लड़ाई के बजाय या मुंजाल ने मुझे अपनी पार्टी में आमंत्रित नहीं किया या राजा ने मुंजाल को नहीं देखा, उसने मुँह टेढ़ा किया, क्यों किया··· ? यार, यह सब क्या है? ऐसे काम नहीं चलता है।" राजा ने मुझे चेतावनी दी। मैं उस 12 साल के बच्चे की तरह खुद को दोषी महसूस कर रही थी, जो एक अश्लील पत्रिका के साथ पकड़े गए बारह वर्षीय बच्चे के रूप में दोषी महसूस कर रही थी।

इस बीच परेशान पी.आर. अलका गुस्से में कागज की एक शीट लहराने लगी, यह दरशाते हुए कि मैं ब्रांड के बारे में सवालों पर कायम हूँ। मैंने उसकी उपेक्षा की।

"मुंजाल ने कहा कि उनका पालतू खरगोश सबसे बड़ा राजा है। आपकी क्या प्रतिक्रिया है?" मैंने कहा।

सुपरस्टार की आँखों का रंग गहरा हो गया। लेकिन फाँक बरकरार रही।

"वह उसका प्यार है। उसका खरगोश राजा हो सकता है, मेरा कछुआ मुंजाल हो सकता है तो क्या? हम सब जानवर हैं, है ना? हा हा!" मानो राजा का दल हँस पड़ा और स्टार ने उन्हें चुप कराने के लिए हाथ उठाया।

"मैं आखिरी बार यह कहना चाहता हूँ कि मैं उससे प्यार करता हूँ। वह मेरा भाई है और भाई लड़ते हैं, है न? मुझे यकीन है कि तुम अपने भाई से लड़ती होगी।"

"हर समय!"

"तुम जानती हो, उस दिन मैं लियोनार्डो डिकैप्रियो से मिला था···"

बहुत चुपचाप, मैंने वह प्रश्न पूछ ही लिया, जिसे पूछने के लिए मैं मरी जा रही थी—"सूरमा भाइयों के बारे में क्या?"

"उनके बारे में क्या? और तुम मुझसे क्यों पूछ रही हो? बॉलीवुड में आधे लोग उन्हें जानते हैं!"

सूरमा राजनीतिक दिग्गज थे। उनके देश भर में मॉल, होटल और सिनेमा हॉल थे। जब सूरमा लोगों ने पार्टियाँ रखीं तो बॉलीवुड के बड़े-बड़े लोग इसमें शामिल हुए। हाल ही में, राजा बाबू को उन्होंने अपने शानदार रियल एस्टेट उद्यम के ब्रांड एंबेसडर के रूप में साइन किया था। समस्या यह थी कि मुंबई के सबसे बड़े भूमि घोटाले में उनका नाम सामने आने के बाद से सूरमा परिवार अब बड़ी मुसीबत में पड़ गया था। सी.बी.आई. ने उन पर बेनामी खातों में 1,500 करोड़ रुपए का काला धन जमा करने का आरोप लगाया था।

"वे आपके अच्छे दोस्त हैं।"

"बिल्कुल।" उसने सीधा कहा।

"लेकिन उनका नाम इस जमीन घोटाले में आया है…"

"ठीक है, ठीक है, आपको अभी काम पूरा करना होगा!" राजा की पी.आर. मशीनरी हरकत में आ गई।

"मेरे बहुत सारे दोस्त हैं। मुझे नहीं लगता कि तुम जानती हो कि तुम किस बारे में बात कर रही हो लड़की, अपने तथ्यों पर काम करें। मुझे क्या पसंद है, उसके बारे में बात करते हैं! तुम जैसी युवा सुंदर लड़कियाँ मेरा नाम चिल्लाते हुए पुकारें, मुझे बहुत अच्छा लगता है।"

"चलो, चलो, समय पूरा हो गया है।" अलका गुस्से में ऊपर-नीचे हो रही थी।

"तुम जानती हो, तुम्हें रिपोर्टिंग में सनसनी को दूर रखने की जरूरत है!" राजा के शब्दों ने मुझे अपने ट्रैक में रोक दिया। "आपका चैनल ई.एम.टी.वी. की रिपोर्टिंग का एक बहुत अलग स्तर हुआ करता था, न कि यह जासूसी टैब्लॉयड पत्रकारिता।"

और लगभग तुरंत ही मैं वह सब बन गई, जो आज टेलीविजन उद्योग में गलत था।

□

'हाय लैला, मेरा सुझाव है कि आप सूरमा कोण को छोड़ दें।' अलका के

इस एस.एम.एस. ने मुझे हैरान कर दिया। मैं पहले ही ऑफिस पहुँच चुकी थी और सोच रही थी कि टेक्स्ट करने से पहले अलका ने मेरे लोकेशन छोड़ने का इंतजार क्यों किया?

'लेकिन क्यों?'

'स्वीटी, क्योंकि वे असत्यापित रिपोर्ट हैं! तुम इस तरह की गैर-जिम्मेदाराना रिपोर्टिंग से कुछ नहीं पाओगी!' अलका ने खेदजनक अंदाज में लिखा।

'मुझे लगता है कि आपको मुझे यह तय करने देना चाहिए कि मैं क्या रिपोर्ट करना चाहती हूँ और क्या नहीं,' मैंने संक्षेप में लिखा।

'और इस तरह मैं अपनी मुख्य कहानी के रूप में राजा-सूरमा कनेक्शन के साथ आगे बढ़ी।' और मैं अपनी बेतुकी स्क्रिप्ट और चुटीले संपादन से बहुत खुश थी।

मेरी खुशी लंबे समय तक नहीं रही।

"वह शूट कहानी क्या थी? वह तुम्हें कब मिलेगी? सुपरस्टार्स के साथ पंगा न लें। तुम्हें पता है कि शो, जिसे राजा बाबू ने हमारे साथ करने का वादा किया था, वो खतरे में है?" बन्नी चिल्लाई।

"क्या? लेकिन क्यों?" मैंने पूछा।

"लैला, तुम्हें पता है क्यों! तुम्हारे लिखे छोटे से लेख ने इस गड़बड़ी को जन्म दिया। राजा ने एच. रामी को एक एस.एम.एस. भेजा है—राजा और सूरमा के बीच खोजबीन करने की क्या जरूरत थी? पिछली बार मैंने जाँच की, आप एक मनोरंजन हैक थे। या आपने अपना विषय बदल लिया है?"

"लेकिन बन्नी, क्या एच. रामी ने यह नहीं कहा था कि वे चाहते हैं कि हमारी स्क्रिप्ट अप्रासंगिक हो?" मैंने इसे कम शब्दों में कहने की कोशिश की।

"चुप रहो। गुटखा किंग का कॉल आया था। वे जानना चाहते हैं कि उस कहानी को किस बेवकूफ ने लिखा था? इससे भी बदतर, वह जानना चाहता है कि किसने उस कहानी को स्वीकृत किया है?"

"परंतु…"

"चुप रहो। अरे मूर्ख, क्या तुम जानती हो कि राजा गुटखा किंग का नया रियलिटी शो लॉन्च करनेवाले थे?"

"परंतु..."

"न सिर्फ मुझे तुम्हारी इज्जत को फिर से बचाना है, मुझे राजा से हमारे 'सिटीजन्स स्पीक अप नाउ शो' के ब्रांड एंबेसडर बने रहने के लिए भीख माँगनी है।"

"लेकिन आप स्क्रिप्ट देख सकती हैं, इसमें ऐसा कुछ भी नहीं है, जो सच न हो।" मैंने जोर देकर कहा।

"भूल जाओ। तुम्हारी कहानी बेकार हो गई है। उसे ऑफ एयर कर दिया गया है। मैंने पहले ही पी.सी.आर. को शो की अवधि को भरने के लिए प्रोमो जोड़ने के लिए कहा है। अब जाओ!"

न केवल मेरी कहानी को ऑफ एयर कर दिया गया, बल्कि बन्नी ने नंदू को मेरी सभी कहानियों को संपादकीय रूप से देखने के लिए नियुक्त किया।

मैं आधिकारिक तौर पर पिंजरे में थी।

मुझे ई.एम.टी.वी. में एंटरटेनमेंट रिपोर्टर के रूप में शामिल हुए दो साल हो चुके हैं। हर दिन मैं जिन लोगों को सबसे पहले फोन करती, वे पी.आर. एजेंट थे। पब मेरा रोज का अड्डा बन गया था; सेक्सी सिनेमा लाउंज, शानदार तालाब, आलीशान रेस्ट्रो-बार, सबसे विशिष्ट नाइट क्लब, ए-लिस्ट डिस्कोथेक—सच कहूँ तो यहाँ तक कि बेकार भी—तभी लॉन्च किए गए थे, जब उन्होंने मुझे इसके बारे में बताया था! मेरे पास रोज सैकड़ों कॉल आते थे। फैशन डिजाइनर अपने संग्रह को आगे बढ़ा रहे हैं, इवेंट मैनेजर अपने 'स्टार-से भरे' इवेंट्स को आगे बढ़ा रहे हैं, पी.आर. एजेंट अपने सितारों को बेच रहे हैं, आर्ट गैलरियाँ बॉलीवुड आमंत्रितों का वादा कर रही हैं, यह कभी खत्म नहीं होनेवाला था। यहाँ तक कि मुझे अपने बच्चों के जन्मदिन की पार्टी के लिए अपने फार्महाउस पर बुलानेवाली आंटी से भी निमंत्रण मिला। मुझे कोई परेशानी नहीं थी। मैंने सितारों के पागलपन और महँगी मेंहदी कार्यक्रम से लेकर चमचमाते बच्चों के साथ दिखावटी 'बेबी शॉवर्स' तक सबकुछ कवर किया था। मैंने डॉग शो, हैलोवीन पार्टियाँ, किटी और कार्ड पार्टियाँ, आइसक्रीम लॉन्च, पिज्जा और पेस्ट्री बनाने की प्रतियोगिताएँ, फिल्म प्रीमियर और स्टार इंटरव्यू को कवर किया था। मैं हर दिन उस बड़ी सेक्सी कहानी का इंतजार

करती थी। यह आया, लेकिन शायद ही कभी; ज्यादातर दिनों में, मेरी कहानियाँ '…तक ही सीमित थीं और, आखिरकार।

लेकिन मेरे पास मेरा 'फिल्मी मस्ती' शो था और इसे एक दिन में पाँच रिपीट मिले। मुझे यकीन है कि यह भी किसी गिनती में आता होगा।

□

खबर पक्की है

मैंने हमेशा यही सोचा था कि चिकी ई.एम.टी.वी. से बाहर निकलनेवाली पहली इनसान होगी। लेकिन, जैसाकि हुआ है, वह लतिका थी। श्यामू शर्मा ने लतिका को अपनी नई अनाम फिल्म में मौका देने की पेशकश की थी। लतिका ने कई बार निर्देशक का साक्षात्कार लिया था, लेकिन स्पष्ट रूप से यह वह थी, जिसने उन पर एक अमिट छाप छोड़ी थी। हमें संदेह होना चाहिए था कि कुछ चल रहा था, जब श्यामू ने जोर देकर कहा कि बन्नी केवल लतिका को उनका साक्षात्कार लेने के लिए भेजें।

"मेरी भूमिका मुख्य नायिका की भूमिका के समानांतर होगी!" लट्टू ने कहा, उसकी बादामी आँखें उत्साह से चमक उठीं।

"लेकिन तुम अभिनय के बारे में क्या जानती हो?" चिकी ने पूछा।

"अरे, हर हीरोइन की तरह। छोड़ो भी, श्यामू कहते हैं कि वे मुझे किसी एक्टिंग वर्कशॉप में दाखिला दिला देंगे।"

"श्यामू कहते हैं! क्या तुम्हें वह मिला? देखो···अब तू श्यामू के लिए नाचेगी?" आइफा से अभी वापस आए नंदू ने लतिका को बेरहमी से चिढ़ाया। "लट्टू बदनाम हुई, डार्लिंग श्यामू के लिए!"

"लेकिन लट्टू, क्या तुम्हें यकीन है कि तुम इस ऑफर पर भरोसा कर सकती हो? मेरा मतलब है, क्या होगा यदि तुम श्यामू के खूब सारे पैसे देने

के वादे के लिए इसको छोड़ दो, लेकिन और बड़ी मुसीबत में पड़ जाओ?" निश्चित रूप से इंदु को शब्दों से खेलना आता था।

लेकिन लतिका अपनी बॉलीवुड महत्त्वाकांक्षाओं को पूरा करने के लिए ई.एम.टी.वी. छोड़ने की अपनी योजना को लेकर दृढ़ थी।

"लेकिन तुम्हारी एंकरिंग का क्या?" मैंने पूछा। "बन्नी कह रही थी कि वह अब तुमको वीकेंड शो देने की सोच रही है?"

"बन्नी को रहने दो। बेब, मैं बॉलीवुड जा रही हूँ।" लट्टू खुश थी।

"और तेरा फ्रेंच बॉयफ्रेंड?" चिकी ने लट्टू से पूछा।

"वह ब्रिटिश है।" नंदू ने चिकी को ठीक किया।

"जो भी हो!"

"तो माया, तुम कब जा रही हो, मैडम?" इंदु ने पूछा।

"माया?" हमने उसकी तरफ देखा।

"इसने तुमको नहीं बताया? यह उसका नया स्क्रीन नाम है! लट्टू अब माया है।" इंदु ने खुशी के साथ खुलासा किया।

"तुम मुझसे मजाक कर रही हो, यार! लट्टू, तुम्हें यह नाम किसने दिया? यह मत कहो कि यह तुम्हारे श्यामू बाबू हैं।" नंदू ने कहा।

लतिका मंद-मंद मुसकराई।

"लट्टू, श्यामू शर्मा की पिछली चार फिल्में फ्लॉप हुई हैं! तुम उससे जुड़ने के लिए इतनी बेताब क्यों हो?" इंदु ने पूछा।

"चुप कर इंदु, उसे डराना बंद करो! एक बार क्या तुम किसी के लिए खुश नहीं हो सकते?" चिकी की आँखें चमक उठीं। "बच्ची कुछ नया करने की कोशिश कर रही है।"

"तुम्हें पता है चिकी, तुम्हें लट्टू की माँ का किरदार निभाना बंद कर देना चाहिए, अब जबकि वह बड़ी बुरी दुनिया में जा रही है।"

"और तुमको बॉलीवुड में आने की उम्मीद है। दरअसल, श्यामू तुमको अपनी एक भूत फिल्म में फिट कर सकते हैं। मैं इसे अभी देख सकती हूँ—इंदु के लिए सर्वश्रेष्ठ डेब्यू चुड़ैल पुरस्कार!"

"ओह! बॉलीवुड के लिए तुम्हारे टिकट के बारे में क्या? क्या मि. अमर

कपूर···ने तुम्हारे लिए नहीं भेजा? या यह रात गई, बात गई की तरह है?" इंदु मुसकराई।

"इंदु, तुम जो कह रही हो, उसे लेकर सावधान हो जाओ!" चिकी का पाँच फीट ग्यारह इंच का फ्रेम इंदु के ऊपर चढ़ गया। गुस्से में लाल और आग-बबूला हुई चिकी उसे मारने के लिए तैयार लग रही थी।

"इसे अभी बंद करो," बन्नी चिल्लाई। "इस डेस्क पर क्या बकवास हो रही है? और लट्टू या माया या जो भी हो, तुम एक सेलिब्रिटी हो सकती हो, लेकिन क्या तुम प्लीज, हम जनता को इस साइड सर्कस को खत्म करने दोगी? लैला, क्या रन ऑर्डर तैयार है? आज रात के शो के लिए तुम अपने लिंक पर काम कहाँ कर रही हो? नंदू, एकाउंट्स से अपना डी.ए. ले लो। तुम न्यूजीलैंड जा रही हो, कभी-कभी अपना मेल पढ़ लिया करो; हाँ! इंदु, चिकी, अभी मेरे केबिन में आओ।"

बन्नी के गुस्से के बाद लतिका अचानक वहाँ से चली गई। तब मुझे नहीं पता था, लेकिन लतिका से यह मेरी आमने-सामने आखिरी मुलाकात थी। अगली बार जब मैं उससे मिलूँगी तो वह माया होगी। लट्टू के साथ बन्नी का चिड़चिड़ापन हैरान करनेवाला था। क्या वह पहले स्थान पर लतिका को आउट नहीं करना चाहती थी?

लट्टू के लिए कोई फेयरवेल पार्टी नहीं हुई। लेकिन उसके जाने से मुझे उतना झटका नहीं लगा, जितना रेहान को लगा।

□

यूनिटी सत्यानाश!

इसकी शुरुआत मेरे रेहान पर गुस्से होने से हुई। अति क्रोधित। मैंने उसे अपने मोबाइल पर मैसेज पढ़ते हुए पकड़ा था। मेरा मतलब है कि छिपाने के लिए कुछ भी नहीं था, लेकिन रेहान कुछ चीजों को लेकर अड़ियल होता जा रहा था। जैसेकि वह जानना चाहता था कि नंदू मुझे हर दिन कई बार कॉल क्यों करता है?

"लेकिन इसका क्या मतलब है, काला तुम पर अच्छा लगता है हॉ टीक?" रेहान ने जोर से एक एस.एम.एस. पढ़ा।

"कम शब्दों में इसका मतलब यही है कि काला रंग मुझ पर अच्छा लगता है! मैं आज शो में अच्छी लग रही थी! यह इतना परेशान होनेवाली बात क्यों है?"

मुझे यह बात बहुत परेशान करती है कि तड़के 3:25 बजे, मैं रेहान के साथ नंदू के मानसिक स्थिति के बारे में चर्चा कर रही थी।

"अगर कोई लड़की मुझे ऐसा एस.एम.एस. भेजे तो तुम्हारी क्या प्रतिक्रिया होगी?"

"लेकिन वह ऐसा नहीं है; वह नंदू है, तुम इतने नाराज क्यों हो रहे हो?"

"वह ऐसा नहीं है? यह क्या है?"

"अरे रेहान, यह सिर्फ हँसी के लिए है।"

"मैं यह देखना चाहूँगा कि तुम उसे हँसाने के लिए किस तरह के

एस.एम.एस. भेजती हो? क्या तुम इतनी बेवकूफ हो, पुरुष एक सीमा के बाद एक जैसे ही होते हैं।"

"हे, बहुत बढ़िया रेहान! तुम हर समय एफ.बी. करते रहते हो और मैं अपना एफ.बी. एकाउंट उपयोग भी नहीं करती हूँ। मैं बस इतना ही सोश्लाइज करती हूँ! पिछली बार कब तुमने मुझे मेरी डेस्क के साथ पार्टी करते देखा था? मैं धूम्रपान नहीं करती। मैं बहुत ही कम पीती हूँ। मैं ऑफिस पार्टियों में भी नहीं जाती। मैं इस मेहनती चींटी की तरह हूँ, यार। मैं काम पर जाती हूँ, मैं वापस आ जाती हूँ। मेरे पास सेक्स के लिए समय नहीं है। मैं जल्दी सो जाती हूँ, ताकि सुबह जल्दी काम पर जा सकूँ। मुझे लगता है कि यह मुझे वास्तव में बेवकूफ बनाता है!"

"तुम्हारे गुणों पर क्रैश कोर्स के लिए धन्यवाद। मैं तुमसे तब भी प्यार करूँगा, अगर तुमने थोड़ी भी गलती की होगी। लेकिन यह नंदू का 3 बजे मैसेज करना मैं बिल्कुल बरदाश्त नहीं कर सकता।"

"सुनो, तुम्हें क्या लगता है कि मेरा काम क्या है? क्या तुमको लगता है कि मुझे मुफ्त बकवास में शामिल होने के लिए तनख्वाह दी जा रही है? नंदू को केवल एक ही व्यक्ति में दिलचस्पी है और वह वो स्वयं है। बाल की खाल मत निकालो, यार। तुम मुझे जानते हो, है ना? यह चर्चा बेहद मूर्खतापूर्ण है।"

"हाँ, अभी हो रही बहुत सी चीजें बिल्कुल मूर्खतापूर्ण हैं।"

"उदाहरण के लिए?"

रेहान चुप था।

मैं एक डर महसूस कर सकती थी। रेहान ने बिना कारण के तड़के 3 बजे मूर्खतापूर्ण मुद्दे नहीं उठाए—उसने कुछ निर्णय लिया था और वह मुझसे उन्हें कहने में मुश्किल महसूस कर रहा था।

"सच में, तुमको क्या बात परेशान कर रही है, रेहान? साफ-साफ बोलो।" मैंने आराम से कहा।

"तुम जानती हो ना, वह पूर्वी अफ्रीका में दूरसंचार परियोजना, जिसके लिए मैंने प्रस्ताव रखा था?"

"हाँ?"

"वह मिल गया है। मैं नैरोबी जा रहा हूँ।"

"तुम?" (ओह, नहीं।)

"यह दो साल की प्रतिनियुक्ति है।"

"हम्म? ठीक है।" (बकवास।)

कमरे में अचानक दम घुटने लगा था। मैं बैठना चाहती थी।

उसने कहा, "तुम चाहो तो साथ आ सकती हो।"

"तुम जानते हो कि यह संभव नहीं है।" (उसने यह नहीं कहा, 'मैं चाहता हूँ कि तुम आओ', लेकिन 'तुम चाहो तो आ सकती हो'—इसका क्या मतलब था?)

"लैला, थोड़ा विश्राम करो। तुमने मेहनत से काम किया है।"

"अभी बहुत नहीं किया है! मैं अभी नहीं जा सकती। बहुत सी चाजें हो रही हैं।" (रेहान के बिना रहना? लेकिन वह उसके साथ चलने के लिए जोर क्यों नहीं दे रहा था?)

"तुम अकेले कैसे रहोगी? तुमको पता नहीं है कि घर कैसे चलाना है?" रेहान ने कहा।

"अकेले रहना कोई समस्या नहीं है। (मैं क्या बकवास कर रही हूँ? उसे रोको, लैला। उसे अभी रोको। प्लीज।) मैं पी.जी. आवास में जा सकती हूँ। ऑफिस से सुनीति और तृषा एक रूममेट की तलाश में हैं।"

मैं थका हुआ महसूस कर रही थी। रेहान का चेहरा भावहीन था। उसे उम्मीद होगी कि मैं मान जाऊँगी। लेकिन मेरी उम्मीदों का क्या? बन्नी अब मेरे साथ ठीक हो रही थी और मैं विशेष संवाददाता बन गई थी। अगर मैं अभी चली जाती हूँ तो मैं कहाँ होंगी? ई.एम.टी.वी. में महिलाओं के एक वैकल्पिक जीवन के अवसर के लिए बाहर जाने के मामले अनसुने थे। शायद इसलिए कि अधिकांश कर्मचारी जीवन जीने के लिए बहुत व्यस्त थे। लेकिन मैं पीछे हट गई।

बन्नी ने मुझे चेतावनी दी थी कि मेरी जगह लेने के लिए पचास लड़कियाँ तैयार हैं। इसके अलावा, रेहान ने मुझे अपने साथ जाने के लिए मनाने की बहुत कोशिश नहीं की थी। अगर उसे मेरी परवाह नहीं है तो मैं भी क्यों करूँ?

□

सुना है कि…

"चड्डी पहनी है उसने?" कैमरामैन की अचानक की गई टिप्पणी ने मुझे बहुत शर्मिंदा कर दिया। साँड़ की तरह हट्टे-कट्टे कैमरापर्सन के बीच मजबूती के बीच मैं फँसी हुई थी और मेरे पास जाने की कोई जगह नहीं थी। विक्की कुमार अभिनीत एक बड़े बजट की बॉलीवुड फिल्म के लिए यह एक पैक प्रेस कॉन्फ्रेंस थी, जिसकी पिछली फिल्म 'ब्लडी फूल्स' एक बड़ी हिट हुई थी।

जैसे ही कैमरामैन ने उस हीरोइन और उसके अंडरवियर पर चर्चा की, मैं चेहरे पर बिना किसी भाव के सामने देखने लगी, जो प्रेस कॉन्फ्रेंस के शुरू होने और उनकी बुनियादी प्रवृत्ति वाले क्षण के बीतने की उम्मीद कर रही थी। अंडरवियर हाल ही में एक फैशन घटना बन गया था, जिसमें कई बॉलीवुड एक्टर इसे पहने बिना जा रहे थे। इस ट्रेंड को क्या प्रेरित कर सकता था? शायद वे जाँघों के आसपास अधिक सहज महसूस कराते थे (जैसाकि याना गुप्ता ने कहा था) या कल्पना करते थे कि उनके छोटे काले नंबर उनके हिप्स पर अधिक अच्छे से बैठे हैं (शमिता शेट्टी के अनुसार)। कारण जो भी हो, कपड़े के छोटे टुकड़े को हटा दिया गया था।

आज की अश्लील वार्त्ता का उद्द्देश्य ब्राजील से विदेशी महिला थी, जो बॉलीवुड में अपनी शुरुआत कर रही थी। लगभग बीस फीट की दूरी पर मंच पर बैठी एक्ट्रेस वह संदेहास्पद थी, क्योंकि वह जोखिम भरे फैशन स्टेटमेंट और

चड्डी को न पहनने के लिए जानी जाती थी।

"वह इतने अजीब ढंग से क्यों बैठी है? क्या वह कुछ छिपाने की कोशिश कर रही है?" 'X न्यूज' के लड़के ने पूछा।

"पहनी है। लाल है। उसकी पोशाक से मेल खाती है।" आधिकारिक फैसला आया।

"साला इतनी गरमी है रूम के अंदर; मार दूँगा गरमी में।"

"शुरू करो, यार।"

"कृपया शिफ्ट हो जाएँ।"

"माफ करें। हम पहले आए हैं।" 'P न्यूज' के कैमरामैन ने कहा, जो दो कैमरा असिस्टेंट और एक लाइटमैन के साथ आया था।

"अबे, तुम अपने साथ सेना क्यों लाए हो? यहाँ भी 33 प्रतिशत आरक्षण सोच के आया है क्या?" कोई चिल्लाया।

हॉल में सब मुँह पर हाथ रखकर हँसने लगे। स्कूली लड़की की तरह अभिव्यक्ति देनेवाली पी.आर. लड़की ने अपना गला साफ किया।

"मैडम, पॉपकॉर्न ही दे दो। कुछ ठंडा कोक-शोक के बारे में क्या?"

परेशान पी.आर. लड़की के लिए बाहर आने के लिए उसकी पसंद की पोशाक और अधिक गलत नहीं हो सकती थी—एक भयानक ग्रे पेंसिल-स्लिम स्कर्ट, जो उसकी जाँघ पर चढ़ रही थी, उनसे न्यूड स्टॉकिंग्स और एक सफेद बनियान दिख रही थी—आपदा और शर्मिंदगी के लिए एक मौका और इसने उसे और अधिक आत्म-जागरूक बना दिया।

"अरे, देखो!" मनोज ने कोहनी से हलका धक्का दिया। "उसकी फट रही है!"

पी.आर. लड़की भरे कमरे में पत्रकारों के बीच दौड़ रही थी। मैं उसकी दुर्दशा पर रो पड़ी। सामूहिक भारतीय मीडिया के सामने उसे मंच पर चढ़ने और उतरने की संभावना का सामना करना पड़ रहा था, कुछ रिकॉर्ड भी कर रहे थे।

"अरे, तुम उसे क्यों रिकॉर्ड कर रहे हो?" किसी ने पूछा।

"मजे के लिए, बाबा!" मनोज ने आँख मारी।

लेकिन साइड सर्कस ने मुझे ज्यादा देर तक विचलित नहीं किया। मैंने सरयू

को स्टार की पी.आर. मोनिका के साथ चिपकते हुए देखा। यह अकारण नहीं था कि सरयू ने शहर के प्रमुख पी.आर. विद्वान् के रूप में अपनी प्रतिष्ठा अर्जित की थी। वह सितारों का साक्षात्कार लेने के लिए जो बन पड़े, करती थी, वह दोस्ताना व्यवहार करती, धोखा देती, हड़पती, भीख माँगती। मोनिका सात साल के लिए एक पूर्व-मनोरंजन टैब्लॉइड में कर्मचारी रही थी और मंदी के दौरान रिपोर्टिंग से पी.आर. में आ गई थी। आज उसके क्लाइंट के रूप में विक्की कुमार सहित शीर्ष अभिनेता थे। सरयू स्पष्ट रूप से मोनिका के साथ थी, क्योंकि दोनों एक-दूसरे को फ्लाइंग किस करने में व्यस्त थे।

"यार, वह छोटा है।" मेरे कैमरापर्सन ने मेरे विचारों को भंग किया, क्योंकि विक्की कुमार खचाखच भरे कमरे में आ गए, उनकी चिकनी चाल उनके आचरण से मेल खाती थी।

"मुझे, 'मैं सुपरस्टार के सामने हूँ' वाले भाव की बहुत याद आती है।" प्रिंसी ने कहा।

"सिर्फ राजा ही प्रिंसी के लिए करता है!"

"विक्की को क्या हो गया है?"

"ओवरडोज हो गया। कितना चलाएँगे? मूर्खों, हिट है यार, खत्म करो!"

"मुझे लगता है कि उसने फिर से वजन बढ़ा लिया है।"

"हाँ, मैं तुमसे सहमत हूँ! वैसे भी मैं इसके साथ जा रहा हूँ। विक्की हो गया मोटा!"

भीड़ भरे कमरे में जाते ही विक्की की धूर्त निगाहें झुक गईं। उनके साथ तेज-तर्रार निर्माता सिद्धू खुराना भी थे, जो एक प्यारी सी मुसकान लिये हुए थे। सिद्धू के पास सुपरहिट कॉमेडी में एक कोनेवाली सीट थी। विक्की ने हर सवाल का जवाब उसके चेहरे पर एक प्यारी सी मुसकान के साथ दिया।

वह अपना हाथ बहुत हिला रहा था। उसने अपने होंठों को छुआ। उसने पत्रकारों से मुलाकात की। अभी तक मैं जिनसे भी मिली, वे उनमें से सबसे सम्मोहक अभिनेता थे। मैंने उन सभी सैकड़ों-करोड़ों रुपए के बारे में सोचा, जो इस छोटे से कुमार ने अपनी आखिरी फिल्म में कमाए थे—विशाल सुपर-डुपर हिट 'ब्लडी फूल्स'। फिल्म के सैटेलाइट राइट्स अच्छे-खासे 80 करोड़ रुपए

में गए, इसके अलावा 150 करोड़ रुपए फिल्म ने पहले ही बना लिये थे।

"विक्की, विक्की, इस तरफ। आप इतने युवा कैसे दिखते हैं?"

"ओह नहीं, इस सवाल पर वह घंटों लगाएगा, पर उम्र लग जाएगी।" मैं कराह उठा।

"...और फिर मैं एक टीनेजर की तरह सोचने लगा। मैं युवा की तरह सोचने लगा। यह अविश्वसनीय है। मेरे हाव-भाव ने मुझे बदल दिया..."

"विक्की, बॉलीवुड में ब्लडी फूल्स कौन हैं?"

"अरे, मुझे कैसे पता चलेगा? मैं केवल एक ब्लडी फूल हूँ!" विक्की ने कहा।

"इतना औसत दिखनेवाला कोई व्यक्ति इतना पैसा कैसे कमाता है?" मैं बुदबुदाई।

विक्की की भूरी-भूरी आँखों ने चारों ओर देखा। वह मीडिया की विशाल उपस्थिति से अचंभित लग रहा था।

समस्या यह थी—कमरे में आसानी से पैंतीस टी.वी., रेडियो, केबल चैनल और प्रिंट मीडिया उनके फोटोग्राफर के साथ थे, जिसका अर्थ था कि प्रत्येक अभिनेता हिंदी और अंग्रेजी में कम-से-कम पैंतीस साक्षात्कार कर रहा होगा। विक्की कुमार ने हाथ खड़े कर दिए और एक हिंदी तथा दो अंग्रेजी चैनलों, जिनमें से एक प्रिंट के अलावा किसी के भी साथ आमने-सामने साक्षात्कार करने से इनकार कर दिया था।

पत्रकार स्वाभाविक रूप से नाराज थे।

"अच्छा तमाशा है, फिर हमें बुलाया क्यों गया?"

"आप दो अंग्रेजी चैनल क्यों कर रहे हैं, दो हिंदीवाले क्यों नहीं? वह हिंदी फिल्मों का नायक है, है ना?" कर्मचारियों की निराश भीड़ सितारों की ओर बढ़ने लगी।

"दोस्तो, कृपया पीछे हटो! हमें दर्शकों के बारे में भी सोचना होगा।" मोनिका चिल्लाई।

"हेलो मैडम, विक्की के असली दर्शक हिंदी जनता है।"

"हम ऐसे नहीं जाएँगे, खाली हाथ!"

मंच पर बैठे विक्की कुमार ने शांत और नियंत्रण में दिखने की कोशिश की। एक स्थानीय केबल टी.वी. चैनल के कुछ कर्मचारियों ने मुझे बेचैन कर दिया। मुझे पता था कि वह अपना माइक मेरे बगल में रखना चाहती है, ताकि उसका साक्षात्कार सुनिश्चित हो सके। ई.एम.टी.वी. की अभी भी बाजार में एक अच्छी पैठ थी।

"फिर तुम्हारा क्या काम है ? तुम एक विशेष संवाददाता क्यों हो ? मैं एक इंटर्न भी भेज सकती हूँ; अपने पी.आर. कौशल का उपयोग करें, यदि तुम्हारे पास अभी भी कोई है।" बन्नी मुझ पर चिल्ला रही थी। "रात 8 बजे के समाचार में 'मुझे अभिनेता चाहिए' या तुम्हारी खैर नहीं।"

बन्नी ने तीन बातों पर ध्यान नहीं दिया था—

एक : टी.आर.पी. निर्धारित करती है कि आपको साक्षात्कार सूची में पी.आर. द्वारा कहाँ रखा गया है ? पिछली दो तिमाहियों में हमारे चैनल की कम टी.आर.पी. ने हमारे लिए खेल बदल दिया था। हम अब वे चैनल नहीं रह गए थे, जिसे हर स्टार पहले इंटरव्यू देना चाहता था। पत्रकारों के रूप में हम बदलते समीकरणों से अच्छी तरह वाकिफ थे, लेकिन एक अलग समय-क्षेत्र में रहनेवाले डेस्क को आश्वस्त करना पूरी तरह से एक अलग ही मामला था।

दो : समाचार चैनलों द्वारा मनोरंजन की माँग ने कर्मचारी को शातिर समाचार का पीछा करनेवाला बना दिया था। स्कूल से बाहर आए लालची कर्मचारी काटने को तैयार हैं और आपसे माइक छीनने का इंतजार कर रहे हैं...इसलिए यह युवा बनाम विश्वसनीयता, धैर्य बनाम ग्लैमर था और तराजू अकसर युवाओं और ग्लैमर के पक्ष में झुका हुआ था। चैनलों ने स्कूल से आनेवाले नए प्रशिक्षुओं को काम पर रखने का सहारा लिया था। एक अनुभवी रिपोर्टर की तनख्वाह के एवज में तीन कम तनख्वाहवाले आपको खुश करने के लिए उत्सुक फ्रेशर्स, ये बच्चे चैनलों का बहुत सारा पैसा बचा रहे थे। सरयू, गोगोल और मुझ जैसे अनुभवी पत्रकारों ने अपनी उम्र से लगभग आधी उम्र के अतिसक्रिय नए पत्रकारों के साथ प्रतिस्पर्धा करते हुए पाया। यादगार घटना ने उनकी रिपोर्टिंग को और भी सजीव बनाने का काम किया था। इस परिदृश्य में एक्सक्लूसिव होना आसान नहीं था।

तीन : यह एक व्यक्तिगत असफलता थी। संबंध बनाए रखने में असमर्थता। मैं नए दिग्गजों, पी.आर. एजेंटों के लिए थोड़ी देर से जागी थी। उनके बिना कुछ भी संभव नहीं था और उनके साथ कुछ भी असंभव नहीं था। आप एक सफल रिपोर्टर हो सकते हैं, लेकिन दो शब्दों से शासित दुनिया में—जनसंपर्क—उनकी सहमति के बिना परिणाम की कोई भी व्यवस्था नहीं की जा सकती है।

मुझे चार नंबर के स्थान पर गिरा दिया गया था, जिसका मतलब था कि सूची के अनुसार, आमने-सामने की वार्त्ता मुश्किल लग रही थी। मैंने सरयू को उसके कैमरामैन को आँख मारते हुए देखा। सरयू का चैनल ई.एम.टी.वी. के बराबर था, लेकिन जाहिर तौर पर वह किसी तरह का सौदा करने में कामयाब रही थी। मैंने अपना मिनी-डीवीसी अपनी जेब में डाला और हाथ में माइक लेकर मैं मोनिका की ओर बढ़ी।

"हाय, मोनिका।" मैंने शुरू किया।

"स्वीटी, आज भूल जाओ, इन सभी पत्रकारों को देखो। अगर मैं तुम्हें विक्की देती हूँ तो मुझे उसे इनमें से हर एक को देना होगा।" मोनिका ने कहा और काँप गई। मैं लगभग पाँच साल पहले मोनिका के साथ अपनी आखिरी बातचीत को नहीं कुरेदना चाहती थी—एक हिंदी फिल्म की समीक्षा पर शब्दों का एक भयावह युद्ध, जिसे वह प्रचारित कर रही थी और मैं समीक्षा कर रही थी। मोनिका चाहती थी कि मैं फिल्म को दी गई निराशाजनक रेटिंग को बदल दूँ। इसके बदले उसने एक अन्य बॉलीवुड सुपरस्टार के साथ एक विशेष साक्षात्कार कराने का वादा किया था—स्वाभाविक रूप से, मैंने उसे यह सोचने के लिए फटकारा था कि वह एक ई.एम.टी.वी. रिपोर्टर को शर्तों पर निर्देशित नहीं कर सकती है। अपने बचाव में रिपोर्टिंग के मेरे शुरुआती दिन थे, जब मेरी सोच अभी भी मेरे व्यापार के बारे में रोमांटिक विचारों से भरी थी। उसके बाद मोनिका ने मुझे कभी भी अपने किसी स्टार के इंटरव्यू के लिए पहला कॉल नहीं दिया।

"आज कोई मौका नहीं होगा, जब तक कि आप मोनिका को उसके कुत्ते के जन्मदिन पर शुभकामनाएँ न दें।" गोगोल ने पंच के रूप में प्रसन्न होकर कहा, "उसे विक्की कुमार के साथ सबसे पहले बात करने का मौका मिल गया था।"

सच्चाई : हर पी.आर. आदमी वास्तव में गपशप करनेवाला प्रचारक है। वे वास्तव में जो चाहते हैं, वह किंग मेकर और मीडिया फ्यूचरिस्ट के रूप में जाना जाता है। 'जो दिखता है, वो बिकता है' की बात को पूरा करते हुए, ये स्पिन डॉक्टर अपने स्टार क्लाइंट्स के अनुरूप कहानियों को घुमाते, मोड़ते, ट्वीट करते, प्लांट करते, प्लग करते और छुपाते। संकट प्रबंधन के लिए उनकी सर्वव्यापी प्रतिभा एक अभिनेता के जीवन में अप्रिय घटनाओं से मीडिया का ध्यान हटाने के लिए उपयोगी है।

तभी अरिंदम पिल्लई के रूप में संकट आ गया। विक्की की मुसकान जम गई। यहाँ तक कि प्रवेश-द्वार पर सिद्धू खुराना को भी छोड़ दिया गया था।

अरिंदम पिल्लै दक्षिण के एक अल्पज्ञात निर्माता थे। उन्होंने 'द ब्लडी रास्कल्स' नाम से एक फिल्म बनाई थी। अरिंदम ने विक्की और सिद्धू खुराना पर उनकी फिल्म 'द ब्लडी रास्कल्स' को चोरी करने और 'ब्लडी फूल्स' बनाने का आरोप लगाया था। अरिंदम ने शपथ ली कि उन्होंने फिल्म निर्माताओं को अपनी फिल्म के अधिकार नहीं दिए हैं और अब जब फिल्म हिट हो गई तो उन्होंने सोचा कि मुनाफे को भुनाने का उनका अधिकार है। वे इस बात से भी नाराज थे कि उन्हें उस फिल्म के प्रीमियर के लिए आमंत्रित नहीं किया गया था, जिसे उन्होंने कहा था कि वह उनकी कल्पना थी। अब उन्हें मुआवजे के तौर पर ढाई करोड़ रुपए चाहिए थे। लेकिन न तो विक्की और न ही उनके निर्माता अरिंदम को एक पैसा देने को तैयार थे।

जैसे-जैसे क्षण बीतते गए, विक्की और अधिक तनावग्रस्त व सिद्धू और अधिक उदास लग रहा था। अरिंदम ने दृढ़ निश्चय के साथ प्रेस रूम में प्रवेश किया और एक खाली कुरसी पर उद्देश्यपूर्ण ढंग से बैठ गया। वह प्रश्न पूछने के लिए अपनी बारी का इंतजार कर रहा था। वह विक्की और सिद्धू को ऐसे घूर रहा था, मानो उन्हें मीडिया की मौजूदगी में उन्हें बाहर निकालने की हिम्मत कर रहा हो!

विक्की अपने चेहरे पर मुसकान बनाए रखने के लिए संघर्ष कर रहा था। सिद्धू खुलकर भौंक रहा था। किसी ने सोच-समझकर अरिंदम को माइक थमा दिया था। उसने बोलने के लिए अपना गला साफ किया।

"नमस्कार, मीडिया के विशिष्ट सदस्यो। मैं अरिंदम पिल्लई हूँ। आप में

से कुछ, मेरे प्यारे दोस्त, मुझे जानते हैं। मैं कोई बड़ा स्टार या बड़ा निर्माता नहीं हूँ, लेकिन मैंने जो थोड़ा-बहुत काम किया है, उस पर मुझे गर्व है। उनमें से मेरे दिल के बहुत करीब एक फिल्म थी—'द ब्लडी रास्कल्स'" अरिंदम ने कहा। "खूनी बदमाश मेरा बच्चा है।" उसने खड़े होकर कहा। "मैं पूछना चाहता हूँ कि मेरी अनुमति के बिना मेरे बच्चे, 'द ब्लडी रास्कल्स' को अपहृत क्यों किया गया और 'ब्लडी फूल्स' में बनाया गया? मेरे रास्ते में एक पैसा भी नहीं आ रहा है? सर, क्या आपको लगता है कि मैं एक खूनी मूर्ख हूँ, जो इसकी इजाजत देता है?" यह आखिरी फिल्म विक्की और सिद्धू पर निर्देशित थी।

उसके बाद हुए हंगामे में मैंने बाकी सबकुछ खो दिया।

सिद्धू, जो अपनी कुरसी पर बने रहने के लिए संघर्ष कर रहा था कि अचानक एक झटका लगा और वह मंच से लगभग गिर गए।

"चुप रहो, चुप रहो!" सिद्धू ने कहा।

"हे भगवान्… अभी-अभी क्या हुआ?"

"क्या उसने धूर्त कहा?"

"क्या उसने ब्लडी फूल कहा?"

"क्या उसने कहा, चुप रहो?"

"चुप रहो, चुप रहो!" सिद्धू पागलपन में चिल्लाया।

अत्यधिक शर्मिंदा हुए विक्की कुमार ने उग्र सिद्धू को शांत करने की पूरी कोशिश की।

"मुझे आशा है कि आप शूट कर रहे हैं।" मैंने अपने कैमरापर्सन को कोहनी मारी।

अरिंदम पिल्लै ने एक ऐसा सवाल पूछा, जो सबके एजेंडे में था। विक्की की सिद्धू को शांत करने की कोशिश निर्माता को और भी ज्यादा परेशान करती दिख रही थी। उसने विक्की का हाथ छुड़ाया और अरिंदम पर चिल्लाया, "तुम धोखेबाज हो, कमीने हो। मैं इस धोखेबाज को बाहर निकालना चाहता हूँ, अभी…"

असहाय अरिंदम और जो कुछ भी उम्मीद कर रहा था, वह निश्चित रूप से यह नहीं था।

प्रेस बँटा हुआ था। लोग चिल्ला रहे थे। उत्सव कुछ वर्गों के साथ आपस में मारपीट में बदल रहा था, यहाँ तक कि विक्की के बाउंसरों ने अरिंदम को जबरन कमरे से बाहर कर दिया था। मीडिया ने जोरदार विरोध किया, क्योंकि उन्हें अरिंदम के बाइट लेने का मौका नहीं मिला था।

"उसकी हिम्मत कैसे हुई 'चुप रहो' कहने की?"

"उसे माफी माँगनी होगी।"

"वह इस तरह का व्यवहार नहीं कर सकता।"

"हे भगवान्! सिद्धू ने इसे खो दिया है।"

"यह तो असभ्य है…"

"हमें इसका बहिष्कार करना चाहिए।"

"नहीं, हम इसे दर्ज करेंगे…चलो उसकी इज्जत उछालें, यार!"

"ओह, यह अच्छा है…मैं इसे कैसे बड़ा बनाऊँ?"

इसी बीच एक और हंगामा हो गया। सरयू, जिसने रास्ते में अरिंदम पिल्लई की बाइट लेने की कोशिश की थी, उसने विक्की के बाउंसर पर मुक्का मारा था और उसने उसे वापस थप्पड़ मारा था। कुछ ही सेकंडों के भीतर मीडिया में बाउंसर की ओर आक्रामक रूप से धकेलने और पी.आर. पर हल्ला करने को लेकर एक बड़ा हंगामा हुआ। इस अति उत्साही सुरक्षाकर्मी ने प्रेस को दूर रखने की कोशिश करते हुए, इस प्रक्रिया में बेचारे सरयू को अपनी लंबी बाजुओं से मार गिराया था।

इस बिंदु पर लड़ाई के दो संस्करण थे—एक, यह था कि बाउंसर उसे धक्का देकर हँसने लगा और सरयू ने बस जवाबी काररवाई की, जिसके बाद बाउंसर ने उस पर हमला किया।

दूसरा संस्करण, पी.आर. द्वारा प्रस्तुत एक ने कहा कि सरयू ने बाउंसर को लात मारी थी और कुछ माँ-बहन की गली दी थी और बाउंसर, हरियाणा का एक साधारण जाट, उसे चुप रहने के लिए कह रहा था, जब उसने अपना संतुलन खो दिया और उसका हाथ गलती से उसके चेहरे को छू गया।

"हाँ, सही!"

"उसकी हिम्मत कैसे हुई एक महिला रिपोर्टर को मारने की?"

"साला! हम प्रेस कॉन्फ्रेंस का बहिष्कार करेंगे।"

"बॉस, ये नहीं चलेगा।"

"मैं निर्माता से शिकायत करूँगा...वह मोनिका कहाँ है?"

"मैं एक प्राथमिकी दर्ज करूँगा!" सरयू चिल्लाया।

"मोनिका, यह क्या है?" विक्की चिल्लाया।

मीडिया ने धमकी दी, "विक्की घर जा सकता है—कोई इंटरव्यू नहीं कर रहा है।"

"मैं यह नहीं ले रहा हूँ। आयोजकों और उस कमीने बाउंसर के खिलाफ मेरी पुलिस शिकायत के लिए तैयार रहो। आपको लगता है कि आप अपने गुंडों को महिला पत्रकारों पर इस तरह से उछाल सकते हैं?" सरयू गुस्से में था।

मोनिका के लिए चीजें तेजी से खराब से नियंत्रण से बाहर होती जा रही थीं। घटना भयावह अनुपात की पी.आर. आपदा बन रही थी। एक पत्रकार रो रहा था। एक निर्माता को बाहर करना पड़ा। एक और निर्माता उबल रहा था। प्रेस हाथ में था। सितारे दुःखी थे।

विक्की विशेष रूप से परेशान था। यह महत्त्वाकांक्षी प्रचार का पहला चरण था, जिसकी उन्होंने अपनी फिल्म के लिए योजना बनाई थी, लेकिन इस तरह की तबाही के बाद, पूरे प्रचार दौरे को रोक दिया गया था। आखिरकार उन्हीं चैनलों को उनके बाकी दौरे को कवर करने के लिए आमंत्रित किया गया था और विक्की को डर था कि वे अपनी फिल्म के रिलीज होने तक हर कार्यक्रम में आज के तमाशा को समझाएँगे।

"मोनिका, अगर आपका बाउंसर मीडिया से माफी माँगता है और विक्की और पूरी कास्ट हर चैनल के साथ आमने-सामने करने के लिए सहमत होती है तो शायद आप कुछ बचा सकते हैं। मेरा मतलब है, हम सभी को कुछ वापस लेना होगा, है ना?" मैंने मोनिका को प्रस्ताव दिया।

हिली हुई मोनिका इस बिंदु पर कुछ भी मानने के लिए तैयार हो जाती। बाउंसर के माफी माँगने के बाद सरयू शांत हो गया और पहले से ही उसकी प्रश्न सूची को देख रहा था। विक्की के जाने की उम्मीद करने से बहुत पहले हम चले गए।

कार्यालय में वापस बन्नी मेरी परीक्षा में अस्वाभाविक रूप से उदासीन थी। "तो क्या हुआ? बाजार में गिरावट आई है—कम-से-कम यह जानने की कोशिश करें कि आपकी कहानी से परे क्या हो रहा है? तुम्हारी रामकथा छोड़ दी गई है।" उसने मुझे लापरवाही से सूचित किया। ऐसे ही। "मुझे नहीं लगता कि समाचार को एक पैकेज भी चाहिए···बस एक मिनट का एक छोटा सा बनाएँ या इसे चक दें, इसे बरसात के दिन के लिए छोड़ दें। मैं आपसे जो जानना चाहती हूँ, क्या आप एंटीम को जानती हैं?" बन्नी के सवाल ने मुझे झकझोर दिया।

"एंटीम? वह नया एंकर? क्या वह रेने का शो नहीं करता है?" मैंने पूछा। मुझे मेकअप रूम में एंटीम का चिपचिपा चेहरा याद आ गया, जो रेने के बारे में चिल्ला रहा था। अगर रोशनी चली जाती है तो मैं उस तरह से नहीं दौड़ना चाहूँगा। इसके बारे में सोचने के लिए आओ, तब भी नहीं, जब रोशनी चालू थी।

"हाँ। वही सज्जन।"

"हाँ, मैं करता हूँ, मेरा मतलब है, लतिका ने मुझे उससे मिलवाया। क्यों?"

"एंटीम उस नाइटक्लब में महिला प्रसाधन के अंदर पकड़ा गया था। सीपी में—रेने भी थे···"

"वह क्या कर रहा था?" मैंने कहा।

"संपादन। अगले साल के कमबख्त रन ऑर्डर पर चर्चा करना। बेवकूफ! उसने अपनी पैंट नीचे कर रखी थी···वे उस पर थे!" बन्नी ने कहा।

"वाह-ओह!"

बन्नी ने बुराई से कहा, "शौचालय के बगल में लगे कैमरे ने उन्हें अंदर जाते हुए देखा था और कैमरे से ही यह पता चला कि वे काफी देर अंदर ही थे—व्यवस्थापक लड़की कह रही है कि वे इस पर थे। मुझे कुछ विवरण प्राप्त करें ना, ऊपर अपने दोस्तों से—अपने पी.आर. का उपयोग करें!"

□

ब्रेकिंग न्यूज़

इससे पहले कि मैं और आगे बढ़ूँ, मैं आपको बताना चाहती हूँ कि लतिका को क्या हुआ था!

लंबे समय तक लतिका को ई.एम.टी.वी. 'बॉली डेस्क' की रेजिडेंट डिट्ज के रूप में माना जाता था। पिछले कुछ महीनों में बन्नी उससे खफा-खफा रहने लगी थी। जब वह एक साल पहले ब्रिटेन के किसी शानदार विश्वविद्यालय से सीधे शामिल हुई थी, तब उसको लेकर जो हल्ला किया था, यह उससे अधिक नाराजगी वाली बात थी। अलग-अलग फ्लोर के लड़के इस नई खूबसूरत लड़की की एक झलक पाने के लिए दसवीं मंजिल पर आने के बहाने ढूँढ़ते रहते थे। बन्नी ने कुछ ऐसा किया, जो उसने पहले कभी नहीं किया था—उसने सभी को मुफ्त लंच दिया। लेकिन तब लतिका साधारण नहीं थी; उसके पास अपना समय बिता रहे एक सितारे की हवा थी।

जब मैंने उसे देखा तो मेरी पहली प्रतिक्रिया बेहद निराशाजनक थी। वह एक परी की मुसकान और एक दिवा जैसे जिस्म से लैस थी। वह मॉडल बनने के लिए बहुत छोटी थी, लेकिन सेंटीमीटर में उसकी जो कमी थी, उसे उसने सभी सही जगहों पर इंचों के साथ पूरा किया। संक्षेप में, वह शानदार थी। यह स्पष्ट था कि एच. रामी ने उसे क्यों काम पर रखा था, लेकिन क्यों कठोर बन्नी उसे हमारी डेस्क पर ले जाने के लिए तैयार हो गई, इसमें मुझे आश्चर्य हुआ। मैं

लतिका को टेप के साथ इधर-उधर भागते हुए, सितारों की प्रतीक्षा करते या यहाँ तक कि स्क्रिप्ट लिखने की कल्पना भी नहीं कर सकती थी। मुझे लगता है कि चैनल को एक स्टार की जरूरत थी।

शुक्र है कि ई.एम.टी.वी. में खूबसूरती से ज्यादा अन्य चीजों की कीमत थी। और यहीं लतिका रुक गई और हम में से बाकी लोगों ने शुरुआत की।

लतिका की अप्सरा सी सुंदरता पर काबू पाने के लिए हमने जो पहला काम किया, वह था उसका नाम बदलकर लट्टू रखना। इसने उसे और अधिक मानवीय बना दिया। लट्टू की छुड़ानेवाली खूबी यह थी कि वह हमेशा बेफिक्र रहती थी। वह स्वाभाविक थी। ओग्लिंग, ध्यान खींचना, सीटी बजाना, मंत्रमुग्ध लड़के, नाराज लड़कियाँ...उसे कुछ भी परेशान नहीं करता था। बन्नी ने लतिका को सिखाने का काम अपने ऊपर ले लिया, उसने उसे अपने प्राइम शूट, प्राइम स्लॉट दिए और उसे एंकरिंग के लिए तैयार किया।

लेकिन पहले दिन से ही यह स्पष्ट था कि वह समाचार रिपोर्टर बनने के लिए नहीं बनी थी। बन्नी ने उसे कई दूसरे मौके दिए। लेकिन कमजोर लिखी गई स्क्रिप्ट, अधूरी शूटिंग, खराब इंटरव्यू, एक अड़ियल रवैया और सबसे खराब गलतियों ने जल्द ही बन्नी के धैर्य को समाप्त कर दिया और उसकी चीख-पुकार सुनाई देने लगी। बन्नी को यह पता चला कि उसके लंदन आयात में शून्य हिंदी-भाषी कौशल, शून्य से कम अंग्रेजी-लेखन कौशल और समाचार के बारे में कुछ भी सीखने का एक बहुत ही संदिग्ध इरादा था। सजा के तौर पर बन्नी ने लतिका को सहायक की ड्यूटी पर भेज दिया—सितारों को फोन करना, इंटरव्यू फिक्स करना, तार लिखना और कहानियाँ प्रकाशित करना। बन्नी के लिए यह स्वीकार करना शर्मनाक था कि उसने गलती की है।

कोई नहीं जानता था कि लतिका ने कभी गलती नहीं की। जिस तरह से मैं अब देख रही हूँ तो लट्टू मूल रूप से अपने बॉलीवुड संबंध के लिए जगह बना रही थी। कुछ ही हफ्तों के भीतर उसने 'बॉली कॉन्टैक्ट्स' की एक मजबूत डायरी बना ली थी।

पहला मौका मिलते ही, वह बिना पीछे मुड़े बाहर निकल गई। आज वह सातवें आसमान पर थी।

उसने यही सपना देखा था। श्यामू के यहाँ स्क्रीन टेस्ट खुश करनेवाला था। उसे कोई असाधारण काम नहीं करना पड़ा। किसी अजीब कारण से,श्यामू उसके प्रति आसक्त होता रहा और वह उसकी पहली फिल्म रिलीज होने तक भी ऐसा ही था। उसकी अपने लिए बड़ी योजनाएँ थीं। वह तेजी से प्रसिद्ध बनना चाहती थी। होर्डिंग पर अपना नाम देखना, उसके बाइट्स लेने के लिए चैनलों के बीच लड़ाई होना, घंटों कैमरों का उसका इंतजार करना···लतिका खुशी से गद्गद थी। बन्नी का उससे माफी माँगना सोने पे सुहागा के समान था।

अब, अगर केवल श्यामू ने उसे इतना बड़ा आइटम नंबर दिया। मायानगरी में प्रवेश करने के लिए उसे कुछ हॉट और सेक्सी लगना था। समस्या यह थी कि आइटम क्वीन शैबी अपने बड़े मोटे हिप्स के साथ बी-टाउन में उसका रास्ता रोक रही थी।

□

गलत ट्रैक…!

यह एक खराब सप्ताह था। बहुत ज्यादा उलझनें थीं। लंबे दिन थे। खाली रातें। जब से रेहान नैरोबी के लिए निकला था।

तभी पापा के फोन आए।

"लेकिन तुम रेहान के साथ क्यों नहीं जाओगी?"

"मैं…"

"नैरोबी में भी टी.वी. है और बेहतर चैनल हैं। तुम्हें वहाँ नौकरी मिल सकती है।"

"मेरा यहाँ कॅरियर है, पापा।"

"तुम्हें समझाना नामुमकिन है। 'फिल्मी मस्ती' किस तरह का शो है? बेवकूफ सितारों के पीछे दौड़कर तुम क्या हासिल करने की उम्मीद कर रही हो? वे सब नौटंकीवाले हैं! क्या जीवन में तुम यही पाना चाहती हो?"

"मैं…"

"क्या बेवकूफी कर रही हो? रेहान तुम्हारे जीवन का एक अच्छा फैसला था।"

आखिरकार मैंने फोन नीचे पटक दिया। मुझे बोलने के लिए शब्द नहीं मिल रहे थे। सभ्य शब्द!

मामले को बदतर बनाने के लिए मंदी थी। पूरे भारत में निजी कंपनियों के

कर्मचारियों को हर जगह से निकाला जा रहा था। मैंने दूसरे टी.वी. चैनलों से डरावनी कहानियाँ सुनीं। एक रिपोर्टर, जिसकी माँ अस्पताल में थीं, उसे काम से निकाल दिया गया था और उनके पास बिलों का भुगतान करने के लिए पैसे नहीं थे। पुस्तकालय का एक व्यक्ति, जिसकी अगले महीने शादी थी, उसे निकाल दिया गया था। एक पुरस्कार विजेता कैमरामैन, जो एक जोरदार शूटिंग से वापस जा रहा था, उसे टेप जमा करने और अपना टर्मिनेशन लेटर लेने के लिए कहा गया। कई नए और कुछ दिग्गज, जो वर्षों से उद्योग में थे, अचानक बेरोजगार हो गए।

हैरानी की बात यह है कि ई.एम.टी.वी. सबसे लंबे समय तक 'मंदी-रहित' रहा। हमारे खुशमिजाज पत्रकारों ने मंदी पर बॉलीवुड सितारों से खुशी-खुशी बाइट लेने में काफी समय बिताया।

मंदी ? हमारे साथ इससे बुरा क्या हो सकता है ?

"...क्या कहना है मंदी के बारे में ?"

"...मंदी-रहित क्या होना चाहिए ?"

"...अब तुमको कैसा लग रहा है कि तुम उस शानदार नए हमर को नहीं खरीद सकते ?"

और मजाक हम पर था। इसने सभी की हवा उड़ा दी। इसकी शुरुआत एच. रामी के अशुभ इ-मेल से हुई—

'...आलसियो, अपने काम सुधार लो।'

'...पैर खींचनेवालों को बरदाश्त नहीं किया जाएगा।'

'...आलसियो, सावधान हो जाओ, हमारी तुम पर नजर है।'

(बेशक इन शब्दों में बिल्कुल नहीं कहा गया था!)

तुरंत अप्रत्याशित रूप से उग्र गंदगी ने पंखे को टक्कर मार दी। गुटखा किंग का चैनल के बारे में दूसरा विचार बन रहा था। वह कर्मचारियों को कम करना चाहता था। वे किचन के मसालों में निवेश करना चाहते थे। हरिंद्रनाथ रामी के अगले संचार ने बहुत परेशान किया। सभी के वेतन में 40 फीसदी की कटौती की जानी थी। दुस्स्वप्न बस और खराब होता रहा। वेतन में कटौती के बाद लोग निकाले गए।

सचमुच सब डर गए थे। लेकिन शुक्र है कि पहले से ही कम स्टाफ वाले मनोरंजन डेस्क को छुआ नहीं गया, जिसका मुख्य कारण बन्नी थी। मैंने चर्चा पर सुना कि बन्नी ने अपनी 'छोटी' और 'मेहनती' टीम में से किसी को भी न निकालने की जिद पकड़ ली थी। हम उसके आभारी थे। शायद हम उसके बारे में गलत सोचते थे।

एक समय के बाद ऐसा लगा कि गुटखा किंग ने ई.एम.टी.वी. को बंद करने की अपनी योजना को छोड़ दिया था, क्योंकि बिना उचित कारण के अधिक लोगों को निकाल देना काफी मुश्किल था। छँटनी का सिलसिला थम गया, ऐसे ही।

□

चिल्लम-चिल्ली

तनावपूर्ण समय ने ई.एम.टी.वी. में मेरी प्रतिष्ठा को सील कर दिया। मेरा एक बड़े रिपोर्टर के साथ बड़ा झगड़ा हुआ, जिसने मुझ पर 'सीमा लाँघने', 'अपनी औकात ना जानने' और 'अभिमानी होने' का आरोप लगाया।

वह दिन मनोरंजन के लिए पूरी तरह से 'सुरक्षित' दिन था। मुझे अपने 8:30 बजे के शो को हटा दिए जाने की उम्मीद थी, क्योंकि यह विश्व कप शृंखला में एक बड़ा दिन था—भारत और पाकिस्तान के बीच सेमीफाइनल। इस विशेष ब्लॉकबस्टर के खिलाफ किसी भी मनोरंजन शो को कोई उम्मीद नहीं थी।

लेकिन अंतिम समय के संपादकीय सुधार में यह निर्णय लिया गया कि मनोरंजन को पूरी तरह से समाप्त नहीं किया जा सकता है, बल्कि तीन घंटे पहले कर दिया जाना चाहिए।

"मैडम, आज तो दर्शन जल्दी होंगे।"

"फिल्मी मस्ती-वस्ती थोड़ी ड्रॉप कर सकते हैं, भाई!"

"चिकी!" मैंने फर्श पर दौड़ते हुए, अपने सेल पर उसका नंबर लगा दिया। खराब करने के लिए समय नहीं था।

तीन घंटे से भी कम समय में आधे घंटे का टी.वी. मनोरंजन शो बनाने की कोशिश की है ? मना मत करना।

छुट्टी ले लो। छलाँग लगाओ। बेहोश हो जाओ। उन्हें हाइक पर जाने के

लिए कहें। लेकिन अपने संपादक को तुम्हें उस नारकीय स्थान में ले जाने न दें, जिसमें 'अरे, आप तो इसे करने में माहिर हैं।' बकवास। जब तक तुम्हारी मरने की इच्छा न हो। फिर सीधे आगे बढ़ो।

विभिन्न राज्यों/शोज/रिपोर्टरों से फुटेज इकट्ठा करो, मुख्य कहानी की तलाश करो, स्क्रिप्ट लिखो और आलसी पत्रकारों के वी.टी. संपादित करो, आपको रन ऑर्डर भरना, भरना, भरना है···समय समाप्त हो रहा है। कोई कहानियाँ नहीं हैं तो नई कहानियाँ लाओ। अवधियों के लिए विज्ञापनों की जाँच करें, वीडियो आई.डी. दें, अपना संपादन कार्य शुरू करने के लिए वीडियो संपादक लाएँ, संपादन मशीनें लाएँ, लेकिन इससे पहले आर्काइव से प्रासंगिक फुटेज प्राप्त करें, वॉयस-ओवर कराएँ और समानांतर में ऑडियो की डबिंग करें, बातचीत को संपादित करें···वैसे यदि आप एंकर भी हैं तो अपनी पोशाक, अपना मेकअप और अपनी मुसकान ठीक रखें—और क्या मैंने प्रत्येक कहानी के लिए एंकर लिंक का उल्लेख किया है? प्रत्येक वी.टी. के लिए सुपर्स टेंप्लेट्स प्राप्त करें—न्यूनतम पाँच सुपर्स प्रति वी.टी., इसलिए नौ वी.टी. के लिए आप पैंतालीस सुपर्स डालते हैं, जिसका अर्थ है—पैंतालीस 'क्रैकर' सुपर्स के बारे में सोचना। और डोनट का काम करवाएँ, वह छोटा सा, वीडियो जो जनता को बार-बार 'कमिंग अप···' से चिढ़ाता है।

तनावपूर्ण, थका देने और कमर दर्द करनेवाले साढ़े तीन घंटे बाद, जब मार्टिना ने मुझ पर मेकअप लगाया तो मैं अपनी आँखें खोलने के लिए भी थक गई थी। कोल्ड कॉफी ने इसे और खराब कर दिया। स्टूडियो में प्रवेश करते ही मैं निराश हो गई। मेरे शो का सेट पूरी तरह से अलग कर दिया गया था। हमारे नए चैनल पंडितजी ने भविष्यवाणी की थी कि 'अगर भारत-पाक स्पोर्ट्स स्पेशल के सेट को 'फिल्मी मस्ती' के सेट पर स्थानांतरित कर दिया जाता है तो पाकिस्तान पर भारत की निश्चित जीत होगी'।

बहुत अच्छे! मेरा सेट इधर-उधर हो गया और अब वह छीन लिया गया था!

"तुम्हारा शो कोई नहीं देखेगा। आज का खेल बड़ा है।" जब मैं स्टूडियो के लिए निकली तो बन्नी ने बताया।

"यही मेरा भी कहना है। आप आज उन्हें मनोरंजन छोड़ने को क्यों नहीं कहती हैं?"

बेशक एंटरटेनमेंट शो ऑन एयर हुआ, लेकिन जब न्यूज डेस्क ने आखिरकार फैसला किया कि उन्हें न्यूज और स्पोर्ट्स से ब्रेक की जरूरत है।

मैं अपने आखिरी सेगमेंट में थी।

"'मैंने शाहरुख खान को बॉलीवुड में ब्रेक दिया है!' जूही चावला का बयान···"

दो और कहानियाँ, मैंने खुद को बताया। शायद शो खत्म होने के बाद मुझे रेहान को फोन करना चाहिए। शायद पापा को भी। और मुझे बन्नी से उस ऑस्ट्रेलिया भोज के बारे में बात करनी थी।

"मोम में बनने के लिए पूरी तरह तैयार करीना कपूर बिग बी, ऐश, शाहरुख और ऋतिक के पड़ोस में चली गईं···"

पी.सी.आर. निदेशक मेरे कान में चिल्लाया, "रुक जाओ···हम ब्रेकिंग न्यूज ला रहे हैं! दिल्ली प्रेस कॉन्फ्रेंस में किसी पर जूता फेंका गया है, जूता मारा है, जूता, जूता···लैला, हम जूता फेंकने की घटना पर जाएँगे—मुझे शॉट दिलाएँ, ओ.बी. लाइन थ्री से जोड़ें···रिनी चड्ढा कहाँ है? ओह···

"लैला, पढ़ना जारी रखो···हम तब तक ब्रेकिंग न्यूज चलाएँगे, जब तक कि रिनी नहीं आ जाती, रिनी को लाओ··· शौचालय में देखो। समस्या क्या है? लाइन तीन को लगाया क्यों नहीं गया है—हर चैनल के पास शॉट्स हैं! आप लोगों को इस तरह के बकवास के लिए और अधिक तैयार होने की जरूरत है, क्या तुम्हें रिनी मिली? कहाँ मिली? शौचालय में?"

"···बस पाएँ कि रणबीर कपूर आपसे डिनर के लिए बाहर चलने के लिए कहेगा···यह देखते हुए लगता है कि आजकल बॉलीवुड में यह सबसे अच्छा भोज टिकट है।" मैंने ऑन एयर पढ़ना जारी रखा।

"लैला, जब हम ब्रेक लेंगे तो तुम लिंक की पूर्व-रिकॉर्डिंग के लिए रुकें। पी.सी.आर. रुकें। स्टूडियो रुकें। जाओ रिनी···"

"और अभी आनेवाली खबरों में···दिल्ली प्रेस के दौरान यह एकदम पागलपन था···जब एक आदमी ने महासचिव पर जूता फेंकने की कोशिश की···

चीजें नियंत्रण से बाहर हो गईं···हमलावर की पहचान की जा चुकी है···हमलावर ने अपना जूता निकाला···एक बड़ा काला जूता···आप देख सकते हैं महासचिव की स्तब्ध प्रतिक्रिया···हमलावर इस बात से नाराज था···"

अच्छे चालीस मिनट बाद समाचार डेस्क उसी समाचार पर था और वादा किया गया विराम नहीं हुआ। रिनी 'ब्रेकिंग न्यूज' की घोषणा करती रहीं।

"हाय, सुनो, निर्देशक कौन है, हाँ? स्थिति क्या है, क्या तुम मेरे पास आ रही हो?" मुझे यकीन था कि ब्रेकिंग न्यूज पागलपन में मुझे भूला जा चुका था।

"रुको लैला, हम किसी भी समय बाहर आएँगे। रुके रहें।"

अभी भी जबान चलाना और स्तर वायर्ड, बैकअप रेडियो माइक मेरी पिछली जेब में भर गया, मैंने इंतजार किया।

"जिसे अब राजधानी में सबसे सुरक्षित क्षेत्र माना जाता है, उस पर सुरक्षा उल्लंघन के रूप में देखा जा रहा है···यह पिछले छह महीनों में तीसरी बार राजनीतिक नेताओं पर जूता फेंका गया है···अब एक सुरक्षा घेरा है, घटना की पुनरावृत्ति को रोकने के लिए नेता के चारों ओर जगह बनाई गई है···"

मैं कोल्ड स्टूडियो में लकड़ी के रिसर पर फिसल गया, मेरे पैर क्राउचिंग से जम गए, मेरी उँगलियाँ हाथ से पकड़े हुए क्यू गैजेट को पकड़ने से सुन्न हो गईं।

"···अपनी बाईं ओर एक स्पर्श, लैला और अपना चेहरा ठीक करो। यह ज्यादा ऑयली हो गया है। दो मिनट में ऑन एयर होने के लिए तैयार हो जाइए।"

जब यह खत्म हुआ, तब तक मैं इतना थक चुका था कि मैं बस अपने आप को डेस्क पर घसीटता हुआ ले गया। घड़ी की कल की तरह बन्नी ने मुझ पर दो बैक-टू-बैक शूट फेंके और मैच देखने के लिए अपने केबिन में गायब हो गई।

यह सिर्फ मेरा दिन नहीं था और बात बिगड़नेवाली थी। मैं चीजों का सटीक क्रम नहीं जानता, लेकिन मुझे कुछ महिलाओं द्वारा चिल्लाते हुए पृथ्वी पर लाया गया था। यह मुझ पर निर्देशित किया गया था। और यह बन्नी नहीं थी।

"कौन चिल्ला रहा है?"

इक्कीसवीं मंजिल से एक उग्र रिनी चड्ढा पागलपन से मुझ पर अपनी

उँगली लहरा रही थी। “यह डेस्क क्या है? किस तरह के लोगों को नौकरी दी गई है? क्या बकवास कर रहे हो, तुम मेरा फोन नहीं उठा रहे हो?”

“आप हमारी मंजिल पर क्या कर रहे हैं?” मैंने मूर्खता से पूछा।

रिनी ने चिल्लाकर कहा, “अगर आप इ–मेल का जवाब देने के लिए परेशान होते हैं या अपने गॉडडैम फोन उठाते हैं तो मैं आपकी छुटिया मंजिल पर नहीं आता।”

“क्षमा करें, चिल्लाना बंद करो, मुझे यह भी नहीं पता था कि यह बज रहा है।” मैंने कहा।

“तुम्हारे पास कोई बहाना है?” रिनी शरमा गई, एक शेड रेडर कर रही थी। मुझे नहीं लगता कि रिनी से किसी ने इस तरह बात की थी। कभी।

“किसलिए माफ करना!” मैं वापस चिल्लाया और सब जम गए। “मैं अपना काम करने का बहाना क्यों दूँ?” कोई इतना गुस्सा कैसे हो सकता है, क्योंकि फोन का जवाब नहीं दिया गया था?

“आपने हद पार कर दी है। बेवकूफ थोड़ा नासमझ जूमतच!”

सुगंधित?!!

और उसके बाद उसने मुझे मारा। उसने मुझे एक नासमझ जूमतच कहा था। एक नटखट ट्वर्प! हाय भगवान्! क्या उसने मुझे शौचालय के चुटकुलों के लिए दोषी ठहराया? बन्नी की बोली पर मुझे एंटिम और रिनी के शौचालय के मिलन स्थल के अमुद्रणीय विवरण का पता चला था। जल्द ही पूरे कार्यालय को पता चल गया था, लेकिन मुझसे नहीं। रिनी ने सोचा कि यह मैं ही था, जिसने दूसरों को बताया था।

इतना बुरा नहीं होता, अगर पूरी मंजिल थम नहीं जाती। न तो पद के आधार पर और न ही शारीरिक रूप से और न ही शारीरिक रूप से मैं उसके लिए कोई मेल था, लेकिन मेरे पास हमेशा बहुत अच्छे स्वर थे।

“तुम्हें खेद होगा।” रिनी चिल्लाई।

“लड़कियाँ¨लड़कियाँ¨लड़कियाँ,” बन्नी चिल्लाई। “क्या हो रहा है लैला? क्या आपके पास जाने के लिए कोई शूटिंग नहीं है?”

“बिल्कुल, कृपया रिनी को यह बताओ।”

"रिनी, रिनी! प्रिय," बन्नी ने उसे शांत करने की कोशिश की।

"बन्नी, यह क्या बकवास है, आपके डेस्क पर किस तरह के लोग हैं?" रिनी ने कहा।

"श्श्श…मेरे केबिन में चलते हैं, आप परेशान क्यों हो रहे हैं? आपके लिए बहुत छोटा फ्राई, रिनी!"

"लघु तुलना? क्या उसने कहा स्मॉल फ्राई, वो बिच?"

बन्नी पीछे मुड़ी और मुझे जाने का इशारा किया। मुझे एक क्रैश कोर्स दिया गया था, जहाँ एक न्यूज चैनल में एंटरटेनमेंट रिपोर्टर स्कीम ऑफ थिंग्स में खड़े थे। चश्मदीदों ने कसम खाई कि उन्होंने कभी किसी को रिनी के साथ खिलवाड़ करते नहीं देखा। मुझे लगता है कि उस सीमा को पार करने के लिए एक बहुत ही बहादुर व्यक्ति या एक पूर्ण मूर्ख को ले लिया। उस तरह से नहीं, जिस तरह से मैं प्रसिद्ध होना चाहता था, लेकिन किस्सा ब्लूपर लोककथाओं का हिस्सा बन गया। मुझे तब से चिह्नित किया गया था, क्योंकि अनजाने में, मेरे सभी झगड़ों में (और कई होंगे!) मुझे पहले ही दोषी ठहराया जा चुका था, जब तक कि मैं खुद को निर्दोष साबित नहीं कर देता।

"तू ही क्यों फँसती है? किसी और को क्यों नहीं?" इंदु हैरान थी और बहुत नाराज थी कि मेरे पास अभी भी एक नौकरी है।

"जिन लोगों से तुम्हें लड़ना था, उनमें से रिनी होना था?" मुझे विश्वास नहीं हो रहा था कि नंदू इंदु के साथ सेना में शामिल हो गए थे!

"क्या तुम्हें लगता है कि उसे अब उसकी ई.एस.ओ.पी. मिलेगी? रिनी एच. रामी और बन्नी के बहुत करीब हैं। वह ऊपर है, यार। ट्वेंटीफर्स्ट फ्लोर।" चिकी ने कहा।

जब मैं अपने शूट से वापस आया तो वे मेरी दुर्दशा पर चर्चा कर रहे थे।

एक दयनीय रात के बाद एक दयनीय दिन आया। अफ्रीका में रेहान के साथ मेरा साउंडिंग बैग चला गया था। श्रुति, मेरी नई पी.जी., बहुत घटिया विकल्प निकली। वह मेरे रोना-धोना से आधी सो गई।

और बात यहीं खत्म नहीं हुई। मैंने कुछ और महत्त्वपूर्ण पैर की उँगलियों पर कदम रखा। किसी और झगड़े में नहीं पड़ने की अपनी प्रतिज्ञा के बावजूद,

मैंने दो दिनों के भीतर, एक महत्त्वपूर्ण प्रोडक्शन हाउस के प्रमुख के साथ एक सार्वजनिक चिल्ला मैच किया।

"क्या आप एक रिकॉर्ड बनाने की कोशिश कर रहे हैं?" बन्नी ने पूछा।

"क्या यह मदद करेगा, अगर मैं कहूँ कि यह मेरी गलती नहीं थी? उसने मुझे पाँच घंटे तक इंतजार कराया, वह असभ्य था और···"

"वहाँ पचास अन्य मीडियाकर्मी थे—वह केवल आपके बारे में शिकायत क्यों कर रहा था? इसे जारी रखें, लैला और यह तुम्हें गंभीर संकट में डाल सकता है।" बन्नी ने अभी-अभी एक लंबा-चौड़ा इ-मेल पढ़ा था, जिसे महत्त्वपूर्ण प्रोडक्शन हाउस के प्रमुख ने उसे और एच. रामी को गोली मार दी थी, आक्रामक ई.एम.टी.वी. रिपोर्टर के बारे में शिकायत करते हुए, वास्तव में तुम्हारी।

"देखो, जब हम शांत हो जाते हैं तो बात करते हैं! छोटी सी बात है बन्नी।" मैंने कहा।

"ओह, कुछ नहीं हुआ, क्या यह सही है? आइए, आपकी छोटी-छोटी बातों की सूची देखें!"

बन्नी ने शुरू किया, "सेंसर बोर्ड से उर्मिला बोस—वह तुमसे इतनी नाराज है कि उसने साक्षात्कार देने से इनकार कर दिया है, अगर आप उसके पास भी जाते हैं।"

"तुम्हें पता है बन्नी, उर्मिला बोस कितनी हठीली बेवकूफ है! हिंदी सिनेमा में दशकों तक काम करने के बाद वे कहती हैं कि उन्हें हिंदी नहीं आती!"

बन्नी ने कहा, "आप लोगों को अपनी पसंदीदा भाषा में बाइट देने के लिए मजबूर नहीं कर सकते।"

"लेकिन क्यों? मैं हिंदी शो के लिए बंगाली या अंग्रेजी बाइट कैसे प्राप्त कर सकती हूँ? नकली उच्चारण में बाइट्स अंग्रेजी ध्वनि मूर्खतापूर्ण है।" मैंने कहा।

"लेकिन निश्चित रूप से तुम्हें 'मुझे यकीन है कि आपकी हिंदी शयान मुंशी की तुलना में बेहतर है' से बेहतर तरीका सोचना होगा!" बन्नी गुस्से में थी।

"उसने कहा कि जैसे 'शयान मुंशी से बेहतर'?" चिकी ने मुझे नए सम्मान के साथ देखा। चिकी ने आगे कहा, "एक बार के लिए मैं लैला से सहमत हूँ—

उसके बेटे के विदेश से लौटने के बाद कोई भी उसके नकली अंग्रेजी उच्चारण को नहीं समझ सकता है।"

"ओह, ऐसा है, चिकी? तो अब आप उर्मिला से वह इंटरव्यू क्यों नहीं लेते कि वह लैला से और बात नहीं करेगी? और उस समय का क्या, जब आपने ईशा देओल को ईशा कोप्पिकर के रूप में ऑन एयर किया और अमृता राव का नाम बार-बार उनका साक्षात्कार करते हुए भूल गए?"

"अरे, शो अभी भी अच्छा चला, आपने उस दिन टी.आर.पी. देखी?" मैंने थककर कहा। "और वो प्रोडक्शन हाउस चौप···मुझे कोई फर्क नहीं पड़ता। वह व्यक्ति सौ अक्षर निकाल सकता है।"

"आप जानते हैं कि चौप अपने बड़े टी.वी. अवार्ड शो में आठ ई.एम. टी.वी. पत्रकारों को पुरस्कार दे रहा है। वह चौप नंदू के तीन शो और ई.एम. टी.वी. द्वारा दो अभियान प्रदान कर रहा है। तो वह व्यक्ति क्या सोचता है, आपके लिए मायने रखता है। वैसे भी, कितनी मुश्किल से मैंने रिनी को शांत कराया! मैं तुम्हारे लिए अग्निशामक से तंग आ गया हूँ और अब यह बकवास! मामला क्या है? मैंने सोचा था कि यह तुम में था···लड़की, तुम अलग हो रही हो!"

"कौन टूट रहा है?" नंदू अभी-अभी अंदर आया था।

"तुमने सुना?" बन्नी ने पूछा।

"हाँ, मैंने सुना।" नंदू ने कहा। "लेकिन यह नियंत्रण में है···मेरी उससे बात हुई थी।"

उसके साथ एक शब्द था। जिस तरह से लोगों को हमेशा मेरे बारे में एक शब्द लगता था, वह मुझे पसंद आया। उस समय से, जब मेरे पिताजी ने मेरे स्कूल के प्रिंसिपल के साथ एक शब्द कहा था, जब मैंने प्रिंसी की बेटी को अवकाश के दौरान धक्का दिया था या जब मेरी माँ ने उस धमकानेवाली बिट्टू की क्रोधित माँ के साथ एक शब्द कहा था, जब मैंने मुफ्त में उन पर नए सीखे हुए एफ-अक्षर की निंदा की थी—सबके लिए। वास्तव में, तीस साल की उम्र में, मुझे ऐसा होना चाहिए, जो किसी के साथ बात करे···

काश! रेहान यहाँ होता।

□

समाचार 20-20

दुबले-पतले कंधेवाली इंदु बड़े-बड़े कुरकुरे चिप्स खाते-खाते आ रही थी। तंग-मुँहवाली इंदु, जिसके पास छोटे लोगों, जैसे—इंटर्न, प्रशिक्षुओं, शोधकर्ताओं को नीचा दिखाने का सबसे खराब तरीका था—उसने मेरे साथ अपनी आँखों से हमला करने की कोशिश भी की, लेकिन मान लीजिए कि उसने कभी दोबारा यह कोशिश नहीं की।

एंटरटेनमेंट में (बिना अनुमति के) लाए जाने से पहले इंदुमती को सबसे ज्यादा खुशी तब होती, जब वह मनोरंजन के लिए बड़े पैमाने पर होनेवाली मौतों और प्राकृतिक आपदाओं की रिपोर्टिंग कर रही थी। सूखे से होनेवाली मौतों, बाढ़ या अचानक आग लगने की सूचना से कम कुछ भी उसकी मुसकान को नहीं ला सकता था। वह जानती थी कि वह यहाँ फिट नहीं बैठती है और हाल ही में उसने बड़े आकार के चश्मे के पीछे अपना चेहरा छिपाना शुरू कर दिया था। उसने अपना अधिकांश समय अस्पष्ट पुरस्कारों और छात्रवृत्तियों के लिए फॉर्म भरने में बिताया (और काफी कुछ प्राप्त करने में भी कामयाब रही) और इसने उसकी असमाजिकता को और असहनीय बना दिया था।

इसलिए जब इंदु को बॉलीवुड फैशन वीक की मस्ती और उत्सव के बारे में रिपोर्ट करने के लिए कहा गया तो वह भड़क गई।

"लेकिन बन्नी, मैं केवल गंभीर मनोरंजन करती हूँ। ये फैशन पार्टियाँ और

ये सब मेरे बस की बात नहीं है। निश्चित रूप से आपको इसके लिए इंटर्न मिल सकते हैं···मैं फैशन के बारे में कुछ नहीं जानती।" इंदु ने कहा।

बन्नी के पास इसमें से कुछ भी नहीं होगा। यह खराब समय था। पेज थ्री इवेंट्स के लिए किसी बॉलीवुड स्टार को आगे बढ़ाने के लिए चैनलों के संपादक नए टेलेंट को रखने से कतरा रहे थे। न्यूज रूम में पर्याप्तता के लिए स्टाफ लगाया जा रहा था, न कि विशेष और फीचर्स के लिए। हर चैनल की तरह ई.एम.टी.वी. भी अगले समाचार बुलेटिन को लाने के लिए केवल उतने ही लोगों को बनाए रखने पर आमादा था, जितने की जरूरत थी। इसलिए इंदु हमारे साथ फँस गई और उसने हम में से बाकी लोगों के लिए भी इसे खराब करने का कोई मौका नहीं गँवाया। फैशन वीक के पहले दिन इंदु की आँखें चौंककर फैल गईं, जब मैं स्टिलेटोस, स्टूडियो मेकअप, ब्लो-ड्राई हेयर और एक नूडल स्ट्रैप ड्रेस पहनकर आई, जो उसके द्वारा पहने हुए बीन बैग कुरते के बिल्कुल विपरीत थी। हमारी अच्छी जोड़ी बनी।

इंदु और मैंने अपने-अपने तरीके से रहने का फैसला किया, लेकिन ऐसा नहीं होना था। कारण नंबर एक : हमारे पास एक ही कैमरापर्सन था। और यही दो लोगों के बीच लड़ाई शुरू करने का सबसे बड़ा कारण है।

पहला दिन बिना किसी झगड़े के बीत गया और इंदु को बेहद नीरस पोशाकों में चकाचौंध स्थल के चारों ओर मानव-रुचि की कहानियों को खोजने की कोशिश कर घूमते हुए देखना मनोरंजक था। अन्य चैनलों से कर्मचारियों की भद्दी टिप्पणियों ने हर जगह इंदु का पीछा किया और जब उन्होंने उसे 'ग्रम्पी बेट्टी' और 'डॉर फेस' का उपनाम दिया तो मेरे पास उसका बचाव करने का अप्रिय कार्य दिया गया।

लेकिन आज मेरे पास इंदु के लिए समय नहीं था। यह एक व्यस्त दिन होनेवाला था। लाल कालीन बिछ गया। फैशन वीक के ग्रैंड फिनाले में बॉलीवुड के बड़े-बड़े सितारों के रेड कारपेट पर चलने की उम्मीद थी।

लतिका यहाँ रेड कारपेट पर डेब्यू कर रही थीं। उसने मुझे यह सुनिश्चित करने के लिए एस.एम.एस. किया था कि ई.एम.टी.वी. उसकी बाइट लेने के लिए मौजूद रहे। वह जानना चाहती थी कि क्या बन्नी वहाँ होगी; और जब मैंने

उसे बताया कि बन्नी वास्तव में उस स्थान पर मौजूद होगी तो वह रोमांचित हो गई।

हम समय से घंटों पहले कार्यक्रम स्थल पर पहुँच गए, लेकिन सभी अच्छे ओ.बी. स्पॉट पहले ही ले लिये गए थे। हमारा ओ.बी. ट्रक एक अच्छी जगह खोजने में कामयाब रहा, लेकिन दुर्भाग्य से केबल बहुत छोटा साबित हुआ। मेरे पास हमारे स्थान और ओ.बी. वैन के बीच एक धावक के रूप में दोगुना कार्य करने के लिए कैमरा सहायक पर निर्भर रहने के अलावा कोई विकल्प नहीं था। उसका कर्तव्य : ताजा टेप प्राप्त करे और बिंदु ए व बिंदु बी के बीच ताजे फीड के साथ वापस जाए।

'आगे चलो, अब चलो', कैमरापर्सन हर बार रेड कारपेट पर किसी कम-ज्ञात व्यक्तित्व के कदम रखने पर चिल्लाते थे। इसके दोनों ओर बैरिकेड्स लगे हुए थे और सुरक्षा के तगड़े सुरक्षाकर्मी प्रेस पर चौकस नजर रखते हुए खड़े थे। पहली लड़ाई पहले पंद्रह मिनट में शुरू हो गई थी।

एक रिपोर्टर ने बाउंसर से शिकायत की, "भाईसाहब, आप मेरा कैमरा ब्लॉक कर रहे हैं। जनाब, क्या आप थोड़ा दाईं ओर जा सकते हैं?"

बाउंसर ने कोई हरकत नहीं की और कैमरापर्सन के एक समूह ने गुस्से में जवाबी काररवाई की।

"प्रेस के साथ व्यवहार करने का यह तरीका नहीं है।"

"अगर हम चले गए तो आपका कार्यक्रम भी नहीं होगा। यह इवेंट हमारे लिए है, आप हटिए।"

"हे भगवान्, जरा उनका व्यवहार देखिए''हेलो भाई, हम जबरदस्ती अंदर नहीं आए हैं। हटिए!"

"प्लीज मैडम, आप पढ़ी-लिखी हैं। अपनी आवाज ऊँची मत करें।" बाउंसर ने जवाब दिया।

"अरे, क्या आप मेरे कैमरामैन की जगह से हट सकते हो?"

"मैं एक इंच भी नहीं हिल रहा हूँ, बेब। आप अपनी स्थिति की जाँच करें।"

"आपको हिलना होगा। आप हमारे कैमरे के सामने हैं।"

"लेकिन आपका कैमरामैन यहाँ क्यों है? नियम कहते हैं कि यह पत्रकारों का इलाका है···आप में से किसी एक को जाना होगा।"

"और हम में से एक को कौन जाने देगा? आप?"

अब कैमरापर्सन ने लड़ाई में कूदने का फैसला किया और यह धमाकेदार और बदसूरत हो गया। मुझे इंदु के लिए बुरा लगा, जिसे मैंने फैशन-वीक की दुकानों के पास छोड़ दिया था। शोटाइम में पंद्रह मिनट पहले मुझे अहसास हुआ कि मेरा कैमरापर्सन गायब हो गया है।

'वह बाथरूम में चला गया होगा,' मैंने खुद से बड़बड़ाया, अरुण से चिढ़ गई कि मुझे बताए बिना कैसे चला गया? पंद्रह मिनट के बाद, मैंने उसे बार··· बार फोन किया। मेरे कॉल अनुत्तरित गए।

"अरुण···अरुण!" एक साथ हजारों लोगों के चीखने-चिल्लाने के शोर ने मेरी चीख को कानाफूसी में बदल दिया। मुझे रात का पहला पैनिक अटैक महसूस होने लगा। शोटाइम से ठीक पहले, मेरा 200 पाउंड का एक कैमरापर्सन रहस्यमय तरीके से गायब हो गया था। मैंने अपनी आँखों के सामने एक उन्मादी बन्नी के भयावह दृश्य महसूस किए। उसे देखने और उसकी तलाश करने के अलावा कोई विकल्प नहीं था। मैं अपने हाथ में भारी गन माइक पकड़े हुए, बड़े कैमरा बैग पर लड़खड़ाई और ठोकर खाई। मैंने काफी हंगामा किया होगा, क्योंकि बन्नी, जो अपने पुराने साथियों के साथ ड्रिंक का आनंद ले रही थी, उसने एक जगह से मेरी निर्लज्ज निकासी देखी, जिसे मुझे नहीं छोड़ना चाहिए था।

मेरा फोन बजा। "तुम कहाँ जा रही हो?" जब मैंने समझाया, बन्नी चिल्लाई, "क्या? क्या इस तरह से तुम अपने शूट की योजना बनाती हो?" और फिर फोन पर किसी और को, "लैला कैमरापर्सन को भगाने में कामयाब रही है।"

मुझे लगा कि मेरा चेहरा जल रहा है।

"मुझे परवाह नहीं है, लैला। तुम जानती हो कि यह खंड प्रायोजित है?"

"मैं प्रायोजकों को क्या बताने जा रही हूँ कि मेरे रिपोर्टर ने अपना कैमरामैन खो दिया?"

"मैं उसे ढूँढ़ रही हूँ।"

एक समय पर मैंने अपनी महँगी गौरी-नैनिका ड्रेस की चीर सुनी। मेरी बाँहों पर चोट के निशान थे और मेरा मेकअप उतरने लगा था। मैंने उस समय एक साधारण जोड़ी स्नीकर्स के लिए क्या दिया होता! फिर मैंने उसे देखा। सिल्क स्टॉल सेक्शन में इंदु के पी-टू-सी की रिकॉर्डिंग कर रहा था।

"अरे, इसमें समय नहीं लगेगा, अरुण। पसीना हटाओ, बस एक और टेक!" मेरे कैमरापर्सन की अपहरणकर्ता इंदु ने कहा।

"इंदु··· लैला पागल हो जाएगी···"

"हे भगवान्, उसे परेशान होने दो। उसने तुम्हें पहले ही बहुत परेशान किया हुआ है। वह इसकी हकदार है, हाँ!" मुझे अपने कानों पर विश्वास नहीं हुआ। "बस एक और टेक और फिर तुम जाओ, मुझे रेशम किसानों की हालत पर यह कहानी दर्ज करनी है।"

"अरुण!" वह गलत था। मैं पागल से कुछ ज्यादा हो चुकी थी। "यह क्या बदतमीजी है? आप रेड कारपेट पर क्यों नहीं हैं? सितारे यहाँ आ गए हैं!"

भेड़-बकरियों की तरह लड़खड़ाता हुआ अरुण अपने उपकरणों को इकट्ठा करने की कोशिश कर रहा था।

"तुम दौड़ो। मैं कैमरा स्टैंड ले आऊँगी, तुम जाओ, अपनी जगह ले लो। एक भारी आदमी को इतनी तेज दौड़ते हुए मैंने पहली बार देखा।

"शिट···भाड़ में जाओ।" मैंने कहा। जैसे ही मैं लोहे के भारी कैमरा स्टैंड के पैरों को मोड़ने के लिए चारों तरफ झुकी, जो उसने मेरे लिए पैक करने के लिए पीछे छोड़ दिया था।

"माफ करना! तुमने क्या कहा?"

"शिट। भाड़ में जाओ।"

"क्या तुमने अभी अभद्र भाषा का इस्तेमाल किया?" इंदु चिल्लाई। एक लड़ाई को सूँघते हुए राहगीरों की गति धीमी हो गई।

"मैंने तुमसे शिट, भाड़ में जाओ नहीं कहा। मैंने कहा शिट, भाड़ में जाओ। लेकिन यह गुस्सा क्यों है—तुमने वास्तव में मुझे एक खराब स्थिति में डालने की पूरी कोशिश की है। मेरे शो से पहले कौन सा खराब रिपोर्टर मेरे कैमरामैन को हाईजैक कर लेता है?"

"मेरा शो, मेरा शो! तुम्हें पता है क्या? तुम्हारे प्रशंसक किसी भी एपिसोड के पाँच मिनट देख सकते हैं और उन्होंने कुछ भी मिस नहीं किया होगा। तुम्हारे शो के लिए किसी भक्ति, ध्यान, नैतिकता या ढोंग या आई.क्यू. की भी आवश्यकता नहीं है!" इंदु काँप रही थी।

"मेरा शो भयानक हो सकता है, स्क्रिप्ट बढ़ी-चढ़ी और शायद मैं बहुत अधिक मेकअप लगाती होऊँगी, लेकिन कम-से-कम इसे देखा जा रहा है। तुम संख्याओं से इनकार नहीं कर सकती हो, जो तुम्हारे पास कभी नहीं थी।"

"तुम अपनी हद पार कर रही हो।" इंदु फुसफुसाई।

"कौन सी हद? कैमरामैन यहाँ मुख्य कार्यक्रम के लिए है, ना कि तुम्हारे द्वारा आयोजित किसी साइड शो के लिए।" मैंने कहा।

"तुम कैमरामैन से गधे की तरह काम करवाती हो, वह तुम्हारी शिकायत कर रहा था।" उसने कहा।

"यह मेरे बाप का वीडियो नहीं है, जो मैं बना रही हूँ! इंदु, अगर मैं गलत हूँ तो बोलो! तुम लगभग बारह से पंद्रह वर्षों से मानव-हित की कहानियाँ पेश कर रही हो, है ना? हैरानी की बात है कि तुम अपने ही डेस्क में इनसानों के प्रति कोई सहनशीलता नहीं रखती हो!"

"तुम बड़ी मुसीबत में पड़ जाओगी, बस तुम रुको।" इंदु बुदबुदाई। "ई.एम.टी.वी. तुम जैसे लोगों को कभी नहीं रखता था। एच. रामी से सुनने तक प्रतीक्षा करो।"

"शांत हो जाओ, बिच।"

यहाँ मैंने आधिकारिक तौर पर फिर से सीमा पार कर ली थी। मुझे पता था कि बन्नी को भड़काने में इंदु कोई समय नहीं गँवाएगी। मुझे पता था कि वह सभी महत्त्वपूर्ण लोगों को मेल शूट कर रही होगी। बन्नी बुरी तरह से नाराज हो जाएगी, अगर उसे मेरी ओर से कोई और नुकसान नियंत्रण करना पड़ा। लेकिन मुझे अच्छा लगा। वाकई अच्छा लगा और बेहद राहत मिली।

रेड कारपेट जल्द ही सुपरस्टार और उनके साथी और प्रेमियों, डैपर डॉन जुआन और डिश डिलेटेंटेस, स्टार मम्मियों और पापा का एक लंबा कारवाँ दोगुना हो गया। हीरे जड़ित महँगे वस्त्रों, एलबीडी, देसी, ऊँची एड़ी की सैंडिलों

ने कंधों और आँखों को रगड़कर घायल कर दिया था···

यह शो का समय था!

"देखो कौन लड़ रहा है···क्या पहना है? एक रजाई की तरह लग रहा है! अगर वह कर पाती तो शायद जयपुर की जाली पहनती।" उनके साथ बॉलीवुड का एक जाना-माना चेहरा भी था। वह आज सबसे अधिक वांछित ऑन-स्क्रीन माँ थीं और उन्होंने अनगिनत सुपरस्टार्स की माँ की भूमिका निभाई।

"डार्बी और जोन की तरह···वह अपने मुशायरे से और वह अपने सामाजिक कारण से···गाक! उसे कम कोलोन लगाना चाहिए था, यार।"

"आ गई चलती-फिरती पेंटिंग। अरे, उद्धरण भूल जाओ, बस उसका शॉट लो, उसके कांजीवरम् को ऊपर और नीचे दिखाओ और उसके सिर पर उस सिंदूर को जूम इन करें, इसकी कहानी बन जाएगी।"

"जूम इन, जूम इन···उसके सिर के पीछे उस चमकदार दीपक से, उसके चेहरे पर फोकस करें। वह कितनी मर्दाना दिखती है! मुझे लगता है कि उसे बॉडी बिल्डिंग छोड़ देनी चाहिए।"

"काफी माल मिलेगा आज तो-एक हफ्ते का खुराक!"

बड़े और छोटे सितारे अब भीड़ में आ रहे थे।

हास्य अभिनेता, जो एक बार सारंगी से अधिक फिट था, आज एक फूला हुआ आदमी बन गया था; बीस साल की शराब किसी के साथ भी ऐसा ही करेगी। कल एक कॉमेडी स्टार ने अब अपने दर्शकों को बासी चुटकुलों से जोड़ने की व्यर्थ कोशिश की। प्रसिद्ध मैटिनी लुक यहाँ अतीत की बात लग रहे थे और वे अपनी असफल स्मृति और फूले हुए चेहरे के साथ देखने योग्य नहीं लग रहे थे।

जहाँ तक उसके साथी की बात है, अस्सी के दशक की एक नायिका···

"क्या उसने अपने बालों में कंघी भी की थी? उसकी बेवकूफी भरी फिल्में फ्लॉप हो रही हैं, लेकिन क्या उन्हें हमें इस दृश्य में डालने की जरूरत है? कितनी दयनीय स्थिति है। उसकी मूर्खता पर मेरे पास एक डोजियर है।"

ठंड हो रही थी। जिसने मामले को और भी बदतर बना दिया था, वह था—मीडिया बड़े पैमाने पर जंग लगे काले बैरिकेड के पीछे एक बाहरी बाड़े तक ही सीमित था, जो बढ़ती भीड़ के कारण तेजी से धक्के खा रहा था।

इवेंट मैनेजमेंट एजेंसी की रचना अपने भारी पोर्टेबल टॉकबैक को पकड़कर, जो उसे उसके मुख्यालय से जोड़ता था, चिल्लाई, "कृपया मर्यादा बनाए रखें।" रचना, जिसकी नौकरी के विवरण में प्रचुर मात्रा में विद्धत्ता और सर्वथा धूर्तता शामिल थी, ने महत्त्वपूर्ण सितारों को संकेत देने के लिए एक चैनल के रूप में काम किया। "मुझे सुरक्षाकर्मी बुलाने के लिए मजबूर किया जा रहा है।" उसने धमकी दी।

कोई हँसने लगा और कुछ लोगों ने सीटी बजाना शुरू कर दिया और रचना 'अतिरिक्त मदद' लेने के लिए चली गई। पत्रकारों और कैमरामैन के बीच दोस्ती चरम पर पहुँच गई। यह 'हम' बनाम 'उनके' था।

"यार, उस गीशा और जिगोलो को देखा, आप इन टी.वी. अभिनेताओं को जानते हैं—उस पेंट को देखो और गूक उसने खुद पर छींटे डाले हैं।'

"ट्रैक कर···ट्रैक कर! बरबाद (डिजास्टर) फैशन सेगमेंट के लिए उसका इस्तेमाल कर सकते हैं···"

"ओए, सूखी यहाँ है! उसकी फोटो लो, उसकी फोटो लो।"

यह एक शीर्ष बॉलीवुड नायिका के लिए था, जो एक टोपी गिरने पर कई पाउंड खो रही थी, उसकी रीढ़-पतली आकृति स्वचालित रूप से लोगों को पेट अंदर करने के लिए प्रेरित करती है।

"मैं यहाँ आना पसंद करती हूँ," उसने सुस्त लहजे और बहुत नकली लहजे में कहा।

"क्या हमें दो मिनट मिल सकते हैं?"

"हाँ, बाद में, बाद में।"

"तुम प्यारी लग रही हो।" और फिर, "माई गॉड इतना विचित्र लहजा बोलती है···उसने अपना उच्चारण कहाँ से लिया?"

भारतीय संस्कृति और सभयता की नई पोस्टर गर्ल स्टार किड ने अपनी मम्मी और पापा के साथ रेड कारपेट पर जगह बनाई।

"जी नमस्ते।"

"मेरा फैशन स्टेटमेंट? नो बिकनी, नो चुंबन।"

"जी शुक्रिया।"

"जी धन्यवाद।"

"हे प्रभु! क्या वह अब हमारे पैर छुएगी?"

अपने छोटे आकार की काली साड़ी में झिलमिलाते हुए, पूर्व नायिका, जो अपने कॅरियर के चरम पर सर्वश्रेष्ठ में से एक थी, अपनी भूरी चीनी आँखों को चमकाते हुए मम्मी और डैडी के साथ चली गई।

"उसके लिए कोई एल.बी.डी. नहीं, फिर से सब्या पहना है! वह कब शादी करेगी?"

"मैं शादी का सवाल पूछ रहा हूँ।"

"फिर मैं अपना सवाल पहले पूछ रहा हूँ, इससे पहले कि वह तुम्हारे शादी के सवाल से नाराज हो जाए।"

"एक छत्तीस साल की महिला को रेड कारपेट पर अपनी मम्मी और पापा का हाथ पकड़ने की क्या जरूरत है?"

"शायद यह उसके विपरीत हो। शायद उसके मम्मी और पापा को उसका हाथ पकड़ना पड़े।"

"ऐसा सिर्फ भारत में होता है।"

"मम्मी और पापा के साथ आने में क्या दिक्कत है? मुझे लगता है कि यह प्यारा है।"

"ठीक है, अगली बार आप अपने मम्मी और पापा को शूट पर क्यों नहीं लाते?"

इसके बाद वह अभिनेत्री आई, जो कभी बॉलीवुड का सबसे तेजस्वी चेहरा थी। वह कई मामलों में उलझी हुई थी, लेकिन शराब के दुरुपयोग ने आखिरकार उसके साथ क्या किया—यहाँ तक कि उसकी पर्याप्त से अधिक छाती भी उसकी मदद नहीं कर सकती थी। उसने हाल ही में शादी की थी, लेकिन कुछ ही दिनों में उसने अपनी वैवाहिक स्थिति से जुड़े भ्रामक संदेशों को ट्वीट करना शुरू कर दिया था।

"अरे, ये तो बहुत बुड्ढी है; वह एक दिन में दो बोतल बॉर्बन निगलने से बहुत परेशान है। और मैंने सुना है कि वह फिट रहने के लिए ढेर सारी डाइट पिल्स लेती है।"

बीच में थकाऊ निष्क्रियता के अंतराल थे। टी.वी. सितारों, मॉडलों और डिजाइनरों की लगातार आमद से बड़े सितारों का इंतजार पंचर हो गया। बड़े सितारों के बाद छोटे सितारे आए, जिनमें से कई के नाम मुझे याद नहीं आ रहे हैं। एंट्री इस तरह से प्लान की गई थी कि हर बड़े स्टार को पर्याप्त कवरेज मिले। थके हुए कर्मचारी बैरिकेड्स पर झुक गए, कुछ स्पॉन्सर बोर्ड को खाली घूर रहे थे, अन्य उत्सुक टी.वी. सितारों को और अधिक चमकते हुए मुसकराते हुए देख रहे थे।

"हाय!" एक टी.वी. अभिनेत्री ने मेरे माइक पर लालच से देखा। मुझे उसके लिए बुरा लगा और मैंने एक बाइट ले ली, उम्मीद है कि वह एक उचित स्टार के प्रवेश करने से पहले बोल लेगी। लेकिन उस समय और भी टी.वी. कलाकार आए और मेरे लिए एक लाइन बनाई। मैं आज रात उन्हें चुंबक की तरह खींच रही थी।

"सुनो, अरुण, टी.वी. अभिनेताओं का एक झुंड आ रहा है। मुझे वास्तव में उनके बाइट्स नहीं चाहिए, लेकिन वे मुझे देख रहे हैं। इसलिए मैं तेजी से सामान्य प्रश्न पूछूँगी, लेकिन रोल न करें—हम सिर्फ दिखावा करेंगे कि हम रिकॉर्डिंग कर रहे हैं।"

भीड़ तब भड़क उठी, जब बॉलीवुड के पहले परिवार ने प्रवेश किया, काले रंग के विभिन्न शेड्स के कपड़े पहने, उनके दल में मुख्य रूप से उनके पसंदीदा डिजाइनर शामिल थे। उनके पी.आर. एजेंट ने भव्य रूप से घोषणा की—"ठीक है, दोस्तो। सुनो। अपने माइक को एक साथ रखो, आपको एक ग्रुप बाइट मिलेगा। कृपया अपने प्रश्नों को घटना तक सीमित रखें।"

"वह तुम्हारे लिए है, अरुणा!" टी चैनल से अरुणा पर हर कोई ठहाका लगाता है, जो 'हैप्पी दीवाली', 'हैप्पी न्यू ईयर' और 'हैप्पी मदर्स डे' बाइट्स लेकर अपना समय बरबाद करने के लिए जाना जाता है।

अरुणा ने पलटकर कहा, "मैं जो कुछ भी पूछना चाहती हूँ, पूछूँगी···मुझे अपना काम करना ना सिखाएँ।"

"मुझे उम्मीद है कि वे हिंदी में बाइट देंगे।"

"इन दिनों वह मराठी में भी बाइट देते हैं।"

"अरे, मेरे कैमरा स्टैंड को कोहनी मारना बंद करो। अपनी जगह पर रहो।"

लतिका की एंट्री ने काफी हंगामा किया था। वह बहु-विवाहित श्यामू शर्मा के साथ आई थी। लेकिन इससे कोई फर्क नहीं पड़ा। कैमरे को लतिका से पूरी तरह प्यार हो गया। वह एक बैकलेस ब्लैक गाउन में लिपटी हुई थी, जिसने कल्पना के लिए कुछ नहीं छोड़ा। मैंने लतिका को इतना खूबसूरत कभी नहीं देखा था। पुरुष हाँफते रहे, महिलाएँ घूरती रहीं और जहाँ तक शटरबग्स की बात है, वे उससे संतुष्ट नहीं हो सके।

"आपको श्यामू की नई खोज कहा जा रहा है?"

"मैं हूँ। श्यामूजी ने मुझे अपनी फिल्म में एक छोटी सी भूमिका का प्रस्ताव देकर कृतार्थ किया है।"

"लेकिन शैबी का क्या? क्या वे सेक्सी आइटम नंबर नहीं कर रही हैं? श्यामू ने तुम्हें वह क्यों नहीं दिया?"

"शैबीजी मेरे सीनियर हैं। मैं उनका बहुत सम्मान करती हूँ। मैं उनसे सीखना चाहती हूँ।"

"क्या यह नया टैटू है, माया? यह क्या कहता है?"

"हाँ, यह कुछ छोटा काम है, जो मैंने किया है···श्यामूजी···"

कोलाहल पागल कर देनेवाला था, जिससे स्पष्ट रूप से कुछ भी सुनना मुश्किल हो रहा था।

श्यामू शर्मा अचानक रुके और लतिका को गाल पर चूमा। जैसे ही कैमरे हरकत में आए, क्लिक और फ्लैश के बीच तनावपूर्ण सरसराहट और तेज आहें थीं और फिर उसी समय पत्रकार चिल्लाने लगे—

"बाएँ···इस तरफ···यहाँ देखें···"

"आप कौन सा डिजाइनर पहनते हैं?"

"मुझे लंदन, न्यूयॉर्क और पेरिस में खरीदारी करना पसंद है।" श्यामूजी ने जवाब दिया, जबकि उनकी प्यारी प्रेमिका देखती रही।

"वे वहाँ से मेरे लिए खरीदारी करना पसंद करते हैं, वे जानते हैं कि मुझे क्या पसंद है! मुझे उपहार पाना अच्छा लगता है।" लतिका ने कहा।

"बहुत अच्छे! लेकिन चूँकि यह बॉलीवुड फैशन वीक है, कोई भारतीय डिजाइनर?"

"मुझे पसंद हैं···आप जानते हैं, मैं एक व्यक्ति का नाम नहीं ले सकती, वे सभी अच्छे हैं!" और वह दूर चली गई।

जब तक घटना समाप्त हुई, मैं जरूरत से ज्यादा थक चुकी थी। सबक सीखा—अगर आप विभाजन के इस तरफ हैं तो कभी भी किसी भी रेड कारपेट इवेंट में हील्स न पहनें। कभी भी अपने कैमरापर्सन से नजरें न हटाएँ। बाउंसर के पास कभी न खड़े हों। यह सबसे खराब जगह है, भले ही आप राष्ट्रीय प्रेस के विधिवत् आमंत्रित सदस्य हों। उनके लिए आप कोई नहीं है। कितना भी छोटा कलाकार हो, उसे कभी कमतर न जतलाएँ, यह न सोचें कि आपको उसकी बाइट नहीं चाहिए। मेरा विश्वास करो, वह कभी भी नहीं भूलेगा और यह एक छोटी सी दुनिया है। जब बड़े सितारे फ्रेम में हों तो हमेशा एक टेप रोल करें। नहीं तो आप जिन मोटी-मोटी कहानियों को छोड़ेंगे, वे बाद में आपकी इज्जत की धज्जियाँ उड़ा देंगी। अपनी जगह कभी न छोड़ें।

मैंने सोलह घंटे से अधिक समय से कुछ नहीं खाया था और हालाँकि मुझे चक्कर और थकान महसूस हो रही थी, मुझे भूख नहीं थी। मेरे दिमाग में इंदु के साथ मेरा अप्रिय विवाद चल रहा था और अब जब काम खत्म हो गया तो मेरा गुस्सा फूट पड़ा। मैंने सोचा कि उसने कितनी बार मेरे लिए समस्याएँ खड़ी की हैं और वह सभी की गलतियों के प्रति कितनी क्षमाशील थी! बन्नी को दृढ़ निश्चय से अपनी ओर आते देखा तो मेरा दिल घबरा गया। मुझमें इतनी ताकत नहीं थी कि मैं किसी के साथ फिर से झगड़ा कर सकूँ, कम-से-कम बन्नी से तो बिल्कुल नहीं।

"मुझे एक मिनट दो?" बन्नी ने मुझे पत्रकारों के समूह से बाहर निकलने के लिए कहा।

और वह बोली—

"तो?"

"क्या कहूँ बन्नी, अगर तुमने इंदु का व्यवहार देखा होता···"

"छोड़ो, छोड़ो। रहने भी दो। शानदार काम, स्वीटी। तुम सही थीं, मुझे

दोगुने दाम पर भी इतना अच्छा कर्मचारी नहीं मिलेगा।" बन्नी मुसकराना बंद नहीं कर सकी।

"सचमुच?"

बन्नी ने कहा, "इसके अलावा, मैं चाहती हूँ कि तुम उस लतिका थिंग को छोड़ दो।"

"क्या? लतिका को छोड़ दो? लेकिन क्यों?"

"मुझे नहीं लगता कि हम ई.एम.टी.वी. में चिपचिपी चीजों को बढ़ावा देते हैं। यह बहुत डाउनमार्केट है। छोड़ो, ठीक है। और यह कोई अनुरोध नहीं है।" बन्नी ने चलने से पहले कहा।

इसलिए मैंने लट्टू को रन ऑर्डर से हटा दिया। स्पष्ट रूप से जहाँ लतिका का संबंध था, बन्नी रात गई, सो बात गई नहीं होने दे रही थी।

जो भी हो, बात यह थी कि मुझे एच. रामी का फोन नहीं आया, जैसे इंदु ने धमकी दी थी।

रेहान ने मुझे एक खूबसूरत दुपट्टा और फूल भेजकर चौंका दिया। यह मेरा जन्मदिन नहीं था, यह उस दिन की सालगिरह थी, जिस दिन उसने मुझे प्रपोज किया था कि हम साथ रहें और मैंने स्वीकार कर लिया था। लेकिन आज वो किस बात का जश्न मना रहा था—अपनी आजादी का या मेरी?

□

ये कहानी नहीं चलेगी

"चुप रहो! तुम मुझसे मजाक कर रहे हो! उसने नहीं किया! वह नहीं कर सकी! क्या उसने सच में?"

"उसने पूरी तरह से किया!"

"लेकिन उसके होंठ बहुत प्यारे थे।"

"आप जानते हैं, श्यामू को शायद वे थोड़ा भरे हुए पसंद हैं।"

"लेकिन ब्रेस्ट भी?"

चिकी मुंबई में श्यामू शर्मा की पार्टी में लतिका से मिली। केवल ई.एम.टी.वी. की कर्मचारी लट्टू अब अस्तित्व में नहीं थी। लतिका ने माया के रूप में अपने बदलाव को बहुत गंभीरता से लिया था...और उसने खुद का लिप इंप्लांट और बूब जॉब दोनों करा लिया था।

"श्यामू ने अपना हाथ उसकी कमर पर रखा था और उसे सभी से मिलवा रहा था...उसने एक महीन टॉप पहना हुआ था।" चिकी फोन पर उत्तेजना में चिल्लाई।

"लेकिन चिकी उस पार्टी में कैसे पहुँची? क्या उसे गोरेगाँव में आइटम-नंबर-विशेष शृंखला की शूटिंग नहीं करनी थी?" इंदु ने यह इतनी जोर से कहा कि बन्नी ने उसे अपने केबिन से सुना।

बन्नी ने चिकी को आइटम-नंबर-विशेष शृंखला का प्रभारी बनाया था। शो

को पिछले दो सालों में शानदार रेटिंग मिली थी। लेकिन इस साल अन्य चैनलों ने इस सुपरहिट शो के अपने क्लोन तैयार कर लिये थे। स्लॉट प्रायोजकों को बेच दिया गया था, लेकिन कड़ी प्रतिस्पर्धा का सामना करना पड़ा और बन्नी पर संख्याओं का बहुत दबाव था। अभिनेता, संगीत निर्देशक और कोरियोग्राफर को मुंबई में तैयार कर दिया था और बन्नी ने हम सभी के लिए एक लंबा, थकाऊ कार्यक्रम रखा था।

सिवाय चिकी की अन्य योजनाएँ थीं। महत्त्वाकांक्षा भरी, जिनमें बन्नी के महत्त्वपूर्ण कार्य को पूरा करना शामिल नहीं था।

बन्नी अपने केबिन से बाहर निकली और फोन छीन लिया—"क्या वह चिकी है? यह क्या बकवास है? इतनी गैर-जिम्मेदार! तुम कहाँ हो? तुम मेरा फोन क्यों नहीं उठा रही हो? शूटिंग की स्थिति क्या है? क्यों···क्या? अब तुम्हारा काम कौन करेगा, मैडम?"

केवल बन्नी के शेखी के पक्ष के साक्षी होने के नाते हमें नहीं पता था कि चिकी क्या कह रही थी, लेकिन हमने समझ लिया कि झगड़ा हो रहा है।

"क्या बकवास है, हम पत्रकार रख रहे हैं या बॉलीवुड के शौकीन?" बन्नी चिकी पर फोन पर चिल्ला रही थी। "सुनो, मेरी एक प्रतिबद्धता है, तुम खुशी-खुशी अपना काम पूरा करो। यह बहुत ही अव्यावहारिक व्यवहार है! मैं तुम्हें चेतावनी दे रही हूँ चिकी, तुम फिर कभी किसी टी.वी. कंपनी में काम नहीं कर पाओगी! तुम इस कंपनी को छोड़ सकती हो और जहाँ चाहे वहाँ जा सकती हो। ऐसा तब, जब मैंने तुम्हारी इज्जत कई बार बचाई है! हुँह? तुमने मेरी इज्जत बचाई? लड़की, तुमने इसे पूरी तरह से खो दिया है।" बन्नी ने गुस्से में स्पीकर-की दबाई और हमने चिकी को दूसरी तरफ चिल्लाते हुए सुना।

"मेरी इज्जत बचाई, हा! क्या आजकल तुम खुद से यही कह रही हो? यह अच्छा है, बन्नी। क्योंकि केवल तुम्हीं हो, जो इस बात पर विश्वास करती हो! तुमने अपनी इज्जत बचाने के लिए हम सबका इस्तेमाल किया है। मैं इस्तीफा देने जा रही हूँ···"

"तुम इस्तीफा नहीं दे रही हो बेब, मैं तुमको निकाल रही हूँ और मेरे पास डेस्क पर तुमसे कहीं ज्यादा सक्षम लोग हैं। तुम्हें यह असाइनमेंट देना एक

अहसान था; बॉस तुम्हें इस जगह से निकालना चाहते थे, लेकिन मैंने तुम्हारे लिए लड़ाई लड़ी...तुम्हारे लिए!"

बन्नी ने फोन पटक दिया।

"इस डेस्क से साथ क्या है?" बन्नी ने चारों ओर देखा। "दोस्तो, अगर तुम में से कोई मुझ पर लट्टू या चिकी को लेकर दबाव डालने की सोच रहा है तो सावधान हो जाइए!"

वह खराब मूड में थी। और एच. रामी की नवीनतम मेल, जिसे गुटखा किंग को सी.सी. किया गया था, ने मामले को और खराब कर दिया था।

'यह दुःखद है, उन्होंने लिखा था। 'ई.एम.टी.वी. का एंटरटेनमेंट बैंड इस हफ्ते तेरहवें नंबर पर है। यह हमारा सबसे खराब प्रदर्शन है। मेरा इस इ-मेल को सभी को भेजने का कारण यह है कि मुझे लगता है कि हम सभी को इस शर्मनाक स्थिति को साझा करना चाहिए...मुझे अभी-अभी नंबर मिले हैं और वे दयनीय हैं। किसे दोष दिया जाए?'

हमने बाकी पूरे दिन बन्नी को नजरअंदाज किया। लेकिन चिकी की माँ को नजरअंदाज करना बिल्कुल अन्य बात थी।

चिकी की माँ अपनी बेटी से बहुत प्यार करती थी और उसका दिल टूट गया था। उसने दिल्ली के लिए पहला विमान पकड़ा, जब उसने सुना कि चिकी मुंबई के लिए रवाना हो गई है। गोरे चेहरे और हर जगह उनके बालों के साथ वह अभी भी एक आकर्षक आकृति को टक्कर दे सकती थी।

"लेकिन निश्चित रूप से तुम्हारे पास उसका पता होगा?" चित्रा बोस ने माँग की। "तुम किस तरह के सहयोगी हो?"

"श्रीमती चित्रा, प्लीज। आपकी बेटी वयस्क है।" बन्नी ने कहा।

"नहीं, कुछ तो हुआ होगा! जब भी वह इस कार्यालय, इस डेस्क के बारे में बोलती थी तो वह दुःखी लगती थी!" चित्रा बोस ने आरोप लगाते हुए कहा।

"हम आपको उसके मेल दिखा सकते हैं। वो अच्छी है।" बन्नी ने कहा, "अगर चिकी ने हमारे पास पता छोड़ने की जहमत उठाई होती तो हम आपको पता दे देते।"

लेकिन चित्रा बोस को शांत करना मुश्किल था। उन्होंने अपनी बेटी के

सिर में 'बकवास' भरने के लिए ई.एम.टी.वी. को दोषी ठहराने में कोई कसर नहीं छोड़ी। उन्होंने अपनी बेटी को नहीं रोकने के लिए हम पर, डेस्क, चिकी के तथाकथित दोस्तों को दोषी ठहराया। सबसे बढ़कर, उन्होंने चिकी की मानसिक शांति को नष्ट करने के लिए बन्नी को दोषी ठहराया।

चिकी ने उसी रात इंदु को छोड़कर सभी को एक इ-मेल भेजा। हालाँकि इंदु ने आई.टी. विभाग में अपने दोस्त को विश्वास में लेकर एक प्रति प्राप्त करने में कामयाबी हासिल की। बन्नी ने चिकी का मेल उसकी माँ को दिया।

चिकी अमर कपूर से मिली थी।

'वह मुझे देखकर हैरान रह गए। वह सच्चा आदमी है। तुम जानते हो, वह कितना बड़ा शिवभक्त है! उन्होंने मुझे हीलिंग क्रिस्टल और ढेर सारी शुभकामनाएँ दी हैं। मेल एक गुप्त संदेश के साथ समाप्त हुआ, क्या आप प्लीज माँ को बता सकते हैं कि मैं सुरक्षित हूँ? ज्यादा चिंता नहीं करें। दादा से कहो कि मैं मजे में हूँ; उसे मेरे लिए खुश होना चाहिए।'

हमेशा की तरह चिकी ने मुझे आश्चर्यचकित कर दिया। क्या उसे बंदूक दिखाई गई थी? क्या वह बदल गई है? क्या उससे झूठे वादे किए गए थे? क्या उसका प्यार एकतरफा था? चिकी ने मुंबई में रहने की योजना बनाई। उसके पास कपूर की 'शुभकामनाएँ' थीं।

लट्टू चली गई। चिकी चली गई। अब सिर्फ नंदू, इंदु और मैं तथा कुछ इंटर्न रह गए थे, जिन्हें अब किसी भी समय पुकारा जा सकता है। मैं भगवान् से प्रार्थना करती हूँ कि बन्नी अपना आइटम-नंबर-विशेष शृंखला मुझ पर नहीं डाले!

मुझे चिकी से नफरत थी। वह तो छोड़कर चली गई और मुझे उसका अधूरा काम करना पड़ेगा। बन्नी बॉलीवुड सितारों को लाने के लिए नंदू को भेज रही थी (बायगॉड जरूर पूर्णमासी का दिन होगा, जो बॉलीवुड एक्टरों को लेने के लिए इस खूबसूरत महिला को भेज रही है)। मुझे बनारस जाना था।

"बनारस! बनारस में क्या हो रहा होगा?" मैंने पूछा।

"एक होली आइटम नंबर। मजे करो।" बन्नी ने आदेश दिया।

'हेय-लो, साथियो···अंदाजा लगाओ कि किसने क्या भेजा है?" नंदू ने

कहा। हम सब उसकी ओर देखने लगे।

"ओ माय गॉड! लतिका की पहली फिल्म का पहला पोस्टर! यह कहता है, 'माया का परिचय'!"

"अरे, बहुत अच्छे! शायद हम इसे दूसरे खंड में टीजर के बाद लगा सकते हैं...'श्यामू की सेक्सी माया' जैसा कुछ?" मैंने सुझाव दिया।

"क्या तुम्हारा दिमाग खराब हो गया है?" बन्नी चिल्लाई।

"माफ करना! तुम्हारे दिमाग में इससे अच्छा कुछ है?" नंदू ने पूछा।

"हाँ, है। इस बिच को छोड़ दो!"

□

बनारस : सेट पर

पीली फिल्म पत्रिका से दुःखद कुछ भी नहीं है।

"कुतियों...ठीक से नाचो!"

डांस कोरियोग्राफर की इस चुटीली टिप्पणी ने भव्य रूप से तैयार एक्स्ट्रा कलाकार को हिला दिया। यह आइटम-नंबर-विशेष शृंखला के लिए पहला असाइनमेंट था और बनारस में गंगा तट पर एक पुराने महल में शूट की गई एक पीरियड फिल्म के सेट पर मेरा दूसरा दिन था। भव्य पुरानी हवेली को बॉलीवुड फिल्म के सेट में तब्दील कर दिया गया था। कहानी सोलहवीं सदी की एक देवदासी, एक राजा और एक गुलाम के बीच प्रेम त्रिकोण की थी।

थीम के रूप में होली के साथ एक भड़कीले आइटम नंबर की शूटिंग की जा रही थी—

'उँगली से खेल, आँखों से खेल, रंगों से तू बहुत खेला, डार्लिंग, अब मुझसे खेल...'

सौ से अधिक बार बजाए जा चुके अश्लील गीत पर किसी ने भी ध्यान नहीं दिया। मुझे उसकी आदत हो रही थी। सच कहूँ तो मुझे अश्लील गाना गुनगुनाने से खुद को रोकना पड़ा। कोरियोग्राफर के विचार से सोलहवीं शताब्दी के आइटम नंबर में भारी स्तन शामिल थे, जैसेकि फिल्म 'बेटा' से माधुरी दीक्षित

का 'धक–धक' नंबर में देखा गया था और श्रीदेवी की तरह फिल्म 'मिस्टर इंडिया' में उनके सेक्सी 'काटे नहीं कटते' गीत में थिरकते हिप्स। पच्चीस लड़कों के साथ पच्चीस लड़कियों ने कैमरे के सामने डांस किया। एक निर्धारित हवा के साथ एक डरानेवाली और चौड़ी महिला ने माइक्रोफोन में निर्देश दिए। लड़कियाँ उन्हें 'मैडम' कहकर बुलाती थीं।

"मैडम रिहर्सल करा रही हैं···कृपया प्रतीक्षा करें।" एक आलसी दिखनेवाले सहायक निर्देशक ने हमें एक कोने में रहने का इशारा किया। "और हाँ, कैमरे से दूर रहें।" उसने निर्देश दिया। मैंने नियमित बहस के लिए खुद को तैयार किया, जबकि मेरा कैमरापर्सन सैंडी शूटिंग करता रहा। तीसरे एडी ने कुछ कहने के लिए अपना मुँह खोला, फिर चुप हो गया और एक खंभे के पीछे दुबक गया।

"ओह गधी रिद्धि? तुम क्या कर रही हो? तुम्हें नाचना छोड़ देना चाहिए! तुम बहुत आलसी हो गई हो और मोटी भी! लाल कमीजवाले लड़के···अबे··· क्या? लाइन में रहो, भोंसड़ी के।"

मैडम के मुँह से निकलनेवाले अपशब्दों पर किसी ने ध्यान नहीं दिया।

"मैडम का स्टाइल है! वे लड़कियों से बहुत प्यार करती हैं, ठीक वैसे ही जैसे वे अपनी बेटियों से प्यार करती हैं! लड़के भी उनके बच्चे जैसे हैं।" एडी नंबर दो ने बचाव करते हुए कहा। ऐसा लग रहा था कि मैडम की साइडकिक्स लकड़ी के काम से निकल रही हों।

मैडम के सहायक ने उन्हें हाथ का पंखा दिया, जबकि लड़कियों और लड़कों ने धूप में पसीना बहाया। "मैडम, स्पष्ट रूप से अपनी सारी कमाई पहनने में विश्वास करती हैं!" सैंडी ने देखा।

"आओ, आओ बैठो···ओए, एक कुरसी ले आओ।" बड़े सॉलिटेयर से भरी उँगलियों से अपने कानों को मसलते हुए एडी को आदेश दिया।

"पहली पंक्ति, क्या यह एक कॉमेडी सर्कस है? ठीक से नाचो···क्या, खा के नहीं आए? नाश्ता नहीं किया?" मैडम के चौड़े मुँह पर बिखरे बालों का गुच्छा हर शब्द के साथ ऊपर–नीचे हो रहा था।

"यहाँ आओ, तू क्या कर रही है? ठाकुरजी, लड़कियों को नाश्ता नहीं दिया?" मैडम ने अपने दागवाले दाँत दिखाए।

"अमृता, इस लड़की को पीछे भेजो, उसे पीछे भेजो···श्रुति, तू नहीं सीखेगी ना? मोनल को आगे लाओ। सामने! लड़के···ओए बॉय, दूसरी लाइन! दूसरी लाइन! तू भी कॉमेडी सर्कस में है?"

अंत में मैडम ने मेरी ओर देखा—"बैठो प्लीज, हेलो जी," उन्होंने मुझे संबोधित किया। उन्होंने पूछा, "ई.एम.टी.वी. की लड़कियों के लिए कुछ लाओ···कोल्ड ड्रिंक ले लो? और तुम।" मैडम ने सैंडी की ओर देखा, शायद यह समझने की कोशिश कर रही थी कि एक सुंदर चेहरेवाली युवा लड़की एक कैमरापर्सन क्यों थी और उसने इतना भारी कैमरा उठा रखा है!

"क्या तुम इसे पकड़ सकती हों? बहुत अच्छा···तुम्हारी कद-काठी भी अच्छी है," उसने ऐसा इशारा करते हुए कहा, जैसे कि सैंडी का घेरा नाप रही हो। "तुम बहुत पतली हो।" उसने मुझे एक बार देखा।

मैं शरमा गई। सैंडी गुस्सा हुई। सोने की फिलिंग लगे पान से सने दाँतों के साथ मुझे देखकर मुसकराई। मैंने कोशिश की कि मैं सोने को ज्यादा न देखूँ।

"आप एक होली आइटम नंबर की शूटिंग कर रही हैं?" मैंने कहा।

"यह आसान नहीं है। आजकल की इन लड़कियों को तो आप जानती ही हैं, डांस रियलिटी शो करके उन्हें लगता है कि वे माधुरी, श्रीदेवी और प्रोमिला बन गई हैं। नखरा, अदा कहाँ है? वे सभी शॉर्टकट चाहते हैं। लेकिन मेरे डांस में नहीं बाबा! मुझे इन बच्चों को शुरू से ही प्रशिक्षित करना पड़ता है!"

"हेलो, आखिरी लड़की···मुझे कुछ स्टाइल दिखाओ···थोड़ा स्टाइल से हाथ घुमाओ···मुझे पटाखा चाहिए, हाँ!" मैडम लाउडस्पीकर में चिल्लाई। सैंडी ने हेडफोन को झटकते हुए अपने कानों को रगड़ा।

"उन्हें सबकुछ एकदम से चाहिए···धैर्य नहीं है, वो समर्पण नहीं है! केवल रियलिटी शो में जाने से आप डांसर नहीं बन जाते हैं!" मैडम ने आह भरी। "तुम्हें पता है, प्रोमिला इसमें अच्छी थी," उन्होंने बुदबुदाया तथा अदा और नखरा का प्रदर्शन करने के लिए आगे बढ़ी। उन्होंने अपनी आँखें घुमाईं, जो एक नखरे की तरह लग रही थी और मुझे लगता है कि अदा प्रदर्शित करने के लिए टकटकी लगाई और घूरती रहीं।

फिल्म की नायिका प्रोमिला उसगाँवकर ने अभी तक एंट्री नहीं की थी।

अपने समय में एक नायाब अदाकारा, जो आज उतनी सेक्सी और खूबसूरत शरीर की मालकिन नहीं थी। एक समय था, जब महीनों पहले इंटरव्यू फिक्स करने के लिए आपको उसकी सेक्रेटरी पर दबाव बनाना पड़ता था। लेकिन 2005 के बाद प्रोमिला की किस्मत खराब हो गई थी। उनका अभिनय शीर्ष पर था, उनकी संवाद अदायगी फुहड़ हो गई थी, उनका कामुक शरीर अब फीका पड़ चुका था। ट्रेड पंडितों ने उनके बारे में बेरहमी से लिखा।

एक ऐसी नायिका के लिए जीवन बहुत कठिन होता है, जिसका समय समाप्त हो चुका हो, खासकर जब वह अपनी जवानी को पार कर चुकी हो। फोन कॉल कम हो जाते हैं, एजेंट हमेशा शहर से बाहर रहता है, दोस्त अब वापस कॉल नहीं करते हैं और प्रेमी गायब हो जाते हैं। फिर भी वह उस एक आखिरी फिल्म का लगातार इंतजार करती है, वह भूमिका, जो सबकुछ बदल देगी।

लंबी अनुपस्थिति के बाद प्रोमिला वापसी की तैयारी कर रही थी, वह कर रही थी, जो वह सबसे अच्छा करती थी।

प्रोमी संकोच के साथ अंदर आई मुसकान लिये और बेहद चिकना माथा। एक और प्रहार? मैं अचंभित हुई। वह अपने सचिव और पी.आर. व्यक्तियों के झुंड से घिरी हुई थी। उसके साथ दो सहायक थे, एक ने उनका मेकअप किट, उनका छाता और पर्स पकड़ा था तथा दूसरे ने बैटरी से चलनेवाला पंखा और एक बड़ा टिफिन कैरियर पकड़ा हुआ था। गहरी नेकलाइन वाली सफेद ब्लाउज और धोती से मिलती-जुलती सफेद पोशाक में प्रोमिला अपना शॉट देने के लिए तैयार थी।

'उँगली से खेल, आँखों से खेल, रंगों से तू बहुत खेला, डार्लिंग, अब मुझसे खेल' बोल बज उठे और सेट के लड़कों ने प्रोमी को पानी से नहलाया। वह बहुत गीली हो गई थी।

"वेरी गुड, प्रोमी", मैडम ने माइक में जोरदार आवाज में कहा, क्योंकि प्रोमी ने बेहतरी से अपना नाच किया तथा क्रू और जूनियर कलाकारों के समूह ने ताली और सीटी बजानी शुरू कर दी। फिल्म के दूसरे हीरो नवोदित मॉडल से अभिनेता बने सुशांत की हाल ही में एंट्री हुई थी। सुशांत के पास फिल्म में करने

के लिए ज्यादा कुछ नहीं था, इस डांस नंबर में तो बिल्कुल कम। यह पूरी तरह से प्रोमी फिल्म थी।

फिल्म के मुख्य नायक सुपरस्टार मुनीश खन्ना थे। अपनी जवानी में स्वर्ण देवता, आज वह एक विशाल पेट के साथ एक गंजा लंबा-चौड़ा आदमी था, जो अपने पसंदीदा जहर, शराब के बिना सोने, सोचने या एक वाक्य को बोलने में असमर्थ था। एक अच्छे विग ने गंजेपन का ध्यान रखा, लेकिन तोंद को छिपाना मुश्किल था। एक ड्रीम सीक्वेंस में मुनीश को गाने में फिट किया गया था।

"देखो, चूँकि प्रोमिला सुशांत के साथ रोमांस कर रही है," मैडम ने मुझे समझाया, "मुनीश प्रोमी के बारे में कल्पना कर रहा है!"

आम्रपाली-शैली की वेशभूषा, गड़गड़ाहट वाली जाँघें, जोरदार मेकअप, बड़ी मोटी मटकी के बीच होली की व्यवस्था में डिस्को रोशनी···यह फिर से अस्सी का दशक था। मुनीश खन्ना को दौड़ते हुए आना था और मटकी को लात मारना था। स्पॉट बॉय बड़े रंग की पिस्टल से फायरिंग की प्रैक्टिस कर रहे थे। मुनीश रंगीन एंट्री करना चाहते थे। लेकिन वह कहाँ था?

फिल्म के निर्माता एक सहायक निर्देशक के साथ कमरे में पहुँचे। जाहिर तौर पर मुनीश गीत के बोल में कुछ बदलाव चाहते थे, उनकी पकड़ यह थी कि सभी हॉट और कर्कश लाइनें प्रोमी को दी गई थीं। मुनीश अब माँग कर रहे थे कि उनके लिए भी कुछ बोल्ड लाइनें लिखी जाएँ।

"क्या बकवास है···इतने मोटे हैं! भद्दा लगेगा!"

"लेकिन वह तब तक शूट करने से मना कर रहा है, जब तक उसे कुछ लाइन नहीं मिल जातीं।"

"अरे, दे दे यार! दो लाइन दिलवा दे···" मैडम ने कहा।

निर्माता ने कहा, "बस मुनीश को भी सुशांत की लाइनें दे दो। मैं सुशांत से बात करूँगा···यह आसान है ना!"

कोई आसान रास्ता नहीं था। मुनीश खन्ना का वंशज प्रोमी के बहुत बाद में शुरू हुआ था, लेकिन उसे और जोर से मारा गया था। घटते फिल्म ऑफर और धोखा देनेवाले एजेंट, जो कम परवाह नहीं कर सकते थे, उन्होंने उसे कड़वा बना दिया था। मुनीश के अपने एजेंट के साथ लंबे समय से चले आ रहे झगड़े के

कारण उसके हाथ से कई प्रोजेक्ट निकल रहे थे। भूलने योग्य और औसत दरजे की फिल्मों ने अस्सी और नब्बे के दशक के उत्तरार्ध के स्टड के लिए कयामत रची। जैसे-जैसे आर्क लाइट बंद होती गई और शटरबग्स की दिलचस्पी कम होती गई, मुनीश के गुस्से के नखरे बढ़ते गए। उन्होंने अपना दिन अपनी वैनिटी वैन में बिताया।

लेकिन आज मुनीश ने अपनी बात रखी थी। वह और प्रोमी दोनों बार-बार रंगीन पानी में सराबोर हो गए, साथ ही कई नर्तकियों ने बावड़ी गीतों की पृष्ठभूमि में मस्ती की। मैडम ने बहुत सी आँखों की हरकतें और फ्लर्टी एक्सचेंज किए, जिसमें लड़कियों ने कोमल और लड़कों को कूल दिखाने की कोशिश की, क्योंकि वे ढोल-नगाड़ों की उन्मादी धुन पर डांस कर रहे थे।

"यह आइटम प्रेम त्रिकोण स्थापित करेगा।"

"अरे, यह एक चुनौती है। आज आपके पास एक दर्जन से अधिक कोरियोग्राफर हैं। वे ये रियलिटी शो करते हैं, लेकिन उन्होंने हमारी भारतीयता को बेच दिया है···नृत्य साधना है, यह भगवान् का आशीर्वाद है।"

"कितना संस्कृति मार रही है? मैडम बहुत सांस्कृतिक हैं!" सैंडी फुसफुसाए।

"आपका पसंदीदा होली नंबर क्या है? होली का एंथम तो 'सिलसिला' का 'रंग बरसे' है। मैडम एक रसदार सुपारी भरने के लिए रुकी और उसके बाद खूब चॉपिंग की। "अभी भंग का क्रम भी है···आप इसे अवश्य देखें।"

नृत्य की गति मैडम को खुश नहीं कर रही थी, इसलिए उन्होंने स्वेच्छा से कदमों का प्रदर्शन किया। कुछ उच्च-तीव्रता वाले ठुमकों का अनुसरण किया गया, वह हाथों से अधिक आक्रामक हरकतें चाहती थी, कम पैर के स्टंप, गिरती-उठती ब्रेस्ट और सुंदर बाँह के झूले।

"उस प्रोमी पर नजर रखना, याद है, उसने दिल्ली में क्या किया था? पूरा दिन उसने पत्रकारों को इंतजार कराया और फिर वह गायब हो गई, कुतिया! क्योंकि यह एक खराब बाल दिवस था।" सैंडी फुसफुसाए। "क्या आप उसका उपवास खत्म कर सकते हैं?"

"आप मुझे किसलिए लेते हैं, एक पपराजो?" मैंने आक्रोश व्यक्त किया।

"नहीं ओ। आपको सर्वश्रेष्ठ आइटम-नंबर-विशेष श्रृंखला रिपोर्ट के लिए पुलित्जर मिलेगा!"

"चुप रहो!"

प्रोमी की शूटिंग रोक दी गई थी, क्योंकि हवेली के मालिक और उनके परिवार को उनके बॉलीवुड पल के लिए जाने दिया गया था। मुनीश के चेहरे पर मुसकान आ गई, जब लड़कियों ने हँसना शुरू कर दिया और उनके साथ फोटो खिंचवाने की इच्छा व्यक्त की। पुरुषों ने प्रोमी को चौड़ी आँखों से देखा।

यह एक जिज्ञासु मोड़ था। शीर्ष व्यावसायिक फिल्मों की नायिकाएँ सेट पर और बाहर दोनों समय नायकों के लिए दूसरी या तीसरी भूमिका निभाती हैं, जबकि बी और सी ग्रेड की फिल्मों में ठीक विपरीत हुआ, जहाँ महिलाओं का शासन था।

"मैं एक मिनट लूँगा, हाँ···" प्रोमी ने मुनीश को इशारा किया, जिसने निराशा से अपना सिर हिलाया।

"मैं थक गया हूँ!" उसने अपने घने बालों को पीछे की ओर उछाला और अपने होंठ थपथपाए। उसके बालों पर होली का रंग लाल और पीला चमक रहा था। उसके माथे पर सिंदूर की एक छोटी सी बिंदी थी और ढेर सारा पीला—उसका सबसे शुभ रंग। प्रोमी ने एक सहायक द्वारा पकड़े हुए आईने में अपना प्रतिबिंब देखा और मेकअप मैन को उसे छूने के लिए कहा।

वह मुझे एक घुसपैठिया की तरह लगा। लेकिन प्रोमी ने परवाह नहीं की। देर हो रही थी और मैंने लगभग पूरा दिन सेट पर उसके इंतजार में बिताया था। लेकिन उसे कोई जल्दी नहीं थी। वह अपने पल का स्वाद चख रही थी, जिससे नायक, साथ ही मीडिया, उसका इंतजार कर रहा था।

प्रोमी के लिए जीवन पूर्ण चक्र में आ गया था।

"यह समय के साथ आसान हो जाता है या···?" मैंने उसका ध्यान आकर्षित करने की कोशिश करते हुए एक खुला प्रश्न किया।

"चीजें नहीं बदलतीं," प्रोमी ने अपने भारी उच्चारण वाली मुंबइया अंग्रेजी में कहा, "यह सिर्फ तनाव को सँभालने की मेरी क्षमता है और यह सब पसीना

और जमी हुई गंदगी है, जो बदल गई है।" वह हँसी और यूनिट के हाथ में अपना पर्स पकड़े हुए मराठी में कुछ कहा।

"तुम थोड़े बेरंग लग रहे हो। हम तुम पर कुछ रंग क्यों नहीं डालते?" कुछ ही सेकंड में सूखे लाल और पीले रंग मुझ पर छिड़के गए।

"अब तुम रंगीली गर्ल हो।" उसने सेट हाथों की मस्ती के लिए कहा।

"आपसे कोई तुलना नहीं। आप असली ठुमका रानी, रंगीली लड़की हैं। आपने एक तरह से बॉलीवुड डांस से बिंदासपन का परिचय दिया।"

"अरे बाबा, अच्छा काम कर रहे हैं, मुनीशजी! आप आज की शीलाओं, मुन्नियों, छन्नों और चमेलियों के बारे में क्या सोचते हैं?"

"लेकिन आप असली हैं…"

"नकल चापलूसी का सबसे अच्छा रूप है और मुझे लगता है कि वे मेरी चापलूसी कर रहे हैं। मेरा नया आइटम नंबर एक बेंचमार्क सेट करेगा…"

"आजकल आप अपने फिल्म असाइनमेंट को लेकर काफी सेलेक्टिव हो गए हैं।"

"मैं अपने योग सत्रों पर एक डीवीडी निकालने की भी योजना बना रहा हूँ। और एक जिम में मेरे फिटनेस शासन पर। मैंने इसे प्रोमी करेगा पाटली कहाँ है? अंग्रेजी संस्करण—इसे प्रोमी के साथ पुश करें। अच्छा, ना? आपको क्या लगता है, मुनीशजी?"

"लेकिन आपके प्रशंसक आपको याद कर रहे हैं। अब आप सिर्फ आइटम नंबर्स में ही नजर आती हैं।"

"मैंने पेड़ों के चारों ओर दौड़ने का बहुत काम किया है। हर कोई एक ही काम करते-करते थक जाता है। तुम्हें पता है, मैंने इतना सिनेमा किया है…वहाँ गया, किया। मैं भी गंभीर और सार्थक भूमिकाएँ निभाना चाहती हूँ और मैं चाहती हूँ कि लोग मुझमें अभिनेत्री को देखें, हैं, मुनीशजी?"

मुनीशजी ने कोई उत्तर नहीं दिया, क्योंकि वे कमरे से बाहर निकल चुके थे। मुझे बाद में पता चला कि उसने एक बार फिर खुद को वैनिटी वैन में बंद कर लिया है। प्रोमी भी चली गई, क्योंकि मैडम उसे एक सीक्वेंस के लिए चाहती थी। मुझे नाराज मुनीश या नाराज सुशांत नहीं मिला, लेकिन किसने परवाह की?

मेरा इंटरव्यू आइटम गर्ल प्रोमी से हुआ था। यह निश्चित रूप से बन्नी को खुश करेगा।

□

ई.एम.टी.वी. के मनोरंजन डेस्क पर कुछ नए जोड़े गए—इंटर्न, जो इंटर्न की तरह व्यवहार नहीं करते थे। खासकर पिंकी मेहता। पारंपरिक अर्थों में अच्छा नहीं है, लेकिन जैसाकि वे कहते हैं, महँगा रूप से एक साथ रखा जाता है। उसके पास हीरे से सज्जित अनुकूलित ब्लैकबेरी था और उसने अपने उन्नत और एक्सेसराइज्ड iPod और iPad को फ्लैश किया। उसने बहुत सारी फेसबुकिंग, ट्वीटिंग और ब्लॉगिंग की। पिंकी के सामने बन्नी का 'बीइंग ह्यूमन' ऐक्ट सबसे दिलचस्प था।

पिंकी की पहेली को नंदू ने समझाया। उसके भाई की कंपनी नकदी की तंगी से भरे मनोरंजन शो में निवेश करना चाह रही थी और उसे संवाददाताओं को दिए जानेवाले वेतन पर लिया गया था, जिससे उसे बहुत नाराजगी हुई। किसी ने भी उसे रिपोर्टिंग करते नहीं देखा, लेकिन उसकी महत्त्वाकांक्षा एक एंकर बनने की थी।

□

जोधपुर : सेट पर

"आइटम बम : 'एटम बम' का एक भ्रष्ट रूप, अपमानजनक शैली में एक सेक्सी महिला को संबोधित करने के लिए इस्तेमाल की जानेवाली गाली!"

आमलेट धूल से भर गया था। पराँठे में, चटनी में और आलू की सब्जी में धूल थी। इससे भी बदतर, चाय में धूल थी। 'डस्टप्रूफ' टिफिन कैरियर के अंदर का खाना धूल से लथपथ था। मैं बन्नी की आइटम-नंबर-विशेष श्रृंखला : सुपरस्टार डांडिया नाइट्स के लिए अपने दूसरे असाइनमेंट पर थी। सवाल में सुपरस्टार बॉलीवुड आइटम गर्ल थी।

मैंने दिल्ली और जोधपुर के बीच आधी दूरी तय कर ली थी। टूटी हुई इंडिका में राजमार्ग पर सीधे छह घंटे और छह घंटे और बाकी हैं। ऊबड़-खाबड़ रास्तों पर खस्ताहाल वाहन खिलौने की तरह इधर-उधर धकेली जा रही थी। मामले को और बदतर बनाने के लिए मेरे कैमरामैन के खर्राटे मुझे पागल कर रहे थे। मुझे बहुत गुस्सा आ रहा था। नंदू को न्यूयॉर्क जाना था, इंदु को इटली और मुझे जोधपुर भेजा जा रहा था।

बन्नी ने पूछा, "तुम शिकायत क्यों कर रही हो?"

"ऐसे आयोजनों के लिए मैं स्वाभाविक पसंद क्यों हूँ?"

"तो अब आप तेरा-मेरा खेलना चाहती हैं?"

"ऐसा लगता है कि मैं केवल राष्ट्रीय शो कर रही हूँ।"

"तुम्हारी परेशानी क्या है?" बन्नी ने अपनी आलस्य भरी आवाज में कहा। "नंदू हमेशा न्यूयॉर्क करता है, वह उसका प्रोजेक्ट है। और इंदु की आंटी इटली में रहती है, इसलिए उसे वहाँ भेजने का कारण समझ में आता है, होटलों का खर्चा बचाता है। और मैं किसी और का नाम नहीं सोच सकती, जो इन कामों को बेहतर तरीके से कर सकता है। और अगर वह नई इंटर्न पिंकी मेहता का ऑस्ट्रेलिया जाना तुम्हारा मुद्दा है···तो यार, वह एक नई बच्ची है, उसे कुछ करने दो। तुम्हें दूसरा खिलाड़ी तैयार रखना होगा।" बेशक उसने यह उल्लेख नहीं किया कि पिंकी अच्छी जान-पहचान से आई हुई थी।

□

मैं धूल से सनी जोधपुर के टू स्टार 'भरत लॉज' में पहुँची। थ्री-स्टार होटल के वेश में, उदास और अकेला लॉज, 'सुपरस्टार डांडिया नाइट्स' की हलचल से काफी अप्रभावित लग रहा था, जिसकी धुन पर शहर के बाकी लोग नाच रहे थे।

"पहले उन्होंने हमारे वेतन में 40 प्रतिशत की कटौती की···और अब यह?" खाली रिसेप्शन क्षेत्र में इंतजार करते हुए अरुण बोला।

मैनेजर के आने पर होटल आखिरकार हरकत में आ गया। "मैडम, मैं राम बाबू। आपको यहाँ पाकर बहुत अच्छा लगा।" राम बाबू ने वहाँ मेरा स्वागत किया, जहाँ अगले दो दिनों के लिए मेरा निवास होना था। "मैडम, आप 'सुपरस्टार डांडिया नाइट्स' के लिए आई हैं? यह लाल मैदान में हो रहा है।" रामबाबू ने टूटी-फूटी अंग्रेजी में यह अनमोल जानकारी दी। मैंने उनसे हिंदी में जवाब देने का आग्रह किया, लेकिन उन्होंने अपने होंठों को शुद्ध किया और अंग्रेजी में बोलना जारी रखा, "मैडम, हमारे पास आवाजाही के लिए बहुत सारी कारें उपलब्ध हैं···आप इन्हें कभी भी ले जा सकती हैं।"

मैंने उसे कहा कि मेरे पास अपनी कार है।

लॉबी में पुरुषों के एक समूह ने मुझे संदेह से देखा और एक-दूसरे को कोहनी मारते रहे—

"…प्रेसवाली है…"

"…कहाँ से हैं ये मैडम?"

"…दिल्ली से, अंग्रेजी चैनल है…"

मैंने उनके घूरने की उपेक्षा की और कुछ को अति-मित्रतापूर्ण हैंडशेक करने से परहेज किया।

मुझे कमरे 203 के लिए स्टील की चाबियों की एक भारी जोड़ी दी गई थी और हमारे जाने पर दरवाजा बंद करने की नियमित सलाह दी गई थी, साथ ही एक उग्र रिमाइंडर कि होटल आभूषण, नकदी या उपकरण के किसी भी नुकसान के लिए जिम्मेदार नहीं है। इसके बाद उपयोग करने के लिए समान रूप से स्ट्रांग सुझाव दिया गया कि हमारे 'मूल्यवान्' सामान के लिए हम कमरे का 'सेफ' इस्तेमाल कर सकते हैं।

"…बहुत सुरक्षित, मैडम…"

"…मैडम, खाने के लिए कृपया रूम सर्विस को कॉल करें…"

"…मैडम, बाहरी कॉल के पैसे लगेंगे…"

अरुण कमरा संख्या 206 में था, आश्वस्त दो कमरे दूर। "ये डीलक्स है? जोधपुर के रंग कहाँ हैं? सवाल ही पैदा नहीं होता कि मैं इन नम हरी चादरों पर सोने नहीं जा रहा हूँ।"

अरुण होटल की चादर को छूने से इनकार करते हुए बुदबुदाया और नाराज हो गया। मैं उसे साफ तौलिए के लिए चिल्लाते हुए सुन सकती थी। मेरे बाथरूम में, नीली टाइलों के बीच में एक नल लगा हुआ था।

"अरे साला, कोई टब नहीं है!" मैं बिना टब का कमरा देने के लिए प्रोडक्शन कंट्रोल में बैठे कंजूस व्यक्ति का गला घोंटना चाहती थी। लेकिन एंटरटेनमेंट शो का मतलब कम फंड था।

"इससे निपटो," मैं बन्नी के चिल्लाने की कल्पना कर सकती थी।

स्थिति बहुत अलग होती अगर बन्नी की आइटम-नंबर-विशेष शृंखला उन सजीले लाइफस्टाइल चैनलों में से एक के लिए होती! उन्होंने अपने पत्रकारों के साथ 'प्रथम श्रेणी' का व्यवहार किया। उनके पत्रकार भद्दी कारों में यात्रा नहीं करते थे। उनके पत्रकारों को भद्दे रामबाबूओं द्वारा संचालित अँधेरे, निराशाजनक

होटलों में नहीं भेजा गया था। उनके पत्रकार हमेशा बड़े बाथटबवाले बाथरूम का इस्तेमाल करते थे।

मैंने किसी भी संदिग्ध चीज के लिए होटल की दीवारों, छत, लैंप और परदों की जाँच की। रिपोर्टर हो या न हो, एक लड़की को कुछ होटलों में गुप्त कैमरों की जाँच करनी चाहिए। और अगर कभी कोई ऐसा होटल था, जिसमें पूरे शरीर की तलाशी जरूरी थी तो वह भरत लॉज था। "बेब, कपड़े उतारने से पहले छिपे हुए कैमरों के लिए इन छोटे-बॉल डेन की जाँच करें। वे आपको गलती से आइटम गर्ल समझ सकते हैं और फिर तो···एम.एम.एस. रागिनी नहीं, एम.एम. एस. लैला रिपोर्टर दुनिया में चर्चित हो जाएगी।"

मैं अपने अंडरगारमेंट्स में नहाई और फिर नाश्ते का ऑर्डर दिया।

"मैडम, अमेरिकी नाश्ता?"

"प्लीज।"

"मैडम, एक या दो के लिए?"

"एक के लिए।"

"सर आपके साथ नहीं हैं?"

"नहीं।"

"मैडम, क्या आपको और कुछ चाहिए? हम्म···"

"नहीं।"

मैंने अपने लिए एक सेक्सी सिल्क टॉप पैक किया था, लेकिन अब मैं केवल इसे अपने सूटकेस के अंदर ठूँसने के बारे में ही सोच सकती थी। मैंने फैंसी मिरर वर्क के साथ गुलाबी रंग के कुरते और जींस को चुना।

जोधपुर का चमचमाता सुपरस्टार डांडिया नाइट्स एक ऐसा मंच था, जहाँ सामूहिक डेटिंग की रस्म होती थी। बेपरवाह लड़के और लड़कियाँ मिलते और नृत्य करते, संभावित दूल्हों को आकार दिया गया और भावी दुलहनों को शॉर्टलिस्ट किया गया। हम शाम ढलने के बाद कार्यक्रम स्थल पर पहुँचे। यह एक खुला क्षेत्र था, जिसमें नियमित अंतराल पर सिंदूरी और नारंगी रंगों में विशाल तंबू फिरोजा दरी और बहु-रंगीन दीवार के परदे उनके अंदरूनी हिस्सों को सजाते हुए लगे थे। गरम रात में मेहमानों को आराम देने के लिए पानी

की बूँदों के साथ टेबल पंखे लगाए गए थे। आकाश ऐसा लग रहा था, मानो वह सैकड़ों रंगीन बल्बों से जगमगा रहा हो, जो साइकेडेलिक रोशनी की तरह टिमटिमा रहे हों। जैसे-जैसे रात बढ़ती गई, माता की चौकी के गानों ने डिस्को बीट्स, शानदार रीमिक्स और कैबरे नंबरों को जगह दी। अपने तीन सुपरस्टार को देखने के इंतजार में भीड़ बेचैन होने लगी।

'ठुमकों की रानी, शेफाली, शेरी, रेशमी के संग, डांडिया के रंग' भड़कीले आमंत्रण में कहा गया था।

शेफाली को लेकर बहुत उत्साह था, उनके सेक्सी 'काँटा लगा' रीमिक्स वीडियो के आइटम नंबर के दृश्य को लेकर क्रोध था, जहाँ उन्होंने अपनी कमरबंद दिखाई थी और सिर्फ देखने के अलावा बहुत-कुछ दिखाने में कामयाब रहा था। टी.वी. चैट और स्टेज शो से लेकर बॉलीवुड फिल्म में सुपरस्टार खिलाड़ी कुमार के साथ एक छोटी सी उपस्थिति तक, शेफाली ने जाहिर तौर पर उससे कहीं ज्यादा हासिल किया था, जितना उसने करने की ठानी थी। और भले ही फिल्म के प्रस्ताव और टी.वी. धारावाहिक पर कुछ ठोस बात नहीं बन पाई थी, उनकी डेट डायरी भरी हुई थी, जैसाकि उनके गोलमटोल पी.आर. एजेंट ने मुझे सूचित किया था।

"लेकिन आपका तो बड़ा चैनल है···मैडम जरूर बात करेंगी।" उन्होंने सफाई दी।

मंच के पीछे पूरी तरह से भ्रम की स्थिति थी। जूनियर कलाकार लड़खड़ाते हुए इधर-उधर, गिरते-पड़ते, आधे नग्न दौड़ पड़े। दुर्भाग्य से, हमें बाहर निकालने के लिए कोई सुरक्षाकर्मी नहीं थे। उन्होंने 'जस्ट वॉक इन : आइटम गर्ल्स दिस वे' साइन भी लगाया होगा! मैं यह सोचकर काँप उठी कि क्या होगा यदि बाहर की भीड़ को भी यही विचार आता? अरुण नर्वस लग रहा था, अलग-अलग राज्यों में इतनी सारी महिलाओं से घिरा हुआ था।

हम बिना रुके ग्रीन रूम में चले गए और एक सफेद दरवाजे के अंदर प्रवेश किया, जिस पर 'स्टार' शब्द बोल्ड लाल रंग में पेंट किया गया था। अंदर शेफाली भड़कीले बोल पर झूम रही थी—'मेरा जिस्म जिस्म, मेरा बदन बदन, मैं हूँ ताजा मटन मटन, आ चल···खोलूँ दिल के बटन बटन।'

मधुमक्खी के काटे हुए होंठ अलग हो गए, उसने अपने नए सुडौल स्तनों को बाहर निकाला, उसके कूल्हे उत्तेजक रूप से हिल रहे थे। गरमागरम चाल और झटकेदार शरीर की हरकतों ने कल्पना के लिए कुछ नहीं छोड़ा।

"अंदर आओ, अंदर आओ।" मैडम ने आमंत्रित किया, जो सचमुच कमरबंद को अंडरवीयर से बाहर लाया था। अरुण मेरे ठीक पीछे था, वह कुछ भी देखने से परहेज कर रहा था। शेफाली दूसरे गाने पर झूमने लगी थीं। 'कमीनी तेरा भूत चढ़ गया रे…'

"आप वह 'फिल्मी मस्ती' शो करते हैं, ना? मजेदार है।"

मैंने दोस्ताना मुसकराहट बिखेरी।

"क्या हम आपके फोटो ले सकते हैं, शेफाली?"

"नहीं, अभी नहीं। मेकअप आधा ही हुआ है। केवल मेरी दाहिनी प्रोफाइल लें, क्लोज-अप से बचें…और आपका नाम क्या है?"

"अरुण…"

"अरुण, गंदे शॉट मत लेना!" शेफाली ने उसे चंचलता से चेतावनी दी। "यदि आप मेरी गंदी तसवीरें लेंगे तो मैं आपके कार्यालय में आऊँगी और आपको डाँटूँगी!" अरुण चिढ़ गया।

मैंने उसे शेफाली के पास छोड़ दिया, ताकि मैं इलाके को देख सकूँ और चमकदार सुनहरे शॉर्ट्स और सुनहरे बस्टियर में युवा लड़कियों का एक झुंड मेकअप में डूबा हुआ मिला। कुछ मिश्रित पोशाकों को ट्राई कर रहे थे, सभी कुछ धुँधली धुंध जैसी सामग्री से बने थे, अन्य को जाँघ तक ऊँचे जूते, भारी सुनहरी बेल्ट और भड़कीले सुनहरे आभूषण पहनाए जा रहे थे।

"नकली है," एक लड़की ने कहा और उसने मुझे अपने नेकपीस को घूरते हुए पकड़ लिया था।

"शेफाली तैयार है, आओ!" अरुण ने मुझे पुकारा।

"पहले इन शॉट्स को लो, पागलपंती के साथ। मुझे सेक्सी शॉट्स, पसीना, नाचते हुए शॉट दो।" मैंने उससे कहा।

अरुण ने कोने में लड़कियों के एक समूह पर ध्यान केंद्रित किया, जो

मल्लिका शेरावत के लोकप्रिय आइटम नंबर, जो चार्ट पर सबसे ऊपर था, उस पर नाच रही थीं।

"अल्लाह बचाए मेरी जान, के रजिया गुंडों में फँस गई।"

"बहन···! मेरे पैसे लौटाओ!"

अचानक हमने गाली-गलौज से भरी गालियों को सुना। शेफाली फोन पर किसी पर चिल्ला रही थी।

"मैंने तुम्हें नकद दिया था! कहाँ है वह···हरामी, तुझको कटवा दूँगी।" कुछ देर तक गालियों की बौछार करती रही।

"शेफाली मैडम का पति मुश्किल पैदा कर रहा है।" उसके एजेंट ने मुझे बताया। "केस पुलिस में है, अच्छा आदमी नहीं है वह कमीना।" शेफाली और उनके पति, जो बी-ग्रेड भोजपुरी फिल्मों के एक छोटे से निर्माता थे, पैसे के कुछ मुद्दे पर अलग हो गए थे। वह गुजारा भत्ता के रूप में शेफाली की कमाई का एक हिस्सा चाहता था, जिसके बाद शेफाली ने उस पर दहेज और घरेलू क्रूरता के आरोप लगाए थे।

लोग, विशेष रूप से युवा पुरुष, वासना की देवी के ठुमके देखने के लिए साँस रोककर इंतजार कर रहे थे। यह विचारोत्तेजक गीतों का समय था। हलके डांडिया नंबर निश्चित रूप से अतीत की बात थी। पुराने पसंदीदा जैसे 'आज नो चांडालियो', 'कुकडो बोले' और 'राधा गेम के गेम' को याना के 'बाबूजी जरा धीरे चलो', मेघना के 'कलियों का चमन' और राखी के 'कामिनी तेरा भूत' जैसे घटिया नंबरों से बदल दिया गया था।' मंच पर पहले आइटम रेशमी द्वारा तेज-तर्रार प्रदर्शन ने आग लगा दी थी। मंच पर रस्मी नृत्य की पृष्ठभूमि में सैकड़ों लड़के-लड़कियाँ, पुरुष और महिलाएँ मंच पर बड़ी संख्या में झूम उठे। रंग-बिरंगे बैकलेस चनिया चोलिस और बंधनी दुपट्टे में महिलाएँ और मनके कुरते में पुरुषों ने फैंसी लकड़ी के डांडिया की डंडियों को घुँघरू के साथ सिरों से जोड़कर अपनी धुन बनाई।

एक लोकप्रिय टी.वी. बहू और बी-ग्रेड भोजपुरी फिल्म की नायिका रेशमी को कोई नहीं देख रहा था। भीड़ चाहती थी कि वह 'शीला की जवानी' पर नाचे। आधे घंटे के प्रदर्शन के बाद रेशमी ने शेफाली के कार्यक्रम के लिए मंच छोड़

दिया, यहाँ तक कि जूनियर कलाकारों ने यह सुनिश्चित किया कि गति धीमी न हो।

मेरा फोन बज उठा। पापा थे।

पापा ने मुझसे तब से बात नहीं की थी, जब मैंने रेहान के साथ अफ्रीका जाने से मना कर दिया था। हमारे बीच नियमित अंतराल पर बिना संप्रेषण के ये लंबे मौके आते रहते थे। इसके बाद नियमित रूप से मेरे पेशे, मेरे शो, मेरे जीने के तरीके और कपड़ों के बारे में शिकायतों की एक लंबी सूची हुआ करती थी। मेरी तीस साल की उम्र होने से पहले, वे ज्यादातर रेहान विरोधी रहा करते थे। जब मैं तीस साल की हुई तो वे रेहान समर्थक हो गए। हमारी आखिरी बातचीत में, उन्होंने रेहान को दूर करने का मुझ पर आरोप लगाया। बाद में कई बेकार की बातों के आदान-प्रदान के बाद मैंने फोन को पटक दिया था।

"हाय।" मैंने कहा।

दूसरे छोर पर सन्नाटा। जब तक···

"तुम कहाँ हो? कोई नाइट क्लब?" मैं कल्पना कर सकती थी कि पापा ये शब्द कहते हुए झिझक रहे थे।

"मैं एक स्पेशल कल्चर फीचर के लिए जोधपुर में हूँ।" मैंने आइटम-नंबर-स्पेशल सीरीज कहने से परहेज किया।

"आप समाचार या व्यवसाय की रिपोर्ट क्यों नहीं कर सकती हो?"

"पापा, मुझे कोई दिलचस्पी नहीं है। हम अब इस पर बहस क्यों कर रहे हैं?"

"यह बकवास है। जो तुम करती हो, जिसे तुम्हारा चैनल मनोरंजन कहता है।"

"पापा, हर कोई करता है।"

"हर किसी ने भौतिकी में एम.एस-सी. नहीं किया है। तुम अपना भविष्य कैसे बेकार कर रही हो!"

मैंने इस बात को मन पर नहीं लेने का फैसला किया।

"बहुत शोर हो रहा है। तुम्हारा शूट वास्तव में क्या है?" मेरे पिता ने पूछा। (बस कुछ आइटम गर्ल्स अपने अंडरवियर में डांस कर रही हैं।)

"पापा, साल के अंत के लिए बस कुछ।" मैंने कहा।

"क्या रेहान ने फोन किया?" (हे भगवान्, मुझे आशा है कि वह अब भी तुमसे शादी करना चाहता है।)

"हाँ, पापा, उसने किया।" (ऐसा क्यों है कि आप मुझसे एकमात्र सवाल रेहान के बारे में पूछते हैं? तुम्हारा स्वास्थ्य कैसा है/क्या तुम ठीक से खा रही हो/क्या तुम अपनी विदेश यात्रा पर गई, इसके बारे में क्यों नहीं?)

"मैं तुम्हें बता दूँ, वह एक कोहिनूर लड़का है। तुम्हें उसके जैसा कोई नहीं मिलेगा। अपने जीवन को नरक मत बनाओ। गटर में मत जाओ। मुझे बस इतना ही कहना था। बाय।"

मैंने हैंडसेट को अपने कान पर रखा और काफी देर तक कट गए कॉल टोन को सुनती रही।

बाहर भीड़ आज रात की मुख्य आकर्षण शेरी नायडू का नाम चिल्ला रही थी।

रात ठंडी थी, अब 'पल-पल न माने टिंकू जिया, हाँ टिंकू जिया, इश्क का मंजन घिसे है पिया' गाने पर खाली मैदान में पैर पटक रहे लोगों के कारण हवा में धूल भरी धुंध थी।

'सुपरस्टार डांडिया नाइट्स' के साथ मेरी डेट खत्म हो गई थी।

□

चिकी ने चौंकाया

चिकी परेशान थी। मुंबई में तीन महीने रहने के बाद भी वह जो कर सकी, वह थी अमर कपूर के साथ एक घटिया मुलाकात। काफी समय बाद, वह उनका सचिव थी, जिसने उनके फोन का जवाब दिया। अमर लगता है कि हमेशा 'बाहर' ही रहता था। इसलिए उसने अपना ई.एम.टी.वी. कॉलिंग कार्ड दिखाकर पार्टियों में जाने की कोशिश की। लेकिन जब उसने अमर की निजी पार्टी में घुसने की कोशिश की तो उसे बेइज्जत कर दरवाजा दिखाया गया। बेशक अमर कभी भी शहर में होता है, ऐसा लगता नहीं था और जब वह किसी प्रेस कार्यक्रम में उसे फँसाने में कामयाब रही तो उसने अनभिज्ञता जताई।

लेकिन उसने कभी भी अपनी मेल्स में अमर कपूर की आलोचना नहीं की। उसने कभी उसके बारे में बुरा नहीं कहा। यह हमेशा ऐसे था—

उसने मुझे पूजा के लिए आमंत्रित किया···

उसने जोर देकर कहा कि मैं उनकी प्रेस कॉन्फ्रेंस में आऊँ···

उसने दो दिन पहले मुझे फोन किया और मेरे स्वास्थ्य के बारे में पूछा···

उसने कहा कि हमें साथ मिलकर कुछ करना चाहिए···

लेकिन यह स्पष्ट हो गया था कि अमर उसके साथ एक मोहित फैन की तरह व्यवहार कर रहा था।

किसी ने कहा कि चिकी की आर्थिक स्थिति गड़बड़ थी और वह भारी मात्रा में उधार ले रही थी।

"तुम्हें पता है, उसके दोस्त अब उससे बच रहे हैं? वह आपसे मिलने के बहाने रुकती है और कभी नहीं जाती। और उसने बहुत वजन बढ़ा लिया है।" नंदू ने कहा।

"पूरे दिन खाती रहती होगी! चलो, जब वह बैठी है और अपने अँगूठे को मोड़ रही है तो कम-से-कम उसका चेहरा व्यस्त है।"

"यह गलत बात है, इंदु! लेकिन फिर तुम कह रही हो तो मुझे आश्चर्य क्यों नहीं हुआ?" नंदू ने उत्तर दिया।

"लेकिन चिकी कहाँ रह रही है, क्या किसी को पता है?" मैंने यह सुनिश्चित करने के बाद पूछा कि बन्नी हमारी बातों को सुन नहीं सकती है।

"वह कुछ दोस्तों के साथ तब तक रहती है, जब तक कि उसे रखते हैं और फिर वह किसी और को पकड़ लेती है।"

"लेकिन वह वापस क्यों नहीं आ रही है?"

"क्या करने के लिए? यह उसका अहंकार है, यार! बड़ा अहंकार! और बन्नी की चेतावनी याद है?"

मुझे चिकी के लिए बन्नी के अंतिम शब्द भी अच्छी तरह से याद थे—

'टी.वी. में नौकरी की बात तो भूल ही जाइए' बन्नी ने चिल्लाकर कहा था। लेकिन मुझे समझ नहीं आ रहा था कि लतिका उसकी मदद क्यों नहीं कर रही है? जाहिर सी बात है कि चिकी जब लड़खड़ा रही थी, तभी लतिका उसके पैरों पर गिर पड़ी थी।

लेकिन मेरे पास चिंता करने के लिए बड़ी चीजें थीं। यह वर्ष का वह दिन फिर से था।

□

प्राइम टाइम

"वे यहाँ हैं! वे यहाँ हैं! एच. रामी ने हरे और पीले रंग के लिफाफे भेजे हैं!" बिजनेस डेस्क से मौली चिल्लाई।

मुझे पहले से ही पता था। मुझे मेल प्राप्त हुआ था—'प्रिय लैला, कृपया अपना मूल्यांकन फॉर्म यहाँ से प्राप्त करें...'

मैंने एच. रामी के सचिव से अपना फॉर्म लिया।

वार्षिक मूल्यांकन बाहर आ चुके थे। हम में से कुछ ने पूरा साल इसके लिए काम करते हुए बिताया, कुछ ने जनवरी से काररवाई शुरू की। बेशक स्व-मूल्यांकन फॉर्म भरने की औपचारिकता थी, शुक्र है कि अंतिम समय तक सभी ऑनलाइन और संपादन योग्य थे। आपको खुद को ग्रेड देकर कॉलम और पंक्तियों को भरना था।

अपने समाचार रिपोर्टिंग कौशल का मूल्यांकन करें—

1. उत्कृष्ट, 2. अच्छा, 3. औसत, 4. औसत से कम।

अपने एंकरिंग कौशल को रेट करें—

1. उत्कृष्ट, 2. अच्छा, 3. औसत, 4. औसत से कम।

दबाव में काम करने की अपनी क्षमता का मूल्यांकन करें—

1. उत्कृष्ट, 2. अच्छा, 3. औसत, 4. औसत से कम।

कौशल के लिए 10 प्रतिशत, एकाग्रता के लिए 25 प्रतिशत, दबाव को

सँभालने में सक्षम होने के लिए 25 प्रतिशत। कुल्हों में सामान्य दर्द होने के बारे में 100 प्रतिशत क्या है ?

सभी पुरस्कारों का कुल योग हरे और पीले रंग के लिफाफे में छपा हुआ था। एक मुद्रित शब्द ने पूरे वर्ष के लिए आपके योगदान का सार प्रस्तुत किया।

मुझे वास्तव में जिस चीज में दिलचस्पी थी, वह थी रॉकस्टार कलाकार। यदि आप 'रॉकस्टार परफॉर्मर्स' की सूची में जगह बनाने के लिए पर्याप्त भाग्यशाली थे तो आपको और आपके भाग्यशाली दोस्त को सबसे अच्छे अंतरराष्ट्रीय अवकाश स्थलों में से एक में छुट्टी पर जाना होगा। पिछले साल रॉकस्टार सूची के टॉपर ने अपने एक योग्य रिश्तेदार के लिए गुटखा किंग की मुंबई मसाला फैक्टरी में नौकरी का प्रस्ताव जीता था। भाग्यशाली व्यक्ति!

निम्नलिखित व्यक्तियों ने अपनी कड़ी मेहनत, प्रतिबद्धता आदि के माध्यम से इस तक अपना मार्ग बनाया। नए रॉकस्टार को बधाई! शानदार छुट्टियाँ बिताएँ…

नहीं, हमेशा की तरह मैं रॉकस्टार की सूची में जगह नहीं बना पाई। नए रॉकस्टार थे—कुछ टेप लाइब्रेरी से, कुछ वीडियो संपादक, एक प्रोडक्शन कंट्रोल गर्ल, एक इंजीनियर, ग्राफिक्स का एक लड़का, दो कैमरामैन, कुछ डेस्क निर्माता और एक रिपोर्टर, जिसके बारे में मैंने कभी सुना भी नहीं था।

नंदू ने दो संपादकों के साथ पब जाने का फैसला किया; हर बार अपना मूल्यांकन लिफाफा खोलने के बाद उसे एक ड्रिंक की आवश्यकता होती थी। बन्नी के चेहरे ने ज्यादा कुछ समझने नहीं दिया। लेकिन जैसे ही इंदु को उसका पत्र मिला, वह हाँफने लगी और कमरे से बाहर निकल गई।

"एच. रामी के पास जा रही होगी! बेचारा रामी!" नंदू ने जाते हुए कहा। एक ओर जहाँ सभी अपने लिफाफों से पत्र निकालने के लिए सुरक्षित स्थान की ओर भाग रहे थे, मैं सुनसान मनोरंजन डेस्क पर गई और अपना पत्र खोला।

डी.ए. के बारे में कुछ, कुछ कार का ईंधन, ई.एस.ओ.पी., कार…

मैंने इसे फिर से पढ़ा, मेरा एड्रेनालाइन बढ़ने लगा था। कोई गलती नहीं थी। ठीक मेरे सामने, छपे हुए अक्षरों में, हाँ…हाँ! आखिरकार मुझे एक कार दी गई, जिसमें ईंधन और ड्राइवर का वेतन था और कंपनी के 12,000 शेयर तीन

साल की अवधि में विनिवेश के लिए थे! आखिरकार…

मैंने रेहान को फोन किया। उसने फोन काट दिया; वह शायद प्रशिक्षण या कुछ और काम में व्यस्त होगा। या शायद नहीं। कुछ समय से वह मेरे फोन नहीं उठा रहा था और जब मेरा फोन उठाता तो वह किसी अजनबी की तरह बात करता। "हेलो, भगवान् के लिए वह नई जगह पर काम समझने की कोशिश कर रहा होगा," बन्नी ने मुझे जब भी उदास देखा, मुझे ही फटकार लगाई।

मैंने पापा को फोन करने की कोशिश की, लेकिन पाँचवीं रिंग के बाद फोन कट गया।

मैंने उन्हें फिर से कार में बैठकर फोन किया, लेकिन दसवें प्रयास के बाद मैंने हार मान ली।

इस बीच, इंदु अंदर आ गई थी और अपने की-बोर्ड पर उदास चेहरे के साथ टाइप करना शुरू कर दिया था। क्या किस्मत थी, मैं जोश से भरी हुई थी और लोगों को बताना चाहती थी कि मेरे पत्र में क्या कहा गया है, लेकिन इंदु के अलावा, मेरे पास इसे साझा करनेवाला कोई नहीं था! जाने दो। मैंने अपनी अगली आइटम-नंबर-विशेष श्रृंखला की कहानी के लिए रॉ फुटेज की लॉग शीट बनाने के लिए आई.एस.आई.एस. समाचार सॉफ्टवेयर में प्लग इन किया। मैंने ई.एम.टी.वी. के सर्वश्रेष्ठ संपादक रंजन के साथ प्रोमी के आइटम को संपादित किया था और इसका परिणाम दिखा। लेकिन रंजन, एक प्रतिभाशाली होने के बावजूद वॉयस-ओवर विशिष्ट शॉट्स के बारे में अनिवार्य रूप से जुनूनी (जैसेकि जीनियस होते हैं) थे और अगर मैं उन्हें वो वी.ओ. शॉट नहीं देती, जो वे चाहते थे, तो वास्तव में पागल हो जाते। इससे उनकी एडिट शिफ्ट शुरू होने से पहले मेरे द्वारा हर शॉट की स्कैनिंग जरूरी हो गई थी। ओह, मेरे पास पूरी रात थी। मेरे पास मेरा आई.एस.आई.एस. समाचार प्रबंधक, मेरा एवीआईडी न्यूजकटर और कंपनी के लिए आईन्यूज था, नहीं था क्या? मैं किस बारे में इतना परेशान थी?

नंदू ने मुझे एक एस.एम.एस. भेजा। इसे उसने वरिष्ठ सहयोगी संपादक के लिए लिखा था।

चिकी ने एक रोमांचक इ-मेल भेजा।

'हे दोस्तो, आप कैसे हो? मैं बस जी रही हूँ!

'क्या कोई मेरे घर जा सकता है और मेरी माँ को देख सकता है? मुंबई बड़ा अजीब शहर है। दिल्ली की तरह नहीं; यहाँ लोग कितने मतलबी हैं! यदि आप किसी को नहीं जानते हैं तो वे आपको भाव नहीं देते हैं। अमर कपूर पिछले दो महीने से देश से बाहर है। मैं उससे उनके अशिष्ट सचिव के बारे में शिकायत करने जा रही हूँ। बिच! उसने मुझे फिर से फोन न करने के लिए कहा! उस लड़की की मुझसे इस तरह बात करने की हिम्मत कैसे हुई? जब तक अमर इस बारे में नहीं सुनता, तब तक प्रतीक्षा करें।

भगवान्! एक रात के लिए बहुत ज्यादा बकवास।

□

मैं टी.वी. के सामने बैठ गई और 'हाउ टू लूज फ्रेंड्स एंड एलियनेट पीपल', उसके बाद ही 'इज जस्ट नॉट दैट इनटू यू', उसके बाद 'किल बिल 2' और फिर असहनीय क्रूरता, आठ घंटे से अधिक शानदार, गजब, हिंसक और गुंडा प्यार, सब देख डाला—जब तक मेरे दिमाग में किसी भी प्यार को लेने की ऊर्जा नहीं बची थी।

फोन बजा। रेहान था। मैंने उसका फोन काट दिया। ऐसा करके मुझे अच्छा लगा। रेहान सहित कई लोग कुछ समय से मेरे कॉल काट रहे थे।

□

गड़बड़झाला!

मैं 2:45 बजे रेहान के फोन पर घबराकर उठी।

"क्या हुआ?" मैंने अचानक जागते हुए पूछा।

"तुम मेरे फोन क्यों नहीं उठा रही हो?"

"जैसे तुमने मेरा उठाया था? वैसे भी, तुम अभी क्यों कॉल कर रहे हो?" मैंने जम्हाई ली।

"पापा को दिल का दौरा पड़ा है।"

"क्या! वे कहाँ हैं?"

"एस्कॉर्ट्स अस्पताल।"

"हे भगवान्! मैं अभी आ रही हूँ।"

"मैं वहाँ पहले से ही हूँ। इसलिए मैं तुम्हारा कॉल नहीं उठा सका। मैं फ्लाइट में था। मैं यहाँ हूँ, दिल्ली में।"

"क्या···ओह···तुम कहाँ रुके हो?"

"मुझे नहीं पता। मैं एयरपोर्ट से सीधे अस्पताल आ गया।"

"लेकिन तुम्हारे पास अभी भी घर की चाबियाँ हैं और तुम्हारा कमरा खाली है।"

"तुम्हें घबराने की जरूरत नहीं है, यह छोटा अटैक था। वे अब ठीक हैं। इसके अलावा मिलने का समय समाप्त हो गया है।" वह चुप हो गया।

"मुझे अभी जाना है।" मैंने सुना कि कोई महिला उसे पुकार रही है और रेहान ने जल्दी से कॉल काट दिया।

□

मैंने खुशी के समय में रेहान और मेरी पुरानी तसवीरों को देखकर बची हुई रात को काटा। अधिकांश तसवीरों में रेहान का हाथ मेरे चारों ओर सुरक्षात्मक रूप से रखा हुआ था, उसकी आँखें मुसकरा रही थीं। फिर मेरे साथ रेहान की बहन शीना और उसके पिता भी थे। शीना से ज्यादा यह रेहान के पिता थे, जिन्होंने अपने घर में मेरा स्वागत किया था। वे अकसर इस बारे में मजाक करते थे कि कैसे उनकी पत्नी के पास सारा पैसा था, एक प्रसिद्ध व्यवसायी परिवार से होने के नाते और कैसे वह सिर्फ एक महिमामंडित प्रबंधक था। सच तो यह था कि वे अंकल की कड़ी मेहनत और अपरंपरागत विचार ही थे, जिन्होंने आंटी के पारिवारिक व्यवसाय को बुलंदियों पर पहुँचा दिया था। वे सबसे ज्यादा खुश तब हुए थे, जब उन्हें पता चला कि उनके बेटे ने मेरे जैसी लड़की के साथ संबंध बनाए हैं, न कि किसी सामाजिक बेवकूफ के साथ, जैसा वे कहते थे। उन्होंने सुनिश्चित किया कि मैं ठीक से खाऊँ, वे अपने रसोइए को स्वादिष्ट तले हुए झींगे और वे शानदार मसाला चाय बनाने के लिए कहते। उन्होंने पापा से मेरे बारे में बात भी की; वे जानते थे कि मेरा उनके साथ एक तनावपूर्ण संबंध है।

रेहान की माँ की कहानी अलग थी। ठंडी और घमंडी, उन्होंने सोचा था कि मैं रेहान के जीवन में एक गुजरता हुआ दौर हूँ और समझ नहीं पा रही थीं कि मैं कैसे और क्यों एक स्थायी स्थिरता बन गई थी? और उन्हें मेरा काम पसंद नहीं था। अजीब घृणा के साथ वह उन कार्यक्रमों में मुझे देखती थी, जहाँ वह, शहर की जानी-मानी हस्ती, जिन्हें एक विशेष अतिथि के रूप में आमंत्रित किया जाता था, सजे-धजे कपड़े पहने हुए मौजूद रहती थी, जबकि मैं पसीने और जमी हुई गंदगी से लथपथ कैमरामैन, ट्राइपौड, गंदी स्क्रिप्ट और पी-टू-सीएस के साथ देखी जा सकती थी।

कुछ संकेतों के माध्यम से उसने स्पष्ट कर दिया कि मैं उसके बेटे के

लायक नहीं थी। रेहान को हर समय सच देखने के लिए कहना—कि मैं 'शादी' टाइप की नहीं थी कि मैं इसे सफल बनाने के लिए बहुत कॅरियर-माइंडेड थी; उन्होंने मुझसे आमने-सामने मुलाकात भी की, जिसके बारे में मैंने रेहान को कभी नहीं बताया, जब उन्होंने मुझे समझाने की कोशिश की कि मैं रेहान से बहुत अलग हूँ और कभी भी उसके साथ खुश नहीं रहूँगी।

यह तनावपूर्ण मामला था। मैं लगभग दो महीने बाद रेहान से मिल रही थी, लेकिन ऐसा लग रहा था, जैसे जमाने बाद मिली होंगी। वह थका हुआ लग रहा था। उसकी माँ और आंटियों ने उसके चारों ओर एक सुरक्षात्मक घेरा बनाया था, लेकिन मैं यहाँ अंकल से मिलने आई थी।

मैं अस्पताल के उस कमरे में दाखिल हुई, जहाँ वे थे। उन्होंने बहुत देर तक मेरा हाथ थामे रखा।

"काम कैसा है?" यह पहला सवाल था, जो कोई भी मुझसे पूछता था, यहाँ तक कि एक आदमी, जो अभी दिल का दौरा पड़ने से उबर रहा था। शायद अंकल ने भी सोचा होगा कि काम ही है, जिसके बारे में मुझे चिंता होती है।

"ठीक है। आप कैसे हैं?"

"मैं ठीक हूँ, लैला। वास्तव में बहुत बेहतर। मेरा बाहर खड़े लोगों को डराने का मन था!" उनकी आँखें चमक उठीं और मैं मुसकराई।

"शायद आपको थोड़ी देर के लिए गोल्फ से दूर रहना चाहिए।"

"मैं तुम्हारे क्रोधी बूढ़े बाप से और कैसे मिलूँगा!" उसने अजीब तरह से पापा की ओर इशारा किया। "तो शाहरुख कैसे हैं? और क्या वाकई रणबीर और दीपिका अलग हो गए? और क्या सलमान शादी कर रहे हैं? सलमान अब कितने साल के हैं?"

"वे सब बहुत अच्छा कर रहे हैं, अंकल। सलमान की उम्र काफी हो चुकी है। उसने अभी तक शादी नहीं की है।" मैं अपने आप मुसकरा दी।

"हा! व्यक्ति को जानने के लिए वह काफी बड़ा है!"

हमने रेहान के बारे में नहीं, बल्कि अभिनेताओं, फिल्मों तथा बन्नी और बाकी सभी के बारे में बात की। जब मैं कमरे से निकली तो रेहान आसपास

नहीं था। शीना ने मुझे बताया कि वह अस्पताल से छुट्टी के कागज लेने गया है। अगर रेहान मुझे नजरअंदाज करने की कोशिश कर रहा था तो कोई बात नहीं। मैंने रेहान को एक संक्षिप्त अलविदा संदेश लिखा, जिसका मुझे तुरंत पछतावा हुआ, लेकिन मुझे इस बात पर गुस्सा आया कि वह मुझे दोषी महसूस कराने की कोशिश कर रहा था।

□

ये क्या झोल है

"क्या मुझे तुम्हें याद दिलाना होगा कि यह चैनल केवल स्तन और बट को दिखानेवाला नहीं है?"

"तुम किस बारे में बात कर रही हो?" मैंने कहा।

बन्नी ने कहा, "तुम्हें अपनी कहानियों को नरम करने की जरूरत है।"

"माफ कीजिए!"

"मतलब यह कि तुम अपनी कहानियों में अश्लीलता की हद पार कर जाती हो।"

जाहिर तौर पर मेरी कहानियों में कोई समस्या थी। कुछ वरिष्ठ संपादकों ने उन्हें परिवार के साथ देखने योग्य नहीं बताया था। बन्नी को सामग्री काटनी पड़ी। बन्नी गुस्से में थी—इस बार मेरे साथ नहीं, लेकिन उसके पास कोई विकल्प नहीं था।

"लेकिन क्या तुमने मुझसे एक आइटम-नंबर स्पेशल करने को नहीं कहा था?"

"तुम्हारी पिछली कहानी के शॉट्स इतने घटिया थे कि हमें प्रसारण मंत्रालय से कारण बताओ नोटिस मिला! एच. रामी गुस्से में हैं। उन्होंने मुझे मीटिंग के लिए बुलाया है, जहाँ मुझे फिर से तुम्हारी इज्जत बचानी होगी।"

गुटखा किंग की आंटी, आइटम-नंबर-विशेष शृंखला के लिए दायर की

गई फुटेज और कहानियों को देखने के बाद, मनोरंजन के नाम पर एक समाचार चैनल के 'कथित' अश्लीलता परोसने पर भयभीत थी। उन्होंने एच. रामी से शिकायत की थी। संतुष्ट नहीं होने पर आंटीजी अब एक आपातकालीन बैठक के लिए बन्नी के केबिन में थीं—मैं बहुत सा सिर हिलाना और चीख-पुकार होते देख सकती थी। बातचीत के कुछ हिस्से सुने जा सकते थे।

"...कार्यक्रमों की छवि बहुत दूषित हो रही है..."

"...लेकिन टी.आर.पी. तो देखिए..."

"...हमारे यहाँ बहुत ज्यादा नाच-गाना हो रहा है।"

"...आप जानते हैं कि विज्ञापनदाता खुश हैं।"

"...हम चैनल की गरिमामय छवि को बहाल करना चाहते हैं..."

बेशक मुझे कुछ सामग्री को फिर से संपादित करना पड़ा और मेरे आइटम-नंबर-विशेष-शृंखला के संपादक रंजन अतिरिक्त काम से नाराज थे। लेकिन बड़े पैमाने पर देखें तो मेरी कहानियाँ कट्टर पारिवारिक समाचार चैनल के नियमों को तोड़ने का सबसे बड़ा कारण थीं। बेहतर या बदतर के लिए आइटम गर्ल प्राइम टाइम में ई.एम.टी.वी. दर्शकों के ड्राइंग रूम में प्रवेश कर गई थी।

मैं आइटम-नंबर-विशेष शृंखला के लिए अपने आखिरी असाइनमेंट पर था। मुझे बॉलीवुड की स्वघोषित मर्लिन मुनरो, शबनूर शेख का इंटरव्यू लेना था। जाहिर है कि 'सेक्सी शैबी', जैसाकि उनके प्रशंसक उन्हें बुलाते थे, अपनी पी.आर. मशीन पर विश्वास करने लगी थी। शैबी अपनी तीन हिंदी फिल्मों के फ्लॉप होने के बाद बॉलीवुड से बाहर हो गई थीं, लेकिन वह दक्षिण में टॉलीवुड की ओर नहीं गई, जैसाकि अधिकांश बॉलीवुड से खारिज नायिकाएँ करती थीं। इसके बजाय उसने हॉलीवुड की ओर रुख किया, जहाँ उसके नाम पर मिल्कशेक था और एक मार्शल के रूप में भारतीय गणतंत्र दिवस परेड का नेतृत्व किया था। उसने एक बी-ग्रेड हॉलीवुड फिल्म में भी अभिनय किया, लेकिन यह केवल एक डीवीडी रिलीज में कामयाब रही। उन्होंने 'सलमा हायेक' के साथ पार्टियों में जाने और 'जॉनी डेप' से कैसे प्यार किया, इस पर एक अजीब अमेरिकी कार्यक्रम में जोरदार बात हुई। और अब, तीन साल बाद, बॉलीवुड में एक और कोशिश करने के लिए शैबी लौट आई थी। वह पूरी तरह

से ट्विटर-प्रेमी थीं और एक स्मार्ट नए ब्लॉग स्पेस के साथ उनका फेसबुक अकाउंट हॉलीवुड सितारों के साथ उनकी तसवीरों से भरा हुआ था।

समस्या यह थी कि बॉलीवुड ने इस पर कोई ध्यान नहीं दिया। शैबी नाराज इसलिए थी कि बॉलीवुड ने ना उसके लिए इंतजार किया, उसे धोखा भी दिया था। उसके गुस्से का कारण श्यामू शर्मा थे। शैबी श्यामू पर आग और जहर उगल रही थी, जिस पर उसने हाल ही में उसके साथ छेड़छाड़ करने का आरोप लगाया था। वह हर शहर में एक प्रेस कॉन्फ्रेंस रखती थी। आज दिल्ली की बारी थी। बन्नी ने सोचा कि यह आइटम-नंबर-विशेष शृंखला के लिए एक अच्छी कहानी बनाएगी।

उसका असली नाम सलीमा बानो था; वह अहमदाबाद की एक छोटी तहसील की एक स्थानीय ब्यूटी क्वीन थी, जो एक निम्न मध्यमवर्गीय रूढ़िवादी मुसलिम परिवार की इकलौती बेटी थी। सलीमा, अपने मध्यवर्गीय दाल-रोटी और एक किराना दुकान के मालिक से विवाह तक सीमित जिंदगी न करने की ठानी थी। वह एक लंबा सफर तय कर चुकी थी। एक नए नाम, नए सुडौल वक्षों और एक नई नाक ने उसे एक नई शुरुआत दी थी। शबनूर ने अपने मूल के सभी निशान मिटा दिए थे—उसके बाल सुंदर दो-रंग में डाई कराए हुए, दाँत ढके हुए, लेकिन थोड़े दिखते हैं। कहने का तात्पर्य है कि अब सलीमा बानो सेक्सी शैबी में बदल चुकी थी। पुरुष बड़ी तादाद में उसके पास आते। नेट पर शबनूर का लीक हुआ आइटम-नंबर वीडियो, जिसमें उसे एक कार के बोनट पर आकर्षक तरीके से थिरकते हुए दिखाया गया था, बहुत पसंद किया जा रहा था। कई लोगों ने कहा कि पब्लिसिटी के लिए शैबी ने इसे खुद लीक किया था। दिलचस्प बात यह है कि दर्शकों ने शैबी को उसके सभी अपरिष्कृत, लगभग देहाती उच्चारणों के साथ स्वीकार कर लिया था।

अपने स्वयं के प्रेस कॉन्फ्रेंस में कई घंटों की देरी के बाद वह अंततः प्रकट हुई, वासना की मूर्ति। शैबी के कामुक शरीर को जालीदार पीले रंग की पोशाक में फिट किया गया था, जिसमें मुश्किल से पीले रंग का टॉप था और पाँच इंच ऊँची चमकदार हूकर एड़ी के जूते।

यह तो सभी जानते थे कि शैबी श्यामू शर्मा की नई फिल्म के लिए एक

आइटम नंबर की शूटिंग को लेकर उत्साहित थी। लेकिन श्यामू कथित तौर पर शॉट्स से नाखुश थे और एक नई और बहुत युवा लड़की के साथ पूरे गाने की फिर से शूटिंग कर रहे थे। सूत्रों ने दावा किया कि श्यामू के प्रोडक्शन ने उन्हें आश्वस्त किया था कि एक बूढ़ी हो रही शैबी इसमें फिट नहीं बैठ रही है। जब उसे पता चला तो श्यामू के साथ शैबी की बहुत लड़ाई हुई।

"उसने मुझे अपने कमरे में बुलाया···वह यहाँ-वहाँ देख रहा था···!" उसने अपने उठे हुए वक्षों की ओर इशारा किया। कैमरामैन ने जूम किया।

"उसने कहा, अपनी कमीज उतारो। मैं तुम्हारी कमर देखना चाहता हूँ··· मैंने उससे कहा कि क्या बकवास है—मैं आखिर भारतीय नारी हूँ?" शबनूर ने हमें आत्म-नियमित रूप से सूचित किया।

"उसे अच्छा नहीं लगा कि मैं उसे मना करूँ और फिर अचानक मैंने पाया कि मुझे मेरे ही आइटम नंबर 'बेबी शैबी' से हटा दिया गया है। मैंने बहुत मेहनत की थी—मैंने श्यामू के लिए अपनी हॉलीवुड प्रतिबद्धताओं को छोड़ दिया! मुझे दूध में मक्खी की तरह निकला दिया। लेकिन क्योंकि मैं हॉलीवुड से हूँ, अब मुझे पता है कि लड़कियों को इन फिल्म निर्माताओं से डरने की जरूरत नहीं है।"

उसने गाली-गलौज की और श्यामू शर्मा को कोर्ट ले जाने की धमकी दी। मीडिया के पास मैदान था, कैमरामैन ने एक सेकंड के लिए भी शैबी को उनके फोकस से बाहर नहीं जाने दिया।

"मैं एक भारतीय नारी हूँ···अपनी इज्जत के लिए मैं हत्या कर दूँगी!" शबनूर रो पड़ी।

श्यामू की बदनामी करके शैबी संतुष्ट नहीं थी—अब उसका ध्यान 'एक इस तरह की लड़की' की ओर गया था, जो एक आइटम नंबर के लिए कुछ भी कर सकती थी!

"उसने मुझसे कहा कि वह इस आइटम सॉन्ग के लिए कोई नई लड़की रख रहा है! हर कोई जानता है कि वह कौन है, लेकिन मैं उसका नाम क्यों लूँ? सब माया है! सब माया की काया का कमाल है। ये जवान लड़कियाँ···मैं आपको बता दूँ, वह आपका इस्तेमाल करेगा और आपको फेंक देगा। श्यामू इन उतावली लड़कियों को परेशान कर सकता है, लेकिन मुझे नहीं। मैं एक सितारा हूँ।"

शबनूर को अपने साक्षात्कार करते देखना किसी विस्तृत नाटक से कम नहीं था। वह हर टी.वी. चैनल का सपना सच करनेवाली थी। "श्यामू, तुम नामर्द हो, तुम नपुंसक हो।" शबनूर गरजकर बोली। उसके शब्दों को बीप किया गया और थोड़ा बदला गया, लेकिन वह सभी चैनलों पर लाइव थी।

लतिका के एक कॉल से मेरा ध्यान भंग हो गया था।

"क्या तुम उस फूहड़ शैबी का साक्षात्कार कर रही हो?" लतिका ने तथ्यात्मक स्वर में पूछा।

"हाँ, लट्टू वर्सेस माया!"

"क्या उस वेश्या ने मेरे बारे में कुछ कहा?"

"तुम कर रही हो ना—प्रसिद्ध आइटम नंबर?"

"आश्चर्य हो रहा है? बेबे, तुम्हें मेरी चाल देखनी चाहिए!"

"मैं कल्पना कर सकती हूँ। उसने तुम्हें श्यामू की रखैल कहा।"

"क्या तुम इसे संपादित करोगी?" वह हैरान थी।

"ठीक है, मैं गालियाँ बीप कर दूँगी।"

"लैला, मैं अभी अपना कॅरियर शुरू कर रही हूँ। मैं श्यामूजी का सम्मान करती हूँ, लेकिन मैं नहीं चाहती कि लोग मुझे श्यामू की संपत्ति के रूप में देखें। तुम जानती हो कि मेरा क्या मतलब है? मैंने अभी-अभी विक्की के लिए ऑडिशन दिया है। लेकिन अगर यह काम किया जा सकता है तो गालियाँ और सभी कुछ बहुत गंदा हैं, हाँ! अच्छा बन्नी कैसी है?" लट्टू ने पूछा।

"पकड़े हुए है। चिकी कैसी है? वह तुम्हारे शहर में है…"

"मैं जानती हूँ। उसकी माँ को कहो, उसे वापस बुला लें। चिकी अमर कपूर को देखकर खुद को बेवकूफ बना रही है। उसने उसे पूरी तरह से स्तब्ध कर दिया है—वे कहते हैं, अगर कुछ कर लेगी तो बदनाम हो जाऊँगा—अमर नकारात्मक प्रचार नहीं चाहता है।"

"क्या तुम उसकी मदद नहीं कर सकती हो?" मैंने पूछा।

"बेब, यहाँ एक अलग दुनिया है। रेहान कैसा है?"

"वह ठीक है।" मैंने धीमी आवाज में कहा।

"उसे जाने मत दो। एक अच्छी लड़की बनो, हाँ!"

बन्नी कहानी से बहुत खुश हुई। बेशक उसने मुझे उस हिस्से को संपादित नहीं करने दिया, जहाँ शैबी माया को बुरी तरह गाली दे रही थी। वास्तव में वह चाहती थी कि मैं लतिका-नहीं-माया के साथ अपनी व्यक्तिगत बातचीत को शैबी के आरोपों के बाद जोड़ दूँ।

"ग्राफिक्स जोड़ें—माया का एक विशाल चित्र—और वार्तालाप टेक्स्ट को रोल करने दें।"

"लेकिन यह विशेषाधिकार प्राप्त जानकारी थी, बन्नी।" मैंने कहा।

"मेरा विश्वास करो, वह तुम्हें धन्यवाद देगी। इन आइटम गर्ल के लिए पब्लिसिटी अच्छी है! बस कर दो।"

□

रेहान ने मेरी कॉल का जवाब नहीं दिया। मेरे टेक्स्ट का भी कोई जवाब नहीं आया, लेकिन मैंने इसके बारे में सोचना बंद कर दिया था।

मुझे नहीं पता कि वह नैरोबी में मेरे वी.टी. देख सकता है या नहीं! मैंने अपने पी-टू-सीएस में और अधिक ग्लैमरस दिखने की कोशिश की। मैंने अपने बाल भी वैसे ही बनाए, जैसे रेहान को पसंद थे। अगर उसने मुझे देखा तो क्या वह चैनल बदल देगा?

मैं एक बीमार, उदास प्राणी बन गई। बाहर मैंने किसी भी ऐसे व्यक्ति पर तंज कसा, जो बहुत अधिक मित्रवत् होने की कोशिश करता था। दूसरी तरफ चूँकि मैं इतनी व्यंग्यात्मक, निंदक और कुटिल थी, बन्नी के अनुसार, मेरी स्क्रिप्ट पहले से बेहतर हो गई। मुझे कुछ महसूस नहीं हुआ। मैं बस अलग-थलग महसूस कर रही थी।

रात के संपादन का विशाल धूसर धुँधलापन सुबह की एंकरिंग शिफ्ट में जुड़ गया—मैंने रात और सुबह की शिफ्ट के लिए कहा था, ताकि मैं पूरे दिन सो सकूँ। रेहान के बारे में सोचने का समय कहाँ था?

प्यार मेरे पास से गुजरा था। अब काम ही रह गया।

□

'मैरिड' और प्रकाशित

"मेरी अम्मी ने मुझसे पूछा, फाइव स्टार का खाना कैसा होता है?"

मैं चौंक गई। "क्या, अम्मी? आपने किसी फाइव स्टार होटल में डिनर नहीं किया?" मैंने मौर्य को फोन घुमाया···वे बोले, "सर आप! कृपया हमारे होटल में आएँ, उन्होंने मुझसे भीख माँगी, लेकिन एक शर्त पर, आप बिल का भुगतान नहीं करेंगे!"

एक शूट पर अन्य प्रेसवालों के साथ प्रतीक्षा करते हुए, मैंने पूर्व नागरिक पत्रकार सरुख को नजरअंदाज करने की कोशिश की, जिसे हाल ही में सिटी रिपोर्टर के रूप में पदोन्नत किया गया था, क्योंकि उन्होंने बींग सरुख पर एक मोनोलॉग लॉन्च किया था। थोड़ी ही देर में श्रोताओं का एक उत्सुक समूह उनकी कहानी से जुड़ गया।

मैंने उनसे कहा, "नहीं! जेंटलमेन, यदि मैं आपके होटल में खाता हूँ तो मैं बिल का भुगतान करूँगा। या अल्लाह, मैं ऐसा नहीं हूँ।" उसने आँखें मूँद लीं और आसमान की ओर देखा।

"वाह, सरुख सर! क्या बात है।" उनके प्रशंसकों ने आह भरी।

"बस, अब जी.के. में कोठी।"

"जी.के. ?"

"हाँ, मुझे ग्रेटर कैलाश में जगह चाहिए। नोएडा वाला घर मैं किसी भी

समय बेच सकता हूँ—आप जानते हैं, जी.के. में मैं एक पूरी मंजिल खरीद सकता हूँ! लेकिन अम्मी कहती हैं, सरुख बेटा, घर बागवाला होना चाहिए!'

ओह! मैं सरुख और उनकी अम्मीजी की आकांक्षाओं को और नहीं झेल सकती थी। ऐसा नहीं है कि मैं इसके बारे में कुछ कर सकती थी। मैं एक पेड़ पर फँस गई थी।

मेरा मिशन : क्रिकेटर सम्राट् के साथ गुपचुप तरीके से बी-टाउन की टॉप हीरोइन स्वीटी से शादी की फुटेज प्राप्त करना।

जिस पेड़ पर मैं बैठी थी, उसके घने पत्तों में से झाँकते हुए, मुझे आश्चर्य हुआ कि बन्नी ने मुझे इस विशेष शूट के लिए क्यों चुना? मैं सम्राट् की हवेली के बाहर एक व्यस्त दक्षिणी दिल्ली सड़क पर एक पेड़ की शाखा पर कैसे बैठ गई? एक बेहतर दृश्य को प्राप्त करने के लिए पेड़ पर चढ़कर झाँकना एक सम्मानजनक चैनल में एक प्रामाणिक रिपोर्टर, जो समाचार कवरेज में गंभीरता को महत्त्व देता था, उसकी तुलना में उखल देनेवाली पापराजी की नौकरी की तरह लग रहा था, जो दखलअंदाजी वाली रिपोर्टिंग करते हैं। क्या मुझे गलत विवरण मिला? क्या यह सजा वाला काम था? क्या मैं गलत सिग्नल भेज रही थी? क्या यह मेरे रिपोर्टिंग कॅरियर के अंत की शुरुआत थी? मुझे इस तरह देखने के बाद कौन मुझे एक गंभीर मनोरंजन पत्रकार के रूप में लेगा?

लेकिन बकवास यह थी : पहली बार में यह मेरा विचार था। आइटम-नंबर-स्पेशल सीरीज की जोरदार टी.आर.पी. के बाद मुझे और चाहिए था। मैंने बन्नी को सुझाव दिया कि हम भारत के प्रेमी-युगलों पर एक सीरीज करें—बॉलीवुड प्रेम प्रसंगों की कहानियाँ। बन्नी को यह विचार पसंद आया और उसने मुझे तीन सबसे दिलचस्प प्रेम-प्रसंग करने का निर्देश दिया। और पहला प्रसंग मेरी गोद में तब गिरा, जब अखबार की सुर्खियाँ चिल्लाईं कि सुपरस्टार स्वीटी, अभिनेता निरंजन की पूर्व प्रेमिका, ने गुपचुप तरीके से बेहतरीन क्रिकेटर सम्राट् के साथ शादी कर ली है।

किसी तरह मैं इस काम के लिए फिट हूँ। मुझे एक स्वाभाविक झाँकनेवाला टॉम माना जाता था। आम जनता से खुले मुँह से घूरने और उँगली से इशारा करने की प्रतिक्रिया को स्वाभाविक रूप से मैं आमंत्रित कर रही थी, मैंने पेड़ पर

अपनी यात्रा को नवीनीकृत किया। अपने पैरों को एक स्थिर सहूलियत बिंदु पर मजबूती से लगाते हुए, मैंने दूल्हा और दुलहन के उस एक स्पष्ट शॉट के लिए स्थल की तलाश की। लेकिन मोटी कँटीली झाड़ियाँ मेरी दृष्टि को काट रही थीं। बहुत नीचे, मेरा कैमरामैन अपने घुटनों के बल रिसेप्शन स्थल के आसपास के परिसर की दीवार में दरार के सामने कैमरे को घुमाने की कोशिश कर रहा था। यह एक धूप वाली शाम थी और हम वहाँ उपस्थित जिज्ञासु निगाहों को आकर्षित कर रहे थे।

"उस लड़की को देखो, माँ।" कार में बैठी एक छोटी लड़की घूर रही थी।

"क्या वह पागल है ?" लड़की के बगल में एक नटखट लड़का बोला।

"प्रेसवाली है, बेटा।" उनके पापा ने एकदम सटीक व्याख्या की।

"ये मीडियावाले! कीट।" मम्मी ने कहा।

मुझे शर्मसार करने के लिए इससे कहीं अधिक लगेगा।

दुष्ट-दिखनेवाले सुरक्षा गार्डों ने सम्राट् की कोठी के बाहर गुस्से में बंदूकों के साथ हमें कुछ देर तक रोके रखा, जब तक हमें अहसास नहीं हुआ कि वे वास्तव में हमसे परेशान नहीं हैं। उन्हें कहा गया होगा कि हमें बाहर न फेंके, वरना वे लोग हमें हमारे स्थान से बेदखल करने में एक सेकंड भी बरबाद नहीं करते। स्वीटी के पिता नवविवाहित जोड़े के यहाँ नहीं आए। सूत्रों ने कहा कि उन्होंने घोषणा की थी कि शादी के बाद उनका अपनी बेटी से कोई लेना-देना नहीं होगा।

"क्या आप कुछ बाइट्स के लिए कोशिश करेंगे ?"

"यहाँ कोई कुछ नहीं कहनेवाला...यह मुंबई नहीं है। इसलिए उन्होंने दिल्ली को चुना, मुझे लगता है।"

"क्या तुम्हें शॉट मिला ? कुछ भी ?" बन्नी ने फिर पुकारा।

"अभी नहीं। वहाँ कोई रास्ता नहीं है।" मैंने कहा।

"जाहिर है, लैला! तुम गेट तोड़कर जाओगी, याद है ?"

"मैं जानती हूँ। मैं किसी भी परेशानी में नहीं पड़ने की कोशिश करूँगी— यहाँ सुरक्षाकर्मी कोई समस्या नहीं है; मुद्दा यह है कि कोई शॉट नहीं है।"

"यार! मुझे लगा कि हम अपने सबसे मेहनती रिपोर्टर को भेज रहे हैं!

तुम्हारी कुछ भी कर सकने की भावना का क्या हुआ ?"

"हाँ, हाँ। लेकिन अगर मुझे पता होता कि तुम मुझे आज एक पेड़ पर चढ़ने के लिए कहोगी तो मैं ठीक से कपड़े पहनती।" तो यह है, जो पपराजी जैसा लगा।

"अब ई.एम.टी.वी. वाले भी वही कर रहे हैं, जो हम कर रहे हैं!" पड़ोसी पेड़ पर बैठे एक अनुभवी प्रिंट फोटोग्राफर सुंजू ने टिप्पणी की।

"नहीं, नहीं, यह एकबारगी है।" मैंने रक्षात्मक रूप से शुरुआत की।

"आप जानती हैं, हम सिर्फ पेड फोटोवाले हैं।" सुंजू ने कहा। उसकी कमर आंशिक रूप से एक शाखा पर संतुलित रूप से लगी हुई थी और हाथ में एक महँगा कैमरा पकड़े हुए थे। "मेरे पास उस युवा, नवविवाहित मंत्री के साथ उसके फार्महाउस पर एक साँवली नायिका की यह तसवीर है। क्या आप इसे दिखाएँगी? मेरे पास एक विवाहित अभिनेता है, जो इस कृत्य में पकड़ा गया है, एक वेश्या के साथ पैंट नीचे किए हुए, इसे कौन प्रकाशित करेगा? मेरे पास ऐसे सितारे हैं, जो रेव पार्टियों से बाहर निकलते और पुनर्वसन आदि में जाते हुए, लेकिन संपादकों को वह सब नहीं चाहिए!"

"यही चलता है भारत में! थोड़ा लेफ्ट सर! थोड़ा राइट मैडम! बहुत अच्छी पोशाक, बहुत सुंदर टैटू, ब्यूटीफुल ब्यूटीफुल!" उसके सहयोगी मनोज ने दूसरे पेड़ पर अपनी डाल से कहा।

□

फिर मैंने उसे देखा। स्वीटी कभी इससे ज्यादा खूबसूरत नहीं लगी थी।

या शायद वह लगभग तीन साल पहले लगी थी, जब मैं उससे पहली बार बहुत अलग परिस्थितियों में मिली थी।

दिल्ली के बाहरी इलाके में एक छोटे से स्टूडियो में मैं पहली बार स्वीटी से मिली थी। वह आज की साइज जीरो हीरे में लिपटी सुपरस्टार दिवा नहीं थी, बल्कि एक गोरी बोतल थी, जिसका मुँह बहुत मोटा था। मुझे याद है कि रेहान कितना उत्साहित था कि मैं स्वीटी से मिल रही थी।

निरंजन या 'शरारती नारी', जैसाकि उसे महिला प्रशंसकों से प्यार भरा उपनाम दिया गया था, के साथ उसका गहरा संबंध चल रहा था। मुझे उसकी

और नारी अभिनीत एक नई रोम-कॉम के मुहूर्त शॉट को कवर करने का काम सौंपा गया था। फिल्म के निर्माता दो युवा अभिनेताओं के बीच वास्तविक जीवन के खिलखिलाते रोमांस को रील पर कैद करने के विचार से उत्साहित थे।

रेहान ने मुझे कसम खाने को कहा था कि मैं उसे 'हॉट डीटेल्स' मैसेज करती रहूँगी।

दिल्ली-नोएडा में शाम 6 बजे के ट्रैफिक जाम के कारण नोएडा के झावेरी स्टूडियो में फिल्म के मुहूर्त के लिए मैं कई घंटे देर से पहुँची। जब मैं पहुँची तो स्टूडियो के गेट के बाहर दर्शकों की भीड़ जमा हो गई थी। नर्वस गाड्र्स, जो स्पष्ट रूप से इतनी बड़ी भीड़ को सँभालने के आदी नहीं थे, ने गेट को अंदर से बंद कर दिया था और अतिरिक्त सुरक्षाकर्मियों को बुलाया गया था। अधिकांश टी.वी. क्रू अंदर आ गए थे और हम उस स्थान पर पहुँचने वाले अंतिम व्यक्ति थे। मैंने पाया कि पुरुषों की बढ़ती भीड़ में मैं अकेली महिला थी।

"हमारा बुरा हाल होनेवाला है।" मैंने कहा।

मेरे कैमरापर्सन श्रीनाथ ने कहा, "बहुत तेज चलो, रुको मत, बात मत करो।"

"ओह! तुम्हें इसे पीछे छोड़ देना चाहिए था।" मैंने कहा, जब श्रीनाथ अपने भारी तिपाई पर ठोकर खा गए।

"मैं अपने तिपाई के बिना स्थिर शॉट नहीं ले सकता और फिर हमें आपके विभाग से खराब मेल मिलते हैं।"

"चलो, भगवान् के लिए, बस चलो!"

हमने जंबोरी के माध्यम से अपना रास्ता बनाया, जो आधिकारिक तौर पर 'नियंत्रण से बाहर' से एक डिग्री नीचे था। श्रीनाथ ने भीड़ पर घबराहट भरी निगाह डाली और चौदह लाख रुपए से अधिक मूल्य के पी.डी. कैमरे और तिपाई स्टैंड के बहुत करीब आनेवाले किसी भी व्यक्ति पर झपट पड़ा। मैं अपने पी-टू-चिप को लेकर ज्यादा चिंतित था, जिसकी कीमत अस्सी हजार रुपए है। हम हाल ही में टेप से पी-टू-चिप फॉरमेट में परिवर्तित हुए थे और हमारे शूट फुटेज अब पूरी तरह से डिजीटल हो गए थे। मेरी चिप श्रीनाथ की सामने की जेब से लटक रही थी और उसके उसे खो देने के डर से मेरा दिल काँप रहा था। हाल

ही में 40 प्रतिशत वेतन कटौती ने मेरे मुँह में कड़वा स्वाद छोड़ दिया था—मंदी हो या नहीं, दंड की राशि कम नहीं हुई थी और मैं एक खोई हुई चिप के लिए भारी जुरमाना भुगतूँ, ऐसा मैं होने नहीं दे सकती।

"हमें अंदर आने दें, हम ई.एम.टी.वी. से हैं।" मैं अपनी सबसे प्रभावशाली आवाज में गार्ड पर चिल्लाई।

"मैडम, ये दरवाजा बंद···अभी नहीं खुलेगा।"

"यह बेवकूफी है भैया, आपको कैमरा-माइक दिख रहा है—हम टी.वी. से हैं।'

"मैडमजी, ना। यह तो नहीं खुल जाएगा।" उसने कहा।

"नाम क्या है तुम्हारा?"

"वीर सिंह।"

"दरवाजा खोलो वीर सिंह, हम···"

"मैडम, आप अंदर बात कर लीजिए···"

वह हमारी बात सुनने को तैयार नहीं था। इसलिए मैंने पी.आर. हरीशजी से जुड़ने के लिए जल्दी से नंबर दबा दिए।

"हैलो, तुम कहाँ हो? लैला, तुम्हें पहले जाना था।" हरीशजी ने चिंतित होकर कहा।

"मैं अंदर आऊँगी हरीशजी, अगर गेट पर तुम्हारे बड़े साहब मुझे अंदर आने दें!"

"अरे, क्या हुआ? कृपया गेट-गार्ड को फोन दें।" हरीशजी ने कुछ शब्द कहे और गार्ड का चेहरा मुरझा गया। छह भारी सुरक्षाकर्मियों ने दरवाजों को खोला और एक आवाज सुनाई दी, "मैडम, आइए जल्दी।" मैं अंदर लड़खड़ा गई। भारी फाटक हमारे पीछे बंद हो गए और श्रीनाथ ने राहत की साँस ली। अंदर तो और भी भीड़ थी। यह स्थान स्टूडियो मालिकों के उत्साहित रिश्तेदारों, दोस्तों और असामयिक बच्चों की एक सेना से भरा हुआ था। शुभ समय पर प्रदर्शित होने के लिए सितारों को बंद दरवाजों के पीछे सुरक्षित रूप से छिपा दिया गया था।

पुजारी अपने सामने रखी विस्तृत पूजा की थालियों को अंतिम रूप दे रहे

थे—प्रत्येक में सुगंधित अगरबत्ती, सुनहरे दीये, दीप्तिमान गेंदे के फूल थे। साथ ही प्रत्येक थाली में एक चमकदार पीतल का गिलास था, जिसमें पवित्र जल था। यह पुजारी क्लैपबोर्ड पर छिड़केगा, ठीक उसी स्थान पर जहाँ स्वीटी और नारी के बीच, साथ ही सितारों पर भी पहला शॉट लिया जाना था। कुछ हल्दी पाउडर और कच्चे चावल थे, टीकों के लिए सिंदूर, सुनहरे रंग की शुभ लाल चुन्नी भी थी, कई नारियल, बेसन के लड्डू और काजू की बरफी के पैकेट मुहूर्त के लिए विशेष रूप से ऑर्डर किए गए। उस समय उन्हें इस बात का अंदाजा नहीं था कि फिल्म आखिरकार रुक जाएगी और छह साल के लंबे समय के बाद ही रिलीज होगी।

हमें लोगों की भीड़ से धक्का खाते हुए एक प्रकार के गुप्त कमरे में ले जाया गया, जो युवा प्रेमियों का अस्थायी पड़ाव था।

उनका पूरा ध्यान आकर्षित करना लगभग असंभव था।

वह लड़खड़ाया। वह हँस पड़ी। वह हिचकिचाया। उसने आह भरी। वह शरमा गया। दोनों की नजर सिर्फ एक-दूसरे पर थीं। क्या यह फिल्म के लिए अभिनय था या यह क्षणिक प्यार था, जिसे मैंने कभी देखा था, जैसाकि प्यार होना चाहिए··· ताजा, हर्षित, लापरवाह और सुगंधित। मुझे एक दृश्यरतिक की तरह लगा।

"हाय, नारी···हैलो, स्वीटी।"

"नमस्ते।" नारी ने कहा।

"तुम क्या पूछने जा रहे हो?" स्वीटी ने थोड़ा शरमाते हुए पूछा।

"फिल्म के बारे में और क्या?" नारी ने जवाब दिया।

एक नर्वस हँसी।

"स्वीटी के साथ काम करके कैसा लग रहा है?" मैंने पूछा।

"यह कैसा लगता है? हा-हा, अच्छा लगता है!" नारी ने कहा।

"स्वीटी ने तुम्हें क्या सिखाया है?" मैंने पूछा।

"ओह, उसने मुझे बहुत सी चीजें सिखाई हैं।" नारी ने सुझाव देते हुए कहा।

"चुप रहो, नारी!" स्वीटी शरमा गई।

"तो नारी ने स्वीटी से क्या सीखा?" मैंने पूछा।

"ऐक्ट कैसे करते हैं…"

"क्या स्वीटी एक अच्छी टीचर है?" मैंने पूछा।

कुछ और शमा-शर्मी।

"स्वीटी किस तरह की सह-कलाकार हैं?" मैंने फिर से जाँच की।

"वह कमाल है।" नारी ने कहा।

"वह एक सुपरस्टार बनने जा रहा है, आप मेरे शब्दों को चिह्नित करें।" उसने नेतृत्व किया, उसने पीछा किया। उसने चिढ़ाया, वह शरमा गया। नारी और स्वीटी असहज परिवेश या जिज्ञासु निगाहों से परेशान नहीं थे। मैंने नारी को शरमाते हुए छोड़ दिया, स्वीटी की आँखों में तारे थे।

उनकी फिल्म साल की सबसे बड़ी फ्लॉप थी। सभी ने युवा सितारों की आलोचना की—उनकी केमिस्ट्री बकवास थी। स्वीटी का दिल टूट गया और वह शेल में चली गई और उसकी फिल्म देसी दुलहन के सुपरहिट होने के बाद ही उसने अपना आत्मविश्वास वापस पाया। दो सप्ताह के भीतर उनकी दूसरी और आखिरी फिल्म लव की कहानी आई और इसने जादू बिखेरा! किसी ने कभी नहीं सोचा था कि 'एल.के.के.' इतनी हिट हो जाएगी। सबकुछ काम कर गया—कहानी, वेशभूषा, सेट, संवाद-स्वीटी कभी भी इससे अधिक मोहक नहीं दिखी थी, नारी इतना आकर्षक लगा। फिल्म एक रोम-कॉम क्लासिक बन गई, लेकिन तब तक उनका प्यार खत्म हो चुका था। वह बड़ी स्टार बन गई थी; उनका रिश्ता उसकी आसमान छूती प्रसिद्धि को कायम नहीं रख सका।

"शॉट मिल गया?" बन्नी की कॉल ने मेरे विचारों को बाधित कर दिया।

"हाँ बन्नी! वह गुलाबी रंग के लहँगे में है, कमजोर लेकिन खूबसूरत दिख रही है और सम्राट् पूरी तरह से सुरक्षात्मक है तथा उसकी कमर में उसका हाथ है और वह रो रही है। मुझे लगता है कि उसे शायद इस बात का बुरा लग रहा है कि उसका परिवार यहाँ नहीं है।"

"कविता को बचाए रखो। तुम किसका इंतजार कर रही हो? शॉट्स यहाँ अब तक क्यों नहीं हैं? नंदू, सुर्खियाँ बदलो—नारी की एक कहानी निकालो।"

"मुझे कौन सा निकालना चाहिए, वह जिसमें उसने कहा है कि वह स्वीटी

के साथ फिर से काम करने को तैयार है?" मैंने नंदू को पूछते हुए सुना।

"बिल्कुल नहीं! मुझे उसके गंभीर, बिना दाढ़ी बनाए, रोने की लंबी लड़ाई के बाद आँखों के लाल दिखनेवाले शॉट्स मिलें तो और भी बेहतर होगा—आर्काइव से नारी और स्वीटी के साथ लैला की पुरानी बातचीत प्राप्त करें। मुझे नारी को मेल-मिलाप के लिए तरसते हुए दिखाओ और मुझे स्वीटी के कुछ दिवा शॉट दिलवाओ-ग्लैम शूट, सभी बहुत कामुक—आप जानते हैं, बेदर्द स्वीटी टाइप।"

"हमें किस कोण का उपयोग करना चाहिए?" मैंने पूछा।

"जो सबसे ज्यादा बिकता है, स्वीटी पाई! प्यार, सेक्स और धोखा, ना?" बन्नी ने कहा।

"लेकिन बन्नी, यह बिल्कुल वैसा नहीं था⋯?"

"तुम्हारी शिकायत किस बारे में है? तुम्हारा काम हो गया। श्रीनाथ को मिलियन-डॉलर का शॉट मिला और तुम्हें सारी वाह-वाही मिली!"

मैं रेहान को यह बताना चाहती थी कि मैं आज उसकी देवी स्वीटी से मिली हूँ। मैंने अपने दिल की जानी-पहचानी धड़कन के साथ लिखना शुरू किया। कुछ सरल शब्दों को एक साथ जोड़ने में मुझे एक घंटा लगा। मैंने शब्दों के चुनाव पर काम किया—क्या मुझे कैजुअल, कूल या इमोशनल होना चाहिए? मैं कैसे साइन ऑफ करूँ? प्रेम? धन्यवाद? सादर?

मैंने आखिर में उसे इस बारे में थोड़ा विवरण दिया कि कैसे स्वीटी ने सम्राट् से गुपचुप तरीके से शादी की थी। मैंने साइन ऑफ नहीं किया।

मैं उस जवाब के लिए घंटों इंतजार करती रही, जो कभी नहीं आया। □

ज़ोर का झटका

रोल में मटन बेस्वाद था। लेकिन ऑफिस कैफे से चिरौंजी से लड़ने का मेरा मन नहीं था।

"नाटक करना बंद करो, खाना शुरू करो।" बन्नी की आवाज हमेशा की तरह मीठी थी।

"मैं खा रही हूँ।" मैंने कहा और चबाया।

"आप जानते हैं, एच. रामी इंडियाज स्वीटहार्ट्स से खुश है। इसे नंबर मिल रहे हैं। लेकिन यह बताओ कि तुम्हारी जान को क्या हुआ? क्या तुम्हें बूट मिला?"

"हुह? क्या?" बन्नी मुझे स्टंप करने में कभी असफल नहीं हुई।

"नहीं बेब, मैं कोई जासूस नहीं हूँ। जिस चीज ने तुम्हें दूर किया—इस तथ्य के अलावा कि मैं रेहान की कार को इधर आते हुए नहीं देखती—यही कारण है कि ऑन एयर के अलावा तुम कभी मुसकराती नहीं हो।"

"क्या बकवास है!" मैंने मुसकराने की कोशिश की।

"बेब, मुझे वह नकली ऑन एयर मुसकान मत दो। तो क्या तुम इतनी मूर्ख थी कि उसे जाने दिया या वह इतना होशियार था कि तुम्हें दूर कर सके?"

"तुम जानते हो मैं···"

"तुम डरी हुई लग रही हो।"

"आपकी जानकारी के लिए बन्नी, मैं एक विशेष स्थान पर हूँ। मैं बहुत-बहुत अच्छी हूँ। बस अस्थिर और अविश्वसनीय रूप से अकेली और बुरी तरह सुन्न। लेकिन अन्यथा मैं ठीक हूँ। शुक्रिया।"

"उसने क्या किया? तुम्हें धोखा दिया? मुझे आश्चर्य नहीं हुआ है। बुरा मत मानो, अच्छे-अच्छों के साथ होता है…"

"रेहान ने मुझे धोखा नहीं दिया!"

"बात करना ठीक है, स्वीटी। उसने क्या किया? वह टी.वी. रिपोर्टर से शादी नहीं करना चाहता था? मम्मा का लाड़ला निकला? तुम्हें अपनी नौकरी छोड़ने के लिए कहा? तुमको मारा? तुम्हारे पैसे ले गया?"

"नहीं! ऐसा कुछ नहीं था।" मैंने स्तब्ध होकर कहा। बन्नी मुसकराई और अपने कंधे उचकाए। बेशक वह सही थी।

मैं मूर्ख थी।

□

इमोशनल अत्याचार

वह इस बात से शर्मिंदा थी कि उसने सार्वजनिक तौर पर सुबीर सिन्हा के लिए अपने प्यार का इजहार किया था। सुबीर के साथ उसके संबंधों की लगातार जाँच से वह हैरान रह गई। तीन अलग-अलग भाषाओं में उसके 'एस.एम.एस.' वॉइस-मेल अभिवादन के प्रति मीडिया के उन्मादी जुनून ने उसे झकझोरकर रख दिया। मीडिया हमले का खामियाजा वह अकेले क्यों झेले, शीला ने अपने दोस्तों से कहा। उसका धोखा देनेवाला पूर्व प्रेमी कैसे छूट सकता है? क्या वो वॉइस-मेल को अपने जीवन की सबसे बड़ी गलती मानती थीं?

फीकी, तनावग्रस्त और विचलित दिख रही, प्रेसर पर यह एक बहुत ही अलग शीला डाबके थी, ताजे चेहरेवाली शैली से बहुत दूर, जिससे मैं फैशन वीक के दौरान मिलती थी, जब वह खुश, स्पष्ट आँखों के साथ लंबी, बेहद खूबसूरत और एक सुंदर मुसकान के साथ एक उभरती मॉडल थी।

ब्रेकअप के बाद पहली बार प्रेस में उसने मुसकराने की बहुत कम कोशिश की। उसने घबराहट से अपना जूड़ा बनाया और उसकी हिरण जैसी आँखों में थकान स्पष्ट थी। मीडिया के लिए वह निष्पक्ष खेल थी।

"वह बहुत पतली हो गई है।"

"छड़ी, यार, सूखी लकड़ी।"

"मुसकराहट भी नकली है।"

"बेचारी बच्ची···"

"वह बहुत खोई हुई दिखती है···एक त्यागी हुई की तरह।"

"वह प्रतिष्ठित है, हाँ।"

"यह वह है, लेकिन उबाऊ है, तुम समझ गए ना कि मेरा क्या मतलब है?"

"यह तो होना ही था। आप बॉलीवुड अभिनेताओं के बारे में इतने भोले कैसे हो सकते हैं, वह भी सुबीर के बारे में?"

"ठीक है, वह उसके बिना बेहतर है!"

"ओए, वह उसके लिए अपनी साँस नहीं रोक रहा है।"

"उसने कठिन तरीका सीखा है, बेचारी।"

"अगर उसने इससे कुछ भी सीखा है तो ठीक है!"

बॉलीवुड के सबसे कम उम्र के प्रेमियों शीला और सुबीर का ब्रेकअप एंटरटेनमेंट रिपोर्टर्स के लिए बड़ी खबर थी।

हर कोई जानना चाहता था कि सबसे चर्चित प्रेम-कहानी में क्या गलत हुआ?

सुपरमॉडल से अभिनेत्री बनी वह अपनी पहली हिट फिल्म 'सजना अनाड़ी बेईमान' के बाद बुलंदियों पर थी। सुबीर अपने सुपरहिट डेब्यू 'खिलाड़ी मैं भी' के बाद काम कर रहा था।

ऑफ स्क्रीन, जैसे ही दोनों एक-दूसरे पर नजरें डालते, चिनगारियाँ फैल जातीं। उन्हें अकसर चमचमाती पार्टियों और फिल्म प्रीमियर में एक-दूसरे में खोए हुए देखा जाता था। मीडिया ने इस बारे में बात की कि कैसे सुबीर नए चेहरेवाली शीला से पूरी तरह प्यार करता था, कैसे उसने शहर के सबसे योग्य कुँवारे लड़के को फँसा लिया था, कैसे एक बाहरी व्यक्ति ने सुबीर को टिनसेल टाउन हॉटीज से दूर कर दिया था! रातोरात वह बॉलीवुड की सबसे ईर्ष्यालु अभिनेत्री बन गई।

फिर उसने अफवाहों पर सावधानी बरती और सभी को बतानेवाली वॉइस-मेल के साथ बाहर आई। एक हफ्ते बाद सबसे चर्चित प्रेम-प्रसंग पर पोस्टमॉर्टम

करने की खबरें सामने आईं। सच तो यह था कि सुबीर आगे बढ़ने को तैयार था। उसने टेलीविजन पर बाइट देना शुरू कर दिया।

"मैं सिर्फ अट्ठाईस का हूँ, हाँ···"

"मुझे अभी तक अपना जीवनसाथी नहीं मिला···"

"मेरे अब तक तीन सिंबंध बने हैं, लेकिन एक भी गंभीर नहीं था···"

सुबीर पहले से ही उसके साथ रिश्ते को अतीत में कुछ बता रहा था। और सबसे महत्त्वपूर्ण टिप्पणी—"शीला एक अच्छी लड़की है···वह जल्द ही शादी कर लेगी···"

सरयू ने शीला से चुलबुले ढंग से पूछा, "आपने सुबीर से ब्रेकअप कर लिया है तो फिर ये टैटू क्यों है?" इसी के साथ मैं वापस वर्तमान में आ गई।

शीला ने धीरे से कहा, "मैंने गलत चुनाव किए हैं। यह मुझे मेरी गलतियों की याद दिलाएगा।" उस समय एक भी व्यक्ति ऐसा नहीं था, जिसे उसके लिए दुःख नहीं था।

सुबीर की आकस्मिक टिप्पणियाँ उसे बहुत चोट पहुँचा रही होंगी और उन्हें लूप किया गया और हर चैनल पर बार-बार दिखाया गया। शीला ने मीडिया का असली रंग देख लिया था। इससे भी चोट पहुँचाई होगी।

"एक दोस्त के रूप में मैं उसका बहुत सम्मान करती हूँ। वह एक महान् अभिनेता हैं।"

"उस नए कामोद्दीपक के आपके संयुक्त समर्थन के बारे में क्या? क्या यह अब बंद है?"

"मैं अपनी फिल्मों में बहुत व्यस्त हूँ।"

"आपको क्या लगता है कि सुबीर को किसका समर्थन करना चाहिए?"

"सच कहूँ तो किसी का भी नहीं।"

लेकिन इससे पहले कि वह शान से जाने के लिए उठी, उसने धीरे से कहा, "शायद उसे शिलाजीत का समर्थन करना चाहिए।"

मुझे पहले समझ नहीं आया, लेकिन प्रेस हँसी में फूट पड़ा। मैं सुर्खियाँ देख सकती थी—'शीला की जीत!'

सुबीर की पूर्व प्रेमिका ने अभी-अभी प्रेस को घुमाया, जिसने उसे इतनी

निर्दयता से, विनाश के अपने निजी हथियार में बदल दिया था। भारत की स्वीटहार्ट आ गई थी।

□

मुझे लगा, जैसे मेरा दिल फट जाएगा।

मैं रात को घर पहुँची, आइटम-नंबर-स्पेशल सीरीज एडिट करके थककर चूर हो गई थी। एक वक्त ऐसा भी आया था, जब मैं बाँध को फटने से रोक सकती थी, लेकिन फिर मैंने सोचा कि कितना बुरा हो सकता है?

और फिर बस वह फट गया। रेहान के अफ्रीका जाने के अट्ठाईस दिनों के बाद मुझे लगा कि मेरी हवा बाहर निकल गई है। डर ने मेरे चेहरे पर वार किया—क्या मुझे अच्छे के लिए धोखा दिया गया था? ऐसा नहीं था कि रेहान परफेक्ट था और मुझे सुरक्षित महसूस कराता था, बल्कि उसके साथ साँस लेना उतना ही आसान था। क्या मैं सामान्य चीज के लिए बहुत अधिक निष्क्रिय थी? मैंने सुना था कि आपके शरीर की कोशिकाओं को पूरी तरह से पुनर्जीवित होने में, प्रभावी रूप से आपको एक नया व्यक्ति बनाने में सात साल लगते हैं। तो क्या मैं कहीं भीतर हो गई थी? क्योंकि ऐसा नहीं होना चाहिए था।

मैंने उसे कई बार धोखा दिया था, लेकिन मेरे एक हिस्से ने हमेशा सोचा था कि वह समझ जाएगा। बहुत पुरानी बात नहीं है, मैं सिर्फ यही चाहती थी कि मैं उस तरह की लड़की बन जाऊँ, जैसी वह चाहता था···लेकिन मैं इस तरह की बन गई।

क्या मैं बहुत दिनों से वास्तविकता से दूर भाग रही थी? मुझे सच का सामना करना पड़ा। मैं जिस तरह की इनसान बन गई हूँ, रेहान को उससे कोई लेना-देना नहीं था।

मैं घंटों रोती रही।

□

चिकी ने फोन किया, लेकिन मेरा उससे बात करने का मन नहीं कर रहा था। मैं प्यार, अवधि के बारे में बात नहीं करना चाहती थी। चिकी मुझे अजीबोगरीब मेल भेज रही थी और मुझे शक था कि उसे मन की बात कहने के लिए किसी की जरूरत है, लेकिन मैं बहुत उदास थी।

क्या किसी को टालने के लिए कहने का कोई अच्छा तरीका था? वैसे भी चिकी को यह जानने में दिलचस्पी थी कि बन्नी के साथ, नंदू के साथ, इंदु के साथ और मेरे साथ क्या हो रहा था? उसने मुंबई में अपने जीवन के बारे में कुछ भी बताने से इनकार कर दिया। जब भी मैंने उससे पूछने की कोशिश की कि अमर और उसके बीच क्या हो रहा है, वह चिल्ला उठती। और उसने माया के बारे में बात करने से इनकार कर दिया।

छठी रिंग के बाद फोन बंद हो गया।

□

ऑन एयर

"तुम्हारा काम कैसा है ? ओए, मिलीमीटर ? मैं तुमसे बात कर रही हूँ। और मुझसे क्यों पूछा ? स्वीना से पूछो !" सुपरस्टार जार ओबेरॉय की आँखें बाहर निकल आईं, जब उन्होंने छोटे कद के गोगोल को फटकार लगाई।

गोगोल का अपराध : उसने गलत सवाल पूछा था।

जार की आँखों में खून के लाल धब्बे प्रमुखता से दिखाई दे रहे थे, उसके कान चपटे थे और उसका शरीर कसकर तार-तार हो गया था, जो फटने के लिए तैयार था। नींद की कमी से उसकी आँखें लाल लग रही थीं (उसे अधिकतम दो घंटे मिल रहे थे!)

"बेवकूफ ! वह जानबूझकर मीडिया को डराने की कोशिश कर रहा है।" गोगोल ने कहा।

जार ने भारी टेबल माइक को अपने स्टैंड से हटा दिया था और उसे पागलपन में घूमा रहा था—जैसेकि वह उसे किसी पर फेंकना चाहता हो। वे जो प्रश्न पूछने आए थे, उसके लिए वे किसी और के पूछने का इंतजार कर रहे थे। मीडिया जानना चाहता था कि जार अपनी ऑन-ऑफ-ऑफ गर्लफ्रेंड स्वीना पटेल के प्रोडक्शन हाउस लॉन्च पार्टी में क्यों नहीं आए ? आखिरकार उसने उन्हें सम्मानित अतिथि घोषित किया था। उसने मीडिया पर उन निमंत्रण पत्रों की बौछार भी कर दी थी, जिन पर जार का नाम था। स्वीना ने आधी रात

तक मीडिया को इस उम्मीद में इंतजार कराया था कि वे अपना वादा पूरा करेंगे।

लेकिन बेशरमी से उसे छोड़ने के बाद भी जार को इस बात का खेद नहीं था।

अपनी फिल्म के लिए प्रेस कॉन्फ्रेंस में उसने अपनी आस्तीन ऊपर की, अपनी पर्याप्त मांसपेशियों को मोड़ा और स्वीना पटेल के बारे में सवाल पूछने की हिम्मत करनेवाले हर व्यक्ति को घूरा। वास्तव में, वह पागल हो रहा था कि मीडिया बहुत सारे व्यक्तिगत सवाल पूछ रही थी और उसके निजी जीवन में घुसपैठ कर रहा था। और जब सरयू ने उनसे पूछा कि वह पार्टी में क्यों नहीं आए तो वह भड़क गया।

"क्या तुम शादीशुदा हो?" जार ने पूछा।

"नहीं।" सरयू ने कहा।

"बॉयफ्रेंड तो होगा?" जार जिद करता रहा।

"हाँ।" सरयू ने कहा।

"उसके साथ भी रिपोर्टरी करती हो? तुम अपने प्रेमी से ऐसे प्रश्न पूछती हों—आप कहाँ थे? किसके साथ? क्यों? कब तक?" सरयू को देखकर जार चिल्लाया।

"यह तो बस एक सवाल था।" सरयू बुदबुदाई।

शिट। प्रेस कॉन्फ्रेंस प्रभावी ढंग से खत्म हो गई थी। सरयू ने और सवाल पूछने से इनकार कर दिया···

लेकिन गोगोल बहुत निराश नहीं हुए।

"यही कहानी है। स्वीना का नाम लेने पर जार गालियाँ देने लगा!"

इसकी शुरुआत जार द्वारा एक रिपोर्टर पर की गई आकस्मिक टिप्पणी से हुई थी, जो सेक्सी स्वीना के साथ उसके रिश्ते की स्थिति के बारे में उससे पूछताछ कर रही थी। "जानेमन अलग-अलग तरीकों से विकसित हो सकते हैं···"

जार के लाइव प्रेस कॉन्फ्रेंस के लिए मेरे जाने से पहले बन्नी ने जोर देकर कहा था, 'मुझे सभी संदिग्ध विवरण चाहिए।' कि मैं सुबह 3 बजे जार की दोस्त नहीं थी, उसने आसानी से अनदेखा कर दिया।

जार को अपने प्रेम जीवन पर स्पष्टीकरण देने में कोई दिलचस्पी नहीं थी। स्वाभाविक रूप से, जार के व्यवहार को मीडिया द्वारा हरसंभव तरीके से प्रस्तुत, विकृत और मरोड़ा गया था। हर कोई जार-स्वीना ब्रेकअप पाई का एक टुकड़ा चाहता था। चैनलों ने उनके रिश्ते की स्थिति पर तथ्य और आधा सच निकालना शुरू कर दिया।

हम जितना अनुसरण कर सकते थे, कहानी उससे भी तेजी से आगे बढ़ रही थी, खासकर जब मीडिया ने दूत के रूप में काम किया और एक धन उगाहने वाले कार्यक्रम में स्वीना को जार के रिलेशनशिप स्टेटस के बारे मे बताया। बेचारी स्वीना के लिए सवालों के हिमस्खलन से बचने का कोई रास्ता नहीं था—

"क्या तुम दोनों अलग हो रहे हो?"

"उसका एक्सप्रेशन लो, मुझे क्लोजअप चाहिए।"

"आप दोनों अलग हो गए हैं? क्या आप दोनों अलग हो गए हैं?"

"उसकी आँखों में जूम करें—पैन डाउन करें, पैन डाउन करें—उसकी भींची हुई उँगलियाँ लें।"

"कैसा लग रहा है? तुम्हें कैसा लग रहा है?"

"क्या आप उससे संबंध तोड़ रही हैं या उसने आपसे संबंध तोड़ लिया है?"

"अगर वह रोती है तो मुझे वह चाहिए, तो बहुत करीब रहो।"

"जार कहते हैं कि वे सिंगल हैं···और आप?"

स्तब्ध स्वीना ने कहा, "ठीक है, अगर जार ऐसा कहता है तो मैं कौन होती हूँ यह कहनेवाली कि हम साथ हैं? अगर वह सिंगल है तो मैं भी सिंगल हूँ।"

क्या उसका गले भर आया था? क्या उसने ठोकर खाई?

"बकवास, क्या वह रोई नहीं?"

"अरे, उसका शॉट फ्रीज करो और रंग बदलो···बिजली मार देना पीछे से।"

"मैं झूठे आँसू पैदा करूँगी और उन्हें उसके गालों पर रख दूँगी।"

हो सकता है कि वह रोई नहीं हो, लेकिन स्वीना ने आधिकारिक तौर पर मीडिया को एक बयान देकर इस बात की पुष्टि की कि वह अब जार के साथ नहीं है, इसने केवल मामले को और जटिल कर दिया था।

प्रेस के सदस्यों ने जार को स्वीना की प्रतिक्रिया से, ईमानदारी से अवगत कराया, जो लाइव प्रेस कॉन्फ्रेंस पर पागल हो गया था। आखिर किसी ने जार को नहीं छोड़ा। मजाक के तौर पर भी नहीं। बन्नी चाहती थी कि मैं मीडिया से बातचीत के दौरान उसे उत्तेजित सवालों से उकसाऊँ। उसने कहा, यह उसकी घटिया हरकत को प्रकट करने का सबसे अच्छा तरीका है।

"वो कहती है तो ठीक है! लेकिन कल रात तक तो नहीं थे! हम कल रात भी साथ थे।" जार ने ताना मारा और उनका फीड उनके प्रशंसकों के लिए लाइव हो गया। "वह और मैं एक साथ हैं, कम-से-कम हम कल रात तक तो थे! लेकिन यहाँ मिलीमीटर कब समझेगा?"

"लेकिन स्वीना ने सिर्फ तुम्हारे लिए एक पार्टी रखी थी।" मैं माइक में चिल्लाई। "आपने उसे छोड़ दिया रेहान, जाहिर है कि इसका आपके लिए कोई मतलब नहीं है। वह तुम्हारे लिए है…लेकिन क्या तुम उसके लिए वहाँ हो? हमने सुना है कि वह आपसे संपर्क करने की कोशिश कर रही है, लेकिन…"

अचानक मुझे समझ आया कि मैंने जार के स्थान पर रेहान का नाम पुकारा था। मीडिया और सुपरस्टार की उलझन भरी निगाहों का सामना करते हुए मैंने स्थिति को सुधारने के लिए जल्दबाजी की, लेकिन तब तक बहुत देर हो चुकी थी।

"नाम तो ठीक ले लो, यार।" जार इस बात से नाराज थे कि एक पत्रकार एक लाइव प्रेस कॉन्फ्रेंस में उसका नाम भूल गई थी। अब इसे संपादित करने का कोई तरीका नहीं था।

"क्षमा करें, मेरा मतलब यह नहीं था।" मैं हकलाई।

लेकिन जार इतनी आसानी से इसे जाने देनेवाला नहीं था।

"तुम नाम भी ठीक से नहीं बोल सकती हो, तुम्हारा क्या काम है कि तुम मुझसे ऐसे सवाल पूछती हो?"

शिट। आज जार के डॉगहाउस में मेरी बारी थी।

"आई एम सॉरी…"

"आप प्रेसवालियाँ, आप हमें एक नजर लिये सूली पर चढ़ा देती हैं, लेकिन मैडम, मैं आपसे क्या कहूँ?"

"कुछ नहीं, प्लीज।"

"आज तुम मुझे रेहान बुलाती हो। कल तुम मुझे रोनी बुलाओगी। तब आप कहेंगे कि स्वीना के साथ रोनी बाहर जा रहा है। आप लोग इस तरह से खबरें बनाते हैं? श्शश, सुनिए...श्शश...'हॉट' न्यूज है...फिल्मी-विल्मी मस्ती...मूवी-शोवी मसाला?"

यह सब लाइव था। कृपया चुप हो जाओ। मैं जार के पीछे के परदे के एक बिंदु पर स्थिर रूप से देखती रही।

"क्षमा करें, जार! मेरा मतलब था, आपका रिलेशनशिप स्टेटस क्या है?"

"कल यह प्रतिबद्ध था। आज यह जटिल है। कल के बारे में मुझे कल रात पता चलेगा। मुझे उम्मीद है कि अब आपको मेरा नाम याद रहेगा।" जार के चुटीले जवाब को कुछ तालियाँ मिलीं। लेकिन मुझे ध्यान केंद्रित करने में मुश्किल हो रही थी।

रेहान...शिट। राट। मुझे रेहान का नाम क्यों लेना पड़ा?

'इंडियाज स्वीटहार्ट्स सीरीज' को शानदार नंबर मिले।

"यहाँ तक कि रिपीट दोहराव भी बीस-पच्चीस छू रहे हैं।" बन्नी खुश थी।

मैं पीली पड़ गई, आँसू आने लगे और हम दोनों ने दिखावा किया कि यह अच्छी कॉपी के लिए है।

□

आइटम-नंबर-विशेष श्रृंखला के बाद, मनोरंजन में चैनल को हिट करने के लिए यह सबसे अच्छी बात थी और बन्नी उत्साह से पागल हो गई थी। एच. रामी प्रसन्न हुए और गुटखा किंग की नकल करते हुए एक बधाई मेल भेजा।

नंदू को एक नया अभियान दिया गया था। इंदु बॉलीवुड के जूनियर कलाकारों पर एक नई स्पेशल सीरीज पर काम कर रही थी।

और बन्नी ने मुझे एक रसदार विदेशी कबाड़ का वादा किया, लेकिन मेरे पास काफी स्पेशल थे।

मैंने बन्नी से मुझे मेरे दिमाग पर काम करने के लिए गति में बदलाव करने का अनुरोध किया, जिसने काम करना बंद कर दिया था।

□

बोरिंग स्टोरी

"राजा बाबू और रोंशर को मैं कितने तरीकों से रिपोर्ट करूँगी ? जब भी मैं सौ राइडरों के साथ अपना दो मिनट का वी.टी. ऑन एयर करती हूँ तो हर बार इन लोगों को पाँच करोड़ मिलते हैं।" मैंने बन्नी से दबी आवाज में कहा।

मैं सामान्य रूप से जीवन से नाराज थी।

"फैशन वीक या आर्ट शो, या शायद कुछ पेज थ्री सीन करो ? या कुछ अच्छे काम, जैसेकि बालिकाओं या विकलांगों के लिए चैरिटी कार्यक्रम या पर्यावरण पर कुछ।" बन्नी ने मुझे कुछ रंगीन निमंत्रण देते हुए सुझाव दिया।

□

"यह सब एक अच्छे कारण के लिए है।" अभिनेता फाहीन खान ने अपने फूले हुए पर अभ्यासरत मुसकान के साथ कहा।

"यार, उसका फिल्मी कॅरियर खत्म हो गया है।"

"ऐसे में क्या पूछें ?"

"मुझे उनसे मुंबई के इस नाइट क्लब में हुई घटना के बारे में पूछना चाहिए, जहाँ वह अपने पसंदीदा जहर को लू में सूँघते हुए पकड़े गए थे या जो उस दिल्ली डिजाइनर के साथ उनकी सार्वजनिक लड़ाई हुई थी !"

"पूछ, पूछ, ना !"

"क्या थकेला समारोह है !"

एक उत्पाद के विज्ञापन के लिए फाहीन खान दिल्ली आया था; बिना काम के अभिनेता ने लोगों के लिए एक तय मुद्रा—हमेशा उसका दायाँ प्रोफाइल ही दिया। यह दिल्ली के साउथ एक्सटेंशन इलाके में चावला बुटीक का शुभारंभ था।

दुकान के मालिक की गौरी नैनिका कृतियों में चमकती हुई बेटियों को पूरे पैंतालीस मिनट तक फाहीन के साथ बैठने को मिला।

"मुझे लगता है कि वे उसे ट्रॉफी की तरह भरना और लटका देना चाहते हैं!"

"कितना प्यारा विचार है! शायद यही एक तरीका है, जिससे हम फाहीन के बॉलीवुड दुस्साहस से बचे रहेंगे!"

चावलाजी जुड़वाँ बेटियों के पिता थे, जो अपने बीसवें जन्मदिन पर फैशन डिजाइनर बन गईं। बुटीक पापा की ओर से तोहफा था।

जल्द ही मैं एक और अच्छे काम के लिए रवाना हो गई, शारीरिक रूप से विकलांग एथलीटों की सहायता के लिए राजधानी में आयोजित फंडरेजर कार्यक्रम। वहाँ बहुत उत्साह होगा और बहुत सारे सोम टैम और सेंवई सलाद होंगे। मुख्य कोर्स में काप्रा टो हू, पैड थाई, बैंकॉक फिश और स्टार ऑफ सियाम शामिल थे। बहुत उत्साहित कोलकाता के एक गायक और एक आजाद सूफी गायक द्वारा लाइव प्रदर्शन किया गया। शहर का कॉकटेल सेट उनके वरुण बहल और मोनिका जयसिंह में था, जो एक योग्य कारण में योगदान देने के लिए बहुत उत्सुक थे।

फिर ग्रैंड इंटर-कॉन्टिनेंटल के ब्लू एलीफेंट में शराब पीकर गाड़ी चलाने के खिलाफ एक इवेंट हुआ। आपकी भूख को बढ़ाने के लिए मुँह में पानी लानेवाले जापानी व्यंजन थे और विशेष रूप से यूरोप से लाई गई एक विदेशी नृत्य मंडली द्वारा प्रदर्शन। इस कार्यक्रम में दिल्ली के शैंपेन सेट, दूतावासवाले, कलाकारों की भीड़ और सर्वव्यापी पृष्ठ तीन प्रकार के लोग मौजूद थे।

स्वैंकी एफ बार का जश्न शहर में चर्चा का विषय था। रमणीय जीवित प्राणी अभिमानी केक से बाहर कूद रहे थे और लड़कियाँ बन्नी वेशभूषा में घूम रही थीं। बार पहली मंजिल पर बनाया गया था, जिसे दो भागों में विभाजित

किया गया था, जिसमें छोटे डिजिटल टी.वी. आयताकार टेबल टॉप पर और लॉन्ग आईलैंड बार लाउंज में स्थित थे।

विशेष रूप से मुंबई से आए डी.जे. अली ने रूँबा, सांबा, सालसा, टैंगो और लातीनी गाने गाए। यह सत्तारूढ़ दल के एक मंत्री के इकलौते बेटे, डिजाइनर सिद्धार्थ टुटेजा द्वारा ऑल मेल स्प्रिंग-समर संग्रह के पूर्वावलोकन के लिए एक सेटिंग थी। मॉडल भीड़ के साथ घुल-मिल गए, ताकि कोई कपड़े को ठीक से देख सके और सामग्री को छू भी सके।

"मैं चाहता हूँ कि पुरुष स्टीरियोटाइप से बाहर निकलें। मैं चाहता हूँ कि पुरुष परिधानों के द्वारा शरीर प्रदर्शन की करें। मैं चाहता हूँ कि मेरे लड़के असली में सुंदर दिखें।" मदहोश डिजाइनर ने कहा।

ठीक इसी समय बन्नी का एस.एम.एस. आया। चिक्की घर पर थी और उसने अपनी कलाई काट ली थी। उसकी माँ ने उसे शौचालय में बेसुधावस्था पाया।

□

खबरदार

एस.एम.एस. पढ़ते ही बन्नी तेजी से डॉक्टर के साथ चिकी के घर पहुँची, तब तक कटे हुए हाथों से खून का निकलना कम हो गया था। भगवान् जाने क्यों श्रीमती बोस ने एंबुलेंस के बजाय बन्नी को बुलाया, लेकिन शायद इसी ने चिकी की जान भी बचाई। बन्नी में सोचने-समझने की शक्ति थी और ऐसे संपर्क थे कि उसने उसके घर से कुछ ही दूर एक कुशल डॉक्टर को बुला लिया। मैं यह सोचकर काँप उठती हूँ कि चिकी का क्या हाल होता, अगर उसकी माँ ने उसे अकेले ही अस्पताल पहुँचा दिया होता? कुछ घंटों के बाद, डॉक्टर ने कहा कि वह ठीक हो जाएगी, लेकिन कुछ दिनों के लिए अस्पताल में रहना पड़ा।

जिस मीट काटनेवाली छुरी से चिकी ने अपनी कलाई काटी थी, वह कम तेज था और इसी से उसकी जान बची।

क्या यह काफी नहीं था कि वह जीवित रहेगी? लेकिन मैं नपुंसक क्रोध से बुदबुदा रही थी। अमर कपूर पर इतना अधिक नहीं, जिसने चिकी को उस पर विश्वास करने के लिए प्रेरित किया और उसे अपने लिए छोड़ दिया। न ही लतिका पर, जो मदद कर सकती थी, लेकिन नहीं की। यहाँ तक कि इंदु पर भी नहीं, जिसने उसका मजाक उड़ाया या बन्नी, जिसने उसे ई.एम.टी.वी. से निकाल दिया। मैं अपने आप पर गुस्सा थी, क्योंकि मैं वह थी, जिसे वह हर दिन मदद के लिए बुलाती थी। मैंने मदद के लिए उसके असली रोने पर ध्यान देना

कब बंद किया? 840 फेसबुक कनेक्शन वाली महिला चिकी का कोई दोस्त नहीं था, जब धक्का आखिरकार उसे लग ही गया। उसके दोस्तों ने उसे छोड़ दिया। मैंने उसकी आखिरी कॉल काट दी थी। उसका आखिरी एस.एम.एस., जिसका मैंने जवाब देने की भी जहमत नहीं उठाई थी, बस इतना ही लिखा था, 'अच्छा शो'।

और इससे पहले उसने मुझे अपने पसंदीदा गाने से एक लाइन टेक्स्ट की थी—'यह एक मजेदार शहर हुआ करता था, लेकिन अब यह दुष्ट जोकरों से भरा है…' मुझे शर्म आ रही थी। मैंने एक भी सवाल उस जगह पर नहीं पूछा था, जहाँ मुझे होना चाहिए था। क्यों, मैंने सवाल क्यों नहीं पूछा? मेरे सामने चल रहे एक भयानक सच को मैंने नजरअंदाज क्यों किया?

"वह बच जाएगी।" बन्नी ने अस्पताल के कमरे से बाहर आते ही थककर कहा। मैंने बन्नी को इतना थका कभी नहीं देखा था। उन हताश घंटों में बन्नी ने खुद को किसी ऐसे व्यक्ति के रूप में प्रकट किया था, जो मानवीय था। अभी के लिए चिकी बच जाएगी। लेकिन वह ठीक हो पाएगी या नहीं, यह बड़ा सवाल था।

□

बिंदास लड़की

मैंने कुछ समय के लिए सक्रिय मुख्यधारा की बॉलीवुड रिपोर्टिंग में वापस जाने से इनकार कर दिया, इसलिए बन्नी ने मुझे 'अच्छे कार्यों' को सौंपना जारी रखा। मुझे वास्तव में उन्हें कवर करने में कोई आपत्ति नहीं थी।

देर रात का समय था, जब मैं अस्पताल से घर गई, जहाँ मैं शूटिंग के बाद चिकी के साथ काफी समय बिता रही थी।

अपने अपार्टमेंट के अंदर खड़े होकर मुझे यह तय करने में काफी समय लगा कि मुझे कुप्पा नूडल्स लेना चाहिए या अदरक की चाय? अंत में, मैंने इसके बजाय शॉवर लिया।

उसके बाद मैंने अपने फैटबॉय टू-सीटर पर बैठकर कुछ अच्छे-पुराने जमाने के स्टार्च—मैकरोनी-बीज और गार्लिक ब्रेड खाया—यही एकमात्र तरीका है, जिससे मुझे नींद आ सकती थी। कार्ब्स से प्रेरित होकर नशे की स्थिति में गिर गई, मैं रिमोट खोजने लगी।

"इसे ढूँढ़ रही हो?"

मैं दंग रह गई।

"तो स्वीटहार्ट्स को क्या हुआ?"

मैं अभी भी एक जगह खड़ी रही।

"मैं तुम्हारे एस.एम.एस. का इंतजार कर रहा था।"

मैं नहीं मुड़ी। मैं बस इस पल को थामे रहना चाहती थी।

"तुम दुबली हो गई हो। तुम्हारे पी–टू–सीएस के दौरान तुम्हारी आँखें सॉकेट से बाहर निकल जाती हैं। क्या वे तुम पर कोई मेकअप नहीं कर रहे हैं, कंकाल? और चलो तुम्हारे बालों के बारे में तो बात भी नहीं करते हैं। यह चिंताजनक है कि ई.एम.टी.वी. आजकल क्या प्रसारित करेगा? मुझे वापस भागना पड़ा। मैं तुम्हारे विनाश का जिम्मेदार नहीं होना चाहता।"

"चुप रहो, कमीने। कौन ढह रहा है? मैं ठीक हूँ, लेकिन चिकी···"

"मैंने सुन लिया। हम सब गलतियाँ करते हैं।"

"हाँ रेहान। हम सब करते हैं।" मैंने अपनी साँस रोक रखी थी।

"लेकिन तुम्हारा अपराध अक्षम्य था, लैला। मेरे लिए उस अप्रिय जार को गलत समझ रहे हैं? वह भी एक लाइव प्रेस कॉन्फ्रेंस में! अब वह क्षण शाश्वत है। तुम क्या सोच रही थी?" वह मुसकराया और मैंने साँस छोड़ी।

"यह एक ईमानदार गलती थी। क्या तुमने कभी ऐसा नहीं किया?"

"ठीक है, मैं तुम्हें सच बताता हूँ।" रेहान ने अपना हाथ उठाया और एक नाटकीय इशारे में उसे अपनी छाती पर रख दिया। "मैंने गलती की और तब मुझे अहसास हुआ। तुम्हारी वेतन वृद्धि के बाद परिवर्तन हुआ। मुझे तुम्हारे ई.एस.ओ.पी. और कार के बारे में तुम्हारा एस.एम.एस. मिला और मैंने मन–ही–मन सोचा," रेहान ने अपनी आँखें घुमाईं, "मैंने अपने आप से सोचा, क्या बात है! मेरे पास गधे की तरह काम करनेवाली अविश्वसनीय रूप से समृद्ध महिला है, इसलिए मैंने सोचा कि मुझे तुमसे वो एक प्रश्न पूछना चाहिए—'क्या मैं तुम्हारा गुलाम बन सकता हूँ?'

"केवल अगर तुम मेरे पैर चाटोगे, म्यूटेंट!"

"बस एक चेतावनी। अगर मैं आज रात यहाँ रुकता हूँ तो यह उस चीज की शुरुआत को चिह्नित करेगा, जो तुमको अब और मुझसे भागने की अनुमति नहीं देगा।"

"कौन किससे भाग रहा है?" मैंने पूछा। हमने बिना कुछ कहे काफी समय तक एक–दूसरे को थामे रखा।

रेहान ने कहा, "तुम भूत की तरह लग रही हो।" मैंने सोचा कि मैं उसे एक बार के लिए अंतिम बात कहने दूँगी।

"वैसे रेहान, तुम बन्नी के बारे में गलत थे।" और फिर, शायद नहीं।

□

हार्ड कॉपी

"आप ब्रिटिश पत्रकार, भगवान् का शुक्र है, रिश्वत देने या मोड़ने की उम्मीद नहीं कर सकते, लेकिन वह आदमी बिना रिश्वत के क्या करेगा, यह देखने का कोई अवसर नहीं होता।"

—हम्बर्ट वोल्फ, ब्रिटिश पत्रकार

"वे भले ही अंग्रेज न हों, लेकिन मि. वोल्फ, अनौचित्य और चोरी के मामलों में भारतीय पत्रकार भी, मैं वादा करता हूँ, आपको निराश नहीं करेगा।"

—अनाम

"लैला डार्लिंग, आज तुम्हारी तबीयत ठीक नहीं लग रही है। एक दिन की छुट्टी ले लो। नंदू तुम्हारे संपादन का काम सँभाल लेगा, स्वीटी।"

"नहीं बन्नी, मैं ठीक हूँ। दरअसल मैं काफी बेहतर महसूस कर रही हूँ।"

"नहीं डार्लिंग, बहस मत करो। यह एक आदेश है। हमें स्टार एंकर को तनाव में नहीं डालना चाहिए।"

बेशक यह एक सपना था, कल रात से प्यारा।

रेहान के लौटने के बाद ऑफिस में मेरा पहला दिन था। मैंने काम से एक

महीने की छुट्टी ली थी और ऐसा ही रेहान ने भी दिल्ली में अपनी पोस्टिंग लेने से पहले किया। हम अपने पसंदीदा स्थानों पर गए, किताबें पढ़ीं और बस एक-दूसरे को कुछ और जान लिया। बेशक पापा ने भगवान् को धन्यवाद दिया कि रेहान वापस आ गया और मुझे एक बधाई एस.एम.एस. भेजा।

"तुम कुछ नया करना चाहती हो?" बन्नी ने पूछा।

"तुम्हारे मन में क्या है?" मैंने कहा।

बन्नी मुझे वापस बीट में पाकर खुश थी, लेकिन मैं इस बात को लेकर दृढ़ थी कि मैं बदलाव चाहती थी।

"एक कला कहानी का प्रयास करो, तुम सम्राट् की बहन, स्वीटी को जानती हो। स्वीटी की भाभी ने स्वीटी को एक अद्‌भुत कलात्मक उपहार में दिया है?"

"लेकिन क्या उसे शादी के उपहार के रूप में अपने पति से कुछ महँगे कलात्मक उपहार नहीं मिले?"

बन्नी ने कहा, "देखो, जाहिर है कि परिवार कला संग्रह में बहुत अधिक सजग है और यह उनकी बहू का काम है।"

"क्या कला नंदू का अधिक काम नहीं है? उससे पूछो।" मैंने कहा।

"नहीं! यह वास्तव में यूनीक पीस होना चाहिए।"

"विश्वास मत के लिए धन्यवाद।" मैं मुसकराई।

बन्नी ने समझाया, "बाबा, समाज के आधे लोग नंदू के दोस्त हैं, वह उनकी चुगली नहीं करनेवाला है।"

"तुम वास्तव में क्या चाहती हो?" मैंने पूछा।

"बॉलीवुड हीरोइन दिल्ली के उच्च समाज सर्किट में फिट होने की कोशिश कर रही है…"

"कार्ड में लिखा है कि स्वीटी अपने भोंडसी फार्महाउस पर पार्टी कर रही है और वह कुछ पुराने लड़कों को दिखा रही है, हाँ! मैंने दुबई से जीशान हाजी का नाम देखा।"

"ठीक है, ये रही बात, दिल्ली के परिवेश में खुद को स्थापित करने के लिए स्वीटी को कुछ करने की जरूरत है, तुम जानती हो कि ये सभी समाज की

महिलाएँ उसे भाव नहीं दे रही हैं। वे उसे अपनी पार्टियों में आमंत्रित करती हैं और उसे घूरने लगती हैं, जैसेकि वह अभी भी एक नौटंकीवाली है!"

स्वीटी दिल्ली की सामाजिक मंडलियों में अपनी पहचान बनाने के लिए बेताब थी। वह चाहती थी कि दुनिया को पता चले कि वह सम्राट् के परिवार में फिट बैठती है, एक ऐसा परिवार, जो न केवल अपने मनमौजी धन के लिए जाना जाता है, बल्कि अपने अमूल्य कला संग्रह के लिए भी प्रसिद्ध है। कला में स्वीटी का क्रैश कोर्स तब शुरू हो गया था, जब सम्राट् ने उसे लुभाना शुरू किया। उसने उसे सूजा और रजा तथा राजा रवि वर्मा की दुनिया से परिचित कराया था। उसकी भाभी के साथ बातचीत ने उसकी जिज्ञासा को और बढ़ा दिया था। ऐसी अफवाहें थीं कि स्वीटी ने कुछ दुर्लभ और काफी महँगी कलाकृतियाँ हासिल की थीं, जिन्हें उसने गोपनीयता की सख्त शपथ पर विशेषाधिकार के साथ देखने के लिए अपने गलियारे में छिपा दिया था।

तो शहर के बड़े दिग्गजों की उपस्थिति और टी.वी. चैनलों तथा प्रिंट मीडिया के साथ हर बात और खुशी को रिकॉर्ड करने के लिए एक योजनाबद्ध लॉन्च पार्टी थी, स्वीटी का सामाजिक जंगल में अपने दिनों को समाप्त करने का तरीका था।

पहल नजर में तो यह बॉलीवुड की भीड़ नहीं लगी। अधिकांश महिलाओं ने शानदार साड़ी पहन रखी थी, जबकि पुरुषों ने जरदोजी, जोधपुरी बंदगला और रेशम की शेरवानी पहन रखी थी। बैंड अर्थ रिदम्स द्वारा बांस के पाइप और झनकार के साथ एक प्रदर्शन ने मेहमानों को उदास स्वरों में झूमने पर मजबूर कर दिया। स्वीटी ने व्यंजनों पर विशेष ध्यान दिया था और हर स्वाद के अनुरूप कुछ-न-कुछ था—सीक कबाब और कॉन्टिनेंटल सलाद से लेकर फ्रोजन फ्रेश-फ्रूट डेजर्ट और रम-भिगोए एक्लेयर्स। लेकिन उसका ड्रिंक स्टेशन और सिगार काउंटर था, जो सबसे ज्यादा हिट हुआ।

एक तरफ शैंपेन और डाइक्विरिस, चियांटिस और क्लैरेट्स तथा दूसरी तरफ धुएँ के रंग के चेरूट···मेहमानों का समय बहुत अच्छे से गुजर रहा था तो वे अपने पीछे की दीवार पर लटके मास्टर्स या वास्तव में देर से आए शो स्टॉपर्स के बारे में चिंता करके परेशान नहीं हो रहे थे। ऐक्शन का दृश्य धीरे-धीरे

डाइनिंग रूम में स्थानांतरित हो गया, जहाँ लेआउट, मेनू और यहाँ तक कि वेटर भी सीधे फिल्म के सेट से बाहर आए लग रहे थे। भव्य रात्रिभोज को चॉकलेट और कॉन्यैक द्वारा सजाया गया था।

रात के खाने के बाद, स्वीटी ने बेदम सभा को संबोधित किया और भारतीय कला के महान् बूढ़े व्यक्ति जीशान हाजी के आने की घोषणा की।

स्वीटी ने हाजी को अपने साथ लिया, जीत की निगाहें गपशप करनेवाली महिलाओं की ओर कीं। नौटंकीवाली ने अपने तख्तापलट से समाज की महिलाओं का मजाक उड़ाया था।

मुझे खुशमिजाज स्वीटी से मेरी बाइट मिली और मैं विवेकपूर्ण प्रश्नों के बारे में सोचते हुए, बड़े बूढ़े गुरु का साक्षात्कार करने के लिए अपनी बारी का इंतजार कर रही थी। आखिर यह कोई बॉलीवुड अभिनेता नहीं था!

अचानक मुझे शो में उपस्थित व्यथित और अत्यधिक उत्तेजित कलाकार भरत सहगल ने बीच में ही रोक दिया। वह मेरे पास आया और फुसफुसाया, "वे नकली हैं! मैंने पाँच देखे हैं, लेकिन मुझे यकीन है कि उनमें से हर एक नकली है! क्या धोखा है, ऐसा धोखा!"

पहले तो उसने जो कहा, वह मुझे समझ ही नहीं आया। वह उत्साह से मेरा हाथ हिला रहा था। मैंने उनसे धीरे-धीरे हर शब्द को दोहराने को कहा।

भरत ने स्वीटी के दुर्लभ और अमूल्य कला संग्रह में कम-से-कम पाँच नकली कला खोजे थे। अगर भरत की मानें तो मास्टर्स के जिस कलेक्शन पर बेचारी स्वीटी इतरा रही थी, वह कचरा था।

"मैं कसम खाता हूँ कि यह काम बीनू घोष का नहीं है। वे मेरे गुरु थे, मुझे पता होगा।"

"हेलो! आपको कैसे मालूम? क्या सबूत है?" मेरा एक हिस्सा यह विश्वास नहीं करना चाहता था कि स्वीटी को धोखा दिया गया है। बेचारी लड़की, उसके लिए मैंने खेद महसूस किया। वह बॉलीवुड से थी; ऐसा लगा, जैसे वह मेरी अपनी जैसी हो।

"वे मेरे गुरु थे, मैं उनका काम जानता हूँ; ये उनके स्ट्रोक नहीं हैं!"

किसी ने अनुमान लगाया कि भरत ने प्रेस के आने का इंतजार क्यों किया,

अगर उसे पहले से ही सच्चाई पता थी? मुझे लगा कि वे अधिकतम प्रचार चाहते हैं। किसी भी मामले में, कोई भी वास्तव में शिकायत नहीं कर रहा था। मेहमानों को एक बिना लिखा स्कैंडल मिला, जिसके बारे में वे ट्वीट करते थे और कई दिनों तक गपशप करते थे और प्रेस को दिन का उनका रियलिटी टी.वी. पल मिला।

एक पल की चौंका देनेवाली चुप्पी के बाद सभी ने एक ही समय में बात करना शुरू कर दिया। पत्रकारों ने अपने फोन पर बात की। स्वीटी एकदम स्थिर खड़ी रही, जबकि जीशान हाजी के चेहरे से कुछ पता नहीं लगा।

मेरी मिश्रित भावनाएँ थीं। यह एक बड़ी खबर थी। 'शीर्ष बॉलीवुड नायिका ने धोखा दिया!' लेकिन बड़े नामों के साथ यह एक मुश्किल काम था। मैंने नंदू से स्क्रिप्ट में मेरी मदद करने की भीख माँगी।

"क्या कहानी है! वाह!" नंदू फोन पर लगभग ईर्ष्यालु लग रहा था। "बेशक मैं तुम्हारे लिए स्क्रिप्ट लिखूँगा। मुझे अभी विवरण भेजो। तुम्हें...और... से बाइट प्राप्त करने की आवश्यकता है और इसके लिए...को देखें, वही केवल परेशानी खड़ी करेगा..."

स्वीटी ने प्रतिष्ठित ऑटम ऑक्शन में नकली पेंटिंग खरीदी थी। नकली बीनू घोष के साथ कैटलॉग एक महीने से प्रचलन में था। संघर्षरत कलाकार भरत सहगल को छोड़कर। किसी ने भी इस ओर ध्यान नहीं दिया था कि नकली पेंटिंग प्रसारित की जा रही हैं, यहाँ तक कि खुद कलाकार ने भी नहीं। भरत ने न केवल नकली लोगों को देखा था, उन्हें इ-मेल के माध्यम से बीनू से एक पुष्टीकरण पत्र भी मिला था और वहाँ कहा था, "मैंने अपने जीवन में कभी भी इस तरह के कूड़ेदान को चित्रित नहीं किया।"

बेचारी स्वीटी एक घिनौनी धोखाधड़ी का शिकार हुई थी, लेकिन एक्ट्रेस नाराज हो गईं और उन्होंने सहगल पर सीन क्रिएट करने के लिए पार्टी चुनने का आरोप लगाया। वह इसे साजिश कहकर चिल्ला रही थी।

"आप एक भयानक व्यक्ति हैं! आप यह क्यों कर रहे हैं? आपको मेरी पार्टी में किसने आमंत्रित किया?" स्वीटी विस्फोट के लिए तैयार थी।

"आप तमीज से बात करिए!"

"इस भयानक आदमी को बाहर फेंक दो! सिक्योरिटी! सिक्योरिटी!" युवा दुलहन चिल्लाई।

स्वीटी और भरत के बीच एक बुरा विवाद छिड़ गया, जिसे अंततः सम्राट् ने समाप्त किया, जिन्होंने भरत से आगे की काररवाई को बाधित करने के बजाय हॉल छोड़ने का अनुरोध किया। इससे कलाकार और भी नाराज हो गया।

"माना जाता है कि रेम्ब्रांट ने अपने जीवनकाल में लगभग 300 चित्रों का निर्माण किया था, लेकिन ऐसा कहा जाता है कि कला की दुनिया में 3,000 रेम्ब्रांट काम कर रहे हैं। तो मुझे आश्चर्य नहीं होगा।" जीशान हाजी ने अंत में कहा। वह मुड़ा और मुझे उसकी बाइट लेने के लिए अपने माइक से अपना रास्ता रोकते हुए पाया। बाकी मीडिया मेरे पीछे थी। उन्होंने कहा, "कृपया जोड़ दें कि मैंने अभी तक काम नहीं देखा है, नहीं तो मुझे पता होता। मैं बीनू का काम जानता हूँ। बेशक यह उसका नहीं है। लेकिन आपको प्रशिक्षित आँख की जरूरत है। एक बार फिर बताएँ आप किस टी.वी. चैनल से हैं?"

"ई.एम.टी.वी., सर।"

"ओह हाँ। एच. रामी मेरे एक पुराने दोस्त हैं, यहाँ तक कि तुम्हारे गुटखा किंग ने भी मेरी कई पेंटिंग खरीदी हैं। वह कैसा है? ठीक है, इस बिट को संपादित न करें, हाँ?"

"जरूर सर।"

"भयानक, भयानक!" गैलरिस्ट और पेज तीन में नियमित आनेवाले कक्कड़ ने कहा। "आप जानते हैं कि यह सब उद्गम स्थापित करने के बारे में है। मैंने भी काम नहीं देखा था···"

"लेकिन क्या आप अपने शीतकालीन सत्र के लिए उसके संग्रह को प्रदर्शित करने की योजना नहीं बना रहे थे?" मैंने पूछा।

"हमारे पास एक उचित व्यवस्था है। हम केवल उसी काम का प्रदर्शन करते हैं, जिसके स्रोत हम खोज सकते हैं।" कक्कड़ ने कहा। जो कुछ खोजा गया था, उससे बहुत राहत मिली।

नकली न बिकी होती तो कोई बड़ी बात नहीं होती···लेकिन इसे बेच दिया गया था और वो भी एक बॉलीवुड एक्ट्रेस को!

"मैं एक ओ.बी. भेज रही हूँ। कृपया लाइव जाने के लिए तैयार रहें और मैं मेहमान चाहती हूँ—मुझे स्वीटी, सम्राट्, कुछ कलाकार—वह भारत चैप लाकर दो।" बन्नी ने कहा।

"भरत को बाहर कर दिया गया है···तुम उसके पीछे इंदु को भेज सकती हो।"

"ये है आज की बड़ी कहानी, रात के 9 बजे। यह सभी प्रमुख चैनलों पर है, क्योंकि इसमें एक बॉलीवुड अभिनेत्री और एक उन्मादी कलाकार शामिल है। नंदू तुम्हारी मदद करने जा रहा है। यह तुम्हारी बड़ी कहानी है!"

तभी नंदू ने एक एस.एम.एस. भेजा। अपना पी-टू-सी भेजें।

कई कलाकारों और गैलरिस्टों से बात करने के बाद, मैं अंततः अपने पी-टू-सी के लिए कुछ सुसंगत पंक्तियों के साथ आई।

"कॉपीराइट कानून स्वामी की मृत्यु के बाद तीस वर्षों तक उनके कार्यों की नकल करने से मना करता है। कला के कार्यों को प्रमाणित करने में कठिनाई को देखते हुए, यह स्पष्ट है कि गैलरियों, नीलामी घरों और कलाकारों को स्वयं कला चोरी से निपटने के नए तरीके खोजने होंगे, ताकि स्वीटी जैसे लोगों को धोखा न मिले।"

जब मैं कार्यालय पहुँची तो नंदू ने उदारता से मेरी बड़ी सी कहानी का संपादन करने की पेशकश की। मैं उसे पर्याप्त धन्यवाद नहीं दे सकी। मैं आखिरकार थककर घर पहुँच गई।

"बन्नी ने तुम्हें आराम करने के लिए कहा? हे भगवान्, वह एक इनसान में बदल रही है!" रेहान ने कहा, जब मैंने उसे बताया कि बन्नी ने मुझे घर का आदेश दिया है।

कला की दुनिया में अपनी पहली यात्रा देखने के लिए मैंने चिकी को कई एस.एम.एस. भेजे थे। और पापा को भी। हो सकता है कि एक अलग, अच्छी कहानी पर मेरा चेहरा देखकर उन्हें कुछ शांति मिले। रेहान ने मुझे मेरी कहानी के झटके से बाहर निकालने की कोशिश करना छोड़ दिया।

पहले तो मैं अपने वीडियो पैकेज को समझ नहीं पाई। वह बस आया और चला गया। जैसे ही मेरी कहानी ऑन एयर हुई, मैंने आँखें बड़ी करके देखा।

मुझे समझ नहीं आ रहा था कि क्या हो रहा है—कहानी खत्म हो गई थी और मुझे अपना छोटा सा भी पी-टू-सी नहीं मिला; ऐसा लग रहा था कि काट दिया गया है!

अरे, मैं नंदू को सारे टेप देना भूल गई!

शिट, मैं नंदू को पी-टू-सी के बारे में बताना भूल गई!

कुछ महत्त्वपूर्ण बाइट गायब थे। मेरा साइन ऑफ कहाँ था? यह ऐसा था, जैसे कोई स्क्रिप्ट बुरी तरह से गलत हो गई हो!

इसका स्पष्टीकरण दिया जाना चाहिए। मेरी उँगलियों ने नंदू के नंबर पर मुक्का मारा। उसका फोन स्विच ऑफ था। वह कहाँ था?

उसने मेरे सुंदर चार मिनट के वी.टी. को बाइट्स, ग्राफिक्स और संगीत पी-टू-सी के साथ एक बुरे 1.12 सेकंड में क्यों काट दिया था? नंदू, तुम कहाँ हो?

"क्या वह नंदू नहीं है?" रेहान ने टी.वी. स्क्रीन की ओर इशारा किया।

निस्संदेह नंदू था। ऑन एयर। लाइव। बॉलीवुड अभिनेत्री स्वीटी के साथ एक ई.एम.टी.वी. एक्सक्लूसिव पर। और उसके साथ शो में भरत, स्वीटी और जीशान हाजी थे। अब किसी स्पष्टीकरण की आवश्यकता नहीं थी।

कमीनों ने मेरी कहानी मुझसे छीन ली थी।

मेरी बड़ी सी कहानी अब मेरी कहानी भी नहीं थी। मैंने देखा, दंग रह गई। नंदू मेरी पी-टू-सी पंक्तियों को शब्द-दर-शब्द दोहरा रहा था!

"कॉपीराइट कानून स्वामी की मृत्यु के बाद तीस वर्षों तक उनके कार्यों की नकल करने से मना करता है। कला के कार्यों को प्रमाणित करने में कठिनाई को देखते हुए, यह स्पष्ट है कि गैलरियों, नीलामी घरों और कलाकारों को स्वयं कला चोरी से निपटने के नए तरीके खोजने होंगे, ताकि स्वीटी जैसे लोगों को धोखा न मिले।"

कोई आश्चर्य नहीं कि उसने मेरा पी-टू-सी काट दिया।

जीशान हाजी नंदू से कह रहे थे, "ऐसा माना जाता है कि रेम्ब्रांट ने अपने जीवनकाल में लगभग 300 कृतियों का निर्माण किया था, लेकिन कहा जाता है कि कला की दुनिया में 3,000 रेम्ब्रांट काम कर रहे हैं।"

कक्कड़ ने कहा, "आप जानते हैं कि नंदू, गैलारियों और नीलामी घरों द्वारा उत्पत्ति और प्रमाणीकरण को प्रमाणित करने के प्रयासों के बावजूद नकली आना जारी है। चोरी की कला एक बड़ी बात है, मेरे दोस्त।" कक्कड़ ने कहा।

चिकी टेक्स्टेड : यार, अच्छी कहानी है। लेकिन तुम्हें पी–टू–सी करना चाहिए था।

"इस बेकार चैनल को बदलो, रेहान। कॉमेडी सेंट्रल या कुछ और पर बदलो।" मैं कराह उठी, हार गई।

नंदू और मेरे बीच कभी भी चीजें पहले जैसी नहीं रहेंगी।

□

सेट पर : अफ्रीका

जोहान्सबर्ग ऐसे चमक रहा था, मानो वह सोने से नहाया हुआ हो। इस सोने के शहर के साथ यह मेरी पहली मुलाकात थी, जिसने क्रिकेट विश्व कप में शानदार मेजबान की भूमिका निभाई थी। मैं साउथ अफ्रीकन फैशन वीक को कवर करने के लिए सैंडटन सिटी, जोहान्सबर्ग में थी, जहाँ बॉलीवुड के पसंदीदा फैशन डिजाइनर लोकी अपने फॉल-विंटर कलेक्शन का प्रदर्शन कर रहे थे। मैं ग्लोबल फैशन मीडिया का हिस्सा थी, जिसे हर घटना को रिकॉर्ड करने और रिपोर्ट करने के लिए आमंत्रित किया गया था। बॉलीवुड फिल्म के सेट पर यह मेरी पहली विदेश यात्रा भी थी, जिसकी शूटिंग मैं कवर करूँगी। यह लतिका की पहली फिल्म थी, जिसका शीर्षक था—'चिट्टी चिट्टी धूम धूम'। और उसने जोर देकर कहा था कि ई.एम.टी.वी. मुझे भेजे या कोई भी और नहीं आएगा। मैं शिकायत नहीं कर रही थी। मैं जोहान्सबर्ग में थी!

कई घंटे पहले, मैं और मेरा कैमरामैन प्रस्थान से कम-से-कम तीन घंटे पहले, भारी उपकरण खींचकर आई.जी.आई. हवाई अड्डे पर पहुँचे थे, क्योंकि विदेशी शूटिंग के लिए कस्टम्स पर शूटिंग उपकरण को सत्यापित कराना हमेशा एक बुरा सपना था—डीवीसी प्रो कैमरा, फायर वायर केबल्स, गन माइक, बैटरी, चाहे कितनी भी सहज हों, एक्स-रे मशीन के माध्यम से देखे जाने पर अत्यधिक संदिग्ध लगने लगती हैं। मुख्य कस्टम अधिकारी के साथ बहुत बहस

और जवाबी तर्क के बाद हमें जाने दिया गया।

सैंडटन सिटी में सवारी शानदार थी—विशाल फूलों की झाड़ियों, रोडोडेंड्रोन, मीठी महक वाली सदाबहार मर्टल, अनुगामी पेरिविंकल्स और ताजे नारंगी नास्टर्टियम, चमचमाती संरचनाओं और व्यवस्थित यातायात के साथ चौड़ी सड़कें थीं। शहर उतना ही साँस लेनेवाला था, जितना वेबसाइट ने वादा किया था। अफ्रीकी मूल की छह फीट लंबी कमांडिंग महिला जुबेशा हमारे गाइड ने 'क्या करें और क्या न करें' की एक सूची पढ़ी। उन्होंने हमें निर्देश दिया कि वे भारतीय प्रेस को वितरित किए गए शेड्यूल के निर्देशों की अवहेलना न करें। मुझे लगा कि करने से ज्यादा न करने की बातें हैं। अकेले खरीदारी न करें। बिना बताए किसी भी शेड्यूल में बदलाव न करें। बिना अनुमति के शूट न करें। अपने ठिकाने के बारे में लोगों को बताए बिना होटल से बाहर न निकलें। और प्रसिद्ध 'शाम के बाद कर्फ्यू'—कि सूर्यास्त के बाद बाहर न जाएँ।

हम जोहान्सबर्ग के विश्वस्तरीय बीस मंजिला सैंडटन सिटी टावर्स पहुँचे, जहाँ हमें रुकना था। जुबेशा ने हमें सैंडटन सिटी के इतिहास के बारे में बताया, जिसे 1973 में एक अग्रणी केंद्र के रूप में बनाया गया था। और शॉपहोलिक का सपना- राजसी दस मंजिला इंटरलिंक्ड ट्विन टावर्स पूर्व और पश्चिम 45,000 वर्ग मीटर के वाणिज्यिक स्थान में फैला हुआ है।

डीलक्स बस में सवारी सुचारु हो सकती थी, सिवाय इसके कि मैं बेहद जेटलैग महसूस कर रही थी। जैसे ही मैंने सीट के बैकरेस्ट पर अपना सिर टिकाया, मेरी निगाहें सीटों पर बनी अफ्रीका के बिग फाइव के जटिल चित्रों की ओर चली गईं। मैंने घास के मैदान में राइनो को चरते हुए, पानी पीते हुए बाघ, छलाँग लगानेवाले शेर, लंबी गरदन वाले जिराफ को अपने बच्चे को नोंचते हुए और दरियाई घोड़े की कमर का पता लगाया। और फिर मैंने उलटी कर दी। मैं पूरी सुबह से उलटी महसूस कर रही थी और इसे अब और रोक नहीं सकती थी; मैंने पूरी सीट पर उलटी कर दी थी।

इमेजेज के स्टाइल एडिटर अनु ने सुझाव दिया, "जहाज का खाना होना चाहिए।" लेकिन मुझे संदेह था कि यह अफ्रीका आने से पहले मेरे आखिरी असाइनमेंट, दिल्ली में फैशन वीक प्रेस कॉन्फ्रेंस में खराब सेलमन मछली के

कारण था। टूर बस अचानक रुक गई, हमारे लिए जुबेशा की सावधानीपूर्वक रखी गई योजनाओं में पहला और एकमात्र ब्रेक। दस मिनट की ताजी हवा और बाद में एक मग गरम कॉफी पीकर हम अपने रास्ते पर थे।

बस जोहान्सबर्ग के व्यापारिक जिला केंद्र में सैंडटन सिटी टावर्स के सामने रुकी। बहुत ठंड थी। मेरा सामान, जिसमें चार बड़े बैग शामिल थे, उसने कोई मदद नहीं की।

नियम के अनुसार, एक टी.वी. रिपोर्टर को हमेशा बहुत सा सामान साथ ढोना होता है। मुझे उन प्रिंट पत्रकारों से ईर्ष्या हुई, जो अपने अकेले यात्रा बैग के साथ घूमते थे, जबकि मैं अभी भी अपने सामान पर गिनती कर रही थी!

बैग नंबर एक : वाइड एंगल एडॉप्टर के साथ एक सोनी डीवीसी प्रो कैमरा, एक एच.पी. लैपटॉप से एफ.टी.पी. माय फुटेज, तीन फायर-वायर केबल, एक सोनी कैमरा बैटरी, एक सोनी लैपल माइक, बैकअप के रूप में एक गन माइक, एक फ्रीज-लाइट, एक सोनी बैटरी चार्जर, कई सारे एवी केबल, बीस मिनी-डीवीसी टेप और पीला रेन कवर।

बैग नंबर दो : मेकअप किट, जूते और अंडरगारमेंट्स।

बैग नंबर तीन : कपड़े।

बेलबॉय कहाँ था? निश्चित रूप से मैं इन विशाल बैगों के साथ उतनी अदृश्य भी नहीं हुई होंगी!

बात यह है कि मैंने कभी होटल की लॉबी में प्रवेश नहीं किया। बैगों के ढेर को घसीटते हुए मैं लड़खड़ा गई, यहाँ तक कि अंदर गिर गई। जुबेशा सामने आई, इस बात से आहत हुई कि मैं लॉबी में बिल्कुल अकेली खड़ी थी। उसने मुझे एक कुशल दिखनेवाले प्रेस समन्वय लाउंज तक चलने में मदद की। मैंने एक गैर-सिगरेट वाला कमरा माँगा।

मेरे कमरे से शहर का सबसे शानदार नजारा दिखाई देता था। लेकिन शहर के नजारे कितने भी सम्मोहक हों, इसके बावजूद जोबर्ग को इंतजार करना होगा। उस समय मेरे शरीर में खिंचाव महसूस हुआ और मैं उलटी करने के लिए बाथरूम की ओर दौड़ पड़ी।

मैंने बेहतर महसूस किया और अंत में विशाल अंदरूनी हिस्सों को देखने

के लिए पर्याप्त ताकत जुटाई, मखमली गद्दे के साथ राजा के आकार का बिस्तर, जिसमें मैं डूब सकती थी और दुनिया में सबसे नरम तकिए। नींबू-सुगंधित बाथरूम, जिस पर मैं पहले ध्यान केंद्रित नहीं कर सकी थी, क्योंकि मैं उलटी करने में व्यस्त थी, वह पूरी तरह से एक ही चीज था। मैं इस तरह के एक होटल में हमेशा के लिए रह सकती थी।

मैं लगभग एक घंटे तक मदर-ऑफ-पर्ल बाथटब में लेटी रही। टब से बाहर निकलते हुए, मैंने अपने चारों ओर एक प्राचीन सफेद तौलिया लपेटा और बिस्तर पर लेट गई।

तभी मैंने बिस्तर के बगल में स्वागत टोकरी में स्विस चॉकलेट, मानार्थ ऊर्जा पेय और प्रोटीन बार देखा। जप्पा की दो बोतलें, एक पूर्वी अफ्रीकी स्वागत पेय और फ्रेंच रेड वाइन भी थीं।

एक घंटे बाद मैं रेस्टोरेंट में गई। डिनर की शुरुआत बोअरवोर्स या लैंब चॉप्स और पैप के साथ हुई, जिसे स्वादिष्ट टमाटर की ग्रेवी के साथ परोसा गया। मैंने दक्षिण अफ्रीकी स्टेपल मीट, बिल्टोंग और नरम शुतुरमुर्ग बिल्टोंग पर गौर किया, जिसे 'कुडु' कहा जाता है। मैंने अपना खाना एक पूर्वी अफ्रीकी ब्रांडी डावा से धोया। यह बुरी तरह से खराब हो गया था, थोड़ी देर छोड़ दिया और अंत में अविश्वसनीय रूप से लाजवाब हो गया।

अगली सुबह, फैशन फिटिंग्स पर पत्रकारों की भीड़ उमड़ पड़ी। लेकिन अनगिनत फैशन वीक में साथी पत्रकारों को कुचलने और धकेलने में बिताए वर्षों का अच्छा उपयोग हुआ—मैं इसमें माहिर थी—और जब धक्का लगा तो मैं कभी पीछे नहीं हटी। कुछ गंभीर धक्का-मुक्की और कोहनी मारने के बाद, लगातार प्रेस की ठोस भीड़ ने रास्ता दिया और मैं अपनी पकड़ बनाने में कामयाब रही। मेरे कैमरामैन शिवम ने मुझे नए-नए प्राप्त सम्मान की नजर से देखा।

आयोजकों को उन असंख्य और आसानी से शोर करनेवाले भारतीय चैनलों का प्रबंधन करने में मुश्किल हो रही थी, जो लोकी के साथ समय के लिए ललचा रहे थे।

हमारी बारी अगली थी। लोकी ने अपने संग्रह को दक्षिण अफ्रीकी और यूरोपीय मॉडल को पहनाया था, जो बहुत ही पतली और बेहद खूबसूरत थीं।

चमकदार मॉडल ने कैमरामैन के साथ बेधड़क फ्लर्ट किया। "इंडियाह! नमस्ते।" नकली शिष्टाचार में एक मॉडल ने कहा।

लोकी ने कहा, "मैं इन लड़कियों से प्यार करता हूँ, प्रिय, मेरा संग्रह उन पर बिल्कुल सही लगता है। इतने सारे खरीदार! आप जानते हैं, मेरे पास कई शानदार सवाल हैं।" उसके साथ मॉडल भी थीं, जो कैमरे को देखते हुए, पोज देते हुए, अचानक नमूना दिखा रही थीं। लोकी ने अपने प्रीव्यू शो के साथ एक नए शैंपेन की लॉन्च पार्टी को भी जोड़ा था।

मेरे अफ्रीकी शूट की देखरेख के लिए बन्नी द्वारा नियुक्त नए शो निर्माता टुंटी, मेरे लिंक के बारे में धड़ाधड़ एस.एम.एस. कर रहे थे। शुरुआत में टुंटी बहुत से व्यक्तित्व विकारों से पीड़ित थे। इस समय वह मेरे लिंक को लेकर बहुत प्रभावित थी, ऐसा मेरे विचारों को रात के रन ऑर्डर के बारे में पूरी रात दिखाने के बाद था। वह स्किजोफ्रेनिक थी।

"अरे लैला, तुम मजा नहीं कर रही हो। इधर आओ।" लोकी पूरे कमरे में चिल्लाया। उसके बगल में एक मॉडल थी, जो एक ऐक्रेलिक विग, डायमंड बटरफ्लाई चश्मा और स्वारोवस्की क्रिस्टल के साथ दो फीट लंबी ऊँची एड़ी के जूते की तरह दिख रही थी।

स्वादिष्ट चाय पीने की मेरी पहले की योजना को रद्द करना पड़ा। प्राथमिकता नंबर एक अब स्थान पर जाना और एंकर लिंक को रिकॉर्ड करना था। मेरे पीछे टुंटी के होने से मुझे हमेशा थोड़ा तेज होना होगा!

शिवम ने आरोप लगाया, "आप हमेशा उतावली रहती हो। मैं घटिया काम नहीं कर सकता। शॉट को फ्रेम करने में समय लगता है, तुम जानती हो।" उसने खुद को सही साबित करते हुए कहा।

मैं इस पर विश्वास नहीं कर सकी। इस दोतरफा हमले ने मेरी नसों को खौला दिया—निर्माता को धीमा करने और कैमरामैन को तेजी से काम करने के लिए मनाना।

"फिर इसे तेजी से फ्रेम करें! और क्षमा करें, क्या हम यहाँ एक जैसा सोच सकते हैं? अगर तुम भूल गए हो तो हमारे पास समय-सीमा है।" मैंने अपनी घड़ी की ओर इशारा करते हुए वापस जवाब दिया। उपकरण पैक करने के लिए

खुद को घसीटते हुए शिवम का उदास चेहरा देखकर मुझे क्रुएला डी विल जैसा महसूस हुआ।

जैसे ही हम अपने स्थान, नेल्सन मंडेला स्क्वायर की ओर बढ़े, मुझे आश्चर्य हुआ कि मैं क्या बन रही थी! क्या लोगों की नजरों में पहचान बनाने के चक्कर में कहानी मेरे लिए कम महत्त्वपूर्ण हो गई थी? क्या मैं अभी तक अपनी पहली बायलाइन धुँधली सी भावनात्मक वेग से उबर नहीं पाई थी? पत्रकारिता के क्षेत्र में मैं किस तरह की छाप छोड़ रही थी? अस्तित्व के खतरे में आने के लिए यह गलत जगह थी और गलत समय था।

"आप कंपनी के पैसे पर जा रहे हैं—याद रखें, यह एक पेड छुट्टी नहीं है!" बन्नी के चुभनेवाले शब्द मेरे कानों में पड़े और मुझे वापस वास्तविकता में ले आए। नेल्सन मंडेला स्क्वायर : मुझे अपने लिंक शूट करने थे।

जैसे ही हमने लिबर्टी थिएटर को पार किया, "यह लिंक के लिए अच्छी जगह है…" शिवम ने सलाह दी और मैं बिना किसी बहस के सहमत हो गई, भले ही मुझे लगा कि यह थोड़ी भीड़ वाली जगह है और स्थान के एन.ए.टी. बहुत ऊपर थे और मेरे ऑडियो में हस्तक्षेप करेंगे। मैंने उस स्थान की खोज की, जिसने सर्वोत्तम तत्त्वों के लिए पृष्ठभूमि के पर्याप्त विकल्प प्रदान किए। गुस्सा करनेवाला कैमरापर्सन एक रिपोर्टर का सबसे बड़ा दुश्मन होता है और मैं नहीं चाहती थी कि इससे मेरे शूट पर असर पड़े। मैंने शिवम को एक युद्धविराम के रूप में एनर्जी ड्रिंक की कैन की पेशकश की, जिसे उसने तुरंत मना कर दिया।

"क्या तुम्हें लगता है कि हमें गैलरीज में कोशिश करनी चाहिए?" मैंने पूछा।

"बहुत हलका।" धूर्त शिवम ने कहा। "यहाँ डिजाइनर बुटीक और क्यूरियो दुकानें भी हैं, यहाँ तक कि आरामदायक कॉफी कॉर्नर भी…इसे अफ्रीका दिखना चाहिए…वह स्थान ऐसा है, जो कहीं भी हो सकता है।"

"ठीक है, तो शुरुआती कड़ी पृष्ठभूमि में मंडेला के साथ हो सकती है।" मैंने चौक में हमारे ऊपर विशाल मंडेला की मूर्ति की ओर इशारा किया, "यह बिल्कुल अफ्रीका है।"

आकर्षक कैनरी घाट शैली में निर्मित एक अफ्रीकी शैली के रेस्ट्रो-बार ने

मेरा ध्यान आकर्षित किया। मैं उत्तम आंतरिक सज्जा देखने चली गई; बार की ओर मुख वाला एक बालकनी रेस्तराँ था, जो एक आकर्षक सेटिंग बनाया जा सकता है। दीवारों में से एक पर झरने जैसी व्यवस्था, हुक्का पाइप और रंगीन कुशन ने मुझे ऐसा महसूस कराया, जैसे मैं एक सूक के अंदर थी।

"मुझे लगता है कि मुझे वह जगह मिल गई है, जहाँ मैं शो के अधिकांश लिंक करूँगी।" मैंने किसी से विशेष रूप से यह नहीं कहा। रेस्ट्रो-बार के मालिक फ्रांसिस, हमें समायोजित करके बहुत खुश थे, लेकिन उनका एक विशेष अनुरोध था। "आपको हमारे स्टार कुक, बीट्राइस का साक्षात्कार लेना चाहिए—वह दुनिया की इस तरफ की सबसे अच्छी रसोइया है।"

फ्रांसिस ने एक विशाल बारह फीट लकड़ी के पैनल पर मुद्रित मेनू का संकेत दिया, जिसमें 'मोरक्कन ताजीन', 'सॉसी अफ्रीकी ऑक्सटेल स्टू', 'समुद्री अर्चिन गोनाड्स', 'घोड़े के खुर' और 'समोसा' जैसे आइटम थे।

उन्होंने कहा, "बहुत-कुछ आपके भारतीय समोसे जैसे ही हैं! और हम यह भी चाहते हैं कि आप प्रबंधक के साथ एक साक्षात्कार करें।" उसने काउंटर के बगल में अपने हाथों को रगड़ते हुए एक दाँतेदार व्यक्ति की ओर इशारा किया। मैंने आज रात के शो के समय में एफ.टी.पी. फुटेज में शामिल रसद के बारे में फ्रांसिस को समझाना जरूरी नहीं समझा। इसलिए मैंने तब तक खेला, जब तक मुझे एंकर लिंक पर भरोसा नहीं हो गया। प्रकाश की समस्या सुलझाने के लिए शिवम को छोड़कर मैं खुद को शो के लिए तैयार करने के लिए टॉयलेट में गई—मैंने एक गोल्डन बस्टियर चुना था और जल्दी से मैक स्टूडियो बेस और गोल्डन-काँस्य आई शैडो लगाया। मस्कारा के डबल कोट या रोज ब्लश-ऑन के लिए समय नहीं था, लेकिन मैंने कुछ अतिरिक्त लिप ग्लॉस लगाया। मैंने अपने उच्च चीकबोन्स के लिए परिवार की अपनी माँ के पक्ष को चुपचाप धन्यवाद दिया, जिसने मेरे चेहरे को एक तरह से प्राकृतिक रूप से तैयार किया हुआ था।

शुक्र है, लिंक शांति प्रदान करनेवाले थे। मैंने कुछ सामान्य ओपन-एंडेड वाले भी किए, जिन्हें ज्यादातर किसी भी कहानी के लिए फिट किया जा सकता था (एक नियम के रूप में, जेनेरिक लिंक शो को पैकेजिंग करनेवाले निर्माता

के लिए बहुत मूल्यवान् होते हैं, क्योंकि वे उन लिंक को बदलने में मदद करते हैं, जिनमें ऑडियो या वीडियो गड़बड़ हो सकती है)।

बस तीन घंटे बचे थे और सही मायने में मुझे फीड भेजने के लिए होटल के रास्ते में होना चाहिए था, लेकिन होटल आई.टी. विभाग ने मुझे एक मिनट की क्लिप प्रति पच्चीस मिनट एफ.टी.पी. गति के लिए एक सुपरफास्ट क्लिप का आश्वासन दिया था।

'आप फीड कब शुरू करेंगे?' टुंटी ने टेक्स्ट किया।

'बस काम समेट रही हूँ।' मैंने वापस टेक्स्ट किया।

'लेकिन निश्चित रूप से आपको अब तक काम समेट लेना चाहिए था!' टुंटी ने हार नहीं मानी।

☐

यह विचित्र है कि कुछ लोग कैसे सोचते हैं कि एक ही प्रश्न को सैकड़ों बार पूछने से चामत्कारिक ढंग से उत्तर मिल जाएगा? इससे भी अधिक विचित्र बात यह थी कि टुंटी जैसे रियलिटी डेस्क प्रोड्यूसर कितनी दूर थे, जिन्हें अकसर फील्ड रिपोर्टिंग के वास्तविक लॉजिस्टिक्स के बारे में कोई जानकारी नहीं थी। मैंने शिवम को पैकअप करने का इशारा किया, लेकिन मुझे लगता है कि उसे विभिन्न प्रकार के शॉट लेने में बहुत मजा आने लगा था।

☐

"हमें अभी काम बंद करना होगा।"

"मैं नहीं चाहता कि कोई मुझ पर उँगली उठाए···" शिवम ने जाना-पहचाना रोना शुरू कर दिया था।

शिट, वह किसी भी तरह से अपना रंडी रोना शुरू नहीं कर दे!

"ओह, भगवान् के लिए यार, क्या तुम इसे व्यक्तिगत रूप से लेना बंद कर सकते हो?" मैंने कहा। "क्या फायदा, अगर यह सब शानदार काम समय पर नहीं चलाया गया?" तेजी से डूबता सूरज मेरी घबराहट बढ़ाने लगा था। "तुम्हारे नूडीज का क्या?"

"उन्हें बाँध दो। उनके पास स्थानों के शॉट्स हैं, हैं ना? टुंटी को इसे सुलझाने दें।"

जब हम वापस अपनी कार में पहुँचे, तब तक अँधेरा हो चुका था। ड्राइवर ने लगभग खाली सड़कों से होते हुए गाड़ी चलाई और एक घंटे से भी कम समय में होटल में दो थके हुए और सूखे हुए नमूने पहुँचा दिए।

अंत में एक मुक्त पक्षी, शिवम गुनगुनाने लगा। उसका उस दिन का काम हो गया था और उसके सभी उपकरण पैक हो गए थे। अंत में वह दूसरे चैनलों से आए हुए अपने दोस्तों के साथ खरीदारी करने जा सकता था। जाने से पहले उसने मेरे कमरे में अपना कैमरा और फाई रीवायर केबल, शूट टेप और वीडियो मॉनिटर फेंक दिया, ताकि मैं शांति से एफ.टी.पी. कर सकूँ।

□

एफ.टी.पी. ट्रॉमा (आघात)

मैंने रूम सर्विस को ऑर्डर दिया और अच्छी इंटरनेट स्पीड के लिए प्रार्थना करते हुए एफ.टी.पी.इंग की एक लंबी रात में बैठ गई। कल जल्दी जाने का दिन था, क्योंकि मैं 'चिट्टी चिट्टी धूम धूम' के सेट पर जा रही थी।

और फिर शुरू हुआ दुस्स्वप्न! मैंने अपनी एफ.टी.पी. प्रक्रिया को याद किया और हार्ड कॉपी पर तैयार किया, लेकिन यह लैपटॉप शुरू नहीं हुआ।

मैंने सबकुछ करने की कोशिश की। मैंने एडॉप्टर, फायर-वायर कैबल्स को बदल दिया, बैटरी को अनप्लग कर दिया, फिर इसे वापस रख दिया, सब व्यर्थ! ब्लूटूथ के आगे के आइकन और पावर बटन पागलों की तरह झपकते रहे, लेकिन डिस्प्ले मॉनिटर मर चुका था।

मैंने होटल के आई.टी. व्यक्ति मबाली जामा को फोन किया, लेकिन आधे घंटे की मशक्कत के बाद उसने बताया कि मामला असंगत मेमोरी चिप्स था। हे भगवान्!

मैंने भारत में आई.टी. वालों को फोन किया, लेकिन मैं जो कर रही थी, उसके बारे में मेरे शब्द-दर-शब्द कथन ने और अधिक भ्रम पैदा कर दिया।

"क्या आपने कैमरा चालू होने के दौरान लैपटॉप को कैमरे में प्लग किया था?"

"नहीं!"

"क्या तुम्हें पूरा यकीन है?"

"हाँ!"

"क्या आप सभी चीजों को फिर से बंद और चालू कर सकती हैं?"

"मैंने इसे कई बार चालू और बंद किया है, इससे कुछ नहीं हो रहा है। कृपया जल्दी करें, मेरे पास भेजने के लिए बहुत सारे फुटेज हैं।"

"क्या आप इसे आई.टी. वाले को दे सकती हैं?"

जब तक उन्हें पता चला कि क्या गलत हुआ और चीजें काम करने लगी थीं, तब तक रात के 2 बज गए थे। जब मैंने सामान भेजा तो पहले से ही चार बज गए थे। मैं बहुत गहरी नींद में सो रही होऊँगा, जब सुबह 4:55 बजे टुंटी के फोन कॉल से मुझे झटका लगा।

"तुम्हारा स्लग नाम क्या है? मैं घंटों से इंतजार कर रहा था कि तुम इसे मुझे भेजो!"

टुंटी को रात की चौकसी पर भी रखा गया था और फीड की स्थिति पर मेरे नवीनतम मेल को फिर से जाँचने की जहमत नहीं उठाई थी। मेरे पास चिल्लाने की ताकत भी नहीं थी।

□

बॉलीवुड फिल्म शूटिंग लोकेशन पर

"आज तुम जितनी तेजी से शूट करोगे, उतनी ही तेजी से तुम अपनी खरीदारी के लिए जा पाओगे, शिवम!" चुटकुले कहने की मेरी कोशिश ने उसकी नस को दबा दिया।

"क्या शॉपिंग! एकाउंट्स के स्क्रूज ने मेरा डी.ए. घटाकर पच्चीस डॉलर प्रतिदिन कर दिया है—क्या यह मजाक है? क्या हम भिखारी हैं?"

डी.ए. या महँगाई भत्ता, एक मुख्य चर्चा का विषय है, लंबी उड़ानों पर एक गरम विषय; यह ट्रांजिट स्टॉपओवर पर गति पकड़ता है या 12,000 रुपए के घुटने की ऐंठन वाली पीठ-सुन्न करनेवाली इकोनॉमी सीटों को साझा करते हुए; रेड-कारपेट कार्यक्रमों में इसकी जोर-शोर से चर्चा की जाती है और होटल के कमरों में चिल-आउट सत्रों के दौरान इस पर गालियाँ दी जाती हैं। इस बार सेशन 'चिट्टी चिट्टी धूम धूम' के सेट पर हुआ।

"यहाँ भी वही कहानी है, लेकिन तुम अपना भी कुछ लाए होगे।" मैं एक लंबे बोरिंग सत्र से बचना चाहती थी।

शिवम ने कड़वाहट से शिकायत की, "अन्य चैनल क्रू में निर्माता भी यात्रा कर रहे हैं—एंकर और कैमरामैन काम खत्म करते हैं और निर्माताओं को अपने टेप सौंपते हैं, लेकिन यहाँ आप और मैं अभी भी गधों की तरह काम कर रहे हैं।" मेरी आँखें खुल गईं और मैंने एक बड़ी जम्हाई ली।

यह फिल्म का एक छोटा सा दृश्य था और मुझे याद है कि यह सोच रही थी कि क्या यह कभी लोगों के सामने आएगा भी? कि यह तेजी से रिलीज किया जाएगा और उससे भी तेजी से डूब जाएगा, आश्चर्यजनक रूप से उस समय किसी ने यह अनुमान नहीं लगाया था। टेप और शेड्यूल और प्रश्न सूची के साथ मैंने सेट पर ठोकर खाई।

यह लतिका और चिम्मी के बीच एक प्रेमपूर्ण दृश्य था और चिम्मी इसे ठीक नहीं कर रहा था। एक साधारण दो-पंक्ति वाले दृश्य को इतने घंटों तक बढ़ाने का कोई कारण नहीं था। लहजे (चिम्मी की हिंदी और लतिका की अंग्रेजी) विचित्र थे। हर समय कुछ-न-कुछ गलत हो रहा था, चाहे वह मुद्रा हो, रोशनी हो या कुछ और।

"उसे अभिनेता किसने बनाया?"

"चिम्मी किस तरह का नाम है? कुत्ते पर नाम रखा है?"

"उसके पिता एक बड़े अभिनेता हैं। उन्होंने हमेशा कहा है कि मेरा बेटा बोस्टन यूनिवर्सिटी में पढ़ेगा और एम.बी.ए. करेगा। बोस्टन गया भाड़ में—अब पापा चाहते हैं कि उनका नन्हा चिम्मी शाहरुख बने!"

लेकिन एक बात साफ थी—जिसने भी इस जगह को शूट के लिए किराए पर लिया था, वह घंटे के हिसाब से चार्ज नहीं कर रहा था। कई घंटे बरबाद करने के बाद, अब मैं इसे और नहीं सह सकती थी तो मैं ताजी हवा में साँस लेने के लिए बाहर निकली और शिवम को उसके शॉट्स के साथ छोड़ दिया। यह फिल्मिस्तान में एक छोटा सा तुरंत तैयार बंद सेट हो सकता था और मेरा पेट फिर से काम कर रहा था। मुझे डर था कि अगर मैं खुद को ओवन जैसे गरम फिल्म के सेट पर रहती हूँ तो मैं उलटी कर दूँगी। सेट पर मजा करना उतना मजेदार नहीं था, जितना मैंने सोचा था।

एक बात यह है कि सेट में परिवर्तित किया गया दो मंजिला हॉल बहुत निराशाजनक था। लगभग हर चीज पर मीलों-मीलों तक काला कपड़ा लिपटा हुआ था। घर पर कम-से-कम सहायक निर्देशक, सेट बॉयज और यूनिट के मेरे हाथ नवीनतम गपशप से भर दिया होता। और हमेशा कोई-न-कोई था, जिसका एकमात्र मिशन हर तीस मिनट में मुझे खाना खिलाना था, जिसने बॉलीवुड

फिल्म के सेटों को सहने योग्य बना दिया।

यहाँ यूनिट में बहुत कम लोग थे, जो मेरी चिंता करने के बजाय सेट पर अपने कर्तव्यों से कहीं अधिक कर रहे थे। निर्देशक एकांतप्रिय था और भोजन खाने योग्य नहीं था।

"यार यहाँ बड़े मोटे मच्छर हैं।" शिवम ने खुद को खुजलाते हुए शिकायत की।

"क्या तुम्हें शॉट्स मिले?" मैंने शिवम से पूछा।

शिवम ने कहा, "मेरे पास शॉट्स हैं···तुम बहुत थकी हुई लग रही हो।"

"मैं अच्छा महसूस नहीं कर रही हूँ—चलो चिम्मी को बैग में रखते हैं और उसे पुचकारते हैं!"

शिवम और मैं जिस तरह से यह बात आई, उस पर मुसकराए, लेकिन डरा हुआ चिम्मी, जिसने अभी-अभी अपने तय इंटरव्यू के लिए प्रवेश किया था, वह हास्य से चूक गया। मैं चिम्मी के साथ प्रश्न सूची को देखने लगी, अब तक बीमार और शर्मिंदा थी। घड़ी की सटीकता की तरह टुंटी के साथ फोन पर एक चिल्लानेवाले मैच से शूटिंग बाधित हुई, जो आधे घंटे के लिए नए शौक चिम्मी और लतिका को चिढ़ाने के लिए पर्याप्त था।

"तुम्हें पता है, इन दोनों के साथ आधा घंटा बिताना बेवकूफी है!" मैंने कहा।

"यही बात है, आप पत्रकारों को लगता है कि यहाँ डेस्क पर बैठे लोग बेवकूफ हैं। वैसे क्या मैडम लैला ने अभी तक दिशा के शो के लिंक्स करना शुरू किया है या यह पूछना बहुत अधिक होगा?"

"टुंटी, मेरा विश्वास करो, जब मैं कह रही हूँ कि कोई भी चिम्मी और लतिका को नहीं देखना चाहता। दोनों नौसिखिया हैं।" मैं उबल रही थी। "और तुम क्यों चाहते हो कि मैं दिशा का शो करूँ? दिशा को क्या हुआ?"

"उसने एक फेस स्पा करवाया था।"

"तो?"

"इसलिए वह दस दिनों तक एंकरिंग नहीं कर सकती है—चेहरे की त्वचा बहुत संवेदनशील होती है।"

"अरे, लेकिन मेरे पास समय कहाँ है?"

"समय निकालो।'"

डेस्क और फील्ड पत्रकारों के बीच लड़ाई नियमित रूप से होती है। विशेष रूप से जब डेस्क को लगता है कि बाहरी शूटिंग के दौरान पत्रकारों के पास मस्ती करने का बहुत समय होता है और रिपोर्टर यह मानता है कि डेस्क मूर्खों का डेरा है, जिन्हें बिना मेहनत और दिमाग के रिपोर्टर की स्थिति में आने दिया जाता है।

टुंटी ने फोन काट दिया और संक्षिप्त एस.एम.एस. के माध्यम से चिल्लाते हुए मैच जारी रखा।

'क्या हम आज कुछ उम्मीद कर सकते हैं?' टुंटी ने टेक्स्ट किया। (पढ़ें—कंपनी के पैसे पर आप और कितना मजा करेंगे?)

'बैगेड चिम्मी आदि अपलिंक करेंगे।' मैंने टेक्स्ट किया।

टुंटी ने कहा, 'सेट से आधा घंटा अलग करें।' (तुम ऐसा जरूर करना!)

'लेकिन सेट पर ऐसा कुछ नहीं हुआ। यह वास्तव में उबाऊ है।' मैंने टेक्स्ट किया।

'अपने लिंक ऐतिहासिक इमारत के अंदर से करें।' टुंटी ने टेक्स्ट किया। (मैं तुमसे काम कराऊँगा।)

'हमारे पास अनुमति नहीं है।' मैंने वापस टेक्स्ट किया।

'तो अनुमति प्राप्त करें!' ट्रिगर-खुश टुंटी ने पलटवार किया।

'ठीक है। मैं कोशिश करूँगी!'

'ठीक है, अगर तुम्हें ऐसा करने का मन नहीं है तो!'

'अरे, ऐसा नहीं है। ठीक है, देखते हैं कि मुझे क्या मिल सकता है!'

टुंटी के नए फरमान का मतलब था कि मुझे अभिनेताओं को किसी तरह के नाइट आउट में ले जाना होगा। एक ठेठ अफ्रीकी क्यूरियो दुकान की यात्रा पर ले जाना एक अच्छा विचार लग रहा था—अभिनेता अपनी मजेदार खरीदारी करेंगे और मैं अपना आधा घंटा बिताऊँगी। हम अभिनेताओं और चालक दल के कुछ सदस्यों के साथ चिड़ियाघर झील को देखनेवाले एक अफ्रीकी बाजार की ओर बढ़े।

अफ्रीकी क्यूरियो दुकान पर लतिका विशेष रूप से जटिल मनके, जातीय सोने और चाँदी के साथ-साथ नाजुक रूप से तैयार किए गए अफ्रीकी आभूषण, काफ्तान और खिलौने जानवरों की खाल से मोहित थी।

"अफ्रीका के कुछ असली छोटे टुकड़े! बाकी मैं दुबई में खरीदूँगी।" उसने कहा। उसके तर्क ने मुझसे बचा लिया, लेकिन मैं उसके लिए खुश थी।

"शिवम, अभिनेताओं को रंगीन अफ्रीकी कलाकृतियों और पृष्ठभूमि में विशाल मुखौटों के साथ खड़ा करें।"

"यह मुझ पर छोड़ दो, ना।" शिवम ने कहा। मुझे लगता है कि अभिनेताओं की खरीदारी की होड़ ने उसे उन सभी खरीदारी की याद दिला दी, जो वह चूक गया था। "ब्लडी कमबख्त स्क्रूज···" शिवम ने डी.ए. कम करनेवाले ऑफिस अकाउंटेंट को फिर से कोसा।

तो हमने शूटिंग की और बाइट ली, जबकि अभिनेता खरीदारी कर रहे थे और अफ्रीकी भोजन परोसनेवाले एक प्यारे अंतरंग रेस्तराँ मोयो में खाने के लिए रुक गए। ये सितारे ब्राई और चीसा न्यामा बारबेक्यू के आसपास बस गए। वहाँ मीठे और कुरकुरे मीली और इथियोपियाई मसालेदार घी और गरी, एगुसी, सिजाकिस या दद्दावा थे। ग्रील्ड सोल, रसदार स्टेक, रसीला सीप और ताजा काबेलजौ था। क्रू के कुछ सदस्य भोजन से उतने खुश नहीं थे और सुरक्षित अफ्रीकी समोसे और केन्याई चाय के लिए तैयार हो गए। एक घंटे के अच्छे समय के बाद, हमने अपना सामान बाँधा और सितारों को अलविदा कह दिया।

"इस डी.ए. से मैं क्या खाऊँ?" शिवम ने आरोप लगाते हुए कहा, मानो मैं डी.ए. कम करनेवाली हूँ!

"चलो, स्टीयर से कुछ अच्छे बर्गर लेते हैं। या क्या तुम्हें नंदो से पेरी पेरी चिकन चाहिए?" मैंने पूछा। "मैंने पढ़ा है कि विदा ए कैफे में कुछ बेहतरीन टेकअवे कॉफी है···"

हम फुटेज को अपलिंक करने के लिए वापस होटल जाने के लिए कार में सवार हुए। लेकिन इसे हमारा दिन नहीं होना था। हमारी तेज रफ्तार कार को एक जिद्दी ट्रैफिक पुलिस ने होटल के बाहर रोक दिया, जिसने हमारे अंतरराष्ट्रीय मीडिया की साख से प्रभावित होने से इनकार कर दिया। हमारा अपराध—हम

बिना सीट बेल्ट के पीछे की सीट पर थे।

पुलिसवाले ने शिवम और मुझे उसी समय स्टेशन तक घसीटने की ठानी। काफी मिन्नतों और सौदेबाजी के बाद वह हमें जाने देने के लिए तैयार हो गया, जब हमने उसे 5,000 रैंड दिए। मेरा दम घुटने लगा, जब मेरा डी.ए. मेरी आँखों के सामने पुलिस की जेब में चला गया। लेकिन विकल्प पर विचार करते हुए, यह अच्छी तरह से खर्च किया गया पैसा था। कल्पना कीजिए कि मुझे टुंटी को यह समझाने की जरूरत है कि मैं रात के शो के लिंक क्यों नहीं भेज सकी— क्योंकि मेरा कैमरामैन और मैं लॉकअप में थे।

□

आइटम है!

शिवम और मैं दक्षिण अफ्रीका के बेहद खूबसूरत कॉन्सटेंटिया जिले में 'डी.के. बोस' गा रहे थे। कॉन्स्टेंटिया केपटाउन के सबसे हरे, पत्तेदार हिस्सों में से एक में स्थित है, जहाँ आलीशान घर, लंबे रास्ते और ओक के पेड़ों के लाइन से घिरी सड़कों ने पुराने पैसे और शैली का प्रदर्शन किया। शिवम और मैं 'चिट्टी चिट्टी धूम धूम' के दल में शामिल होनेवाले थे। उपजाऊ कॉन्सटेंटिया घाटी की पृष्ठभूमि में लतिका के साथ एक आइटम नंबर की शूटिंग की जानी थी।

एक बॉलीवुड आइटम नंबर और टी.वी. एंकर लिंक की तुलना में देश की गलियाँ और घोड़े तथा हरे पेड़ों की शृंखला कुत्ते को टहलाने या कसरत करने के लिए अधिक आदर्श लगती हैं। यह जगह अपनी शराब के लिए प्रसिद्ध थी—चेनिन ब्लैंक, कैबरनेट सॉविनन, मीठा शिराज, खट्टा सॉविनन ब्लैंक, शारदोन्नय, मर्लोट और पिनोटेज—और मैं उन सभी का स्वाद लेने के लिए मर रही थी।

"यह वह क्षेत्र है, जिसे केप के पहले गवर्नर साइमन वैन डेर स्टेल ने 1685 में खेती करने और विकसित करने के लिए चुना था।" हमारे गाइड ने हमें, पर्यटकों को विधिवत् सूचित किया। मैंने वहाँ बैठकर दक्षिण अफ्रीका की अलौकिक सुंदरता पर आश्चर्य किया।

जब हम शूटिंग के स्थान पर पहुँचे तो लतिका अभी भी अपने स्टेप्स का अभ्यास कर रही थी। वह अपने टॉपलेस कैलेंडर शूट के लिए चर्चा में रही थी और यह उसका पहला पूर्ण नृत्य आइटम था—'अंगूरी की जवानी का अचार·· सौ हजार लाखों बीमार' नामक एक गीत।

जाहिर तौर पर लतिका का हुस्न काम कर रहा था। वह धनराज सुखानी की कॉमेडी फिल्म में एक सेक्सी आइटम नंबर हासिल करने में सफल रही थी। साथ ही, एक ऐसी भूमिका, जिसमें उसे संवाद कहने की आवश्यकता थी। वह उत्साहित थी।

लट्टू अपनी पहचान बनाने के लिए हर हथकंडा अपना रही थी और अब चाहती थी कि उसकी फिल्म उसके टॉपलेस कॉपर के साथ पूरी तरह से जमे। कम-से-कम कोई उस पर कोशिश न करने का आरोप नहीं लगाएगा।

"कैलेंडर में मेरी तसवीरें देखकर लोग चौंक जाएँगे! और मैं कितनी दूर चली आई हूँ!" लतिका ने मुझे बताया, अपने स्टेप्स का अभ्यास करने से वह हाँफ रही थी। "मैं घमंडी नहीं हो रही हूँ, लेकिन मैं हमेशा लिफाफे को आगे बढ़ाती हूँ। आप प्रतीक्षा करें और देखें, हर आदमी के बाथरूम में माया का कैलेंडर होगा।" उसने कहा, "जैसे वह ताल पर घूमती है, अपने पर्याप्त अंग दिखाती है।"

चूँकि कॉन्स्टेंटिया अंगूर के बाग शहर के केंद्र से केवल बीस मिनट की दूरी पर थे, इसलिए योजना आधे दिन में सभी खेतों का दौरा करने की थी, या पूरे एक दिन को अलग रखने की थी। लतिका इस ट्रिप को लेकर काफी उत्साहित थी।

हमने उसे कॉन्स्टेंटिया घाटी के बीच में बसे ग्रोट कॉन्स्टेंटिया के व्यापक दृश्यों के बीच शूट किया, फिर क्लेन कॉन्स्टेंटिया, जो सुंदर कॉन्स्टेंटियाबर्ग पहाड़ों की तलहटी में स्थित है, दूर से फाल्स बे के साथ घाटी में शानदार दृश्य पेश करता है।

मैंने टुंटी के साथ किसी भी तरह की बातचीत से बचने और अपनी खुद की इज्जत बनाए रखने के लिए फुटेज को समय पर अच्छी तरह से अपलिंक किया। वहाँ मैं अफ्रीका में एक अंगूर के बाग के सामने एक पतली रेशमी पोशाक में

बैठी थी, रात के 1:45 पर मैं पूरे मेकअप के साथ और काँप रही थी। मैं ओ.बी. के खत्म होने का इंतजार कर रही थी कि मुझे रेहान का फोन आया।

"याद है तुम्हारी प्रेग्नेंसी टेस्ट नेगेटिव आई थी?"

"हाँ।"

"लेकिन अस्पताल से फोन आया।"

"ठीक है।"

"उन्होंने कहा कि यह मिक्स हो गया था।"

"ठीक है?"

"यह पॉजिटिव है।"

"मतलब?"

"मतलब बेब, तुम गर्भवती हो?"

"क्या? यह कैसे हो सकता है?" मैंने मूर्खता से पूछा।

"ठीक है, यह सामान्य तरीके से हुआ है!" रेहान इतना खुश लग रहा था कि मेरे पास उसे आइसरिंक फॉल्स और रेड बुल के डिब्बे के बारे में बताने का दिल नहीं था, जिसे मैं पी रही थी, भारी उपकरण, जो मैं चारों ओर लटकाकर घूम रही थी और तथ्य यह है कि मेरा कैमरामैन एक चेन स्मोकर था। उस अस्पताल को कोसने और उस पर मुकदमा करने की धमकी ने रेहान को यह सोचने पर मजबूर कर दिया कि शायद मैं बच्चे के बारे में दूसरा विचार कर रही हूँ!

टुंटी की ओर से एक नया एस.एम.एस. आया—'कुछ नया ताजा? कल के लिए कोई माल?'

मैं तुरंत फूट-फूटकर रोने लगी।

□

ऑन होल्ड (होल्ड पर)

मुझे कैसा महसूस होना चाहिए था? अच्छे या बुरे के लिए मेरा जीवन पूरी तरह से बदलनेवाला था और यह अपरिवर्तनीय था।

भारत वापस आते समय हवाई अड्डे के लाउंज में मेरी नजर प्रेग्नेंसी नामक पुस्तक पर पड़ी। उसके बाद 'हेलो मम्मी', 'वेलकम बेबी' और 'यो प्रेगो', 'रेडी ऑर नॉट-हेल', इस तरह की पुस्तकों का एक पूरा ढेर था।

'तुम गर्भवती हो', इन तीन शब्दों ने मुझे किताबों के रैक के माध्यम से उन शीर्षकों को तलाशने के लिए मजबूर किया, जिनके बारे में मैंने कभी कल्पना नहीं की थी कि मेरा इनसे कोई लेना-देना होगा! टुंटी, बन्नी, लतिका, शिवम, एच. रामी और नंदू के बारे में चिंतित होने से यह एक नया द्वार था, जो बड़ी मात्रा में अज्ञात डेटा संसाधित होने की प्रतीक्षा कर रहा था।

किताबों की रूपरेखा ने मुझे सूचित किया कि मैं अपने जीवन की सबसे महत्त्वपूर्ण यात्रा शुरू करने जा रही थी; यह नौ महीने के ठहराव के साथ शुरू होगा और इसमें मूर्खता, लंबी और अल्पकालिक भूलने की बीमारी, रोना और नींद आना, मुँह में खाना रखने में असमर्थता और हिंसक मिजाज भी शामिल हैं। मैं गर्भवती थी और मैं घबरा रही थी।

मैं प्रीगो थी। गर्भवती। प्रेगर्स।

☐

इतना पागलपन किसलिए? भगवान् के लिए वह मच्छर अभी अंडे दे

रहा है और देखो, कैसे चिंपांजी अपने नवजात शिशु को पकड़े हुए है···मुझे इस बेकार के बुकस्टोर से बाहर निकल जाना चाहिए।

□

'ध्यान दो, तुम कोड़े मार रहे हो।' चिकी की फेसबुक टिप्पणी ने मुझे बेहतर महसूस नहीं कराया। लेकिन उसकी ओर से कुछ सुनकर अच्छा लगा।

नंदू की टिप्पणी—'पहले से ही, गर्भवती? लेकिन तुम्हारे पास अभी भी अपना ड्रीम शो नहीं है!'

लतिका का 'मैं उसका नाम रखूँगी' प्यारा सा।

और बन्नी की 'मैं उसकी गॉडमदर हूँ' ने मेरी आँखें नम कर दीं।

रेहान मुझे लेने एयरपोर्ट पर आए हुए थे, पूरी तरह प्रोटेक्टिव और पजेसिव। जब उसने मुझे देखा तो वह मुसकराया, उसकी आँखें तेज से भरी और अपठनीय थीं।

डूड!

आप क्या करते हैं, जब आप अपने अंदर पल रहे उस बच्चे के पिता से मिलते हैं? मैं उस प्रेमी के लिए दुःखी हो रही थी, जिसे मैं पीछे छोड़ रही थी, लेकिन पहली बार पिता बन रहे इस व्यक्ति से पहली बार मिलना काफी कुछ अलग था।

हम मुसकराए, गले मिले और कुछ और मुसकराए। रेहान कभी नहीं मानेगा, लेकिन उसकी आँखों में आँसू थे।

"तुम्हें पता है, ना, हम शादी कर रहे हैं?" उसने कार में मेरे सिर को खिड़की के बगल में छोटे तकिए पर और मेरे पैरों को अपनी गोद में रखकर प्रपोज किया।

कारण जो भी हो—चाहे वह बच्चे के कारण हो, या क्योंकि उसने आखिरकार स्वीकार कर लिया था कि रिश्ते को अगले स्तर पर ले जाना है—मैं बहुत थक गई थी और बहस करने के मूड में बिल्कुल नहीं थी। फिलहाल के लिए यही···

□

लीपा-पोती

"यह सामान्य है कि किसी विशेष अवसर पर, जैसे सार्वजनिक रूप से पहली बार जादुई प्रभाव का उत्पादन, जो कुछ भी गलत हो सकता है कि वह गलत होगा। चाहे वह पदार्थ की दुर्भावना के कारण हो या निर्जीव चीजों की कुल भ्रष्टता के कारण, चाहे उत्साहजनक कारण जल्दी हो, चिंता हो या क्या नहीं, तथ्य जुड़ा रहता है।"

—नेविल मस्केलीन, ब्रिटिश जादूगर, 1908

"तुमने वास्तव में ऐसा किया था, लैला?" चिकी ने पूछा।

"हाँ! मैंने ऋतिक रोशन का इंटरव्यू करते हुए सीधे प्रसारण के दौरान टॉप को पीछे से आगे की ओर पहना था! और निरंतरता बनी रहे, इसके लिए बन्नी ने मुझे इस तरह कपड़े पहनकर शो पूरा कराया।"

मैं अब चिकी से अधिक बात करती थी। मुझे यह सोचकर डर लगा कि हम उसे खोने के कितने करीब आ गए हैं! चिकी ने अब अमर कपूर का जिक्र नहीं किया। लेकिन मैं अभी भी उससे नाराज थी। हालाँकि रेहान ने इसे अलग तरह से देखा।

उसने नहीं सोचा कि यह अमर कपूर की गलती थी। वास्तव में, उसने कहा कि हमें चिकी को जंगल में एक बेब के रूप में देखना बंद कर देना चाहिए।

उसे उसके लिए बुरा लग रहा था, लेकिन जब अमर को दोष देने की बात आई तो वह व्यावहारिक था। मुझे शुरुआत में दुःख हुआ, जब रेहान ने चिकी को इतना स्टार प्रभावित माना कि वह चमक से परे नहीं देख सकी। उसने कहा कि उसके जैसी लड़की के लिए बकवास संकेतों को भूल जाना असंभव था। उसने यह भी सोचा कि चिकी अपने जीवन से, अपनी अति-अधिकार वाली माँ और अपने 24/7 अस्तित्व से बाहर निकलना चाहती है। अमर कपूर उसके बच के भागने का टिकट था। हाँ, वह बदल गई थी, लेकिन क्या आप अकेले अमर को दोष दे सकते हैं? उसके पास लौटने के कई मौके थे, लेकिन उसने उसका पीछा करना जारी रखा।

लेकिन मुझे लगा कि चिकी बेहतर पाने की हकदार है। बन्नी के एक दोस्त ने चिकी को प्रोडक्शन हाउस में नौकरी दिलाने में मदद की थी। वह उतना पैसा नहीं कमा रही थी और अपनी ई.एम.टी.वी. की नौकरी वापस चाहती थी, लेकिन कम-से-कम वह दोस्तों की दया पर नहीं थी।

"मैंने तुम्हारा नया प्रोमो देखा। यह अच्छा है…" चिकी ने कहा।

मेरे नए प्रोमो में कहा गया है, "अपने दरवाजे पर दस्तक देनेवाले अखबार को भूल जाओ। हमारा विश्वास करो, हम देंगे सारे देश की खबर फटाफट! शीर्ष 10 स्पीड समाचार खूब चले।" बेशक प्रोमो के पहले प्रसारण में इंदु दिखाई दे रही थी। "लेकिन अन्य लोग भी महत्त्वपूर्ण योगदान दे रहे हैं। प्रोमो में सिर्फ उसका मग ही क्यों है?" मैंने उसे नजरअंदाज करने का फैसला किया।

"तुम्हारी इंटर्न, उसका नाम क्या है?" वह पिंकी मेहता—हाँ बेब, कल रात उसका मेकअप किसने किया था?" चिकी ने पूछा।

"वह पोशाक में मस्खरी की तरह लग रही थी, हाँ!"

"कृपया EMTV.com पर फीडबैक भेजें। आप अपना संदेश टाइप कर 88888 पर भेज सकते हैं। विजेता प्रविष्टि को…"

"मुझे फीडबैक में क्या लिखना चाहिए?" चिक्की ने पूछा।

"शायद ई.एम.टी.वी. में बंदर ऑन एयर क्यों है?" मैंने कहा। "अच्छा सुनो, मार्टिना बुला रही है, मुझे सुबह 7 बजे के रोल के लिए मेकअप के लिए जाना है…"

सुबह की पाली मेरे लिए नींद से वंचित अवस्था से बाहर निकलने का रास्ता थी, जिसमें मैं आजकल थी—गर्भावस्था में मेरे शरीर की प्रतिक्रिया। समस्या यह थी कि सुबह चार बजे उठना सामान्य नहीं था और मेरा शरीर यह जानता था। अँधेरे में बार-बार अलार्म घड़ी का बजना—सुबह के 3:55 हो रहे हैं, उठने का समय हो गया है! 3:55 हो रहे हैं, उठने का समय हो गया है—इसने मुझे पागल कर दिया है।

मुझे बताया गया था कि मेरे शरीर को सुबह की पाली की आदत पड़ने में एक या दो महीने लगेंगे और यह कि पहले कुछ महीनों के बाद यह आसान हो जाएगा। लेकिन बाकी दुनिया की तुलना में घंटों पहले बिस्तर पर जाना मुश्किल था।

मैं रोज सुबह 5 बजे तुरंत स्टेशन पहुँच जाती। मेकअप के देवता मेरे चेहरे को प्रसारण गुणवत्ता में बदलने का इंतजार करते। ऐसा नहीं है कि मैं लोगों पर अपना खुद का जादुई प्रभाव चाहती थी⋯लेकिन मेरा विश्वास मानें, आप मेरे 4 बजे के चेहरे को टी.वी. में नहीं देखना चाहते होंगे। लेकिन सुबह के शिफ्ट के साथ कुछ सुविधाएँ थीं। नवीनतम इन-हाउस गपशप करने का यह सबसे अच्छा समय था। मेकअप रूम सबसे रंगीन कहानियों से भरा कमरा था।

जैसे ही मैं अपनी बारी के लिए बैठी, समाचार डेस्क से एक महत्त्वपूर्ण एंकर आया, जिसके पास कभी भी एक मिनट का समय नहीं था। उसका हाल ही में एक अन्य चैनल से अच्छे वेतन पर अवैध शिकार किया गया था।

उसने कहा, "जल्दी करो, जल्दी करो, बस मुझ पर थोड़ा सा मेकअप लगाओ और मैं अच्छी हूँ⋯मेरे पास एक मिनट भी बरबाद करने के लिए नहीं है।"

"लेकिन यह काम नहीं करेगा! आपकी त्वचा रूखी दिख रही है, आपके बाल बिखरे हुए हैं। आपने इसे आखिरी बार कब धोया था?" मार्टिना ने पूछा।

"अरे, बस करो⋯मुझे जाना है, मुझे देर हो रही है।"

मेकअप रूम में हर कोई बस तब तक चुप रहा, जब तक कि 'मेरे पास एक मिनट भी नहीं बचा है' वाली कमरे से बाहर नहीं चली गई⋯

"जल्दी, जल्दी।" उसके जाने के बाद मार्टिना उसकी नकल करने लगी।

"वह कोई मेकअप नहीं चाहती है, लेकिन पूरा काम कराती है···ग्लॉस भी, बेस भी, थिक आई शैडो भी···और फिर वह कहती है कि उसे मेकअप की जरूरत नहीं है!"

"यार, उसे कम-से-कम घर पर अपना चेहरा धोना चाहिए और तब आना चाहिए···यह बहुत मुश्किल है!"

मार्टिना और उसका गिरोह, जिसमें सुनीता, फैजल और टोनी शामिल थे, एकमात्र कारण थे कि ई.एम.टी.वी. के एंकर जैसे दिखते हैं, वैसे क्यों दिखते हैं? मेकअप कलाकारों के पास झुर्रियों को भरने, गालों को इस्त्री करने और रूपरेखा तैयार करने का अविश्वसनीय काम था। मार्टिना का ब्रश जादू की छड़ी थी, जिसने एंकरों को बदल दिया था।

"कृपया अपनी आँखें न खोलें—मुझे आईलाइनर लगाने दें, फिर इसे सूखने दें···हम नहीं चाहते कि आपका मेकअप खराब हो।" मार्टिना ने मेरी बंद आँखों पर ध्यान से नीली आईशैडो लगाते हुए चेतावनी दी।

दरवाजा खुला और मुझे बहुत महँगे मेन्स कोलोन की खुशबू आई। एक सितारा अंदर आया था।

"सर का मेकअप करो।"

"कौन आया है?" मैंने पूछा। मार्टिना ने कोई जवाब नहीं दिया।

जैसे ही कोई मेरे बगल की कुरसी पर बैठा, चर की आवाज आई।

मैंने थोड़ी सी अपनी आँखें खोलीं और मुसकराता हुआ अमर कपूर दिखाई दिया। मैं अकसर झुंझलाती नहीं हूँ। लेकिन वहाँ मैं अपना मुँह खोलकर बैठी थी, चिकी के खोए हुए शूरवीर को घूर रही थी; ऐसा लग रहा था कि कपूर ने भी मुझे मेरे पिन लगे बालों और मेकअप के साथ पहचाना नहीं था।

"हाय!" उसने मुझे अपनी सबसे आकर्षक 'तुम्हारा-सुपरस्टार मुसकान' देते हुए कहा।

"हैलो।" मैंने कहा।

"क्या मैंने तुम्हें पहले देखा है? नहीं, शायद टी.वी. पर।" अमर ने याद करने की कोशिश की।

"अमर, तुम यहाँ हो—चलो एक बार प्रैक्टिस कर लेते हैं, क्या हम?"

प्रश्नों की तरह लग रहे कागजों के ढेर को पकड़े घबराई हुई अपनी सहायक के साथ आती रिनी चड्ढा बोली। रिनी ने अपनी उँगलियाँ बजाईं और सहायक ने घबराकर उसे कागज सौंप दिए।

मेरी आँखें अचानक से होशियार हो गईं और मैं दर्द से कराह उठी। काजल ने अंदर तक अपना रास्ता बना लिया था।

"अब अपनी आँखें बंद करो," मार्टिना चिल्लाई, "मुझे साफ करने दो। टोनी, मुझे आई ड्रॉप दो—तुम्हारे शो के लिए कितना समय है? अभी भी एक घंटा···तुम्हें अपनी आँखें बंद करनी होंगी—क्या? हाँ, आप फोन पर बात कर सकती हैं, लेकिन आँखें बंद रखें।" मार्टिना ने मेरी आँखों पर रूई की मोटी परत लगाते हुए मुझे चेतावनी दी।

मैंने अपनी आँखें बंद कर लीं, मैंने मन बना लिया। मैंने फोन पर कुछ रेंडम संख्याओं को दबाया।

"ठीक है चिकी, यह किस बड़े स्टार का भांडा फोड़ने की तुम बात कर रही थी?" मैंने जोर से कहा। "चिकी, शांत हो जाओ। तुम इतने गुस्से में क्यों हो? तुम किस अभिनेता के बारे में बात कर रही हो?"

इस पर उनका ध्यान गया।

"तुम्हारे पास सबूत है? क्या सबूत? तुमने क्या किया? हे भगवान्, तुमने उसे रिकॉर्ड किया?" बेशक दूसरे छोर पर कोई नहीं था, लेकिन क्या हुआ।

अमर कपूर एकदम शांत बैठे थे।

"लेकिन चिकी, यह एक बड़ा सितारा है, है ना? तो इसका प्रसारण कौन करेगा? क्या? तुम इसे नेट पर डालोगी—लेकिन इसमें ऐसा क्या बकवास है, लड़की?"

क्या हमारा हीरो पीला पड़ गया?

"लेकिन क्या इससे तुम्हारे···का समझौता नहीं होगा···क्या? किस रियलिटी शो ने तुम्हें ऑफर दिया है? तुम शो में सबका खुलासा करोगी? क्या? तुम पहले ही कर चुकी हो?"

अमर कपूर विशेष रूप से उसके लिए यूरोप से आयात किया गया ओजोनयुक्त पानी, जो वह पी रहा था, खाँसने लगा और सीट से उठ खड़ा हुआ।

वह बहुत-कुछ सुन चुका था। जैसे ही वह कमरे से बाहर निकला, मैंने रिनी को चिल्लाते हुए और उसके पीछे दौड़ते हुए सुना। "वह कैसे जा सकता है, क्या वह पागल है? मुझे उसके कमबख्त पी.आर. से मिलाओ। हाय, अमर स्वीटी, क्या हुआ? नहीं, लेकिन आप जानते हैं कि आपने मुझसे वादा किया था...हैलो, हैलो...पागल ने फोन काट दिया है। कमीने ने वादा किया था! क्या वह पागल हो गया है? मुझे शो के लिए कोई और लाकर दो। मैं उसकी खुशी बरबाद कर दूँगी।"

"क्या मैं अब इस रूई को हटा सकती हूँ, मार्टिना?"

"ओ, हाँ-हाँ! आपकी आँखें साफ हो गई हैं। लेकिन क्षमा करें बेब, आप बड़े नाटक को देखने से चूक गई हैं—यही आपकी सजा है अपनी आँखें बंद न रखने के लिए।" मार्टिना ने झुँझलाते हुए कहा।

"सॉरी, मार्टी!" मुझे बिल्कुल भी खेद नहीं था; और मैंने अपनी आँखें खुली रखने का इरादा किया था—पूरी तरह से खुली!

□

फैशन वीक में हो गई तू-तू, मैं-मैं

गद्दाफी का पतन, अन्ना का उदय, तूफान कैटरीना ने अमेरिका को तबाह कर दिया… दिल्ली फैशन वीक शुरू होने पर हम बहुत सारी खबरों में डूबे हुए थे। कई बॉलीवुड सितारों और विश्व कप विजेता क्रिकेटरों ने सप्ताह भर के चकाचौंध भरे चक्कर में शो स्टॉपर बनने का वादा किया था।

तो गद्दाफी, अन्ना हजारे, कैटरीना और फैशन वीक के बीच संभावित संबंध क्या था? समाचार डेस्क से पूछने के लिए मैं काफी बेवकूफ था।

"बहरीन से खरीदार हैं? मध्य-पूर्व की उपस्थिति बहुत अधिक है, इसलिए गद्दाफी के बाद के जीवन के बारे में वे क्या सोचते हैं, इस पर बाइट प्राप्त करें।"

"कोरिया से दो डिजाइनर हैं, ना? गंगनम उन्माद पर उनकी प्रतिक्रिया प्राप्त करें! इससे भी अच्छा, उनसे गंगनम नृत्य करवाएँ।"

"जाओ पता करो कि तुम्हारे मॉडल अन्ना हजारे के बारे में क्या जानते हैं? सुनो, मुझे केजरीवाल के फैशन स्टेटमेंट पर उनके बाइट्स चाहिए, जैसे आम आदमी का फैशन…"

"विश्व कप पर बधाई बाइट प्राप्त करें। क्या उन्हें लगता है कि भज्जी और बसरा एक अच्छी जोड़ी बनाते हैं? क्या जख और ईशा शादी करेंगे? क्या युवी प्रीति या किम के साथ बेहतर जोड़ी बनाता है?"

और तब⋯

"क्या आज कोई वार्डरोब माल फंक्शन हुआ है ? रैंप पर कोई नंगा हुआ ?"

"क्या कोई लड़खड़ाया ? गिरा ? कोई फैशन गलती नहीं ?"

"कोई सुपरस्टार ? कोई भी ग्लैमरस करेगा—स्पोर्ट्स स्टार, क्रिकेटर शो स्टॉपर, कुछ हॉट सेक्सी मॉडल !"

"चलो, पुरुषों के स्कर्ट पहनने का चलन दिखाते हैं, ना⋯लोग देखना चाहते हैं कुछ अजीब-अजीब फैशन⋯"

"मुझे शीर्ष पाँच फैशन के शौकीनों के बारे में बताएँ⋯आम आदमी अच्छे फैशन को समझना नहीं चाहता, लोग हाई-फैशन जोकर देखना चाहते हैं ! सेक्सी कॉपी दो⋯आखिरकार, यह शहर का सबसे नया सर्कस है, है ना ?"

(नोट : जोर अजीब, हास्य, विचित्र, अश्लील और परोपकारी पर था।)

आपको इसे बन्नी को सौंपना था, उसे अच्छे से और तेजी से काटना आता है।

□

और फिर पिंकी मेहता थीं, जो लेबलों का खजाना थीं।

हाल ही में खरीदे गए डायर क्लच के साथ पिंकी ने इंडिया फैशन वीक के डगमगाते मैदान में अपने ताजे कटे हुए फेंडी बकरी की खाल के पंपों से कर्कश आवाजें उड़ाईं। उसने लापरवाही से अपना बरबेरी कोट गिरा दिया और हमें अपने विशेष हर्मेस स्कार्फ पर शोर करने की इजाजत दी, इससे पहले कि वह उसे अपने फ्लैशी लुई वीटन हैंडबैग में रख ले। उसने हमारे ओ.बी. स्पॉट को पार किया, महँगे चैनल की खुशबू बिखेरी या यह एक यवेस सेंट लॉरेंट परफ्यूम था, इसी के साथ अपनी बुल्गारी ज्वैलरी को चमका दिया, क्योंकि उसने अपने मूवडो टाइम पीस को किसी की ओर हाथ करते हुए दिखाया।

पिंकी का विदेशी लेबलों के साथ जुड़ाव जितना आकर्षक था, उतना ही परेशान करनेवाला था। दिल्ली में फैशन वीक के पहले दिन, पिंकी के पहनावे में ऊपर से नीचे तक पागलपन की लहर दौड़ गई—एक बेहूदा लेस और चोटीवाली शर्ट (लंदन के मार्क और जैकब्स से उसने मुख्य रूप से बताया) को एक विचित्र फ्लॉन्सी स्कर्ट (डोल्से और गब्बाना से उसने जोर देकर कहा)

के साथ पहना। उसे उपयुक्त रूप से 'पिंकी पैंसी' का उपनाम दिया गया था।

"पिंकी बेब, तुम रानी को वापस लाने के लिए दृढ़ संकल्पित हो!"

"लैला, यह फैशन है...हैरोड्स को हिट करने के लिए यह नवीनतम संग्रह है।" भड़कीले फैशन की रानी ने मुझे सूचित किया। अपने मर्दाना कंधों को सिकोड़ते हुए, जिसे एक अच्छा जिल सैंडर्स आई-लाइन टॉप कवर करने के लिए संघर्ष कर रहा था, उसकी कलाई पर एक बुरी तरह से बेमेल सुनहरा और हीरे से जड़ा हुआ ब्रेसलेट, उसने मेरे सार्थक पहनावे को घूरकर देखा।

"हे भगवान्, पिंकी, तुम्हारे जूते जीवित हैं!" मैंने उसके बालोंवाले भूरे जूतों की ओर इशारा करते हुए चिड़चिड़ेपन से कहा। "दोस्तो, मुझे लगता है कि पिंकी के सैंडल ने विग पहन रखा है! वह अपने पालतू जानवर को फैशन वीक में क्यों पहनकर आई है?"

कट्टर टी.वी. पत्रिकाओं के एक समूह में पिंकी कुछ हटकर थी। लेकिन मुझे संदेह है कि उसने खुद को कभी पत्रकार माना भी होगा। "वह जेबरा की तरह कपड़े पहनकर क्या कर रही है? इसकी तो मैं खबर लेती हूँ," स्नेहा बोली। मेरी ऑन-लोकेशन प्रोड्यूसर, जिसकी फैशन सेंसिबिलिटी फिटेड जींस तक सीमित थी, जो उसके वॉर्डरोब से व्हाट-शी-ग्रैब-फर्स्ट (जो भी सबसे पहले हाथ लगा) के साथ थी। उसे बन्नी ने मुझे सौंपा था, जो यह सुनिश्चित करना चाहती थी कि मैंने अपनी स्थिति में कुछ भी साहसिक कार्य नहीं किया है। अब तक मेरा बेबी बंप दिखना शुरू हो गया था, लेकिन जब मैं खड़ी रहती और लिंक्स कर रही होती तो कैमरामैन का फोकस मिड-शॉट्स पर ज्यादा रहता... यह टी.वी. पर दिखाई नहीं देता। मुझे लगता है कि हर किसी ने सोचा कि गर्भवती कर्मचारी के आसपास दौड़ना और फैशन की रिपोर्टिंग करना अच्छा है।

स्नेहा ने कहा, "हमारी छोटी आयशा अपने 'फैंसी झुंड' से भटक गई है... लेकिन कुछ भी इतना गंभीर नहीं है कि एक न्यूज चैनल में इंटर्न करना ठीक नहीं कर सकता। साली, मैं अब धोबन की तरह दिख रही हूँ।" उसने शिकायत की और मैंने चुपचाप अपनी पोशाक को देखा—एक नरम लेमनग्रीन एक-बाँह वाली गौरी-नैनिका सिल्क टॉप और नीली जींस और स्नीकर्स। "मुझे आश्चर्य है कि उसे सभी नवीनतम डिजाइनर वस्त्र कहाँ से मिल रहे हैं?"

"अरे पिंकी," एक पी.आर. लड़की अकड़कर चिल्लाई। "बेबी, मेरे पास तुम्हारे लिए कुछ है।" उसने पिंकी को एक शानदार रेशम के सीमित-संस्करण का दुपट्टा दिया, मुझे और स्नेहा को नजरअंदाज करते हुए, जबकि हम उसके ठीक बगल में खड़े हुए थे।

"ओह, आपको नहीं करना चाहिए था···सुनो, मैं बिल्कुल नहीं, हाँ! तुम मुझे बिगाड़ रहे हो।" उसने तोहफे को पकड़ते हुए कहा।

पिंकी मेहता ने हम में से बाकी लोगों की तरह मनोरंजन के पत्रकारों की तरह घटनाओं को कवर नहीं किया। उसे घटनाओं में आमंत्रित किया गया था और अकसर पर्याप्त महत्त्वपूर्ण लोगों से बात करते हुए, बाकी कर्मचारियों की तुलना में अधिक समय तक रुकती थी। जल्द ही केवल पिंकी पैंसी को ही निमंत्रण मिला। कहने की जरूरत नहीं है, इससे डेस्क पर बहुत जलन हुई।

"लैला, प्लीज पिंकी की मदद करो। वह तुम्हारी जूनियर है, तुम्हें पता है। तुम्हें अगले गार्ड को प्रशिक्षित करने की आवश्यकता है!" बन्नी के शब्दों ने मुझे फैशन के गढ़ की रखवाली करते हुए और पिंकी के स्टारडम के लिए उसके रास्ते को अवरुद्ध करते हुए हास्यास्पद चित्रों को जोड़ दिया।

"हाँ बिल्कुल, वास्तव में यह मैं ही थी, जिसने उसे कॉन्टेक्ट दिए थे।" मैंने झूठ बोला।

☐

रेहान मुझे यह बताने की कोशिश कर रहा था कि मेरी हालत में सक्रिय रिपोर्टिंग जारी रखना कितना असुरक्षित और मूर्खतापूर्ण था, लेकिन मैं बस बैठकर अपने अँगूठे को घुमा नहीं सकती थी और किसी दूसरे या तीसरे गार्ड को अपनी बीट पर आने नहीं दे सकती थी, क्या मैं कर सकती थी?

मैंने बैकस्टेज शूट तय किया था—बॉलीवुड के शीर्ष डिजाइनर लोकी के साथ परदे के पीछे की शूटिंग, जिन्होंने वादा किया था कि वह एक प्रसिद्ध अभिनेत्री को तुरंत स्टाइल चेक के लिए लाएँगे। चिंता वहीं हो रही थी। हमारे पास विशेष 'गोल्ड' एंट्री कार्ड होने के बावजूद हर बिंदु पर मांसल बाउंसर हमें रोक रहे थे। और साफ-सुथरे कालीनों के बावजूद, फर्श डगमगाए से लगे; जल्दी से चपटे मैदान को ढकने के लिए कितनी ही दरी थीं, अन्यथा मेलों के

लिए आरक्षण हासिल किया जा सकता था।

मैंने अस्थायी मुख्य शो क्षेत्र एमएसए1 से एमएसए2 तक की दूरी को रौंद दिया और सीधे बैकस्टेज की ओर बढ़ी।

हमेशा की तरह उस समय मुझे नहीं पता था कि मैं एक बड़ी कहानी की ओर जा रही हूँ।

जब मैं मंच के पीछे पहुँची तो पिंकी को पहले से ही कुरसी पर बैठी हुई, पी.आर. चिक के साथ हँसते हुए देखकर चिढ़ गई। मैं अपनी परेड पर एक लड़की की बातचीत को सर्वोच्च स्थान नहीं दे सकती थी, है ना?

"हेलो!" मैंने थोड़ा बेरहमी से कहा। "तुम भी हो? ऐसे कैसे?"

पिंकी ने कहा, "लोकी ने मुझसे मेरे सेगमेंट के लिए एक विशेष स्टाइल चेक का वादा किया है।"

मेरे सेगमेंट के लिए स्टाइल चेक—बेवकूफ बिच!

"लेकिन मैं यह कर रही हूँ ना, स्वीटी!" मैंने कहा।

"बन्नी ने मुझसे कहा···तुम उससे पूछ सकती हो।"

"ये लो! कोई जरूरत नहीं है—मुझे यकीन है कि तुम इस तरह की कहानी नहीं बनाओगी। वैसे भी, मुझे एक फीचर करना है। चलो, शिवम!" मैंने अपने कैमरामैन को इशारा किया।

मुझे यकीन था कि बन्नी केवल मदद करने की कोशिश कर रही थी, लेकिन मुझे विश्वास नहीं हो रहा था कि यह लड़की मेरे ऊपर चलने की कोशिश कर रही है! उसी विचार ने मुझे तनाव में डाल दिया। और मैंने सुना था कि सबसे अधिक तनाव लेनेवाली गर्भवती माताओं ने हाइपर एक्टिव और चिड़चिड़े बच्चों को जन्म दिया है।

"क्या करेगा? फीचर है?" शिवम ने कहा।

"नहीं! हम जाएँगे बाहर।" मैंने कहा।

फीचर जाए भाड़ में! बन्नी नहीं चाहता था कि मैं अपनी जगह से हिलूँ तो···

"मैं स्तब्ध हूँ, हैरान हूँ! कमीना चोर है! वो चोर है, उस कमीने को जेल में होना चाहिए!"

इन शब्दों ने मुझे अपने ट्रैक पर रोक दिया। एक उन्मादी मुनीत शर्मा लोकी को सबसे अच्छी गालियाँ दे रहा था। इससे पहले कि मैं यह तय कर पाती कि मुझे इस नाटक का हिस्सा बनना चाहिए या नहीं, मुनीत ने मुझे देख लिया। मैंने हर किसी के निजी मामलों में उनकी अवांछित नाक डालने के लिए प्रेस पर एक व्याख्यान के लिए खुद को तैयार किया।

"लैला, लैला! अच्छा हुआ तुम यहाँ हो…बस वह व्यक्ति, जिसे मैं देखना चाहता था।"

मैंने जो सोचा था, उसके ठीक विपरीत मैं सुन रही थी।

"मैं आपको जो रैकेट चल रहा है, उसके बारे में सबकुछ बता दूँगा! और तुम…" उसने अपनी पी.आर. लड़की को आज्ञा दी, "जाओ और बाकी प्रेस को ले आओ!"

"मैं हैरान हूँ। तुम्हें मुझे माफ करना होगा…मैं बहुत भावुक हूँ! मुझे कुछ पानी चाहिए!" मुनीत ने काँपते हुए कहा। मैं घबरा गई थी।

"मैं स्तब्ध हूँ, ये मेरे डिजाइन हैं। यह इतना बेशर्म है। आपको लगता होगा कि इस देश में कोई नियम नहीं हैं…न कानून हैं, आप जानते हैं…अभिनेत्री तनुजा चटर्जी द्वारा पहनी गई यह चुन्नी, यह चोली, वे मेरे डिजाइन हैं!"

उन्होंने एक पत्रिका को हिलाया, जिसमें एक मॉडल की तसवीर थी, जिसमें लाल चुन्नी और मेरे चेहरे पर सिक्कों से जड़ा हुआ एक बस्टियर था।

"देखो, देखो—नीचे क्या लिखा है! लोकी! यह लोकी का नहीं है! यह मेरा है। इसे अपना कहना कितना बेईमानी है! मुझे इसकी भनक तक नहीं लगी! मेरे दोस्तों ने यह फिल्म देखी और उन्होंने कहा, अरे, यह तुम्हारा नहीं है…"

मेरे पीछे मीडिया में उन्माद था, हर रिपोर्टर अपनी लाइव प्रेसर करने के लिए बेचैन था। केबल बिछाई जा रही थी और धक्का-मुक्की शुरू हो गई थी। पत्रकार चिंतित थे, क्योंकि उन्हें लगा कि शर्मा उनकी बारी आने से पहले शांत हो जाएँगे। लेकिन उन्हें चिंता करने की जरूरत नहीं है। सारा ड्रामा, गाली-गलौज, पत्रिका लहराना, कानूनी रास्ता अपनाने की धमकी, सभी चैनलों के लिए ईमानदारी से निभाया गया।

"मुझे लगता है कि हमें यहाँ आपके राज्य में नहीं होना चाहिए।" शिवम ने

उमड़ी भीड़ को देखते हुए कहा।

"हाँ, हाँ, बस एक और सवाल।" मैं फुसफुसाई।

'लैला, क्या हमें शर्मा मिला?' बन्नी के एस.एम.एस. ने अति-उत्साहित डिजाइनर के साथ मेरा साक्षात्कार बाधित कर दिया।

'यस। मैं उसे अभी कवर कर रही हूँ!'

'अपलिंक भेजें—मैं इसे बुलेटिन के इस चक्र में चाहती हूँ।'

'इसके लिए आपको सीधे टेप से चलाना होगा, ज्यादा समय नहीं है।'

'हाँ, हाँ, हम सीधे टेप से चलाएँगे; इसे अधिकतम प्ले आउट मिलेगा।'

समाज के उच्च वर्गीय लोग अपने महँगे गंदे राज को सार्वजनिक रूप से बाहर निकाल रहे थे। 'मुनीत शर्मा-लोकी लड़ाई', दिन की सबसे बड़ी हेडलाइन थी।

मैं थकी हुई थी और चक्कर महसूस कर रही थी और इस तथ्य से कि मंच के पीछे के अस्थायी क्वार्टर तंग थे, इससे कोई फर्क नहीं पड़ा।

कुछ ताजी हवा लेने के लिए जब मैं निकली तो मैंने लोकी को अभिनेत्री के साथ देखा, जबकि पिंकी काफी करीब खड़ी थी, सभी उसके साक्षात्कार के लिए तैयार थे। मैं अंदर घुस गई।

"लोकी, क्या मुझे आपकी प्रतिक्रिया मिल सकती है? मुनीत तुम पर उसके डिजाइन चोरी करने का आरोप लगा रहा है?" मैंने कहा।

लोकी गुस्से में दोगुना लाल हो गया। अभिनेत्री की मुसकान जम गई और पिंकी मेहता के चेहरे पर एक बेवकूफी भरी झलक थी।

लोकी ने हँसने की कोशिश की, "मैंने किसी को नहीं काटा—हम सभी यहाँ सम्मानित लोग हैं, यह सही मायने में एक वास्तविक गलती थी।"

"लेकिन वह आपको 'लोकी द रिपर' कह रहा है।" अब तक मीडिया लोकी के इर्द-गिर्द जमा हो चुकी थी। अभिनेत्री घबराहट से अपनी घड़ी को देख रही थी और अपने पी.आर. व्यक्ति को फुसफुसा रही थी, जो अभी-अभी आया था। जाहिर है, वह इस नाटक का हिस्सा नहीं बनना चाहती थीं। पिंकी ने कुछ कहने की कोशिश की, लेकिन अब किसी को भी उसके बेवकूफ स्टाइल स्टेटमेंट सेगमेंट की परवाह नहीं थी।

लोकी प्रेस के सामने अपनी बात रखने के लिए कार्यक्रम स्थल में घुस गया। अचानक उसने देखा कि उसके चेहरे पर सौ माइक लगे हुए हैं।

"मैं एक कॉस्ट्यूम डिजाइनर हूँ···और एक फिल्म स्टाइलिस्ट के रूप में, मैं कहीं से भी सामान उठा सकता हूँ। मुझे फिल्म में क्रेडिट मिलेगा, जिसमें सामान का इस्तेमाल किया गया है।" अब लोकी काफी बैकफुट पर थे।

मीडिया ने उनका ध्यान उस संकटग्रस्त अभिनेत्री की ओर लगाया, जो गलत समय पर गलत जगह पकड़ी गई थी।

"यह किसकी पोशाक है? आप कैसे जानती हैं कि यह लोकी का है?"

"अपनी नवीनतम फिल्म के बारे में बताएँ।"

"आपको अजमेर शरीफ दरगाह पर देखा गया था? आप क्या चाहती थीं?"

"आप लोकी की पुरानी दोस्त हैं। उन्होंने आपकी कई फिल्मों के लिए डिजाइन किया है—आप उनका बचाव कैसे करेंगी?"

इसी बीच मुनीत लोकी पर हमला करने के लिए हथियारों से लैस होकर आ रहा था। वह गैलरी तक आया···

मुनीत ने पुष्टि की, "बेशक मैं अपने कानूनी विकल्प तलाश रहा हूँ।" वह खुद को बॉलीवुड का फेवरेट फैशन डिजाइनर कहते हैं···लेकिन उन्हें अपनी मूल्यों और नैतिकता पर काम करना चाहिए! किसी डिजाइन का पेटेंट कराना मुश्किल है···एक पिन यहाँ, एकटक वहाँ—उसने मेरे डिजाइन टेंप्लेट चुरा लिये होंगे और सोचा होगा, अगर बॉलीवुड सितारे उनका समर्थन करते हैं तो डिजाइन उनके बन जाएँगे···"

लोकी ने अचानक मुनीत के एकालाप को बाधित किया और चिल्लाया, "क्या बकवास है! कौन किसकी नकल कर रहा है, सबको पता है! मेरी नवीनतम फिल्म में स्टाइल के लिए आपका डिजाइन एक बुटीक से लिया गया था और मैं आपको इसका श्रेय देता। उन अनगिनत विवरणों के बारे में क्या, जिन्हें आपने सबसे छोटी सिलाई में कॉपी किया है? गाँवों से? सिर्फ इसलिए कि आप जयपुर और उड़ीसा के गाँवों में जिन गरीब कारीगरों से मिलने जाते हैं, उन्हें कोई बेहतर नहीं जानता—आप वर्षों से उनके डिजाइनों को अपने डिजाइन

के रूप में पेश कर रहे हैं और आगे बढ़ा रहे हैं!"

मीडिया के सामने मुनीत ने इस आरोप को खुले मुँह से देखा। हंगामे में मैं देख सकती थी कि बॉलीवुड अभिनेत्री भाग रही है और बेवकूफ पिंकी उससे अपने सेगमेंट में रहने के लिए विनती कर रही है।

नेशनल टी.वी. पर होने के बावजूद जब वे चिल्लाते हैं तो पुरुष डिजाइनर बहुत शोर कर सकते हैं। फैशन वीक के बीच में साहित्यिक चोरी का आरोप! एक हॉर्नेट के घोंसले में हलचल मच गई थी।

"जबरदस्त झूठ..."

"कौन सा झूठ..."

"क्या मुझे उन कपड़ों के बारे में प्रेस को बताना चाहिए, जो आप बैंकॉक से उठाते हैं और यहाँ दस गुना कीमत पर बेचते हैं, अपराधी?"

अचानक मैंने देखा कि दीवारें मेरे ऊपर बंद हो रही हैं और जमीन बहुत तेजी से मुझसे मिलने के लिए आ रही है।

□

मैं अस्पताल में चिंतित रेहान, चाचा और पापा के पास जागी...!

"इसे रोकना होगा।" पापा ने कहा।

"वेलकम बैक! तुमने हमें डरा दिया था।" चाचा ने कहा।

"घबराओ मत, तुम ठीक हो।" रेहान ने कहा।

"कॉपीकैट्स!" मैंने स्वाभाविक रूप से जवाब दिया।

"हुह?"

"मेरी फीड लाइन नकल की हुई है, क्या आप बन्नी को बता सकते हैं?"

"क्या?"

"बन्नी को कृपया बताएँ। यह शो के लिए महत्त्वपूर्ण है..." मैं फिर से होश खोने से पहले बुदबुदाई।

□

एंड फाइनली (और अंततः या आखिरकार)

माया की फिल्म 'कायापलट' काफी हिट रही। और ऐसे ही उनका आइटम नंबर 'अंगूरी जवानी' हिट रहा। उन्हें कई 'सर्वश्रेष्ठ नया चेहरा' पुरस्कारों के लिए नामांकित किया गया था। उन्हें फिल्मों के साथ-साथ स्टेज शो में आइटम नंबर करने के लिए अच्छी बड़ी रकम पेश की जा रही थी। आखिरी बार मैंने सुना था, रोंशेर खन्ना उसे अपनी अगली फिल्म में लेना चाहते थे। टी.वी. चैनल माया के एक बाइट के लिए लड़ रहे थे और उसके फोटो और सिमसैट और सीधे साक्षात्कार की माँग कर रहे थे। ई.एम.टी.वी. ने एक कैंपेन को एंडोर्स करने के लिए उनसे संपर्क किया था। वह मान गई थी।

बेचारी बन्नी को खून के घूँट पीने पड़े। माया को ई.एम.टी.वी. से प्रतिबंधित करने के उसके संकल्प को एच. रामी का साथ नहीं मिला, जिन्होंने जोर देकर कहा कि उन्हें माया चाहिए, वे ई.एम.टी.वी. की पूर्व कर्मचारी रही हैं और उनके साथ एक स्टार एंडोर्समेंट चैनल की प्रतिष्ठा को नुकसान नहीं पहुँचाएगा। माया ने जोर देकर कहा कि वे बन्नी के साथ तभी बात करेंगी, जब ई.एम.टी.वी. चाहेगा कि वह चैनल के नवीनतम अभियान 'सेव द बटरफ्लाइज' का प्रचार करे! इसलिए माया को नए अभियान के लिए साइन करने की जिम्मेदारी बन्नी पर छोड़ दी गई थी। बन्नी इसके बारे में बहुत ज्यादा उत्साहित नहीं थी, लेकिन उसके पास कोई विकल्प भी नहीं था। बेशक

जब उसने माया से 'सेव द बटरफ्लाइज' का प्रचार करने का अनुरोध किया तो वे बेहद प्यार से बात कर रही थीं, लेकिन रिसीवर के इस तरफ उसकी उँगलियाँ भिंची हुई थीं।

चिकी कुछ समय के लिए फिर से ई.एम.टी.वी. में शामिल हो गई थी, क्योंकि बन्नी ने उसे कुछ हद तक माफ कर दिया था और कहा था कि वह वापस नौकरी पर आ सकती है। लेकिन चिकी ने मन बना लिया था कि वह एक टी.वी. प्रोडक्शन हाउस का हिस्सा बनेगी। वह अपनी माँ के साथ वापस मुंबई जाने की योजना बना रही थी, जो बन्नी की वास्तव में अच्छी दोस्त बन गई थी। असल में दोनों साथ में छुट्टियों पर जाने की योजना बना रही थीं। इंदुमती ने इस्तीफा दे दिया था और बन्नी के वेतन के दस गुना पर उपाध्यक्ष के रूप में क्यू चैनल में शामिल हो रही थी। नोटिस की अवधि समाप्त होने के बाद इंदु को एक भव्य विदाई पार्टी दी गई थी—चिकी ने पार्टी में बेतहाशा डांस किया, जिसने इंदु को नाराज कर दिया था।

बन्नी को अब डेस्क पर युवा लड़कियाँ चाहती थीं और मेरी नियत तारीख तक, मैं बन्नी के सख्त आदेशों के तहत डेस्क ड्यूटी पर थी।

मैं डेस्क पर थी, जब उसने पहली बार लात मारी, मानो वह कुछ निश्चित कर रही हो! और जब बन्नी ने बच्चे के जन्म पर कुछ विशेषज्ञ ज्ञान देने के लिए अपना मुँह खोला तो बच्चे ने पागलों की तरह लात मारी। मैं इतना उत्साहित थी कि मैंने तुरंत दूसरों को बताया और इसने सभी को, विशेष रूप से नंदू को चौंका दिया। किसी को विश्वास ही नहीं हो रहा था कि ऐसा कुछ हो सकता है! चिकी ने ताली बजाई। "अरे, नंदू, लात खाने के लिए तैयार हो जाओ, जो यह तुम्हारी पीठ पर लगाएगी।" वह चिल्लाई।

रेहान बहुत खुश हुआ। मौसी इस पंच से बहुत खुश थीं और उन्होंने शीना के साथ, हमारे घर में बच्चे के सामान की आपूर्ति करने का जिम्मा ले लिया था। अंकल भी बहुत खुश हुए। पापा खुश थे और उनके चेहरे पर मुसकान बिखरी हुई थी। शायद यह सोचकर कि उनकी उड़ती रहनेवाली बेटी अब जल्द घरेलू रूप में दिखेगी, जिसकी उन्हें पहले कभी कोई उम्मीद नहीं थी। वह अब अपनी पोती या पोते के लिए पूरी तरह से सभ्य सिविल सेवा जीवन का सपना

देख सकते थे। पापा मेरी नौकरी जारी रखने के पक्ष में नहीं थे, लेकिन यह बहुत खराब विचार था।

डिलीवरी के दौरान बन्नी और चिकी मेरे साथ थे। चिकी ने मेरा हाथ पकड़ा था और बन्नी ने रेहान के साथ ऊपर से पकड़ा हुआ था।

जब तक मेरे पास घर में कोई जगह नहीं बची, तब तक लट्टू बच्चों के उपहारों का बड़ा जखीरा भेजती रही और मुझे उससे उपहारों को रोकने का अनुरोध करना पड़ा। फिर उसने मुझे बहुत सारे डायपर भेजे।

नंदू फूलों से लैस और मासूम मुसकान लिये आया। इंदु ने फोन तक नहीं किया।

□

मैंने आश्चर्य से उसकी ओर देखा। काश, मैं ऐसे समय में रह रही होती, जब महिलाओं को खुद को दुनिया के सामने साबित करने के लिए कुछ भी करने की जरूरत नहीं होती, ताकि मैं सारा दिन घर पर रह सकती और उसे देखती रहती!

मैंने उसका नाम 'डीजिया' रखा, जिसका अर्थ अफ्रीकी भाषा में 'जंगल का गीत' है, क्योंकि तब मैं अफ्रीका में थी, जब मुझे पता चला कि मैं गर्भवती हूँ।

खुशी, उदासी और पागलपन के छह महीने हो गए हैं।

एक और बात : नए माता-पिता का ऐसा होना और यह करना, इन सबके बारे में जो भी धारणाएँ हैं, सभी सौ प्रतिशत सही हैं।

□

3…2…1… रोल टाइम

एक बेहद सेक्सी जीव मुझे घूरकर देख रहा था। वह मेरी मेज पर बैठी है और मेरे कंसोल के साथ खिलवाड़ कर रही है। यह वापस काम पर मेरा पहला दिन है और यहाँ मैं अपनी डेस्क देख रही हूँ, जो बिना लट्टू, बिना इंदु और बिना चिकी के खाली लग रहा है। बन्नी का केबिन बड़ा है। नंदू के पास दो नए शो हैं। पिंकी न्यूयॉर्क में एक फैशन एप्रिसिएशन टूर में हिस्सा लेने के लिए बाहर गई हुई है और ऑफिस में कुछ नए लोग जुड़े हैं।

"क्या वह गुस्सेवाली नहीं है? तुम्हें दूसरी लड़की को देखना चाहिए, जिसे बन्नी ने काम पर रखा है!" नंदू फुसफुसाया।

"वह डरी हुई लग रही है।" मैंने कहा।

"ओह, ऐसा इसलिए होगा, क्योंकि हमने उसे तुम्हारे बारे में बहुत-कुछ बताया था!" नंदू ने मेरी तरफ आँख मारते हुए कहा।

"हे भगवान्, ऐसा लग रहा है, जैसे वह फूट-फूटकर रोने के लिए तैयार है! क्या तुमने उसे बताया कि मैं बहुत बुरी हूँ या कुछ और?"

"बेशक यह भी बताया!"

बन्नी अपने नए केबिन से चिल्लाती हुई बोली, "टीना, यह लैला है। लैला, टीना। बाकी लड़कियाँ कहाँ हैं? नंदू, उन्हें अंदर ले आओ! ठीक है, लड़कियों, यह लैला है। ई.एम.टी.वी. में आपके बाकी के तीन महीनों तक हर बीतनेवाले

घंटे के लिए आपकी सर्वोच्च स्वामी! वह तुम्हें रुला देगी, मुश्किल हालात हैं; वह तुम्हारी खुशी को बुरी तरह से रौंद देगी। जब भी आप 'मम्मी' चिल्लाना चाहें तो मेरे पास दौड़कर मत आना। वहाँ एक दरवाजा है। लैला का बैग पकड़ो, उसके पीछे-पीछे चलो, जो वह करती है, वह आप करो और यदि आप उनके जितने काम का दसवाँ हिस्सा भी कर पाए तो आप तीन महीने की प्रशिक्षण अवधि के अंत में नौकरी की उम्मीद कर सकते हैं। अब मीटिंग समाप्त होती है। अपनी कमर कस लो। काम शुरू करो।"

आप अब भी बन्नी पर बहुत प्यारे होने का आरोप नहीं लगा सकतीं।

"तीन नई पूरी तरह से सुगठित युवतियाँ! मम्मी, यहाँ उनका पूरा झुंड है।" नंदू ने फुसफुसाते हुए कहा।

"मम्मी? मैं? ओह हाँ!! ओह नहीं··! उफ्फफ कहीं मैं ज्यादा मोटी तो नहीं लग रही हूँ कैमरा पर? मुझे शो के बाद जिम जाना होगा।"

"और लैला डार्लिंग, क्या तुम *रोल* करने के लिए तैयार हो?"

□□□